EDIÇÕES BESTBOLSO

Reunião

Meg Cabot nasceu em 1967 em Indiana, nos Estados Unidos. Autora de mais de 40 livros para jovens e adultos, muitos dos quais se tornaram best-sellers, Meg já vendeu mais de 15 milhões de exemplares em todo o mundo. A série *O diário da princesa* foi publicada em mais de 38 países e deu origem a dois filmes da Disney. Meg também é autora da série *A mediadora* e dos livros *Avalon High*, *Sorte ou azar*, *A rainha da fofoca*, *Garoto encontra garota*, entre outros.

MEG CABOT

A MEDIADORA
Reunião

LIVRO VIRA-VIRA 1

Tradução de
ALVES CALADO

2ª edição

EDIÇÕES
BestBolso
RIO DE JANEIRO – 2012

CIP-BRASIL. CATALOGAÇÃO-NA-FONTE
SINDICATO NACIONAL DOS EDITORES DE LIVROS, RJ

Cabot, Meg, 1967-
C116r   A mediadora: Reunião – Livro vira-vira 1 / Meg Cabot; tradução de Alves
2ª ed.   Calado. – 2ª ed. – Rio de Janeiro: BestBolso, 2012.
    12 x 18cm   (A mediadora; v. 3)

    Tradução de: The Mediador : Reunion
    Obras publicadas juntas em sentido contrário
    Sequência de: A mediadora: O arcano nove
    Continua com: A mediadora: A hora mais sombria
    Com: A mediadora: A hora mais sombria / Meg Cabot; tradução de Alves
    Calado. – Rio de Janeiro: BestBolso, 2011
    ISBN 978-85-7799-334-5

    1. Literatura infantojuvenil americana. I. Alves-Calado, Ivanir, 1953-.
    II. Título. III. Título: A hora mais sombria. IV. Série.

                    CDD: 028.5
11-2273   CDU: 087.5

A mediadora: Reunião, de autoria de Meg Cabot.
Título número 240 das Edições BestBolso.
Segunda edição vira-vira impressa em setembro de 2012.
Texto revisado conforme o Acordo Ortográfico da Língua Portuguesa.

Título original norte-americano:
THE MEDIATOR: REUNION

Copyright © 2001 by Meggin Cabot.
Publicado mediante acordo com Simon Pulse, um selo da Simon & Schuster.
Copyright da tradução © by Editora Record Ltda.
Direitos de reprodução da tradução cedidos para Edições BestBolso, um selo da Editora
Best Seller Ltda. Editora Record Ltda e Editora Best Seller Ltda são empresas do Grupo
Editorial Record.

A logomarca vira-vira (vira-ejia) e o slogan **2 LIVROS EM 1** são marcas registradas e de
propriedade da Editora Best Seller Ltda, parte integrante do Grupo Editorial Record.

www.edicoesbestbolso.com.br

Design de capa: Carolina Vaz sobre foto de Laurence Monneret intitulada "Young woman
with water droplets on face, close-up" (Getty Images).

Todos os direitos reservados. Proibida a reprodução, no todo ou em parte, sem autorização
prévia por escrito da editora, sejam quais forem os meios empregados.

Direitos exclusivos de publicação em língua portuguesa para o Brasil em formato bolso
adquiridos pelas Edições BestBolso um selo da Editora Best Seller Ltda. Rua Argentina
171 – 20921-380 Rio de Janeiro, RJ – Tel.: 2585-2000 que se reserva a propriedade literária
desta tradução.

Impresso no Brasil
ISBN 978-85-7799-334-5

Em memória de J.V.C.

International VC

1

— **O**lha, isso é que é vida – disse Gina.

Fui obrigada a concordar com ela. Estávamos deitadas de biquíni, absorvendo os raios de sol e os agradáveis 24°C na praia de Carmel. Era março, mas não parecia, pelo modo como o sol se lançava por cima de nós.

Bom, afinal de contas isso *era* a Califórnia.

– Sério – insistiu Gina. – Não sei como você consegue fazer isso todo dia.

Eu estava de olhos fechados. Visões de Coca-Colas Diet compridas e geladas dançavam na minha cabeça. Se ao menos existisse serviço de garçom na praia! Era realmente a única coisa que faltava. Já tínhamos acabado com todos os refrigerantes do isopor, e era uma caminhada bem longa, subir da praia até o mercadinho Jimmy's.

– Fazer o quê? – murmurei.

– Ir à escola quando se tem essa praia fabulosa a um quilômetro e meio de distância.

– É difícil – admiti com os olhos ainda fechados. – Mas se formar no ensino médio continua a ser considerado uma das maiores conquistas da vida. Quero dizer, já ouvi falar que sem um diploma do ensino médio a gente não tem chance de conseguir um daqueles empregos importantes de atendente da Starbucks, para onde sei que estou destinada depois da formatura.

– Sério, Suze. – Senti Gina se agitar ao meu lado e abri os olhos. Ela havia se apoiado nos cotovelos e estava examinando a praia através de seus óculos Ray Ban. – Como você *aguenta*?

Verdade. Como? O dia estava estupendo. O Pacífico se esticava até onde a vista alcançava, azul-turquesa escurecendo até o azul-marinho à medida que se aproximava do horizonte. As ondas eram gigantescas, chocando-se na areia amarela, jogando surfistas e bodyboarders no ar como se fossem destroços de naufrágios. À direita, longe, erguiam-se os penhascos verdes de Pebble Beach. À esquerda, os enormes pedregulhos cheios de focas, que eram o caminho para o que eventualmente se transformava em Big Sur, um trecho bem acidentado do litoral do Pacífico.

E em toda parte o sol golpeava, queimando a névoa que mais cedo havia ameaçado arruinar nossos planos. Era a perfeição. O paraíso.

Se ao menos eu conseguisse alguém para me trazer uma bebida!

– Ah, meu Deus. – Gina baixou os óculos e espiou por cima da armação. – Saca só *isso*!

Acompanhei seu olhar através das lentes dos meus Donna Karan. O salva-vidas, que estivera sentado em sua torre branca a alguns metros de nossas toalhas, pulou de repente da cadeira, segurando numa das mãos o flutuador laranja. Pousou na areia com uma graça felina e de repente partiu para as ondas, com os músculos ondulando por baixo da pele bronzeada, o cabelo louro e comprido balançando atrás.

Turistas procuraram as máquinas fotográficas enquanto as pessoas que tomavam banho de sol se sentavam para ver melhor. Gaivotas saltaram num voo espantado e os ratos de praia saíram rapidamente do caminho do salva-vidas. Então, com o corpo magro e musculoso fazendo um arco perfeito no ar, ele mergulhou nas ondas e surgiu metros adiante, nadando rápido e com força na direção de um garoto que fora apanhado numa correnteza.

Para minha diversão, vi que o garoto era ninguém menos do que Dunga, um dos meus meios-irmãos que tinha nos acompanhado à praia naquela tarde. Reconheci sua voz instantaneamente – assim que o salva-vidas o havia puxado de volta à superfície –, xingando-o com veemência por ter tentado salvar sua vida, envergonhando-o diante dos colegas.

O salva-vidas, para meu deleite, xingou-o de volta.

Gina, que tinha olhado o drama se desdobrar com uma atenção fascinada, disse preguiçosa:

– Que babaca!

Ela obviamente não reconheceu a vítima. Para minha perplexidade, Gina havia me informado que eu tinha uma sorte incrível porque todos os meus meios-irmãos eram tão "maneiros". Até mesmo Dunga, aparentemente.

Gina nunca tivera muito tino no quesito garotos.

Depois, suspirou e se deitou outra vez na toalha.

– Isso foi extremamente incômodo – falou recolocando os óculos no lugar. – A não ser pela parte que o salva-vidas gato passou correndo por nós. Dessa parte eu gostei.

Alguns minutos depois ele voltou na nossa direção, não parecendo menos bonito de cabelo molhado do que quando estava seco. Subiu em sua torre, falou brevemente pelo rádio – na certa emitindo um boletim "F. A." sobre Dunga.

– Fiquem atentos a um praticante de luta livre extremamente estúpido com roupa de neoprene querendo se mostrar para a melhor amiga da irmã adotiva e que veio de outra cidade –, depois voltou a examinar as ondas em busca de outras potenciais vítimas de afogamento.

– É isso – declarou Gina subitamente. – Estou apaixonada. Aquele salva-vidas é o homem com quem vou me casar.

Está vendo o que eu quis dizer? Total falta de discernimento.

– Você se casaria com qualquer cara de sunga – disse com repulsa.

– Não é verdade. – Gina apontou para um turista com as costas particularmente peludas, usando sunga, que estava a alguns metros de distância ao lado da esposa queimada de sol. – Eu não gostaria de casar com ele, por exemplo.

– Claro que não. Ele já tem dona.

Gina revirou os olhos.

– Você é estranha demais. Venha, vamos arranjar alguma coisa para beber.

Ficamos de pé e colocamos os shorts e as sandálias. Deixando as toalhas onde estavam, atravessamos a areia quente até a escada íngreme que levava ao estacionamento onde Soneca tinha deixado o carro.

– Quero um milk-shake de chocolate – declarou Gina quando chegamos à calçada. – Não um daqueles metidos a besta, que servem por aqui. Quero um completamente artificial, cheio de química, que nem os do McDonald's.

– É, bem – disse, tentando recuperar o fôlego. Não foi moleza subir aquela escadaria. E eu estou bastante em forma. Faço exercícios com uma fita de kick-boxing praticamente toda noite. – Você vai ter de ir a outra cidade para isso, porque não existem lanchonetes por aqui.

Gina revirou os olhos.

– Que cidade mais caipira! – reclamou, fingindo indignação. – Não tem lanchonete, não tem sinais de trânsito, nem crime, nem ônibus.

Mas não estava falando sério. Desde que tinha chegado de Nova York, na véspera, Gina estava boquiaberta com minha vida nova: invejando a gloriosa vista para o oceano da janela do meu quarto, fascinada pela habilidade culinária de meu novo padrasto, e sem desprezar nem um pouco as tentativas de meus meios-irmãos para impressioná-la. Ao contrário do que eu esperava, nenhuma vez tinha dito a Soneca ou Dunga – que pareciam loucos para atrair sua atenção – para se catarem.

– Meu Deus – disse ela quando eu a questionei sobre isso. – Eles são uns gatos. O que você espera que eu faça?

Como é que é? Meus meios-irmãos, gatos?

Acho que *não*.

Bom, se você quisesse um gato, não precisava procurar além do sujeito atrás do balcão do Jimmy's, o mercadinho logo em frente à escadaria da praia. Burro como um brinquedo inflável de piscina, mesmo assim Kurt – esse era o nome do cara, juro por Deus – era lindo de morrer, e depois de eu ter colocado diante dele a garrafa suada de Coca Diet que tinha apanhado no freezer, dei a velha examinada de cima a baixo. Ele estava profundamente absorvido num exemplar da *Surf Digest*, por isso não notou meu olhar de peixe morto. Acho que eu estava bêbada de sol, ou algo assim, porque continuei ali parada espiando o Kurt, mas na verdade estava pensando em outra pessoa.

Alguém em quem não deveria estar pensando de jeito nenhum.

Acho que foi por isso que, quando Kelly Prescott me disse oi, nem notei. Era como se ela nem estivesse ali.

Até que ela balançou a mão na frente da minha cara e disse:

– Olá, Terra para Suze. Câmbio, Suze.

Tirei os olhos de Kurt e me peguei espiando Kelly, a presidente da turma do segundo ano, loura radiante e vítima da moda. Vestia uma camisa social do pai, desabotoada para revelar o que havia por dentro, um biquíni de crochê verde oliva. Tinha forro cor da pele, para a gente não ver através dos furos.

Parada ao lado estava Debbie Mancuso, a ex-namorada de meu irmão Dunga.

– Ah, meu Deus – disse Kelly. – Não fazia ideia de que você estava na praia hoje, Suze. Onde pôs sua toalha?

– Perto da torre do salva-vidas.

– Ah, meu Deus. Ótimo lugar. Nós estamos superlonge da escada.

Debbie falou com naturalidade forçada:

– Eu notei o Rambler no estacionamento. Brad está aí, com a prancha?

Brad é o nome pelo qual todo mundo, menos eu, chama meu meio-irmão Dunga.

– É – disse Kelly. – E Jake?

11

Jake é o meio-irmão que eu chamo de Soneca. Por motivos que me são insondáveis, Soneca, que está no último ano da Academia da Missão, e Dunga, segundanista como eu, são considerados grandes partidos. Obviamente essas garotas nunca viram meus meios-irmãos comendo. É uma visão absolutamente repugnante.

– Está – respondi. E como sabia o que elas queriam, acrescentei: – Por que vocês duas não se juntam à gente?

– Legal – disse Kelly. – Vai ser manei...

Gina apareceu e Kelly parou no meio da frase.

Bem, Gina é o tipo de garota que faz as pessoas pararem as frases no meio para admirar. Mede cerca de 1,80 metro, e o fato de ter recentemente transformado o cabelo num esfregão de cachos eriçados cor de cobre, formando uma aura de 10 centímetros em volta da cabeça, só a fazia parecer maior. Além disso, por acaso, estava usando um biquíni de vinil preto, sobre o qual tinha enfiado um short que parecia feito com as argolas de um monte de latas de refrigerante.

Ah, e o fato de que estivera no sol o dia inteiro havia escurecido sua pele normalmente café com leite até ficar na cor de um café puro, o que sempre chocava quando combinado com um brinco no nariz e o cabelo laranja.

– Achei! – disse Gina empolgada, enquanto colocava uma embalagem de seis garrafas no balcão ao lado de minha Coca Diet. – É isso aí, cara. A combinação química perfeita.

– Ah, Gina – falei, esperando que ela não desejasse minha participação no consumo de nenhuma daquelas garrafas. – Essas são duas amigas da escola, Kelly Prescott e Debbie Mancuso. Kelly, Debbie, esta é Gina Augustin, uma amiga minha de Nova York.

Os olhos de Gina se arregalaram por trás dos óculos Ray Ban. Acho que ficou pasma com o fato de que, desde que tinha me mudado para cá, eu havia feito algumas amigas, algo que em Nova York eu certamente não tinha em grande quantidade, além dela. Mesmo assim conseguiu controlar a surpresa e disse, muito educada:

– Tudo bem?

Debbie murmurou:

– Oi.

Mas Kelly foi direto ao ponto:

– Onde você conseguiu esse short incrível?

Foi enquanto Gina estava respondendo a ela que eu notei pela primeira vez os quatro jovens usando roupa de festa parados perto da gôndola de bronzeadores.

Você pode estar se perguntando como eu não os tinha notado antes. Bom, a verdade é que, até aquele momento específico, eles não estavam ali.

E, de repente, estavam.

Sendo do Brooklyn, já vi coisas muito mais estranhas do que quatro adolescentes vestindo roupa formal num mercadinho durante uma tarde de domingo na praia. Mas como aqui não era Nova York, e sim Califórnia, a visão era espantosa. Ainda mais espantoso era o fato de que os quatro estavam roubando uma embalagem de 12 cervejas.

Não estou brincando. Uma embalagem de 12, em plena luz do dia, e eles muito bem vestidos – as garotas até estavam com flores nos pulsos. Kurt não é tão sagaz assim, verdade, mas certamente aqueles garotos não podiam pensar que ele iria deixá-los sair dali com sua cerveja – particularmente vestidos com roupas de baile de formatura.

Então levantei meus óculos Donna Karan para olhar melhor.

E foi aí que notei.

Kurt não ia fazer nada com aqueles garotos. Não mesmo.

Kurt não podia vê-los.

Porque estavam mortos.

13

2

Então, é isso mesmo. Eu consigo ver os mortos e falar com eles. É meu talento "especial". Você sabe, aquele "dom" com que todos nós supostamente nascemos, que nos torna diferentes de todo mundo no planeta, mas que tão poucos de nós acabam descobrindo.

Descobri o meu por volta dos 2 anos, mais ou menos na época em que conheci meu primeiro fantasma.

Veja bem, meu dom especial é ser uma mediadora. Eu ajudo a guiar as almas torturadas dos recém-falecidos até seus destinos pós-vida – quaisquer que sejam eles – em geral limpando a bagunça que deixaram para trás quando bateram as botas.

Algumas pessoas podem achar isso muito legal – você sabe, poder falar com os mortos. Deixe-me garantir que não é bem assim. Em primeiro lugar, com algumas poucas exceções, normalmente os mortos não têm nada muito interessante a dizer. E em segundo, eu não posso andar por aí contando vantagem aos meus amigos sobre esse talento incomum. Quem iria acreditar?

Bom, de qualquer modo lá estávamos nós, no mercadinho Jimmy's: eu, Kurt, Gina, Kelly, Debbie e os fantasmas.

Uau!

Você pode estar se perguntando por que nesse ponto Kurt, Gina, Debbie e Kelly não saíram correndo gritando da loja. Até porque, olhando novamente, aqueles garotos eram obviamente espíritos do mal. Estavam com aquela postura especial tipo *Olhem para mim! Eu estou morto!*, que só as assombrações têm.

Mas é claro que Kurt, Gina, Debbie e Kelly não podiam ver esses fantasmas. Só eu.

Porque eu sou a mediadora.

É um trabalho nojento, mas alguém tem de fazer.

Cá entre nós: naquele momento específico eu não estava muito a fim.

Isso porque os fantasmas se comportavam de um modo particularmente repreensível. Pelo que eu via, eles estavam tentando roubar cerveja. Não é uma atitude nobre em qualquer momento e, pensando bem, é ainda mais estúpida se por acaso você estiver morto. Não me entenda mal, os fantasmas bebem, sim. Na Jamaica, as pessoas tradicionalmente deixam copos de aguardente de coco para Chango Macho, o *espiritu de la buena suerte*. E, no Japão, os pescadores deixam saquê para os fantasmas de seus irmãos afogados. E lhe dou minha palavra: não é só a evaporação que faz o nível do líquido naqueles copos baixar. A maioria dos fantasmas gosta de uma boa bebida, quando conseguem uma.

Não, o que era estúpido no que aqueles fantasmas estavam fazendo era o fato de serem obviamente bastante novos nessa coisa de estar mortos, por isso ainda não se coordenavam muito bem. Não é fácil para os fantasmas levantar objetos, mesmo coisas relativamente leves. É preciso um bocado de treino. Conheço fantasmas que são muito bons em chacoalhar correntes, jogar livros e até coisas mais pesadas – em geral contra a minha cabeça, mas isso é outra história.

Mas na maioria das vezes uma embalagem de 12 cervejas está muito além das novas habilidades de um fantasma mediano, e aqueles panacas não iam conseguir. Eu teria dito isso a eles. Mas como era a única que podia vê-los – e que podia ver a embalagem de 12 cervejas pairando atrás da gôndola de bronzeadores, fora do alcance da visão de todos, menos da minha –, isso teria parecido meio estranho.

Mas eles captaram a mensagem mesmo sem eu falar nada. Uma das garotas – uma loura com um vestido de festa azul-gelo – sibilou:

– Aquela de preto está olhando para a gente!

Um dos garotos – os dois estavam de smoking, ambos eram louros, e musculosos; o tipo básico de atleta – disse:

– Não. Ela está olhando para os bronzeadores.

Empurrei os óculos para o topo da cabeça, para eles verem que eu estava realmente encarando-os.

– Merda – disseram os garotos ao mesmo tempo. Largaram a embalagem de cerveja como se ela subitamente tivesse pegado fogo. A súbita explosão de vidro e cerveja fez com que todo mundo na loja, menos eu, claro, pulasse de susto.

Kurt, atrás do balcão, ergueu os olhos do seu exemplar de *Surf Digest* e perguntou:

– Que diabo...?

Em seguida fez uma coisa muito surpreendente. Enfiou a mão sob o balcão e pegou um taco de beisebol.

Gina observou isso com grande interesse.

– Vai fundo, meu querido – disse ela a Kurt.

Kurt pareceu não ouvir essas palavras de encorajamento. Ignorou a todos nós e deu um pulo até onde a embalagem de cervejas estava, atrás da gôndola de bronzeadores. Olhou para a sujeira espumante com vidro quebrado e papelão e perguntou de novo, em tom de lamento:

– Que diabo...?

Só que dessa vez não disse *diabo*, se é que você me entende. Gina foi olhar a bagunça.

– Ah, que pena – disse ela cutucando um dos cacos maiores com sua sandália plataforma. – O que você acha que provocou isso, um terremoto?

Quando meu padrasto, levando-a do aeroporto para nossa casa, perguntou o que ela mais queria experimentar na Califórnia, Gina respondeu sem hesitação: "Um grande terremoto." Terremoto era a única coisa que a gente não tinha muito em Nova York.

– Não houve terremoto – disse Kurt. – E essas cervejas são da geladeira que fica naquela parede lá atrás. Como vieram parar aqui?

Kelly e Debbie se juntaram a Gina e Kurt examinando os danos e imaginando a causa. Só eu fiquei para trás. Acho que poderia ter dado uma explicação, mas não creio que alguém fosse acreditar – pelo menos se eu dissesse a verdade. Bem, Gina provavelmente acreditaria. Ela sabia um pouquinho sobre o negócio de ser mediadora – mais do que todo mundo que eu conhecia, com a exceção, talvez, do meu meio-irmão mais novo, Mestre, e do padre Dom.

Mesmo assim o que ela sabia não era muito. Eu sempre tive meus segredos. Facilita as coisas, sabe.

Achei que seria mais sensato simplesmente ficar de fora. Abri meu refrigerante e tomei um baita gole. Ah. Benzoato de potássio! Sempre bate fundo.

Só então, com os pensamentos em devaneio, notei a manchete na primeira página do jornal local. Anunciava: *Quatro mortos em acidente noturno.*

– Talvez alguém tenha apanhado e fosse comprar – dizia Kelly – e no último minuto mudou de ideia e deixou ali na prateleira...

– É – interrompeu Gina entusiasmada. – E então um terremoto derrubou!

Não houve terremoto – disse Kurt. Só que não parecia tão seguro quanto antes. – Houve?

– Eu senti alguma coisa – murmurou Debbie.

Kelly concordou:

– É, acho que eu senti também.

– Só por um minutinho – explicou Debbie.

– É – disse Kelly.

– Droga! – Gina pôs as mãos nos quadris. – Vocês estão dizendo que houve um terremoto de verdade agora mesmo e eu *perdi*?

Peguei um exemplar do jornal na pilha e desdobrei.

Quatro formandos da Escola Robert Louis Stevenson morreram tragicamente num acidente de carro ontem à noite enquanto voltavam de um baile. Felicia Bruce, 17 anos; Mark Pulsford, 18; Josh Saunders, 18; e Carrie

Whitman, 18, foram declarados mortos no local depois de uma colisão frontal num trecho perigoso da autoestrada Califórnia 1 que fez o carro atravessar uma barreira de segurança e cair no mar.

– Como é a sensação? – perguntou Gina. – Para eu saber, se houver outro.

– Bem – disse Kelly. – Esse não foi muito grande. Só foi... bem, se você passou por um bocado deles, acaba sabendo, certo? É como uma sensação que a gente tem; na nuca. Os pelos ficam arrepiados.

– É – concordou Debbie. – Foi isso que eu senti. Não tanto como se o chão se mexesse *embaixo* de mim, mas como se uma brisa fria passasse *através* de mim bem depressa.

– Exatamente – disse Kelly.

Uma névoa densa que veio do mar depois da meia-noite de ontem, provocando baixa visibilidade e condições perigosas para dirigir ao longo do litoral conhecido como Big Sur, teria colaborado para o acidente.

– Isso não se parece com nenhum terremoto do qual eu já ouvi falar – declarou Gina, com o ceticismo nítido na voz. – Parece mais história de fantasma.

– Mas é verdade – insistiu Kelly. – Algumas vezes existem tremores que são tão pequenos que não dá para sentir realmente. São muito localizados. Por exemplo, há dois meses houve um terremoto que derrubou um pedaço considerável de uma cobertura no pátio da nossa escola. E foi só isso. Nenhum outro dano aconteceu em outros lugares.

Gina não pareceu impressionada. Não sabia o que eu sabia, que aquele pedaço do telhado da escola caiu não por causa de um terremoto, e sim por uma ocorrência sobrenatural provocada por uma discussão entre mim e um fantasma inconformado.

– Minha cadela sempre sabe quando vai haver um terremoto – disse Debbie. – Ela não sai de baixo da mesa da piscina.

– Ela estava embaixo da mesa da piscina hoje de manhã? – quis saber Gina.

– Bem. Não...

O motorista do outro veículo, um menor cujo nome não foi revelado pela polícia, feriu-se no acidente, mas foi tratado e liberado do Hospital Carmel. Ainda não se sabe se bebidas alcoólicas contribuíram para causar o acidente, mas a polícia diz que investigará a questão.

– Olhem – disse Gina. Em seguida se abaixou e pegou alguma coisa no meio dos cacos. – Uma sobrevivente.

Ela ergueu uma garrafa de Budweiser.

– Bem – disse Kurt pegando a garrafa. – Já é alguma coisa, eu acho.

O sino na porta do Jimmy's tocou, e de repente entraram meus dois meios-irmãos seguidos por dois de seus colegas surfistas. Tinham tirado as roupas de neoprene e abandonado as pranchas em algum lugar. Aparentemente estavam numa pausa para comer.

– Oi, Brad – disse Debbie em tom de flerte.

Dunga retribuiu seu cumprimento, de um modo extremamente desajeitado – desajeitado porque, mesmo que fosse com Debbie que Dunga estava ficando, era de Kelly que ele realmente gostava.

Mas o pior era que, desde a chegada de Gina, ele também a vinha paquerando de modo escandaloso.

– Oi, Brad – disse Gina. Seu tom não era de flerte. Ela jamais flertava. Era muito direta com os garotos. Por esse motivo, desde o sétimo ano não ficava sem alguém para sair nas noites de sábado. – Oi, Jake.

Com a boca cheia de carne, Soneca se virou para ela e piscou. Eu achava que ele tinha algum problema com drogas, mas depois descobri que está sempre desse jeito.

– Oi – disse Soneca. Em seguida engoliu e fez uma coisa extraordinária. Bem, pelo menos para Soneca.

Sorriu.

Foi realmente demais. Eu morava com esses caras havia quase dois meses, desde que mamãe tinha se casado com o pai deles e me feito mudar do outro lado do país para vivermos todos juntos e sermos Uma Grande Família Feliz, e durante esse tempo talvez eu tenha visto Soneca sorrir umas duas vezes. E agora ali estava ele, babando pela minha melhor amiga.

Fiquei enjoada, juro. Enjoada!

– E aí – disse Soneca. – Vocês vão voltar lá para baixo? Quero dizer, para a água?

– Bom – respondeu Kelly devagar. – Acho que depende...

Gina foi direto ao ponto:

– O que vocês vão fazer? – perguntou aos garotos.

– Vamos voltar e ficar mais uma hora, mais ou menos – respondeu Soneca. – Depois vamos parar para comer uma pizza. Está a fim?

– Pode ser – disse Gina. E me olhou interrogativamente. – Simon?

Segui a direção de seu olhar, e vi que ela havia notado o jornal na minha mão. Coloquei-o de volta rapidamente.

– Claro – falei. – Tanto faz.

Achei que era melhor comer enquanto ainda podia. Estava com a sensação de que em breve ficaria bem ocupada.

3

— Ah – disse o padre Dominic. – Os Anjos da RLS. – Nem olhei para ele. Estava jogada numa das cadeiras que ele mantém diante de sua mesa, jogando um Gameboy que um dos professores tinha confiscado de algum aluno e que no fim foi parar na gaveta de baixo da mesa do diretor. Seria bom ter essa gaveta do padre Dom em mente quando o Natal chegasse. Tinha uma boa ideia de onde arranjar presentes para Soneca e Dunga.

– Anjos? – resmunguei, e não somente porque estava perdendo feio no Tetris. – Não havia nada muito angélico neles, se é que o senhor quer saber.

– Eram jovens muito bonitos, pelo que eu soube. – O padre Dominic começou a remexer nas pilhas de papel sobre a mesa. – Líderes de turma. Jovens muito inteligentes. Acho que foi o diretor da escola que os chamou de Anjos da RLS no comunicado à imprensa sobre a tragédia.

– Hã. – Tentei virar um objeto de formato estranho e enfiar no pequeno espaço destinado a ele. – Anjos que estavam tentando levantar uma caixa de cervejas.

– Aqui. – O padre Dom achou um exemplar do jornal que eu tinha olhado na véspera, só que ele, diferentemente de mim, se dera ao trabalho de abri-lo. Foi até o obituário, onde havia fotos dos falecidos. – Dê uma olhada, veja se são os jovens que você viu.

Entreguei-lhe o Gameboy.

– Termine esse jogo para mim – falei, pegando o jornal.

O padre Dominic olhou para o Gameboy, consternado.

– Minha nossa. Acho que eu não...

– É só girar as formas para fazer com que elas se encaixem nos espaços embaixo. Quanto mais fileiras o senhor completar, melhor.

– Ah – respondeu o padre Dominic. O Gameboy soltava *bings* e *bongs* enquanto ele apertava os botões freneticamente.

21

– Minha nossa. Acho que qualquer coisa mais complicada do que um jogo de paciência no computador...

Sua voz sumiu enquanto se entretinha no jogo. Embora eu devesse estar lendo o jornal, olhei para ele.

É um velhinho gentil, o padre Dominic. Normalmente está furioso comigo, mas isso não significa que eu não goste dele. Na verdade eu estava ficando surpreendentemente ligada ao cara. Descobri que mal podia esperar, por exemplo, para vir correndo contar a ele sobre os garotos que tinha visto no mercadinho. Acho que é porque, após 16 anos sem poder contar a ninguém sobre minha capacidade "especial", finalmente encontrara alguém com quem podia me abrir, já que o padre Dom tinha a mesma capacidade "especial" – algo que descobri no primeiro dia na Academia da Missão Junípero Serra.

Mas o padre Dominic é um mediador muito melhor do que eu. Bem, talvez não melhor. Mas diferente, sem dúvida. Veja só, ele realmente acha que é melhor tratar os fantasmas com orientação gentil e conselhos sérios – e o mesmo se aplica aos vivos. Eu sou mais a favor de uma abordagem direta ao ponto, que tende a envolver meus punhos.

Bem, algumas vezes esses mortos simplesmente não *ouvem*.

Nem todos, claro. Alguns são ótimos ouvintes. Como o que mora no meu quarto, por exemplo.

Mas ultimamente venho fazendo o máximo para não pensar nele mais do que o necessário.

Voltei a atenção ao jornal que o padre Dom havia me entregado. É, ali estavam eles, os Anjos da RLS. A mesma garotada que eu tinha visto antes no Jimmy's, só que nas fotos da escola não usavam roupas de festa.

O padre Dom estava certo. Eram bonitos. E inteligentes. E líderes. Felicia, a mais nova, fora chefe da torcida da escola. Mark Pulsford, capitão do time de futebol. Josh Saunders tinha sido presidente da turma no último ano. Carrie Whitman, a rainha do baile das boas-vindas no último período – o que não é exatamente um cargo de liderança, mas mesmo assim era eleito de modo bastante democrático. Quatro jovens inteligentes e bonitos, todos mortos.

E, pelo que eu sabia, a fim de barbarizar.

Os obituários eram tristes e coisa e tal, mas eu não tinha conhecido aquela gente. Eles estudavam na escola Robert Louis Stevenson, a maior rival da nossa. A Academia da Missão Junípero Serra, onde eu e meus meios-irmãos estudávamos, e da qual o padre Dom é o diretor, vive levando surras acadêmicas e esportivas da RLS. E ainda que eu não possua muito espírito escolar, sempre senti uma queda pelos perdedores – o que, em comparação com a RLS, a Academia da Missão é, sem dúvida.

Por isso não ia ficar toda sentida pela perda de alguns alunos da RLS. Ainda mais sabendo o que eu sabia.

Não que soubesse grande coisa. Na verdade não sabia nada. Mas na noite anterior, após voltar para casa depois da pizza com Soneca e Dunga, Gina havia sucumbido ao sono – nós temos três horas de diferença com relação a Nova York, de modo que, por volta das 21 horas, Gina praticamente apagou no sofá-cama que mamãe tinha comprado para ela dormir no meu quarto durante a estada.

Não me importei. O sol tinha me exaurido, então fiquei bastante satisfeita em me sentar na cama, do outro lado do quarto, e fazer o dever de geometria que tinha prometido a mamãe que terminaria antes da chegada de Gina.

Foi mais ou menos nessa hora que Jesse se materializou de repente perto da minha cama.

– Psiu! – reagi quando ele começou a falar e apontei para minha amiga. Eu tinha lhe explicado, bem antes da chegada dela, que Gina vinha de Nova York ficar uma semana, e que eu agradeceria se ele fosse discreto durante a visita.

Não é exatamente uma piada ter de dividir o quarto com o inquilino anterior – o *fantasma* do inquilino anterior, devo dizer, já que Jesse está morto há cerca de um século e meio.

Por outro lado, consigo entender muito bem a posição de Jesse. Não é sua culpa ter sido assassinado – pelo menos é como suspeito que ele morreu. Ele – compreensivelmente – não se sente muito ansioso para falar sobre isso.

E acho que também não é culpa dele se, depois da morte, em vez de partir para o céu, ou para o inferno, ou para outra vida, ou sei lá para onde as pessoas vão depois que morrem, ele tenha acabado preso no quarto onde foi morto. Porque, independentemente do que você possa pensar, a maioria das pessoas não vira fantasma. Graças a Deus. Se fosse assim, minha vida social seria tão... não que ela seja fantástica, para começar. As únicas pessoas que viram fantasmas são as que deixam algum tipo de negócio inacabado.

Não faço a menor ideia quanto ao que Jesse deixou inacabado – e a verdade é que também não creio que ele saiba. Mas não parece justo que, se estou destinada a dividir o quarto com o fantasma de um defunto, ele seja tão gato.

Sério mesmo. Jesse é lindo demais para minha paz de espírito. Eu posso ser mediadora, mas ainda sou humana, caramba.

Mas, de qualquer modo, ali estava ele, depois de eu ter lhe dito muito educadamente que passasse um tempo sem aparecer. Todo masculino, gato e coisa e tal na roupa de fora da lei do século XIX que ele sempre usa. Você conhece o tipo: com aquelas calças pretas justas e a camisa branca aberta *até o...*

– Quando ela vai embora? – perguntou Jesse, fazendo com que eu desviasse os olhos do lugar até onde sua camisa se abria, revelando um abdômen extremamente musculoso, e me concentrasse em seu rosto. Um rosto que, como provavelmente não preciso enfatizar, é totalmente perfeito, a não ser por uma pequena cicatriz branca numa das sobrancelhas escuras.

Ele nem se incomodou em sussurrar. Gina não poderia ouvi-lo.

– Já falei – respondi. Eu, por outro lado, tinha de sussurrar, uma vez que havia grande probabilidade de ser ouvida. – No domingo que vem.

– Tanto tempo assim?

Jesse estava irritado. Eu gostaria de dizer que ele estava irritado porque considerava cada instante que eu passava com Gina um momento roubado dele, e que se ressentia profundamente dela por causa disso.

Mas, para ser honesta, duvido tremendamente de que fosse isso. Tenho quase certeza de que Jesse gosta de mim, e coisa e tal...

Mas só como amiga. Não de um modo especial. Por que deveria? Ele tem 150 anos – 170 se você contar o fato de que estava com uns 20 quando morreu. O que um cara que viveu 170 anos de coisas poderia ver numa garota de 16 do segundo ano do ensino médio que nunca teve namorado e sequer consegue passar no exame de motorista?

Não podia ser grande coisa.

Vamos encarar os fatos, eu sabia perfeitamente bem por que Jesse queria que Gina fosse embora.

Por causa de Spike.

Spike é o nosso gato. Digo "nosso" gato porque, apesar de os animais em geral não suportarem fantasmas, Spike desenvolveu uma estranha afinidade com Jesse. O seu afeto por Jesse equilibra, de certo modo, sua total falta de consideração para comigo, mesmo que seja eu quem lhe dê comida, limpe sua caixa de areia e, ah, sim, o tenha resgatado de uma vida de privações nas malvadas ruas de Carmel.

E aquela coisa idiota demonstra um mínimo de gratidão por mim? De jeito nenhum. Mas Jesse, ele adora. Na verdade, Spike passa a maior parte do tempo fora de casa e só se incomoda em aparecer quando sente que Jesse pode ter se materializado.

Como agora, por exemplo. Ouvi uma batida familiar no telhado da varanda – Spike pousando depois de pular do pinheiro em que sempre sobe para chegar ali – e depois o grande pesadelo laranja estava passando pela janela que eu tinha deixado aberta para ele, miando de dar dó, como se não fosse alimentado há séculos.

Quando Jesse viu Spike, foi até ele e começou a coçá-lo atrás das orelhas, fazendo o gato ronronar tão alto que achei que fosse acordar Gina.

– Olhe – falei. – É só por uma semana. Spike vai sobreviver.

Jesse me olhou com uma expressão que parecia sugerir que eu havia escorregado alguns pontos na escala de QI.

– Não é com o Spike que estou preocupado.

Isso só serviu para me confundir. Eu sabia que não podia ser *comigo* que Jesse estava preocupado. Quero dizer, acho que entrei em algumas encrencas desde que o conheci – encrencas das quais, com frequência, ele teve de me tirar. Mas agora não estava acontecendo nada. Bem, fora os quatro garotos mortos que eu tinha visto à tarde no Jimmy's.

– É? – Olhei Spike virar a cabeça para trás num êxtase óbvio enquanto Jesse o coçava embaixo do queixo. – Então o que é? Gina é maneira, você sabe. Mesmo que ela descobrisse sobre você, duvido de que iria sair correndo e gritando do quarto, ou sei lá o quê. Ela provavelmente só iria querer sua camisa emprestada uma hora dessas, ou algo do tipo.

Jesse olhou para minha hóspede. De Gina só dava para ver uns calombos embaixo do edredom e um monte de caracóis cor de cobre espalhados no travesseiro embaixo da cabeça.

– Tenho certeza de que ela é muito... legal – disse Jesse, meio hesitante. Algumas vezes meu vocabulário do século XXI o incomoda. Mas tudo bem. Seu emprego frequente do espanhol, língua da qual não falo uma palavra, me incomoda. – Só que aconteceu uma coisa...

Isso me deixou alerta. Ele parecia bastante sério. Tipo, talvez o que houvesse acontecido era que ele finalmente percebeu que eu era a mulher perfeita para ele, e que durante todo esse tempo ele vinha lutando contra uma atração avassaladora por mim, e que finalmente teve de desistir da luta diante de minha incrível irresistibilidade.

Mas aí ele teve de dizer:

– Andei ouvindo umas coisas.

Afundei nos travesseiros, desapontada.

– Ah. Então você sentiu uma perturbação na Força, foi, Luke?

Jesse franziu as sobrancelhas, perplexo. É claro que não fazia ideia do que eu estava falando. Meus raros ataques de humor espirituoso são quase sempre desperdiçados com ele. Não é de espantar que não esteja nem um pouquinho apaixonado por mim.

Suspirei e disse:

– Então você ouviu algo de podre no reino dos fantasmas. O que foi?

Jesse costumava captar coisas que aconteciam no que eu gosto de chamar de plano espectral, coisas que frequentemente não têm nada a ver com ele, mas que em geral terminam me envolvendo, muitas vezes de algum modo que põe minha vida em risco – ou pelo menos fazendo uma confusão terrível. Na última vez em que ele tinha "ouvido umas coisas" acabei quase sendo morta por um empresário imobiliário psicótico.

Então acho que dá para ver por que meu coração não fica exatamente empolgado quando Jesse diz que ouviu alguma coisa.

– Há alguns recém-chegados – disse ele enquanto continuava a acariciar Spike. – Jovens.

Levantei as sobrancelhas, lembrando-me dos garotos vestidos com roupa de baile no Jimmy's.

– É?

– E estão procurando alguma coisa.

– É. Eu sei. Cerveja.

Jesse balançou a cabeça. Estava com uma expressão meio distante e não olhava para mim, e sim para além de mim, como se houvesse uma coisa bem distante, logo atrás do meu ombro direito.

– Não – disse ele. – Não é cerveja. Eles estão procurando alguém. E estão com raiva. – Seus olhos escuros entraram em foco e se cravaram no meu rosto. – Estão com muita raiva, Suzannah.

Seu olhar era tão intenso que tive de baixar o meu. Os olhos de Jesse são de um castanho tão profundo, e muitas vezes não sei onde terminam suas pupilas e começam as íris. É meio irritante. Quase tão irritante quanto o modo como ele sempre me chama pelo nome inteiro, Suzannah. Ninguém, além do padre Dominic, me chama assim.

– Com raiva? – Olhei para o caderno de geometria. Os garotos que eu vi não pareciam raivosos. Com medo, talvez, depois de perceberem que eu podia vê-los. Mas não com raiva. Achei que ele devia estar falando de outras pessoas. – Tudo bem. Ficarei de olhos bem abertos. Obrigada – agradeci.

Jesse parecia a fim de dizer mais alguma coisa, mas de repente Gina rolou, levantou a cabeça e franziu os olhos na minha direção.

– Suze? – disse ela, sonolenta. – Com quem você está falando?

– Ninguém. – Rezei para que ela não pudesse ler a culpa na minha expressão. Odeio mentir para Gina. Afinal de contas, ela é minha melhor amiga. – Por quê?

Gina se apoiou nos cotovelos e olhou boquiaberta para Spike.

– Então esse é o famoso Spike, de quem ouvi seus irmãos falarem tanto? Nossa, ele é feio *mesmo*.

Jesse, que tinha ficado onde estava, ficou na defensiva. Spike era o seu xodó, e ninguém pode sair chamando o xodó de Jesse de feio.

– Ele não é tão mau – falei, esperando que Gina captasse a mensagem e calasse a boca.

– Você está doida? Simon, esse negócio aí só tem uma orelha.

De repente, o grande espelho com moldura dourada acima da penteadeira começou a tremer. Jesse tinha uma tendência a fazer isso sempre que ficava chateado, chateado de verdade.

Sem saber disso, Gina olhou o espelho numa empolgação crescente.

28

– Ei! – exclamou ela. – Isso aí! Mais um!

Queria dizer um terremoto, claro, mas este, como o anterior, não era terremoto. Era só Jesse soltando fogo pelas ventas.

A próxima coisa que eu vi foi um vidro de esmalte de unhas que Gina tinha deixado na penteadeira sair voando e, desafiando a lei da gravidade, pousar de cabeça para baixo na mala que ela havia posto no chão, perto do sofá-cama, a mais de 2 metros de distância.

Provavelmente não preciso acrescentar que o vidro de esmalte – que era verde-esmeralda – estava sem tampa. E que foi parar em cima das roupas que Gina ainda não havia tirado da mala.

Gina soltou um grito agudo terrível, jogou o edredom longe e se atirou no chão, tentando salvar o que pudesse. Enquanto isso, eu lançava um olhar raivoso para Jesse.

Mas tudo o que ele disse foi:

– Não me olhe assim, Suzannah. Você ouviu o que ela falou sobre ele – Jesse parecia magoado. – Chamou de feio.

Resmunguei:

– *Eu* digo que ele é feio o tempo todo, e você nunca faz isso *comigo*.

Ele levantou a sobrancelha que tinha a cicatriz e falou:

– Bem, é diferente quando você diz.

E então, como se não suportasse nem mais um minuto, desapareceu abruptamente, deixando Spike muito desolado – e Gina muito confusa.

– Não entendo – disse ela enquanto levantava um maiô de oncinha que agora estava manchado, sem recuperação. – Não entendo como isso aconteceu. Primeiro a cerveja naquele mercadinho e agora isso. Vou lhe contar, a Califórnia é *esquisita*.

Refletindo sobre tudo isso na sala do padre Dominic na manhã seguinte, acho que consegui entender como Gina se sentiu. Quero dizer, provavelmente parecia que as coisas estavam voando um bocado ultimamente. O denominador comum, que Gina ainda nao tinha notado, é que elas só voavam quando *eu* estava presente.

Tive a sensação de que, se ela ficasse a semana inteira, iria acabar sacando. E rápido.

O padre Dominic estava vidrado no Gameboy que eu lhe dera. Larguei a página do obituário e disse:

– Padre Dom.

Seus dedos martelavam freneticamente os botões que controlavam as peças do jogo.

– Um minuto, por favor, Suzannah.

– Olha, padre Dom. – Balancei o jornal na sua direção. – São eles. Os garotos que eu vi ontem.

– Ahã – disse o padre. O Gameboy soltou bipes.

– Então acho que devemos ficar atentos. O Jesse me falou... – O padre Dominic sabia sobre Jesse, embora o relacionamento deles não fosse, digamos, dos mais íntimos: o padre D. tinha um enorme problema com o fato de que, basicamente, havia um rapaz morando no meu quarto. Ele bateu um papo particular com Jesse, mas apesar de ter saído meio tranquilizado – sem dúvida com o fato de que Jesse obviamente não tinha o menor interesse por mim, em termos amorosos –, mesmo assim ficava claramente desconfortável sempre que o nome de Jesse era citado, por isso eu só tentava mencioná-lo quando era absolutamente necessário. Agora achei que fosse uma dessas ocasiões.

– Jesse falou que sentiu uma grande... é... agitação por lá. – Pousei o jornal e apontei para cima, por falta de uma direção melhor. – E muita raiva. Parece que temos uns turistas infelizes por aí. Disse que eles estão procurando alguém. A princípio achei que não podia estar falando desses caras – bati no jornal –, porque tudo o que eles pareciam estar procurando era cerveja. Mas é possível que tenham outro objetivo. – Um objetivo mais assassino, pensei, mas não falei alto.

Mas o padre Dom, como acontecia sempre, pareceu ler meus pensamentos.

– Que coisa, Suzannah! – disse ele erguendo o olhar da tela do Gameboy. – Você não pode estar pensando que esses jovens que você viu e a agitação sentida por Jesse tenham alguma relação, pode? Porque devo dizer que acho muito improvável. Pelo que eu soube, os Anjos eram apenas isso... verdadeiros faróis em sua comunidade.

Nossa! Faróis! Imaginei se havia alguém que algum dia falaria de *mim* como um farol, depois que eu morresse. Duvidei tremendamente. Nem minha mãe chegaria tão longe.

Mas guardei meus sentimentos. Sabia, pela experiência, que o padre D. não ia gostar do que eu estava pensando, que dirá acreditar. Em vez disso falei:

– Bem, só fique de olhos abertos, certo? Avise se vir esse pessoal por aí. Quero dizer, os... é... Anjos.

– Claro. – O padre Dom balançou a cabeça. – Que tragédia! Coitados. Tão inocentes. Tão jovens. Ah. Minha nossa. – Ele levantou o Gameboy, sem jeito. – Pontuação máxima.

Foi então que decidi que eu tinha passado tempo suficiente na sala do diretor para um dia só. Gina, que havia estudado comigo lá no Brooklyn, tirava férias de primavera num período diferente da Academia da Missão, por isso, enquanto passava as férias na Califórnia, precisava suportar alguns dias me seguindo de uma sala de aula à outra – pelo menos até eu descobrir um modo de matar aula sem ser apanhada. Gina estava na aula de história geral, do Sr. Walden, e eu não tinha dúvidas de que estava se metendo em todo tipo de encrenca enquanto eu ficava longe.

– Certo, então – falei, me levantando. – Avise se souber de mais alguma coisa sobre esses garotos.

– Sim, sim – disse o padre Dominic com a atenção fixa de novo no Gameboy. – Tchau.

Enquanto saía de sua sala, pude jurar que o ouvi dizer um palavrão depois que o Gameboy soltou um bipe de alerta. Mas isso seria tão improvável que devo ter ouvido mal.

É. Certo.

4

Quando voltei à aula de história geral, Kelly Prescott, meu amigo Adam, Rob Kelleher – um dos atletas da turma e amigão do Dunga – e um garoto quieto de cujo nome nunca me lembro estavam acabando uma apresentação chamada Corrida Armamentista Nuclear: Quem Chegará na Frente?

Era uma tarefa idiota, se você me perguntasse. Digo, com a queda do comunismo na Rússia, quem se importava?

Acho que esse era o ponto. A gente *deveria* se importar. Porque, como revelavam os cartazes que o grupo de Kelly estava segurando, havia alguns países com mais bombas e coisas parecidas do que nós.

– Certo – estava dizendo Kelly enquanto eu entrava e colocava o passe de saída na mesa do Sr. Walden antes de ir para minha carteira. – Tipo, como vocês podem ver, os Estados Unidos têm um bom estoque de mísseis e coisa e tal, mas quanto a tanques, os chineses têm sido bem melhores em incrementar seu aparato militar... – Kelly apontou para um punhado de pequenas bombas vermelhas em seu gráfico. – E eles poderiam nos aniquilar totalmente, se quisessem.

– Só que – observou Adam – há mais armas de uso particular nos Estados Unidos do que em todo o exército chinês, de modo que...

– E daí? – perguntou Kelly. Eu podia sentir que havia alguma divisão entre as tropas daquele grupo específico. – De que adiantam armas particulares contra tanques? Tenho certeza de que todos vamos ficar atirando com nossas armas pessoais contra os tanques com os quais os chineses vão nos esmagar.

Adam revirou os olhos. Não estava exatamente empolgado por ficar num grupo com Kelly.

– É – disse Rob.

A nota para os trabalhos em grupo era dividida: eram dados trinta por cento pela participação. Acho que esse "é" foi a contribuição de Rob.

O garoto cujo nome eu não sabia não disse nada. Era alto e magro, de óculos. Tinha o tipo de pele branca e opaca que tornava óbvio que não ia muito à praia. O Palm Pilot no bolso da camisa revelava por quê.

Gina, que estava sentada atrás de mim, se inclinou e me entregou um bilhete escrito numa página do caderno espiral em que estivera rabiscando.

Onde é que você esteve?

Peguei uma caneta e escrevi de volta: *Eu disse a você. O diretor queria me ver.*

Por quê?, perguntou Gina. *Você andou armando seus velhos truques de novo?*

Não a culpei por perguntar. Digamos apenas que na nossa escola antiga, lá no Brooklyn, eu era obrigada a matar aula um bocado. Bem, o que você esperava? Eu era a única mediadora em todos os cinco distritos de Nova York. É muito fantasma! Aqui pelo menos eu tinha o padre D. para ajudar de vez em quando.

Escrevi de volta: *Nada do tipo. O padre Dom é o conselheiro do nosso grêmio estudantil. Tive de verificar com ele uns gastos recentes.*

Achei que esse seria um tópico tão chato que Gina iria deixar de lado, mas não fez isso, não mesmo.

E daí? O que foram? Quero dizer, os gastos?

De repente o caderno foi arrancado das minhas mãos. Ergui os olhos e vi Cee Cee, que sentava na minha frente nessa aula e havia se tornado minha melhor amiga desde que eu tinha me mudado para a Califórnia, rabiscar nele furiosamente. Alguns segundos depois ela o passou de volta.

Você soube?, tinha escrito Cee Cee em sua letra esparramada. *Sobre o Michael Meducci?*

Escrevi de volta: *Acho que não. Quem é Michael Meducci?*

33

Quando leu o que eu tinha escrito Cee Cee fez uma careta e apontou para o garoto parado na frente da sala, o branquelo com o Palm Pilot.

Ah, murmurei. Bom, eu só estava na Academia da Missão havia dois meses, desde janeiro. Então me processe se ainda não sabia o nome de todo mundo.

Cee Cee se curvou sobre o caderno, escrevendo o que parecia ser um romance. Gina e eu trocamos olhares. Gina pareceu achar divertido. Parecia achar toda a minha existência na Costa Oeste tremendamente divertida.

Por fim Cee Cee entregou o caderno. Tinha rabiscado nele: *Mike é que estava dirigindo o outro carro naquele acidente na Estrada Pacific Coast na noite de sábado. Você sabe, aquele em que morreram os quatro alunos da RLS.*

Minha nossa, pensei. Essa é a vantagem de ser amiga da editora do jornal estudantil. De algum modo Cee Cee sempre consegue saber tudo sobre todo mundo.

Ouvi dizer que ele vinha da casa de um amigo, escreveu ela. *Havia neblina, e acho que eles não se viram até o último minuto, quando todo mundo virou o volante. O carro dele subiu num barranco, mas o dos outros bateu na barreira de proteção e mergulhou 60 metros dentro do mar. Todo mundo no outro carro morreu, mas Michael escapou só com duas costelas contundidas por causa do* air-bag.

Levantei os olhos e espiei Mike Meducci. Não parecia um garoto que naquele fim de semana tinha se envolvido num acidente que matou quatro pessoas. Parecia um garoto que talvez tivesse ficado acordado até tarde jogando videogame ou participando de uma sala de bate-papo sobre *Guerra nas estrelas* na internet. Eu estava sentada muito longe para ver se os dedos dele, segurando o cartaz, tremiam, mas na expressão tensa do seu rosto havia alguma coisa sugerindo que estavam.

É especialmente trágico, rabiscou Cee Cee, *quando a gente considera o fato de que no mês passado a irmã menor dele – você não a conhece, ela é do oitava ano – quase se afogou numa festa à beira da piscina e está em coma desde então. Isso é que é maldição de família...*

– Então concluindo – disse Kelly, sem tentar fingir que não estava lendo numa ficha e juntando todas as palavras de modo que mal dava para perceber o que estava falando. – Os-Estados-Unidos-precisam-gastar-muito-mais-dinheiro-in-crementando-seu-aparato-militar-porque-ficamos-atrasados-com-relação-aos-chineses-e-eles-podem-nos-atacar-quando-quiserem-obrigada.

O Sr. Walden estivera sentado com os pés apoiados na mesa, olhando por cima de nossas cabeças, para o mar, que dá para ver claramente pelas janelas da maioria das salas de aula da Academia da Missão. Agora, ouvindo o silêncio súbito que caiu sobre a sala, levou um susto e baixou os pés no chão.

– Muito bem, Kelly – disse, ainda que obviamente não tivesse escutado uma palavra do que ela havia dito. – Alguém tem alguma pergunta para Kelly? Certo, ótimo, próximo grupo...

Então o Sr. Walden piscou para mim.

– Hã... – disse ele numa voz estranha. – Sim?

Como eu não tinha levantado a mão nem indicado que tinha algo a dizer, fiquei meio pasma. Então uma voz atrás de mim disse:

– Hã, desculpe, mas essa conclusão de que nós, como pais, precisamos começar a incrementar o arsenal militar para competir com os chineses me parece tremendamente mal concebida.

Virei-me lentamente na cadeira e olhei para Gina. Ela estava com uma expressão perfeitamente calma. Mesmo assim eu a conhecia.

Ela estava entediada. E esse era o tipo de coisa que Gina fazia quando estava entediada.

O Sr. Walden se ajeitou ansioso na cadeira e disse:

– Parece que a convidada da Srta. Simon discorda da conclusão à qual vocês chegaram, Grupo Sete. Como gostariam de responder?

– Mal concebida em que sentido? – perguntou Kelly, sem consultar qualquer um dos membros do grupo.

– Bem, eu só acho que o dinheiro do qual vocês estão falando seria mais bem gasto em outras coisas, além de garantir que nós tenhamos tantos tanques quanto os chineses – disse Gina.

– Quero dizer, quem se importa se eles têm mais tanques do que nós? Eles não vão poder dirigir todos os tanques até a Casa Branca e dizer: "Certo, rendam-se agora, porcos capitalistas." Puxa, há um oceano bem grande entre nós, não é?

O Sr. Walden estava praticamente batendo palmas de alegria.

– Então como sugere que o dinheiro seja mais bem gasto, Srta. Augustin?

Gina deu de ombros.

– Bem, em educação, é claro.

– De que adianta a educação – quis saber Kelly – quando há um tanque apontando para você?

Adam, parado junto de Kelly, revirou os olhos expressivamente.

– Talvez se nós educássemos melhor as gerações futuras – disse ele – elas possam evitar a guerra, por meio da diplomacia criativa e do diálogo inteligente com os outros homens.

– É – concordou Gina. – O que ele disse.

– Com licença, mas vocês todos piraram? – perguntou Kelly.

O Sr. Walden jogou um pedaço de giz na direção do Grupo Sete. O giz acertou o cartaz deles com ruído e quicou. Esse não era um comportamento incomum da parte do Sr. Walden. Ele costumava jogar giz quando achava que não estávamos prestando atenção, particularmente depois do almoço, quando todos ficávamos meio atordoados por ter ingerido salsichas demais.

Incomum de verdade foi a reação de Mike Meducci quando o giz acertou o cartaz que ele estava segurando. Soltou o gráfico com um grito e se abaixou – se abaixou de verdade, com as mãos em cima do rosto – como se um tanque chinês estivesse indo em sua direção.

O Sr. Walden não notou isso. Ainda estava furioso demais.

– A tarefa de vocês era levantar uma argumentação persuasiva – gritou para Kelly. – Querer saber se os detratores de sua posição piraram não é argumentar persuasivamente.

– Mas sério, Sr. Walden – disse Kelly. – Se eles olhassem o gráfico, veriam que os chineses têm muito mais tanques do que nós, e nem toda a educação do mundo vai mudar isso...

Foi nesse ponto que o Sr. Walden notou Mike saindo de sua posição defensiva.

– Meducci – disse ele resoluto. – O que há com você?

Percebi que o Sr. Walden não sabia como Mike tinha passado o fim de semana. Talvez também não soubesse da irmã em coma. Como Cee Cee conseguia descobrir essas coisas que nem nossos professores sabiam sempre foi um mistério para mim.

– N... nada – gaguejou Mike, parecendo mais pálido do que nunca. Havia algo estranho em sua expressão. Eu não conseguia identificar exatamente o que havia de errado, mas era algo a mais do que a típica falta de jeito dos nerds. – D... desculpe, Sr. Walden.

Scott Turner, um dos amigos de Dunga, sentado a algumas carteiras de onde eu estava, murmurou "D... desculpe, Sr. Walden" em um sussurro esganiçado, mas mesmo assim suficientemente alto para ser ouvido por todo mundo na sala, especialmente por Michael, cujo rosto pálido ganhou um pouquinho de cor quando os risinhos o alcançaram.

Como vice-presidente da turma do segundo ano é meu dever instilar disciplina nos colegas durante as reuniões do diretório. Mas eu levo as responsabilidades executivas bem a sério e costumo corrigir o comportamento dos meus colegas mais desordeiros sempre que acho necessário, não somente nas assembleias do diretório.

Por isso me inclinei e sussurrei:

– Ei, Scott.

Scott, ainda rindo de sua própria piada, me olhou. E parou de rir abruptamente.

Não sei exatamente o que eu ia dizer – teria de ter algo a ver com o último encontro de Scott com Kelly Preston e uma pinça –, mas infelizmente o Sr. Walden foi mais rápido.

– Turner – gritou ele. – Quero uma redação de mil palavras sobre a Batalha de Gettysburg na minha mesa amanhã de manhã. Grupo Oito, prepare-se para fazer a apresentação amanhã. A turma está dispensada.

Não há sistema de campainha na Academia da Missão. Nós mudamos de sala a cada hora, e devemos fazer isso em silêncio. Todas as salas de aula da Academia da Missão se abrem para caminhos cobertos, ao ar livre, que dão para o lindo pátio contendo um monte de palmeiras bem altas, uma fonte e uma estátua do fundador da missão, Junípero Serra. A Missão, com uns 300 anos de idade, atrai um bocado de turistas, e o pátio é o ponto alto do passeio, depois da basílica.

O pátio é um dos meus locais prediletos para sentar e meditar sobre coisas como... ah, não sei: como tive a infelicidade de nascer uma mediadora e não uma garota normal, e porque não consigo fazer Jesse gostar de mim, você sabe, daquele modo especial. O som da fonte borbulhando, o chilreio dos pardais nos caibros dos caminhos cobertos, o zumbido das asas dos beija-flores em volta dos hibiscos do tamanho de pratos, a conversa em voz baixa dos turistas – que sentem a grandiosidade do lugar e baixam as vozes – tudo isso tornava o pátio da Missão um local tranquilo onde se sentar e meditar sobre o destino.

Mas também era um dos locais preferidos pelas noviças para ficar paradas esperando estudantes inocentes passarem falando alto demais entre as aulas.

Mas ainda não fora criada uma noviça que mantivesse Gina quieta.

– Cara, aquilo foi uma tremenda besteira – reclamou ela em voz alta enquanto íamos até o meu armário. – Que tipo de conclusão foi *aquela*? Tenho toda a certeza de que os chineses virão em tanques para nos atacar! Mas como é que vão chegar aqui? Passando pelo Canadá?

Tentei não rir, mas era difícil. Gina estava escandalizada.

– Eu sei que aquela garota é presidente da turma – continuou ela –, mas por falar em loura burra...

Cee Cee, que estivera andando ao nosso lado, resmungou:

– Cuidado. – Não, como eu tinha pensado, porque, sendo albina, Cee Cee é a mais loura das louras, mas porque uma noviça estava lançando adagas pelos olhos na nossa direção, do outro lado do pátio.

– Ah, bom, é você – disse Gina quando notou Cee Cee, deixando totalmente de perceber seu olhar de alerta para a noviça e sem baixar a voz nem um pouco. – Simon, a Cee Cee aqui disse que vai ao shopping depois da aula.

– É aniversário da minha mãe – explicou Cee Cee num pedido de desculpas. Ela sabe como eu me sinto com relação a shoppings. Gina, que sempre tivera uma espécie de memória seletiva, aparentemente havia esquecido. – Tenho de comprar um perfume, um livro, ou sei lá o quê para ela.

– O que você acha? – perguntou Gina. – Quer ir com ela? Eu nunca estive num verdadeiro shopping da Califórnia. Quero dar uma olhada.

– Você sabe que a Gap vende a mesma coisa em todo o país – falei enquanto girava a combinação da tranca do armário.

– Alooô! – respondeu Gina. – Quem se importa com a Gap? Estou falando de gatinhos.

– Ah. – Guardei o livro de história geral e pesquei o de biologia, que era a próxima aula. – Desculpe. Esqueci.

– Esse é o seu problema, Simon – disse Gina se encostando no armário ao lado do meu. – Você não pensa em garotos o suficiente.

Bati a porta do armário.

– Eu penso um bocado em garotos.

– Não pensa não. – Gina olhou para Cee Cec. – Ela já saiu com algum desde que veio para cá?

– Claro que sim – respondeu Cee Cee. – Bryce Martinson.

– Não – falei.

Cee Cee ergueu a cabeça e me olhou. Ela era um pouco mais baixa do que eu.

– O que você quer dizer com "não"?

– Bryce e eu nunca saímos de verdade – expliquei, meio desconfortável. – Você se lembra, ele quebrou a clavícula...

– Ah, é. Naquele acidente maluco com o crucifixo. E depois se transferiu para outra escola.

É, porque aquele acidente maluco não foi nenhum acidente: o fantasma da namorada de Bryce tinha jogado o crucifixo nele, num esforço totalmente injusto de impedir que eu saísse com o cara.

O que, infelizmente, deu certo.

Então Cee Cee falou, toda animada:

– Mas sem dúvida você saiu com Tad Beaumont. Eu vi vocês dois juntos no Coffee Clutch.

Empolgada, Gina perguntou:

– Verdade? Simon saiu com um cara? Conta como foi.

Cee Cee franziu a testa.

– Bom, o negócio acabou não durando muito, não foi, Suze? Houve um acidente com o tio dele, ou sei lá o quê, e Tad teve de ir morar com uns parentes em São Francisco.

Tradução: depois de eu ter impedido o tio de Tad, um assassino em série psicótico, de matar nós dois, o garoto foi morar com o pai.

Isso é que é gratidão, não é?

– Nossa! – disse Cee Cee, pensativa. – Parece que acontecem coisas ruins com os caras com quem você sai, não é, Suze?

De repente me senti um pouco deprimida e falei:

– Nem todos. – Estava pensando em Jesse. Então me lembrei de que Jesse:

(a) estava morto, de modo que só eu podia vê-lo – portanto não é lá um material fantástico em termos de namorado – e

(b) na verdade nunca tinha me convidado para sair, de modo que não se pode dizer que estávamos exatamente namorando.

Foi mais ou menos aí que alguma coisa passou zumbindo por nós, tão depressa que era apenas um borrão cáqui, seguido por um tênue cheiro levemente familiar de colônia masculina. Olhei em volta e vi que o borrão tinha sido Dunga. Estava dando uma chave de cabeça em Michael Meducci enquanto Scott Turner metia um dedo na cara dele e rosnava:

– *Você* vai escrever aquela redação para mim, Meducci. Sacou? Mil palavras sobre Gettysburg para amanhã de manhã. E não se esqueça de digitar com espaços duplos.

Não sei o que me deu. Algumas vezes sou simplesmente dominada por impulsos sobre os quais não tenho o menor controle.

Mas de repente empurrei meus livros para Gina e fui até onde estava meu meio-irmão. Um segundo depois puxei um tufo do cabelo curto da sua nuca.

– Solte-o – falei torcendo com força os pelos. Esse método de tortura, que eu tinha descoberto recentemente, era muito mais eficaz do que minha velha técnica de dar um soco na barriga de Dunga. Nas últimas semanas ele havia aumentado muito os músculos abdominais, sem dúvida como defesa contra esse tipo específico de ocorrência.

O único modo para ele me impedir de agarrá-lo pelo cabelo curto, no entanto, era raspar a cabeça, e isso aparentemente não lhe havia ocorrido.

Abrindo a boca para soltar um uivo, Dunga libertou Michael imediatamente. Michael se afastou cambaleando, correndo para pegar os livros que tinha deixado cair.

– Suze – gritou Dunga –, me solta!

– É – disse Scott. – Isso não tem a ver com você, Simon.

– Ah, tem sim. Tudo o que acontece nesta escola tem a ver comigo. Sabe por quê?

Dunga já sabia a resposta. Eu tinha deixado clara para ele em várias ocasiões anteriores.

– Porque você é a vice-presidente – disse ele. – Agora me solta, pô, ou eu juro que conto ao papai...

Soltei-o, mas só porque a irmã Ernestine apareceu. Aparentemente a noviça tinha ido chamá-la. Tornou-se uma política oficial da Academia da Missão pedir ajuda sempre que surgem brigas entre mim e Dunga.

– Algum problema, Srta. Simon?

A irmã Ernestine, vice-diretora, é uma mulher muito gorda, que usa uma cruz enorme entre os seios igualmente notáveis. Tem uma capacidade incrível de evocar o terror onde quer que vá, só de franzir a testa. É um talento que admiro e espero ser capaz de imitar algum dia.

– Não, irmã – falei.

Irmã Ernestine voltou a atenção para Dunga.

– Sr. Ackerman? Algum problema?

Carrancudo, Dunga massageou a nuca.

– Não, irmã – respondeu ele.

– Bom – disse a irmã Ernestine. – Fico feliz por finalmente vocês dois estarem se dando tão bem. Esse afeto fraterno é uma inspiração para todos nós. Agora vão logo para a aula, por favor.

Virei-me e me juntei a Cee Cee e Gina, que tinham ficado olhando a cena toda.

– Minha nossa, Simon – disse ela com nojo enquanto íamos para o laboratório de biologia. – Não é de espantar que os caras daqui não gostem de você.

42

5

— **M**enina – disse Gina. – Isso e a sua cara.

Cee Cee olhou para a roupa que Gina a havia convencido a comprar e depois induzido a vestir, para nossa inspeção.

– Não sei – respondeu ela, em dúvida.

– É a sua cara – disse Gina de novo. – Estou dizendo. É a sua cara mesmo. Diga a ela, Suze.

– É chiquerésimo – falei com sinceridade. Gina levava jeito. Tinha transformado Cee Cee de um desafio à moda num exemplo da moda.

– Mas você não vai poder usar na escola – não pude deixar de observar. – É curto demais. – Eu tinha aprendido, do modo mais difícil, que o código de vestimenta da Academia da Missão, ainda que bastante flexível, não admitia minissaias sob nenhuma circunstância. E eu duvidava tremendamente de que a irmã Ernestine aprovaria a nova blusa de tricô de Cee Cee, que revelava o umbigo e tinha acabamento de pele falsa.

– Então onde é que eu vou usar?

– Na igreja – respondi dando de ombros.

Cee Cee me lançou um olhar bem sarcástico. Falei:

– Ah, certo. Bem, você pode definitivamente usar no Coffee Clutch. E nas festas.

O olhar de Cee Cee, por trás das lentes violeta dos óculos, era tolerante.

– Eu não sou convidada para festas, Suze – lembrou ela.

– Pode usar na minha casa – sugeriu Adam, solícito. O olhar espantado que Cee Cee lhe lançou me garantiu que, independentemente de quanto ela havia gastado na roupa (e devia ter custado vários meses de mesada, no mínimo) valera a pena: Cee Cee tinha uma paixonite secreta por Adam McTavish desde que eu a conhecia, e provavelmente desde muito antes disso.

– Certo, Simon – disse ela sentando-se numa das cadeiras de plástico duro que atulhavam a praça de alimentação. – O que você fez enquanto eu coordenava o guarda-roupa de primavera da Srta. Webb?

Levantei minha bolsa da Music Town.

– Comprei um CD – falei pouco convincente.

Aparvalhada, Gina ecoou:

– Um *o quê?*

– Um CD. – Eu nem queria comprar, mas largada nas vastidões do shopping com instruções para comprar alguma coisa nova, entrei em pânico e me enfiei na primeira loja que vi.

– Você sabe que os shoppings me causam sobrecarga sensorial – falei, explicando.

Gina balançou a cabeça, com os caracóis de cobre oscilando, e falou a Adam:

– A gente realmente não pode ficar furiosa com ela. Suze é tão bonitinha!

Adam afastou a atenção da nova roupa de Cee Cee para mim.

– É – disse ele. – É mesmo. – Então seu olhar passou para além de mim, e se arregalou. – Mas aí vêm algumas pessoas que eu não sei se acham o mesmo.

Virei a cabeça e vi Soneca e Dunga vindo na nossa direção. O shopping era como a segunda casa de Dunga, mas não dava para imaginar o que Soneca estaria fazendo ali. Todo o seu tempo livre entre a escola e as entregas de pizzas (ele estava economizando para comprar um Camaro) geralmente era gasto surfando. Ou dormindo.

Então ele se deixou cair numa cadeira perto de Gina e disse numa voz que eu nunca o tinha escutado usar:

– Oi, ouvi dizer que você estava aqui.

De repente tudo ficou claro.

– Ei – falei a Cee Cee, que ainda olhava fascinada na direção de Adam. Dava para ver que minha amiga estava tentando deduzir exatamente o que ele queria dizer quando falou que ela podia usar a roupa nova em sua casa. Será que a estava assediando sexualmente (como sem dúvida ela esperava) ou apenas jogando conversa fora?

– Hein? – perguntou Cee Cee. E nem se incomodou em virar a cabeça na minha direção.

Fiz uma careta. Dava para ver que eu estava sozinha nessa.

– Já comprou o presente da sua mãe? – perguntei.

– Não – respondeu Cee Cee debilmente.

– Beleza. – Larguei o meu CD em seu colo. – Segure isso aí. Vou comprar para ela a última indicação de livro que a Oprah fez neste mês. O que acha?

– Parece fantástico – disse Cee Cee, ainda sem sequer me olhar, embora balançasse uma nota de 20 dólares.

Revirando os olhos, peguei a nota e saí batendo os pés antes que estourasse uma veia gritando o mais alto que podia. Você também teria gritado se tivesse visto o que eu vi ao sair da praça de alimentação: Dunga tentando desesperadamente espremer uma cadeira entre Soneca e Gina.

Não entendo. Verdade. Puxa, eu sei que provavelmente pareço insensível e até mesmo um pouco esquisita, com o negócio de ser mediadora, mas no fundo sou realmente uma pessoa que se importa. Sou bastante sensata e inteligente, e algumas vezes até engraçada. E sei que não sou uma baranga. Quero dizer, eu faço escova no cabelo toda manhã, e já me disseram mais de uma vez (certo, quem disse foi mamãe, mas mesmo assim conta) que meus olhos parecem esmeraldas. E daí? Por que Gina tem *dois* caras brigando por sua atenção e eu não tenho nenhum? Puxa, nem os mortos parecem gostar muito de mim, e não acho que eles tenham muitas opções.

Ainda estava pensando nisso na fila do caixa da livraria, segurando o livro para a mãe de Cee Cee. Foi então que uma coisa roçou no meu ombro. Virei-me e me peguei olhando para Michael Meducci.

– Hã – disse ele. Michael estava segurando um livro sobre programação de computadores. À luz fluorescente da loja parecia mais macilento do que nunca. – Oi. – Ele tocou os óculos nervosamente, como se quisesse garantir que estavam ali. – Achei que era você.

– Oi, Michael – falei e andei mais um pouco na fila.

Michael andou também.

– Ah, você sabe o meu nome. – Ele pareceu satisfeito.

Não falei que, até aquele dia, eu não fazia a mínima ideia. Só disse:

– É. – E sorri.

Talvez o sorriso tenha sido um erro. Porque Michael chegou um pouco mais perto e falou entusiasmado:

– Eu só queria agradecer. Pelo que você fez com seu... é... meio-irmão hoje. Você sabe. Obrigá-lo a me soltar.

– É – falei de novo. – Bem, não se preocupe com isso.

– Não, sério. Ninguém nunca fez algo assim por mim. Quero dizer, antes de você vir estudar na Missão, ninguém enfrentava Brad Ackerman. Ele se dava bem com tudo. Praticamente até com assassinato.

– Bem. Não se dá mais.

– Não – disse Michael com um riso nervoso. – Não mais.

A pessoa na minha frente chegou ao caixa e eu ocupei o lugar dela. Michael também andou, só que foi um pouco demais, e acabou trombando em mim. Falou:

– Ah, desculpe. – E recuou.

– Tudo bem. – Comecei a desejar ter ficado com Gina, ainda que isso significasse uma hemorragia cerebral.

– Seu cabelo tem um cheiro muito bom – disse Michael em voz baixa.

Ah, meu Deus. Achei que ia ter um aneurisma ali mesmo. *Seu cabelo tem um cheiro muito bom? Seu cabelo tem um cheiro muito bom?* Quem ele pensava que era? James Bond? Não se diz a alguém que seu cabelo tem um cheiro bom. Não numa *loja*.

Felizmente o caixa gritou:

– Próximo!

E me adiantei para pagar o livro, pensando que quando me virasse de novo Michael teria sumido.

Errada. Muito errada.

Não somente ele ainda estava ali, como por acaso já tinha comprado o livro sobre programação de computadores – só estava *carregando o dito-cujo* –, de modo que nem precisou parar no caixa... onde eu planejava me livrar dele.

Não. Ah, não. Em vez disso me seguiu loja afora.

Certo, falei comigo mesma. A irmã do cara está em coma. Foi a uma festa na piscina e acabou dependendo de aparelhos para viver. Isso deve acabar com uma pessoa. E o acidente de carro? O cara simplesmente passou por um acidente de carro horroroso. É totalmente possível que tenha matado quatro pessoas. Quatro pessoas! Não de propósito, claro. Mas quatro pessoas mortas enquanto você escapou totalmente incólume! Isso e a irmã em coma... bem, é de deixar o cara abalado, certo?

Por isso pegue leve. Seja um pouco legal com ele.

O problema é que eu já havia sido um pouco legal com ele, e olha o que aconteceu: o cara estava praticamente me perseguindo.

Michael me acompanhou direto até a Victoria's Secret, para onde eu tinha ido instintivamente, achando que nenhum garoto acompanharia uma garota até um lugar onde sutiãs eram exibidos de modo tão proeminente. Cara, como estava errada!

– E aí, o que você achou da apresentação do nosso grupo? – quis saber Michael. E eu fiquei ali examinando um sutiã com estampa de guepardo, em raiom. – Concorda com sua... é... amiga, que o argumento de Kelly era fátuo?

Fátuo? Que tipo de palavra era *essa*?

Uma vendedora chegou perto de nós antes de eu ter chance de responder.

– Olá – disse ela, animada. – Já viu nossa banca de ofertas? Se comprar três calcinhas leva mais uma de graça.

Não pude acreditar que ela disse a palavra *calcinha* na frente de Michael. E não pude acreditar que Michael só ficou ali parado *sorrindo*! Eu nem conseguia dizer a palavra *calcinha* na frente da minha *mãe*! Eu me virei e saí da loja.

– Normalmente eu não venho ao shopping – estava dizendo Michael. Estava grudado em mim como uma sanguessuga. – Mas quando soube que você ia estar aqui, bem, pensei em dar um pulo. Você vem muito?

Eu estava tentando ir na direção da praça de alimentação, com vaga esperança de conseguir despistar Michael na multidão diante do Chick Fill-A. Mas era difícil andar. Para começo de conversa, parecia que praticamente toda a garotada da península tinha decidido ir ao shopping depois da escola. E além disso o lugar tinha tido um daqueles eventos, você sabe, que os shoppings sempre têm. Esse era algum tipo de carnaval fajuto, com carros alegóricos, máscaras douradas, colares e coisa e tal. Acho que tinha sido um sucesso, já que eles haviam deixado boa parte das coisas por ali, tipo uns bonecos brilhantes enormes, em roxo e dourado. Maiores do que uma pessoa, os bonecos eram suspensos no teto de vidro do pátio do shopping. Alguns tinham 5 ou 6 metros de altura. Seus membros balançavam de um modo que imagino que deveria ser aleatório, mas em alguns casos isso tornava difícil a gente manobrar na multidão.

– Não – falei respondendo à pergunta de Michael. – Eu tento nunca vir aqui. Odeio.

Michael se animou.

– Verdade? – falou empolgado enquanto uma onda de estudantes mais novos passava em volta dele. – Eu também! Nossa, que coincidência! Sabe, não há muita gente da nossa idade que não goste de lugares assim. O homem é um animal social, você sabe, por isso costuma ser atraído para áreas de congregação. Na verdade, o fato de você e eu não estarmos nos divertindo indica alguma disfunção biológica.

Ocorreu-me que meu meio-irmão mais novo, Mestre, e Michael Meducci possuíam muita coisa em comum.

Também me ocorreu que dizer a uma garota que ela está sofrendo de disfunção biológica não é exatamente o modo de ganhar seu coração.

– Talvez você e eu pudéssemos ir a um lugar mais calmo – disse Michael enquanto nos livrávamos de uma grande mão pendurada num boneco com riso insano uns 5 metros acima de nós. – Eu estou com o carro da minha mãe. A gente poderia ir tomar um café, ou algo assim, na cidade, se você quiser...

Foi então que ouvi. Um risinho familiar.

Não pergunte como pude ouvir no meio de toda a tagarelice em volta de nós, da música de fundo e do grito de um menino cuja mãe não queria deixar que ele tomasse sorvete. Ouvi. E isso é tudo.

Riso. O mesmo riso que tinha ouvido no dia anterior no Jimmy's, bem antes de ver os fantasmas daqueles quatro garotos mortos.

E a próxima coisa que eu soube é que houve um estalo alto – o tipo de som que um elástico muito esticado faz ao se arrebentar. Gritei:

– Cuidado! – E me choquei contra Michael Meducci, jogando-o no chão.

E foi uma coisa boa. Porque um segundo depois, exatamente onde a gente estivera, caiu com estardalhaço a cabeça de um boneco, gigantesca e sorridente.

Quando a poeira baixou, levantei o rosto da frente da camisa de Michael Meducci e olhei para aquilo. Não era feito de papel machê, como eu tinha pensado. Era feito de gesso. Havia pedaços do material em toda parte; nuvens de gesso ainda flutuavam, me fazendo tossir. Pedaços tinham sido arrancados do rosto do boneco, de modo que, apesar de ele continuar me espiando, fazia isso apenas com um olho e um sorriso desdentado.

Por alguns instantes não houve qualquer som além de minha tosse e da respiração insegura de Michael.

Então uma mulher gritou.

E se estabeleceu o pandemônio. As pessoas se trombavam num esforço para sair de baixo dos bonecos, como se todos fossem despencar ao mesmo tempo.

Acho que não podia culpá-las. O negócio devia pesar uns 100 quilos, pelo menos. Se tivesse caído em cima de Michael, ele estaria morto, ou pelo menos muito ferido. Disso eu não tinha dúvida.

Assim como não havia dúvida, mesmo antes de eu tê-lo visto, de quem era a voz zombeteira que falou apenas um segundo depois:

– Bem, olha só o que temos aqui. Não é *aconchegante*?

Ergui a cabeça e vi que Dunga – com Gina ofegante, Cee Cee, Adam e Soneca – tinham vindo correndo.

Eu nem havia notado que ainda estava em cima de Michael, até que Soneca estendeu a mão e me puxou.

– Por que é que você não consegue ficar sozinha por cinco minutos sem que alguma coisa despenque em cima de você? – perguntou meu meio-irmão numa voz entediada.

Olhei-o furiosa enquanto me levantava. Preciso dizer: mal posso esperar até que Soneca vá para a faculdade.

– Ei – disse ele, estendendo a mão para dar uns dois tapas no rosto de Michael, acho que numa tentativa equivocada de reanimá-lo, mas duvido de que esse seja um método autorizado pelo Ministério da Saúde. Os olhos de Michael estavam fechados, e mesmo podendo ver que ele estava respirando, sua aparência não era boa.

Mas os tapas funcionaram. As pálpebras de Michael se abriram.

– Você está bem? – perguntei preocupada.

Ele não viu a mão estendida. Tinha perdido os óculos. Tateou procurando-os em meio ao pó de gesso.

– M... meus óculos – disse ele.

Cee Cee os encontrou, pegou e limpou do melhor modo possível antes de devolvê-los.

– Obrigado. – Michael pôs os óculos, e seus olhos, por trás das lentes, ficaram muito grandes quando ele percebeu a carnificina ao redor. O boneco o havia errado, mas conseguiu acertar um banco e uma lata de lixo de aço sem qualquer problema.

– Ah, meu Deus – disse ele.

– Nem fale – confirmou Adam. – Se não fosse a Suze você teria sido morto, esmagado por uma cabeça de boneco gigante. Modo meio idiota de morrer, não é?

Michael continuou olhando para o entulho.

– Ah, meu Deus – disse de novo.

– Você está bem, Suze? – perguntou Gina, pondo a mão no meu braço.

Confirmei com a cabeça.

– É, acho que sim. Pelo menos não tenho nenhum osso quebrado. Michael? E você? Ainda está inteiro?

– Como é que ele vai saber? – perguntou Dunga com um riso de desprezo, mas lancei um olhar furioso e acho que ele se lembrou de como consigo puxar cabelos, já que dessa vez ficou quieto.

– Estou bem – respondeu Michael. Em seguida empurrou para longe as mãos que Soneca havia estendido para ajudá-lo a ficar de pé. – Me deixa em paz. Eu disse que estou bem.

Soneca recuou.

– Epa! Desculpe, eu só estava tentando ajudar. Venha, Gi. Nosso milk-shake está derretendo.

Espera um minuto. Lancei um olhar espantado na direção da minha melhor amiga e do meu meio-irmão mais velho. *Gi? Quem é Gi?*

Cee Cee pescou uma bolsa embaixo das ondas de material brilhante roxo e dourado.

– Ei – disse ela, encantada. – É esse o livro que você comprou para minha mãe?

Vi que Soneca estava voltando para a praça de alimentação com o braço em volta de Gina. *Gina. Minha melhor amiga!*

Minha melhor amiga parecia estar deixando meu meio-irmão lhe pagar um milk-shake e passar o braço em volta dela! E chamá-la de Gi!

Michael tinha ficado de pé. Alguns guardas do shopping chegaram bem nessa hora e começaram:

– Ei, cara, vá com calma. Há uma ambulância a caminho.

Mas Michael, com um movimento violento, se livrou deles e, com um último olhar incompreensível para a cabeça do boneco, se afastou cambaleando, com os policiais indo atrás obviamente preocupados com a possibilidade de uma concussão... ou um processo judicial.

– Uau – disse Cee Cee, balançando a cabeça. – Isso é que é gratidão por você. Você salva a vida do cara e ele vai embora sem nem mesmo agradecer.

– É – concordou Adam. – Suze, como é que, sempre que alguma coisa está para cair em cima da cabeça de um cara, você fica sabendo e tira a vítima do caminho pulando em cima dela? E como é que eu posso fazer alguma coisa cair na minha cabeça para você pular em cima de mim?

Cee Cee deu-lhe um soco na barriga. Adam fingiu que doeu e ficou cambaleando comicamente durante um tempo, antes de quase tropeçar no boneco e depois parar para olhá-lo.

– O que será que causou isso? – perguntou. Alguns empregados do shopping estavam ali agora, imaginando a mesma coisa, com muitos olhares nervosos na minha direção. Se soubessem que minha mãe era jornalista de TV provavelmente estariam fora de si na tentativa de me dar vales grátis para o Casual Corner e coisas assim.

– Quero dizer, é meio estranho pensar isso – continuou Adam. – O negócio ficou lá em cima durante semanas, e de repente Michael Meducci para embaixo e...

– Bum – disse Cee Cee. – Meio, tipo... não sei. Alguém lá em cima está querendo acabar com ele, ou sei lá.

O que me fez lembrar. Olhei em volta, pensando que poderia ver o dono da risadinha que escutei logo antes de o boneco despencar em cima de nós.

Não vi ninguém, mas nao importa. Eu sabia quem estava por trás disso.

E com certeza não era um anjo.

6

— Bem – disse Jesse quando contei tudo naquela noite –, você sabe o que tem de fazer, não sabe? – É – falei mal-humorada, com o queixo nos joelhos. – Tenho de contar sobre a vez em que achei aquela revista de mulher pelada embaixo do banco da frente do Rambler. Isso deve fazer com que ela mude de ideia rapidinho.

A sobrancelha com cicatriz se ergueu.

– Suzannah. De quê você está falando?

– De Gina – respondi, surpresa por ele não saber. – E Soneca.

– Não. Eu estou falando do garoto, Suzannah.

– Que garoto? – Então me lembrei. – Ah, do Michael?

– É. Se o que você contou é verdade, ele está correndo muito perigo, Suzannah.

– Eu sei. – Apoiei-me nos cotovelos. Nós dois estávamos sentados no telhado da varanda da frente, que por acaso se projetava abaixo da janela do meu quarto. Era bem legal ali fora, sob as estrelas. Nós estávamos suficientemente alto para ninguém ver – não que alguém além de mim e do padre Dom pudesse ver Jesse – e o cheiro era bom por causa do pinheiro gigante ao lado da varanda. Nesses dias era o único lugar em que podíamos ficar conversando sem medo de ser interrompidos por pessoas. Bem, só por uma pessoa: minha hóspede Gina.

– Então, o que você vai fazer? – Ao luar, a camisa branca de Jesse parecia azul. Bem como os reflexos em seu cabelo preto.

– Não tenho ideia.

– Não?

Jesse me olhou. Odeio quando ele faz isso. Eu me sinto... sei lá. Como se ele estivesse me comparando mentalmente com alguém. E a única pessoa em quem conseguia pensar era Maria da Silva, a garota com quem Jesse ia se casar quando morreu. Já vi um retrato dela. Era uma gata, para a década de 1850. Vou lhe contar, não é divertido ser comparada com uma garota que morreu antes mesmo de a gente ter nascido.

E que sempre tinha uma saia armada para esconder o tamanho da bunda.

– Você vai ter de encontrá-los – continuou Jesse. – Os Anjos. Porque, se eu estiver certo, aquele garoto não estará em segurança enquanto eles não forem convencidos a ir em frente.

Suspirei. Jesse estava certo. Jesse estava sempre certo. Só que rastrear um bando de fantasmas festeiros não era nem um pouco o que eu queria fazer enquanto Gina estivesse na cidade.

Por outro lado, ficar comigo não era exatamente o que Gina parecia a fim de fazer.

Levantei-me e andei com cuidado pelas telhas da varanda, depois me inclinei para olhar pela janela do meu quarto. O sofá-cama estava vazio. Desci até Jesse e me sentei ao lado dele outra vez.

– Minha nossa – falei. – Ela ainda está lá.

Jesse me olhou enquanto o luar brincava no pequeno sorriso em seu rosto.

– Você não pode culpá-la por estar interessada no seu irmão.

– Meio-irmão. E, sim, posso. Ele é um rato. E está com ela na toca.

O sorriso de Jesse ficou mais largo. Até seus dentes pareciam azuis ao luar.

– Eles só estão jogando no computador, Suzannah.

– Como é que você sabe? – Então me lembrei. Ele era um fantasma. Podia ir a qualquer lugar. – Bem, claro. Talvez na última vez em que você olhou. Quem sabe o que estão fazendo agora?

Jesse suspirou.

– Quer que eu olhe de novo?

– *Não*. – Eu estava horrorizada. – Não me importa o que ela faz. Se Gina quiser ficar com um tremendo fracassado como o Soneca, não posso impedir.

– Brad também estava lá – observou Jesse. – Na última vez em que olhei.

– Ah, fantástico. Então ela está com dois fracassados.

– Não entendo por que você fica tão infeliz com isso. – Jesse havia se deitado nas telhas, contente como eu nunca tinha visto. – Eu gosto muito mais assim.

– Assim, como? – reclamei. Não conseguia me sentir tão confortável quanto ele. As agulhas de pinheiro ficavam espetando minha bunda.

– Só nós dois – disse ele dando de ombros. – Como sempre foi.

Antes que eu tivesse chance de responder ao que – pelo menos para mim – parecia uma confirmação extraordinariamente sincera e talvez até romântica, faróis surgiram na entrada de veículos e Jesse olhou para além de mim.

– Quem é?

Não olhei. Não me importava. Disse:

– Um dos amigos de Soneca, tenho certeza. O que você estava dizendo mesmo? Sobre como gosta de sermos só nos dois?

Mas Jesse estava forçando a vista na escuridão.

– Não é um amigo de Jake – disse ele. – Está trazendo muito... medo. Será que poderia ser o garoto, Michael?

– *O quê?*

Girei e, agarrando a beira do telhado, vi uma perua vindo pela entrada de veículos e parando atrás do carro da minha mãe.

Um segundo depois Michael Meducci saiu de trás do volante e, com um olhar nervoso para a porta da frente de casa, começou a andar em sua direção, com a expressão decidida.

– Ah, meu Deus – exclamei, recuando da beira do telhado. – Você está certo! É ele! O que eu faço?

Jesse apenas balançou a cabeça.

– O que quer dizer com "o que eu faço"? Você sabe o que fazer. Já fez isso centenas de vezes. – Quando continuei a encará-lo ele se inclinou para a frente, até estar com o rosto a centímetros do meu.

Mas em vez de me beijar como esperei por um louco momento com o coração martelando, ele falou, enunciando claramente:

– Você é uma mediadora, Suzannah. Vá mediar.

Abri a boca para informar que duvidava tremendamente de que Michael estivesse em minha casa porque queria ajuda com seu problema de *poltergeists*, considerando que ele não podia saber que eu atuava no ramo de fantasmas. Era muito mais provável que tivesse vindo me convidar para sair. Um encontro. Algo que eu tinha certeza de que jamais ocorreu a Jesse, já que os jovens não costumavam ter encontros quando ele estava vivo, mas que acontecia com alarmante regularidade com as garotas do século XXI. Bem, não comigo, necessariamente, mas com a maioria das garotas.

Eu estava para dizer que isso ia arruinar nossa maravilhosa oportunidade de ficar juntos quando a campainha tocou, e no fundo da casa ouvi Mestre gritar:

– Eu atendo!

– Ah, meu Deus – falei e pousei a cabeça nas mãos.

– Suzannah – disse Jesse. Havia preocupação em sua voz. – Você está bem?

Eu me sacudi. Em que estava pensando? Michael Meducci não estava na minha casa para me convidar para sair. Se quisesse isso teria ligado, como uma pessoa normal. Não, ele estava aqui por algum outro motivo. Eu não tinha com o que me preocupar. De jeito nenhum.

– Estou bem – falei e me levantei lentamente.

– Você não parece bem.

– Estou. – Comecei a engatinhar de volta para o quarto, me esgueirando pela janela que Spike usava.

Tinha passado a maior parte do corpo quando houve a batida inevitável na minha porta.

– Entre – falei de onde estava, desmoronada contra o banco da janela, e Mestre abriu a porta e enfiou a cabeça no quarto.

– Ei, Suze – sussurrou ele. – Tem um *cara* aqui querendo ver você. Acho que é o cara de quem vocês estavam falando no jantar. Você sabe, o cara do shopping.

– Sei – falei para o teto.

– Bem. – Mestre ficou meio sem jeito. – O que eu devo fazer? Quero dizer, sua mãe me mandou aqui para avisar. Devo dizer que você está no banho ou alguma coisa assim? – A voz de Mestre ficou meio seca. – É o que as garotas sempre mandam os irmãos dizerem quando meus amigos e eu tentamos ligar para elas.

Virei a cabeça e olhei para Mestre. Se eu tivesse de escolher um dos irmãos Ackerman para ficar comigo numa ilha deserta, a escolha seria definitivamente Mestre. Ruivo e sardento, ainda não tinha crescido para se ajustar às orelhas enormes, mas com apenas 12 anos era de longe o mais inteligente dos meus meios-irmãos.

A ideia de alguma garota inventando desculpa para não falar com ele fez meu sangue ferver.

Sua declaração cutucou minha consciência. Claro que eu não ia inventar uma desculpa. Michael Meducci pode ser um nerd. E pode não ter agido com classe no shopping. Mas ainda era um ser humano.

Eu acho.

– Diga a ele que já vou descer – falei.

Mestre ficou visivelmente aliviado. Riu, revelando na boca o aparelho brilhante.

– Certo – disse ele. E desapareceu.

Levantei-me devagar e fui até o espelho acima da penteadeira. A Califórnia tinha melhorado muito minha pele e meu cabelo. A pele – apenas levemente bronzeada graças ao filtro solar fator 15 – era bonita sem maquiagem, e eu tinha desistido de tentar alisar meu longo cabelo castanho e simplesmente deixava ficar encaracolado. Um pouquinho de brilho labial e eu estava a caminho. Não me incomodei em trocar a calça cargo e a camiseta. Afinal de contas, não queria chamar tanta atenção.

Michael estava me esperando na sala de estar, as mãos enfiadas nos bolsos da calça, olhando os muitos retratos escolares de mim e meus meios-irmãos, pendurados na parede. Meu padrasto estava sentado na poltrona onde nunca se senta, falando com Michael. Quando entrei ele se calou e ficou de pé.

– Bem – disse Andy, depois de alguns segundos de silêncio. – Vou deixar vocês dois a sós, então. – Depois saiu da sala, mesmo dando para ver que não queria fazer isso. O que era meio estranho, já que em geral Andy só demonstra um interesse superficial nos meus assuntos, a não ser quando eles envolvem a polícia.

– Suze – disse Michael quando Andy havia saído. Sorri para ele encorajando-o, já que o sujeito parecia a ponto de morrer de nervosismo.

– Oi, Mike. Você está bem? Não houve danos permanentes?

Ele falou com um sorriso que imaginei ser destinado a se igualar ao meu, mas que na verdade era muito débil.

– Não houve danos permanentes. A não ser ao meu orgulho.

Num esforço para reduzir a energia nervosa na sala, deixei-me cair numa das poltronas de mamãe – a que tem a capa do Pottery Barn, por causa da qual ela vive gritando com o cachorro para não subir em cima – e falei:

– Ei, não foi sua culpa o pessoal do shopping fazer um serviço vagabundo na hora de pendurar os enfeites de carnaval.

Observei-o atentamente para ver como ia responder. Será que ele sabia?

Michael se deixou afundar na poltrona diante da minha.

– Não é isso que eu quis dizer. Quis dizer que estou com vergonha do modo como agi hoje. Em vez de agradecer, eu...

bem, me comportei de modo ingrato, e vim aqui pedir desculpa. Espero que você me perdoe.

O cara não sabia. Não sabia por que o boneco tinha caído em cima dele, ou então era o melhor ator que eu já vira.

– Hã... Claro. Perdoo. Sem problema.

Ah, mas isso era um problema. Para Michael aparentemente era um grande problema.

– É que... – Ele se levantou da poltrona e começou a andar pela sala. Nossa casa é a mais antiga do bairro, há até um buraco de bala numa das paredes, da época em que Jesse era vivo, quando nossa casa era abrigo de jogadores, garimpeiros e noivos a caminho de encontrar as noivas. Andy a havia reconstruído praticamente do zero (a não ser pelo buraco de bala, que ele emoldurou), mas as tábuas do piso ainda estalavam um bocado sob os pés de Michael enquanto ele andava.

– É que me aconteceu uma coisa este fim de semana – disse Michael à lareira – e desde então... bem, situações estranhas vêm acontecendo.

Então ele sabia. Sabia pelo menos de *alguma coisa*. Era um alívio. Significava que eu não teria de dizer a ele.

– Coisas como o boneco cair em cima de você? – perguntei, mesmo já sabendo a resposta.

– É. E outras coisas também. – Ele balançou a cabeça. – Mas não quero incomodar você com meus problemas. Já me sinto suficientemente mal com o que aconteceu.

– Ora – falei dando de ombros. – Você ficou abalado. É compreensível. Sem ressentimentos. Olhe, sobre o que aconteceu com você neste fim de semana, você quer...

– *Não*. – Michael, em geral a pessoa mais quieta do mundo, falou com uma ênfase que eu nunca o vira usar. – Não é compreensível – disse com veemência. – Não é compreensível e não é desculpável. Suze, você já... quero dizer, aquele negócio com o Brad hoje...

Encarei-o com expressão vazia. Não fazia ideia de onde o cara queria chegar. Se bem que, pensando direito, deveria fazer. Deveria mesmo.

59

– E depois, quando você salvou minha vida no shopping...
É que eu estava me esforçando tanto, você sabe, para mostrar
que não sou assim... o tipo de cara que precisa de uma garota
para travar as batalhas por ele. E então você fez *de novo*...

Meu queixo caiu. Isso não estava acontecendo nem um
pouco como eu supunha.

– Michael – comecei, mas ele levantou a mão.

– Não. Deixe eu terminar. Não é que eu seja ingrato, Suze.
Não é que eu não aprecie o que você está tentando fazer por
mim. Só que... eu realmente gosto de você, e se você concorda
em sair comigo nesta sexta à noite, eu mostro que não sou o
covarde manhoso que fiquei parecendo ser até agora no nosso
relacionamento.

Encarei-o. Era como se as engrenagens do meu cérebro
tivessem parado subitamente. Não conseguia pensar. Não
conseguia pensar no que fazer. Tudo em que conseguia pensar
era: *relacionamento?* Que *relacionamento?*

– Eu já pedi ao seu pai – disse Michael parado no centro da
sala. – E ele disse que tudo bem, desde que você estivesse de
volta antes das onze.

Meu pai? Ele tinha pedido ao meu *pai*? Tive uma visão súbita de Michael falando com meu pai, que tinha morrido havia
mais de uma década, mas que frequentemente aparece como
fantasma para me torturar sobre como dirijo mal e coisas do
tipo. Ele iria curtir de montão com a cara de Michael, e eu ficaria ouvindo isso até o fim da vida.

– Quero dizer, seu padrasto – corrigiu Michael, como se
tivesse lido meus pensamentos.

Mas como poderia ter lido meus pensamentos se eles estavam numa confusão tão grande? Porque isso estava errado.
Estava tudo errado. Não deveria ser assim. Michael deveria me
contar sobre o acidente de carro, e então eu diria, de um modo
gentil, que já sabia. Então avisaria sobre os fantasmas, e ele ou
não acreditaria em mim ou ficaria eternamente grato. E isso

seria o fim – só que, claro, eu ainda teria de achar os Anjos da RLS e aplacar sua ira assassina antes que eles conseguissem pôr as mãos em Michael de novo.

Era como *deveria* ser. Ele não deveria *me convidar para sair*. Convidar para sair não fazia parte do plano. Pelo menos nunca tinha sido assim antes.

Abri a boca – dessa vez não por perplexidade, mas para dizer: *Ah, não, Michael, desculpe, mas nesta sexta vou estar ocupada... e em todas as sextas pelo resto da vida, por sinal* – quando uma voz familiar ao meu lado falou rapidamente:

– Pense antes de dizer não, Suzannah.

Virei a cabeça e vi Jesse sentado na cadeira de onde Michael havia se levantado.

– Ele precisa da sua ajuda, Suzannah – prosseguiu Jesse rapidamente, em sua voz profunda e grave. – Michael corre um sério perigo por parte dos espíritos dos jovens mortos por ele, ainda que acidentalmente. E você não vai poder protegê-lo a distância. Se o afastar agora, ele nunca irá deixá-la chegar suficientemente perto para ajudá-lo depois, quando realmente precisar.

Estreitei os olhos para Jesse. Não podia lhe dizer nada, claro, porque Michael ouviria e pensaria que eu estava falando comigo mesma, ou coisa pior. Mas o que eu queria de fato dizer era: olha, isso está indo um pouquinho longe demais, não acha?

Mas não podia. Porque percebi que Jesse estava certo. O único modo de eu ficar de olho nos Anjos era ficando de olho em Michael.

Contive um suspiro e disse:

– É, certo. Na sexta está bem.

Não vou descrever o que Michael disse depois disso. O negócio foi embaraçoso demais para ser posto em palavras. Tentei me lembrar de que Bill Gates provavelmente era assim na escola, e olha só agora. Aposto que todas as garotas que o conheciam na época estão se lamentando por ter recusado os convites dele para os bailes, ou sei lá o quê.

Mas, para dizer a verdade, não adiantou muito. Mesmo que ele tivesse um trilhão de dólares como Bill Gates, eu ainda não deixaria Michael Meducci pôr a língua na minha boca.

Michael acabou saindo e eu subi a escada de novo, carrancuda – bem, depois de suportar um interrogatório de minha mãe, que saiu assim que ouviu a porta ser fechada e exigiu saber quem eram os pais de Michael, onde ele morava, aonde nós iríamos e por que eu não estava mais empolgada. Afinal, um garoto tinha me convidado para sair!

Voltando finalmente ao quarto, notei que Gina estava lá. Deitada no sofá-cama, fingindo ler uma revista e agindo como se não fizesse ideia de onde eu tinha ido. Fui até lá, arranquei a revista da sua mão e bati em sua cabeça com ela algumas vezes.

– Certo, certo – disse Gina levantando os braços acima da cabeça e rindo. – É, eu já sei. Você disse sim?

– O que eu deveria dizer? – perguntei, deixando-me cair na cama. – Ele estava praticamente chorando.

No instante em que falei isso me senti desleal. Os olhos de Michael, por trás dos óculos, tinham ficado muito brilhantes, verdade. Mas ele não estava chorando. Disso eu tinha certeza.

– Ah, meu Deus – disse Gina ao teto. – Não acredito que você vai sair com um nerd.

– É. Bem, você também não andou exercendo muita discriminação ultimamente, *Gi*.

Gina virou de barriga para baixo e me olhou séria.

– Jake não é tão mau quanto você acha, Suze. Na verdade ele é muito doce.

Resumi a situação numa palavra:

– *Eca*.

Rindo, Gina se deitou de costas outra vez.

– Bem, e daí? Eu estou de férias. Não posso ir a lugar nenhum, mesmo.

– Só me prometa que não vai... não sei. Ir longe demais com algum deles, ou sei lá o quê.

Gina apenas riu mais um pouco.

– E você e o nerd? Vão se beijar tipo desentupidor de pia?

Peguei um dos travesseiros da minha cama e joguei nela. Gina se sentou e o pegou, rindo.

– Qual é o problema? Ele não e o Dito-cujo?

Recostei-me no resto dos travesseiros. Lá fora ouvi o som familiar das quatro patas de Spike batendo no telhado da varanda.

– Quem?

– Você sabe. O Dito-cujo. O tal de quem a vidente falou.

Pisquei para ela.

– Que vidente? Do que você está falando?

– Ah, qual é! Madame Zara. Lembra? Nós nos consultamos com ela naquela feira escolar, tipo no sexto ano. E ela disse que você era uma mediadora.

– Ah. – Fiquei perfeitamente imóvel. Estava preocupada pensando que, se me mexesse ou falasse qualquer coisa, revelaria mais do que desejava. Gina sabia... mas só um pouco. Não o bastante para entender de verdade.

Pelo menos foi o que pensei na hora.

– Não se lembra do que mais ela disse? Sobre você? Que você só teria um amor na vida, mas que ia durar até o fim dos tempos?

Olhei o acabamento de renda do dossel sobre a minha cama. Falei com a garganta misteriosamente seca.

– Não lembro.

– Bem, não acho que você tenha ouvido grande coisa do que ela falou, depois daquela parte sobre ser mediadora. Você ficou em estado de choque. Ah, olha. Aí vem aquele... gato.

Notei que Gina evitou fazer qualquer descrição de Spike, que passou pela janela aberta, foi até sua tigela de comida e chorou para ser alimentado. Aparentemente a lembrança do que tinha acontecido na última vez em que havia falado mal do gato – o negócio com o esmalte de unhas – ainda estava fresca na mente de Gina. Aparentemente tão fresca quanto o que a vidente dissera havia tantos anos.

Um amor que duraria até o fim dos tempos.

Percebi, enquanto pegava o saco de comida de Spike, que as palmas das minhas mãos tinham começado a suar frio.

– Você não morreria se o seu verdadeiro amor fosse Michael Meducci? – perguntou Gina.

– Totalmente – respondi, sem pensar.

Mas não era. Se fosse verdade – e eu não tinha motivo para duvidar, já que Madame Zara estivera certa sobre o negócio de ser mediadora. Era a única pessoa no mundo, com a exceção do padre Dominic, que já havia adivinhado –, então eu sabia perfeitamente quem era.

E não era Michael Meducci.

7

Não que Michael não tentasse.

Na manhã seguinte estava esperando por mim no estacionamento enquanto Gina, Soneca, Dunga, Mestre e eu saíamos do Rambler e começávamos a ir para as várias filas antes da aula. Michael perguntou se poderia carregar meus livros. Dizendo a mim mesma que os Anjos da RLS poderiam aparecer a qualquer momento e tentar assassiná-lo de novo, consenti. Melhor ficar de olho nele, pensei, do que deixá-lo se meter em só Deus sabe o quê.

Mas não foi divertido. Atrás de nós Dunga ficava fazendo uma imitação muito convincente de alguém vomitando.

E mais tarde, no almoço, que eu tradicionalmente passava com Adam e Cee Cee – ainda que neste dia em particular, como Gina estava conosco, seus fãs houvessem se juntado a nós: Soneca, Dunga e meia dúzia de garotos que eu não conhecia, cada um disputando desesperadamente a atenção dela –, Michael perguntou se podia ficar com a gente. De novo não tive opção além de concordar.

E então, quando, indo para o Rambler depois da escola, foi sugerido que usássemos as próximas quatro horas de luz do dia fazendo o dever de casa na praia, Michael devia estar por perto. De que outro modo apareceria na praia de Carmel carregando uma cadeira de praia, uma hora depois?

– Ah, meu Deus – disse Gina deitada em sua toalha. – Não olhe agora, mas seu verdadeiro amor se aproxima.

Olhei. E contive um gemido. E rolei para abrir espaço para ele.

– Você pirou? – perguntou Cee Cee, o que era uma pergunta interessante vinda dela, considerando que estava sentada à sombra de uma barraca (o que não era grande coisa, e perfeitamente compreensível, considerando a quantidade de vezes em que fora levada ao hospital por causa de insolação).

Mas além disso estava usando um chapéu de chuva – cuja aba havia puxado bem para baixo –, calça comprida e uma camiseta de manga comprida. Gina, esticada ao sol ao lado dela como uma princesa núbia, tinha levantado uma das sobrancelhas em tom casual e perguntado:

– Quem você é? Gilligan?

– Sério, Suze – disse Cee Cee enquanto Michael se aproximava. – É melhor você cortar isso pela raiz, e depressa.

– Não posso – grunhi, virando os livros na areia para abrir espaço para Michael e sua cadeira de praia.

– O que quer dizer com *não pode*? – perguntou Cee Cee. – Você não teve problema para mandar o Adam se catar nestes últimos dois meses. Não que eu não tenha apreciado isso – acrescentou ela com o olhar indo para as ondas onde todos os caras, inclusive Adam, estavam surfando.

– É uma longa história – disse eu.

– Espero que não esteja fazendo isso porque sente pena dele por causa do negócio com a irmã – disse Cee Cee mal-humorada. – Para não falar daqueles garotos mortos.

– Cale a boca, tá? Ele está vindo.

E então ele estava ali, largando suas coisas por todo canto, derramando refrigerante gelado nas costas de Gina e demorando um tempo incomensurável para deduzir como a cadeira de praia funcionava. Suportei isso do melhor modo possível, dizendo a mim mesma: você é a única que pode impedir que ele vire uma panqueca de nerd.

Mas vou contar, era meio difícil de crer, ali no sol, que qualquer coisa ruim – como fantasmas vingativos – sequer existissem. Tudo estava tão... certo.

Pelo menos até que Adam largou sua prancha, dizendo que precisava dar um tempo – mas notei que na verdade aproveitava a oportunidade para cair na areia perto de nós e mostrar seus cinco ou seis pelos no peito. – Então Michael ergueu os olhos do livro de cálculo – ele estava fazendo aulas de matemática avançada e ciências – e disse:

– Posso pegar isso emprestado?

Adam, o cara mais tranquilo do mundo, deu de ombros:

– À vontade. O mar está meio *flat*, mas de repente você consegue pegar alguma onda. Só que a água está fria. É melhor pegar meu neoprene.

Então, enquanto Gina, Cee Cee e eu olhávamos com um leve interesse, Adam abriu o zíper de sua roupa de neoprene, tirou-a e, vestido só de sunga, entregou aquele negócio de borracha preta a Michael, que imediatamente tirou os óculos e a camisa.

Uma das mãos de Gina saltou e pegou meu pulso. Suas unhas se cravaram na minha pele.

– Ah, meu Deus – ofegou ela.

Até Cee Cee, notei com um olhar rápido, estava espiando totalmente hipnotizada Michael Meducci vestir a roupa de neoprene de Adam e fechar o zíper.

– Pode tomar conta disso? – perguntou ele apoiando um dos joelhos na areia ao meu lado.

Michael colocou os oculos nas minhas mãos. Tive a chance de olhar seus olhos, e pela primeira vez notei que eram de um azul muito fundo, muito brilhante.

– Claro – me ouvi murmurando.

Ele sorriu. Depois se levantou de novo, pegou a prancha de Adam e, com um educado cumprimento de cabeça para nós, garotas, entrou nas ondas.

– Ah, meu Deus – disse Gina de novo.

Adam, que tinha desmoronado na areia ao lado de Cee Cee, apoiou-se num dos cotovelos e perguntou:

– O que é?

Quando Michael tinha se juntado a Soneca, Dunga e os outros amigos deles na água, Gina virou o rosto lentamente para mim e perguntou:

– Você viu aquilo?

Assenti entorpecida.

– Mas aquilo... aquilo... – gaguejou Cee Cee. – Aquilo desafia toda a lógica.

Adam sentou-se.

– Do que vocês estão falando?

Mas só podíamos balançar a cabeça. Era impossível falar.

Porque, por acaso, por baixo do bolso cheio de canetas, Michael Meducci possuía peitorais de arrasar.

– Ele deve malhar umas três horas por dia – sugeriu Cee Cee.

– Na certa umas cinco – murmurou Gina.

– Ele poderia *me levantar* fazendo supino – falei, e Cee Cee e Gina concordaram.

– Vocês estão falando de *Michael Meducci*? – perguntou Adam.

Nós o ignoramos. Como poderíamos não ignorar, se tínhamos visto um deus – de pele macilenta, verdade, mas perfeito em todos os outros sentidos.

– Ele só precisa sair de trás daquele computador de vez em quando e pegar um pouquinho de cor – ofegou Gina.

– Não – falei. Não podia suportar a ideia daquele corpo perfeitamente esculpido danificado pelo câncer de pele. – Ele está ótimo como está.

– Só um pouquinho de cor – repetiu Gina. – Quero dizer, com filtro solar 15 ele ainda se bronzeia um pouco. Só precisa disso.

– Não – repeti.

– Suze está certa – disse Cee Cee. – Ele é perfeito como é.

– Ah, meu Deus – disse Adam, deixando-se cair de novo na areia, enojado. – *Michael Meducci*. Não acredito que vocês estão falando assim do *Michael Meducci*.

Mas como poderíamos evitar? Ele era a perfeição. Certo, não era o melhor surfista. Isso seria pedir demais, percebemos enquanto o víamos ser jogado da prancha de Adam por uma onda bem pequena, que Soneca e Dunga dominaram com facilidade.

Mas em todos os outros sentidos era um gato cem por cento genuíno.

Pelo menos até ser derrubado por uma onda de média para grande e não voltar à superfície.

A princípio não ficamos alarmadas. Surfar não era uma coisa que eu quisesse particularmente experimentar – apesar de adorar praia, não tenho a mínima atração pelo oceano. Na verdade é bem o oposto: a água me dá medo porque não dá para dizer o que mais está nadando em volta da gente naquela escuridão. Mas eu tinha visto Soneca e Dunga pegar ondas suficientes para saber que os surfistas costumam desaparecer por longo tempo, e aparecem a metros de distância, em geral com um riso enorme e um sinal de ok com o polegar para cima.

Mas a espera para Michael aparecer foi maior do que o normal. Vimos a prancha de Adam saltar de uma onda particularmente grande e vir sozinha até a praia. Ainda não havia sinal de Michael.

Foi então que o salva-vidas – o mesmo louro grandão que tentara resgatar Dunga (tínhamos parado perto de sua cadeira, como havia se tornado nosso costume) – empertigou-se e de repente levantou o binóculo ao rosto.

Mas eu não precisava de binóculo para ver o que vi em seguida. Michael finalmente rompeu a superfície depois de estar afundado por quase um minuto. Só que, nem bem apareceu, ele foi puxado para baixo de novo, e não por uma correnteza.

Não. Isso eu vi claramente: Michael foi puxado por uma corda de algas que, de algum modo, havia se enrolado em seu pescoço.

E então vi que não havia "de algum modo" naquilo. A alga estava sendo segura ali por duas mãos.

Duas mãos pertencentes a alguém que estava na água abaixo dele.

Alguém que não tinha necessidade de vir à superfície para respirar. Porque esse alguém já estava morto.

Bom, não vou dizer que fiz o que fiz em seguida com algum tipo de pensamento consciente. Se estivesse pensando, teria ficado exatamente onde estava e esperado o melhor. Só posso dizer em defesa de meus atos que, depois de anos e anos lidando com fantasmas, agi puramente por instinto, sem pensar em nada.

E foi por isso que, enquanto o salva-vidas disparava pelas ondas na direção de Michael, com o pequeno flutuador laranja na mão, saltei e fui atrás.

Bom, talvez eu tenha visto o filme *Tubarão* vezes demais, mas sempre fiz questão de nunca entrar em água mais funda do que a minha cintura – em nenhum oceano. Por isso, quando me vi partindo para o lugar onde tinha visto Michael pela última vez e senti o banco de areia em que estivera correndo desaparecer sob os pés, tentei dizer a mim mesma que a cambalhota que meu coração deu foi de adrenalina, e não de medo.

Tentei dizer isso a mim mesma, claro. Mas não acreditei. Quando percebi que teria de começar a nadar, pirei de vez. Nadei, certo – pelo menos isso eu sei fazer. Mas o tempo todo estava pensando: ah, meu Deus, por favor, não deixe que nada

69

nojento, tipo uma enguia, toque qualquer parte do meu corpo. Por favor, não deixe uma água-viva me atingir. Por favor, não deixe um tubarão vir nadando por baixo e me cortar ao meio.

Mas me dei conta de que eu tinha coisas muito piores do que enguias, águas-vivas ou tubarões com que me preocupar.

Atrás de mim podia escutar vozes gritando longe. Gina, Cee Cee e Adam, deduzi com a parte do cérebro que não estava paralisada de medo. Gritando para eu sair da água. O que eu pensava que estava fazendo? O salva-vidas tinha a situação sob controle.

Mas o salva-vidas não podia ver as mãos que puxavam Michael para baixo, nem lutar contra elas.

Vi o salva-vidas – que, tenho certeza, não fazia ideia de que uma garota maluca havia mergulhado atrás dele – deixar a enorme onda que se aproximava de nós levantar suavemente seu corpo e empurrá-lo para perto de onde Michael havia desaparecido. Tentei imitar sua técnica e acabei engasgando com a boca cheia de água salgada. Meus olhos estavam ardendo e os dentes começando a bater. Estava muito, muito frio na água sem uma roupa de borracha.

E então, a poucos metros de mim, Michael veio à superfície, ofegando e agarrando a corda de alga em volta do pescoço. O salva-vidas, em duas braçadas rápidas, chegou ao lado dele, jogando-lhe o flutuador laranja e dizendo para relaxar, que tudo ia ficar bem.

Mas nada ia ficar bem. Ao mesmo tempo que o salva-vidas falava, vi uma cabeça surgir ao lado de Michael. Apesar de o cabelo molhado estar grudado no rosto, reconheci Josh, o líder dos Anjos da RLS – um grupinho fantasmagórico com uma decisão infernal de fazer maldades... e evidentemente coisas bem piores.

Eu não podia falar, claro – tinha certeza de que meus lábios estavam ficando azuis. Mas ainda podia dar socos. Puxei o braço e soltei um dos bons, carregado de todo o pânico por me sentir sem nada além de água sob os pés.

Josh não devia estar me reconhecendo do Jimmy's ou do shopping, ou não me reconhecia com o cabelo molhado. De qualquer modo, não estivera prestando atenção a mim.

Isto é, até que meu punho se ligou solidamente com sua cartilagem nasal.

O osso estalou satisfatoriamente e Josh soltou um grito cheio de dor, que só eu pude ouvir.

Ou pelo menos foi o que pensei. Tinha me esquecido dos outros anjos.

Pelo menos até que fui abruptamente puxada para baixo das ondas por dois pares de mãos que se enrolaram nos meus tornozelos.

Deixe-me esclarecer uma coisa aqui. Ainda que para o resto da humanidade os fantasmas não tenham matéria – a maioria de vocês anda através deles o tempo todo e nem sabe; talvez sinta um ponto frio, ou um arrepio estranho, como Kelly e Debbie no mercadinho –, para um mediador eles são definitivamente feitos de carne e osso. Como foi ilustrado pelo meu soco na cara de Josh.

Mas como não têm matéria em termos humanos, os fantasmas precisam contar com métodos mais criativos para fazer mal às suas vítimas do que, digamos, enrolar as mãos no pescoço delas. Por esse motivo Josh estava usando algas. Ele podia segurar a corda de algas – com algum esforço, como a cerveja no mercadinho. E podia enrolar *a alga* no pescoço de Michael. Missão cumprida.

Eu, por outro lado, sendo mediadora, não estava sujeita às leis que governam o contato entre humanos e fantasmas, e, assim, eles rapidamente fizeram uso de sua vantagem inesperada.

Certo, eu percebi naquela hora que tinha cometido um tremendo erro. Uma coisa é lutar contra os bandidos em terra, onde, devo admitir, tenho bastante recursos, e – sinto que posso dizer sem cantar vantagem – sou bem ágil.

Mas uma coisa totalmente diferente é tentar lutar contra algo embaixo d'água. Particularmente contra algo que não precisa respirar com tanta frequência quanto eu. Os fantasmas respiram – alguns hábitos são difíceis de superar – mas não precisam, e algumas vezes, se estiverem mortos há tempo suficiente, percebem isso. Os Anjos da RLS não estavam mortos há muito tempo, mas tinham morrido embaixo d'água, de modo que podemos dizer que tiveram uma vantagem inicial sobre seus colegas espectrais.

Dadas essas circunstâncias, vi minha situação progredindo de dois modos possíveis: ou eu desistia, deixava os pulmões se encherem de água e afundava, ou ia pirar de vez, acertar qualquer coisa que se aproximasse de mim e fazer com que aqueles fantasmas lamentassem não terem ido para a luz.

Não creio que seja grande surpresa para ninguém – com a exceção de mim mesma, talvez – que eu tenha escolhido a segunda opção.

Percebi – apesar de ter demorado um pouco; eu estava bem desorientada – que as mãos envoltas nos meus tornozelos eram ligadas a corpos, os quais, presumivelmente, estavam ligados a cabeças. Não há nada tão desagradável, sei por experiência, como um pé na cara. E assim, prontamente, e com toda a força, chutei na direção em que eu supunha que esses rostos estariam, e me senti gratificada ao sentir os macios ossos faciais cederem sob meus calcanhares.

Então dei uma braçada forte, já que os braços ainda estavam livres, e rompi a superfície da água, engolindo um monte de ar – e verificando se Michael tinha se afastado em segurança. Vi que sim; o salva-vidas estava rebocando-o de volta à praia – antes de eu mergulhar de novo à procura dos agressores.

Achei-os facilmente. Ainda estavam usando roupa de baile, e os vestidos das garotas flutuavam em volta delas como algas. Agarrei um deles, puxei e vi, na água escura, o rosto espantado de Felicia Bruce. Antes que ela tivesse chance de reagir, enfiei um polegar em seu olho. Ela gritou, mas, como estávamos embaixo d'água, não ouvi nada. Só vi uma trilha de bolhas subindo para a superfície.

Então alguém me agarrou por trás. Reagi jogando a cabeça para trás com o máximo de força possível, e fiquei satisfeita ao sentir meu crânio fazer um contato muito duro com a testa do agressor. As mãos que estavam me segurando soltaram instantaneamente, e eu girei e vi Mark Pulsford nadando depressa para longe. Grande jogador de futebol americano ele tinha sido, se não conseguia suportar uma simples cabeçada.

Senti a necessidade urgente de respirar, por isso segui as últimas bolhas do grito de Felicia e cheguei à superfície no mesmo instante que os fantasmas.

Todos chegamos à tona: eu, Josh, Felicia, Mark e Carrie, de rosto muito branco.

– Ah, meu Deus – disse Carrie. Seus dentes, diferentemente dos meus, não estavam batendo. – É aquela garota. A garota do Jimmy's. Eu disse que ela consegue ver a gente.

Josh, cujo nariz quebrado tinha saltado de volta ao lugar, como num desenho animado, mesmo assim estava cauteloso comigo. Ainda que por acaso você esteja morto, ter o nariz quebrado dói de montão.

– Ei – disse ele enquanto eu boiava. – Essa guerra não é sua, certo? Fique fora dela.

Tentei dizer: "Ah, é? Bem, escutem. Eu sou a mediadora, e vocês têm uma opção: podem prosseguir para a próxima vida com os dentes no lugar ou sem dentes. O que vai ser?"

Só que meus dentes estavam chacoalhando tanto que só saiu um punhado de barulhos esquisitos que pareceram: "Aeh? Xcu. Esmedora e..."

Já deu para sacar.

Como a técnica do padre Dominic – o diálogo – não parecia estar funcionando naquela situação específica, abandonei-a. Em vez disso, estendi a mão e peguei a corda de alga com a qual eles tinham tentado estrangular Michael e enrolei o pescoço das duas garotas, que estavam boiando perto uma da outra e de mim. Elas ficaram extremamente surpresas ao se verem laçadas como duas vacas.

E não posso dizer realmente o que eu estava pensando, mas provavelmente é seguro dizer que meu plano – ainda que bolado meio ao acaso – envolvia rebocar as duas de volta à praia, onde pretendia enchê-las de porrada.

Enquanto as garotas agarravam o pescoço tentando escapar, os garotos partiram para mim. Não me importei. De repente estava furiosa. Eles tinham arruinado meu belo momento na praia e tentado afogar o cara com quem eu ia sair. Certo, eu não gostava particularmente de Michael, mas certamente não queria vê-lo afogado diante dos meus olhos – ainda mais agora que sabia como ele era um deus por baixo do suéter.

Segurando as garotas com uma das mãos, estendi a outra e consegui agarrar Josh pelos – o que poderia ser? – pelos curtos cabelos da nuca.

Ainda que isso tenha se mostrado bastante eficaz – ele começou imediatamente a se sacudir com dor –, eu tinha deixado duas coisas de lado. Uma era Mark, que continuava nadando livre. A outra era o oceano, que ainda jogava ondas para cima de mim. Qualquer pessoa sensata estaria observando essas coisas, mas eu, na fúria, não estava.

E foi por isso que, um segundo depois, fui prontamente sugada para baixo.

Vou lhe contar, provavelmente há modos mais agradáveis de morrer do que com os pulmões cheios de água salgada. Isso queima, sabe? Puxa, afinal de contas, é *sal*.

E engasguei com um bocado dela, graças primeiro à onda que me deu um caldo. E depois engoli muito mais quando Mark agarrou meu tornozelo e me manteve no fundo.

Uma coisa tenho de admitir sobre o oceano: lá embaixo é bem calmo. Verdade. Sem gaivotas gritando, ondas estourando, gritos dos surfistas. Não, embaixo do mar é só você, a água e os fantasmas que estão tentando matá-la.

Porque, claro, eu continuava segurando as pontas da corda de alga usada para rebocar as garotas. E não tinha soltado o cabelo de Josh.

Descobri que gostava ali de baixo. Não era tão ruim, verdade. Não fosse pelo frio, o sal e a percepção horrível de que, a qualquer momento, um tubarão de 6 metros podia vir por baixo e arrancar minha perna, era, bem, quase agradável.

Acho que perdi a consciência por alguns segundos. Tipo, eu tinha de estar mesmo inconsciente para ficar segurando aqueles fantasmas estúpidos com tanta força e pensar que ser mantida sob toneladas e toneladas de água salgada era agradável.

A próxima coisa que eu soube foi que alguma coisa estava me puxando, e não era um dos fantasmas. Estava sendo puxada *para* a superfície, onde dava para ver os últimos raios do sol cintilando sobre as ondas. Olhei para cima e fiquei surpresa ao ver um clarão de laranja e um monte de cabelos louros. Ora, pensei, maravilhada, é aquele lindo salva-vidas. O que está fazendo aqui?

E então fiquei bastante preocupada com ele, porque, claro, havia um bocado de fantasmas sedentos de sangue por perto, e era totalmente possível que um deles tentasse machucá-lo.

Mas quando olhei em volta descobri, para minha perplexidade, que todos tinham desaparecido. Eu ainda estava segurando a corda de alga e minha outra mão continuava agarrando o cabelo de alguém. Mas não havia nada ali. Só água do mar.

Covardes, pensei. Covardes sujos. Enfrentaram a mediadora e descobriram que não aguentavam, não é? Bem, que isso sirva de lição! Ninguém mexe com uma mediadora.

E então eu fiz uma coisa que provavelmente será uma infâmia eterna para os mediadores.

Apaguei.

8

Certo, não sei se algum de vocês já perdeu a consciência antes, então deixe eu dizer rapidinho:

Não faça isso. Verdade. Se puder evitar situações em que possa perder a consciência, por favor evite. Faça qualquer coisa, mas não apague. Confie em mim. Não é divertido. Não é nem um pouco divertido.

A não ser, é claro, que haja a garantia de acordar com um boca a boca feito por um salva-vidas californiano gatésimo. Nesse caso eu digo: vai fundo.

Essa foi a minha experiência quando abri os olhos naquela tarde na praia de Carmel. Num segundo estava enchendo os pulmões de água salgada, e no outro estava com os lábios grudados em Brad Pitt. Ou pelo menos alguém muito parecido com ele.

Será que este é o meu verdadeiro amor?, perguntei a mim mesma, com o coração a mil.

Então os lábios se separaram dos meus e eu vi que não era meu amor verdadeiro, e sim o salva-vidas, com o cabelo louro e comprido caindo molhado em volta do rosto moreno. A pele em volta dos olhos se franziu preocupada (a devastação causada pelo sol; ele deveria ter usado Coppertone) enquanto perguntava:

– Moça? Moça, está ouvindo?

– Suze – escutei uma voz familiar dizendo. Seria Gina? Mas o que Gina estava fazendo na Califórnia? – O nome dela é Suze.

– Suze – disse o salva-vidas, dando uns tapinhas bem fortes nas minhas bochechas. – Pisque se estiver entendendo.

Este não podia ser meu amor verdadeiro, pensei. Parece achar que eu sou uma imbecil. Além do mais, por que fica me batendo?

76

– Ah, meu Deus. – A voz de Cee Cee estava mais aguda do que o usual. – Ela está paralisada?

Para provar que eu não estava paralisada comecei a me sentar.

E imediatamente percebi que fora uma péssima decisão.

Acho que só vomitei uma vez. Dizer que eu botei os bofes para fora como o Vesúvio é um tremendo exagero da parte de Dunga. É verdade que um monte de água do mar saiu da minha boca quando tentei me sentar. Mas felizmente evitei vomitá-la em cima de mim e do salva-vidas, jogando a maior parte direitinho na areia ao lado.

Depois de vomitar me senti muito melhor.

– Suze! – Gina, que subitamente lembrei que tinha vindo à Califórnia me visitar, estava de joelhos ao meu lado. – Você está legal? Fiquei tão preocupada! Você estava ali deitada, imóvel...

Soneca foi muito menos simpático.

– Que diabo você estava pensando? Pamela Anderson morreu e deixou uma vaga em *S.O.S. Malibu*, ou alguma coisa assim?

Olhei todos os rostos ansiosos em volta. Verdade, não fazia ideia de que tantas pessoas se importavam. Mas ali estavam Gina, Cee Cee, Adam, Dunga, Soneca, alguns de seus amigos surfistas e turistas tirando fotos da garota que se afogou de verdade, e Michael e...

Michael. Meu olhar saltou de volta para ele. Michael, que estava correndo tanto perigo e mal parecia notar. Michael que, parado e pingando acima de mim, parecia não perceber que em volta de sua garganta havia um grande inchaço vermelho onde a alga havia lanhado sua pele. Ela parecia dolorosamente inflamada.

– Estou bem – falei e tentei ficar de pé.

– Não – disse o salva-vidas. – Uma ambulância está vindo. Fique aí até que os caras do resgate médico façam um exame.

– Hã... Não, obrigada.

Então me levantei e fui em direção a minha toalha, que continuava onde eu tinha deixado mais adiante na praia, perto da de Gina.

– Moça – disse o salva-vidas, correndo atrás de mim. – Você ficou inconsciente. Quase se afogou. Tem de ser examinada pelo resgate médico. É o procedimento.

– Você deveria deixar que eles examinassem você, Suze – disse Cee Cee correndo ao meu lado. – Rick disse que acha que você e Michael podem ter sido vítimas de uma caravela, sabe? Uma água-viva gigante.

Pisquei.

– Rick? Quem é Rick?

– O salva-vidas – disse Cee Cee exasperada. Parece que, enquanto eu estava inconsciente, todo mundo havia se conhecido. – Por isso ele mandou pendurar a bandeira amarela.

Franzi os olhos e vi a bandeira amarela desfraldada acima da cadeira do salva-vidas. Em geral ela era verde, a não ser quando havia correntezas extremamente fortes, mas agora era de um amarelo luminoso, avisando aos banhistas para tomar cuidado na água.

– Puxa, olha só o pescoço do Michael – continuou Cee Cee. Olhei para o pescoço dele, obedientemente.

– Rick disse que quando chegou lá havia uma coisa enrolada no meu pescoço – disse Michael. Percebi que ele não me encarava. – Ele disse que a princípio achou que fosse uma lula gigante. Mas não podia ser, claro. Nunca foi vista uma tão ao norte. Por isso achou que devia ser uma caravela.

Não falei nada. Tinha quase certeza de que Rick acreditava mesmo que Michael fora vítima de uma caravela. A mente humana é capaz de qualquer coisa para acreditar em tudo, menos na verdade: que pode haver alguma outra coisa lá fora, algo inexplicável... algo que não é exatamente normal.

Algo *paranormal*.

Assim, a corda de alga que fora enrolada no pescoço de Michael se tornou o braço de uma lula gigante, e depois o tentáculo peçonhento de uma agua-viva. Certamente não poderia ser o que parecia: um pedaço de alga sendo usado com intenção mortal por um par de mãos invisíveis.

– E olha os seus tornozelos – disse Cee Cee.

Olhei. Em volta dos dois tornozelos havia marcas vermelhas, parecendo de corda. Só que não eram marcas de corda. Eram os lugares onde Felicia e Carrie tinham me agarrado, tentando me arrastar para o fundo do oceano e para a morte certa.

Aquelas garotas estúpidas precisavam de uma manicure, e muito.

– Você teve sorte – disse Adam. – Eu já fui ferido por uma caravela, e dói pra...

Sua voz ficou no ar quando ele viu Gina escutando atentamente. Gina, que tinha quatro irmãos, certamente já ouvira todo palavrão que há no mundo, mas Adam era cavalheiro demais para falar algum na frente dela.

– Caramba – terminou ele. – Mas vocês não parecem ter sido muito machucados. Bem, a não ser pelo negócio de quase se afogarem.

Estendi a mão para a toalha e fiz o máximo para tirar a areia que me cobria inteira. O que aquele salva-vidas tinha feito, afinal? Me arrastado pelo chão?

– Bem – falei. – Agora eu estou bem. Não me machuquei.

Soneca, que tinha me seguido como todo mundo, reagiu exasperado:

– Não está bem, Suze. Faça o que o salva-vidas mandou. Não me obrigue a ligar para mamãe e papai.

Olhei-o, surpresa. Não porque estivesse furiosa com a ameaça de me dedurar, mas porque ele tinha chamado minha mãe de *mamãe*. Soneca nunca fizera isso antes. A mãe dos meus meios-irmãos tinha morrido havia anos e anos.

Bem, pensei. Ela *é* a melhor mãe do mundo.

– Ligue – falei. – Não me importo.

Vi Soneca e o salva-vidas trocarem olhares significativos. Corri para pegar minhas roupas e comecei a vesti-las por cima do biquíni molhado. Não estava tentando bancar a difícil. Sério, não estava. Só que não podia me dar ao luxo de uma viagem ao hospital, com as três horas que isso me faria perder. Nessas três horas tinha quase certeza de que os Anjos da RLS fariam outro ataque contra Michael... e eu não poderia deixá-lo, em sã consciência, à mercê das tramas deles.

– Não vou levar você para casa a não ser que você deixe o pessoal do resgate médico examinar você primeiro – disse Soneca, cruzando os braços diante do peito, um gesto que fez a borracha de sua roupa de mergulho chiar audivelmente.

Virei-me para Michael, que pareceu extremamente surpreso quando perguntei com educação:

– Michael, *você* se importaria de me levar para casa?

Agora ele não pareceu ter problema em me encarar. Seus olhos se arregalaram por trás dos óculos – evidentemente os havia encontrado largados na minha toalha – e ele gaguejou:

– C...claro!

Isso fez o salva-vidas balançar a cabeça insatisfeito e ir embora. Todos os outros ficaram parados em volta, me olhando como se eu fosse demente. Gina foi a única que chegou perto enquanto eu pegava os livros e me preparava para acompanhar Michael até onde seu carro estava estacionado.

– Nós duas vamos ter uma boa conversa quando você chegar em casa – disse ela.

Olhei-a com o que esperei que fosse uma expressão inocente. Os últimos raios do sol tinham feito sua aura de cabelos cor de cobre brilhar como uma auréola.

– O que você quer dizer com isso?

– Você *sabe* o que eu quero dizer – disse ela, com um olhar expressivo.

E então ela se virou e voltou para onde Soneca estava me olhando preocupado.

A verdade é que eu *sabia* o que ela queria dizer. Gina estava falando de Michael. O que eu estava fazendo? Brincando com um garoto como ele, que obviamente não era meu verdadeiro amor?

Mas o fato é que eu não podia contar a ela. Não podia contar que Michael estava sendo perseguido por quatro fantasmas com intenções assassinas, e que meu dever sagrado como mediadora era protegê-lo.

Se bem que, considerando o que aconteceu mais tarde naquela noite, provavelmente deveria ter contado.

– Precisamos conversar – falei assim que Michael ligou o carro. Era de novo a perua de sua mãe. Michael explicou que o dele ainda estava na oficina.

Agora que estava de novo com os óculos e as roupas, Michael nem de longe era o intimidante espécime masculino que pareceu ser sem eles. Como o Super-Homem vestido de Clark Kent, ele tinha voltado a ser um nerd gaguejante.

Só não pude deixar de ver que, enquanto gaguejava, ele preenchia muito bem aquele suéter.

– Conversar? – Ele segurou o volante com força enquanto entrávamos no que, para Carmel, significava o tráfego da hora do *rush*: um único ônibus de turismo e um Volkswagen cheio de pranchas de surfe. – S... sobre o quê?

– Sobre o que aconteceu com você neste fim de semana.

Michael virou a cabeça rapidamente para me olhar, depois, de modo igualmente rápido, virou-se de novo para a estrada.

– O... o que você q...quer dizer?

– Qual é, Michael! – Achei que não havia sentido em ser gentil. Era como um Band-Aid que precisava ser arrancado: ou você fazia isso com uma lentidão agonizante ou ia com tudo, bem depressa. – Eu sei sobre o acidente.

Finalmente o ônibus de turismo começou a andar. Michael pisou no acelerador.

– Bem – falou depois de um minuto, com um sorriso torto no rosto, apesar de manter o olhar na estrada. – Você não deve me culpar muito, senão não teria pedido carona.

– Culpar de quê?

– Quatro pessoas morreram naquele acidente. – Michael pegou uma lata de Coca pela metade no suporte de copos entre

81

os bancos. – E eu ainda estou vivo. – Ele tomou um gole rápido e pôs a lata de volta no lugar. – Faça o seu julgamento.

Não gostei do seu tom de voz. Não porque fosse de autopiedade. Porque não era. Parecia hostil. E notei que ele não estava mais gaguejando.

– Bem – falei com cuidado. Como disse, o padre Dominic é que é bom de diálogo. Eu sou mais o lado musculoso de nossa família mediadora. Sabia que estava me aventurando em águas profundas e turvas, se você perdoar a piada de mau gosto.

– Li hoje no jornal que seu teste do bafômetro deu negativo para álcool – falei cautelosamente.

– E daí? – explodiu Michael, me espantando um pouco. – O que isso prova?

Pisquei para ele.

– Bem, que pelo menos você não estava dirigindo bêbado.

Ele pareceu relaxar um pouco.

– Ah. – Depois me perguntou hesitante: – Você quer... Olhei-o. Estávamos seguindo pelo litoral. E o sol, afundando na água, tinha pintado tudo em laranja brilhante ou em sombras profundas. A luz refletida nos óculos de Michael tornava impossível ler sua expressão.

– Você quer ver onde a coisa aconteceu? – perguntou ele de repente, como se quisesse pôr as palavras para fora antes de mudar de ideia.

– Ah, claro. Se você estiver com vontade de mostrar.

– Estou. – Ele virou o rosto para me olhar, mas de novo não pude ver seus olhos por trás das lentes. – Se você não se importar. É esquisito, mas... eu realmente acho que você pode entender.

Ha!, pensei presunçosa. Engula essa, padre Dom! Toda essa sua birra porque eu sempre bato primeiro e falo depois. Bem, olhe só para mim agora!

– Por que você fez aquilo? – perguntou Michael abruptamente, interrompendo meus parabéns a mim mesma

Lancei um olhar espantado na sua direção.

– Fiz o quê? – Genuinamente não fazia a mínima ideia do que o cara estava falando.

– Entrou na água atrás de mim – disse ele na mesma voz baixa.

– Ah. – Pigarreei. – Aquilo. Bem, veja só, Michael...

– Não faz mal.

Quando o olhei de novo vi que ele estava sorrindo.

– Não se preocupe – disse Michael. – Não precisa me dizer. Eu sei. – Sua voz baixou uma oitava. Olhei-o alarmada. – Eu sei.

E então ele passou a mão por cima da Coca-Cola aninhada no suporte de copos entre os bancos e pôs a mão direita em cima da minha esquerda.

Ah, meu Deus! Senti o estômago se revirar outra vez, como tinha acontecido na praia.

Porque subitamente tudo estava claro. Michael Meducci não tinha simplesmente uma quedinha por mim. Ah, era muito, muito pior do que isso:

Michael Meducci acha que *eu* tenho uma quedinha por *ele*.

Michael Meducci acha que eu tenho *mais* do que simplesmente uma quedinha por ele. Michael Meducci acha que estou apaixonada por ele.

Eu tinha apenas uma coisa para dizer, e como não podia dizer em voz alta, falei dentro da cabeça:

EEEECA!

Digo, ele pode ter ficado bonito na roupa de banho e coisa e tal, mas Michael Meducci ainda não era exatamente...

Bem, Jesse.

E é assim que minha vida amorosa vai ser de agora em diante, não é?, pensei com um suspiro.

9

Com cuidado, tentei tirar minha mão de baixo da de Michael.

– Ah – disse ele, levantando a mão para poder segurar o volante. – Está chegando. Quero dizer, o lugar onde o acidente aconteceu.

Tremendamente aliviada, olhei para a direita. Estávamos seguindo ao longo da Autoestrada 1 a uma boa velocidade. As areias da praia de Carmel tinham se transformado nos majestosos penhascos de Big Sur. Mais alguns quilômetros adiante pelo litoral chegaríamos aos bosques de sequoias e ao farol de Point Sur. Big Sur era um porto seguro para quem gostava de trilhas, de acampar e praticamente qualquer pessoa que gostasse de vistas magníficas e uma beleza natural de tirar o fôlego. Eu gosto das paisagens, mas a natureza me dá calafrios... especialmente depois de um pequeno incidente com sumagre venenoso que tinha ocorrido cerca de uma ou duas semanas depois de chegar à Califórnia.

E nem me fale de carrapatos.

Big Sur – ou pelo menos a estrada de mão dupla que serpenteia ao redor – também tem algumas curvas bem fechadas. Michael seguiu mais devagar, rodeando uma da qual não se podia ver nada do outro lado, quando um trailer, vindo na outra direção, surgiu trovejando do outro lado do enorme penhasco. Não havia exatamente espaço para os dois veículos, e considerando que tudo o que nos separava da queda direta no mar era uma grade de metal, a coisa foi meio perturbadora. Mas Michael deu marcha a ré – nós não estávamos indo muito depressa – e depois parou, deixando o trailer passar com apenas uns 30 centímetros entre os veículos.

– Nossa! – falei, olhando para o trailer enorme. – Isso é meio perigoso, não é?

Michael deu de ombros.

– As pessoas deveriam buzinar quando chegam àquela curva. Para avisar a quem está atrás da pedra. O cara obviamente não sabia porque era um turista. – Michael pigarreou. – Foi isso que aconteceu... é... na noite de sábado.

Sentei-me mais ereta no banco.

– Foi aqui... – engoli em seco – ...que aconteceu?

– É. – Não havia qualquer mudança no tom de sua voz. – Foi aqui.

E foi mesmo. Agora que sabia, pude ver claramente as marcas pretas de pneus que o carro de Josh tinha deixado enquanto ele tentava não cair. Um grande trecho da grade de segurança já fora substituída, o metal brilhante e novo exatamente onde as marcas de pneu terminavam.

Perguntei em voz baixa:

– Podemos parar?

– Claro.

Havia um mirante depois da curva, a menos de 100 metros de onde os veículos tinham deixado de bater por pouco. Michael estacionou ali e desligou o motor.

– Ponto de observação – disse ele, apontando para a placa de madeira diante de nós que dizia: *Ponto de observação. Proibido jogar lixo.* – Muitos jovens vêm aqui nas noites de sábado. – Michael pigarreou e me olhou de modo significativo. – E param o carro.

Preciso dizer que até aquele momento eu não fazia ideia de que era capaz de me mover tão rápido como fiz ao sair daquele carro. Mas soltei o cinto de segurança e desci daquele banco antes que você possa dizer *ectoplasma*.

O sol tinha baixado quase completamente e o tempo já estava esfriando. Abracei-me na ponta dos pés para olhar por cima da beira do penhasco, com o cabelo chicoteando o rosto ao vento do mar, que era muito mais forte e frio aqui em cima do que na praia. A pulsação rítmica do mar lá embaixo era alta, muito mais alta do que os motores dos carros passando na Autoestrada 1.

Notei que não havia gaivotas. E nenhum tipo de pássaro.

Claro que esta deveria ter sido minha primeira pista. Mas, como sempre, deixei de ver.

Em vez disso, só consegui me concentrar em como o penhasco era íngreme. Dezenas e dezenas de metros, caindo direto nas ondas que se chocavam contra as pedras gigantescas derrubadas durante vários terremotos. Não era exatamente o penhasco de onde você veria alguém mergulhando. Nem mesmo Elvis em sua época de Acapulco.

Curiosamente, abaixo do lugar onde o carro de Josh tinha saído da estrada, havia uma pequena praia. Não do tipo onde você vai tomar banho de sol, mas uma bela área de piquenique se você estivesse disposto a arriscar o pescoço descendo até lá.

Michael deve ter notado meu olhar, pois falou:

– É, foi onde eles caíram. Não na água. Bem, pelo menos não na hora. Então chegou a maré alta e...

Estremeci e desviei o olhar.

– Há algum modo de descer até lá? – pensei em voz alta.

– Claro – disse ele e apontou para uma parte aberta na grade de segurança. – Ali. Há uma trilha. Praticamente só o pessoal que faz caminhada usa. Mas algumas vezes os turistas tentam. A praia lá embaixo é incrível. Você nunca viu ondas tão grandes. Só que é perigosa demais para surfar. Tem muita correnteza.

Olhei para ele curiosamente ao crepúsculo roxo.

– Você já esteve lá? – perguntei. A surpresa na minha voz deve ter sido evidente.

– Suze – disse ele com um sorriso. – Eu moro aqui desde que nasci. Não há muitas praias que eu não conheça.

Assenti e puxei uma mecha de cabelo que tinha entrado na boca graças ao vento.

– E então, o que aconteceu exatamente naquela noite?

Ele franziu a vista para a estrada. Agora estava escuro a ponto de os carros acenderem os faróis. De vez em quando, a luz de um deles varria o rosto de Michael enquanto ele falava. Era difícil, novamente, ver seus olhos por trás do reflexo da luz nas lentes dos óculos.

– Eu estava indo para casa, vindo de um seminário no Esalen...

– Esalen?

– É. O Instituto Esalen. Nunca ouviu falar? – Ele balançou a cabeça. – Meu Deus, eu achava que o Esalen era conhecido no mundo inteiro. – Minha expressão devia estar vazia, porque ele disse: – Bem, de qualquer modo, eu fui a uma palestra lá. "Colonização de outros mundos, e o que isso significa para os extraterrestres aqui na terra."

Tentei não explodir numa gargalhada. Afinal de contas, era uma garota que via fantasmas e falava com eles. Quem era eu para dizer que não existia vida em outros planetas?

– Bom, eu estava voltando para casa, acho que era bem tarde, e eles vieram com tudo naquela curva, e nem buzinaram nem nada.

Assenti.

– E o que você fez?

– Bem, desviei para evitá-los, claro, e acabei batendo naquele penhasco ali. Não dá para ver porque está escuro agora, mas meu para-choque dianteiro arrancou um bom pedaço do morro. E eles... bem, eles desviaram para o outro lado, e havia neblina, e a estrada devia estar meio escorregadia, e eles iam bem rápido, e...

Michael terminou, a voz sem tom, dando de ombros outra vez.

– E eles caíram.

Estremeci de novo. Não podia evitar. Eu tinha conhecido aqueles garotos, lembra? Eles não estavam exatamente se comportando muito bem – na verdade estavam tentando me matar –, mas mesmo assim não conseguia deixar de sentir pena deles. Era uma queda longa, muito longa.

87

– Então o que você fez?

– Eu? – Ele pareceu estranhamente surpreso com a pergunta. – Bem, eu bati com a cabeça, você sabe, então apaguei. Só voltei a mim quando alguém parou e veio olhar. Foi quando perguntei o que tinha acontecido com o outro carro. E eles disseram: "Que outro carro?" E eu pensei que... você sabe... eles tinham ido embora, e tenho de admitir que fiquei bem irritado. Puxa, eles nem tinham se incomodado em chamar uma ambulância para mim, nem nada. Mas então nós vimos a grade...

Agora eu estava ficando realmente com frio. O sol tinha sumido por completo, embora o céu no oeste ainda estivesse com riscas de violeta e vermelho. Senti um calafrio e falei:

– Vamos para o carro.

E fomos.

Ficamos ali sentados olhando o horizonte assumir um tom de azul cada vez mais profundo. Os faróis dos carros que passavam ocasionalmente iluminavam o interior da perua. Dentro estava muito mais silencioso, sem o vento e o barulho das ondas lá embaixo. Outra onda de cansaço extremo passou por mim. Pelo brilho do relógio no painel dava para ver que logo estaria na hora do jantar. Meu padrasto Andy tinha uma regra muito rígida sobre o jantar. Você aparece na hora. E ponto final.

– Olhe – falei rompendo o silêncio. – O que aconteceu parece horrível. Mas não foi sua culpa.

Ele me olhou. Ao brilho verde dos instrumentos do painel dava para ver que seu sorriso era triste.

– Não foi? – perguntou ele.

– Não – falei séria. – Foi um acidente, sem dúvida. O problema é que... bem, nem todo mundo vê a coisa assim.

O sorriso desapareceu.

– Quem não vê assim? Os policiais? Eu dei meu depoimento. Eles pareceram satisfeitos. Tiraram uma amostra de sangue. O teste para álcool foi totalmente negativo. Para todas as drogas. Eles não podem...

– Não são os policiais – falei rapidamente. Como é que eu ia dizer isso? Pô, o cara era obviamente um daqueles fanáticos por óvnis, por isso era provável que não teria problema com fantasmas, mas nunca se sabe.

– O negócio – comecei com cuidado – é que eu notei que, desde o acidente deste fim de semana, você andou meio propenso a... acidentes.

– É. – De repente a mão de Michael estava outra vez em cima da minha. – Se não fosse você eu até poderia estar morto. Você já salvou minha vida duas vezes.

– Hã – falei nervosa, puxando a mão e fingindo que estava com outro cabelo na boca e por isso precisava usar aquela mão em particular, você sabe, para tirá-lo. – Ah, mas, sério, você não... quero dizer... se perguntou o que estava acontecendo? Tipo por que tantas... *coisas* estavam acontecendo de repente?

Ele sorriu outra vez. Os dentes, à luz do velocímetro, pareciam verdes.

– Deve ser o destino.

– Certo – falei. *Por que eu?* – Não digo esse tipo de coisa. Estou falando de coisas *ruins*. Como no shopping. E na praia ainda há pouco.

– Ah. – Então ele encolheu aqueles ombros incrivelmente fortes. – Não.

– Certo – falei de novo. – Mas se você pensasse, não acha que uma explicação lógica poderia ser... espíritos raivosos?

Seu sorriso se desbotou um pouco.

– O que quer dizer?

Dei um suspiro.

– Olha, aquilo lá não foi uma água-viva, e você sabe. Você estava sendo puxado para baixo, Michael. Por alguma coisa.

Ele assentiu.

– Eu sei. Não... eu estou acostumado com correntezas, claro, mas aquilo foi...

– Não foi uma correnteza. E não foi uma água-viva. E eu só... bem, acho que você deveria ter cuidado.

– O que você está dizendo? – Michael me espiou curioso. – Parece até que está sugerindo que eu fui vítima de algum tipo de... força demoníaca. – Ele riu. No silêncio do carro, o riso soou alto. – Provocado pela morte daqueles garotos que quase me jogaram fora da estrada? É isso?

Olhei pela janela. Não dava para ver nada além das sombras roxas dos penhascos íngremes ao redor, mas mesmo assim continuei olhando.

– É. É exatamente isso.

– Suze. – Michael pegou a minha mão outra vez, e desta vez apertou. – Está tentando me dizer que acredita em fantasmas?

Olhei-o. Filei-o direto nos olhos. E falei:

– Sim, Michael. Estou.

Ele riu de novo.

– Ah, qual é! Você acha sinceramente que *Josh Saunders* e seus amigos são capazes de se comunicar do além-túmulo?

Alguma coisa no modo como ele disse o nome de Josh me fez... não sei. Mas não gostei daquilo. Não gostei nem um pouco.

– Quero dizer... – Michael soltou minha mão, depois se inclinou para a frente e ligou o carro. – Encare os fatos. O sujeito era um atleta idiota. A coisa mais impressionante que já fez foi mergulhar de um penhasco com outro atleta idiota e as namoradas igualmente tapadas. Não é uma coisa necessariamente tão ruim eles terem ido embora. Eles só estavam ocupando espaço.

Meu queixo caiu. Senti isso. No entanto eu parecia não ser capaz de fazer nada a respeito.

– E quanto a algum deles ser capaz de invocar qualquer poder das trevas – disse Michael, pondo aspas vocais nas palavras *poder das trevas* – para vingar suas mortes estúpidas e dignas de pena, bem, obrigado pelo aviso, mas acho que esse negócio tipo *Eu sei o que você fez no verão passado* já saiu de moda, não acha?

Encarei-o. Encarei de verdade. Não dava para acreditar. Esse e que era o Sr. Sensível. Acho que só gaguejava e ficava vermelho quando sua vida estava sendo ameaçada. Não parecia se incomodar muito com a dos outros.

A não ser, talvez, que fosse sair com a pessoa na noite de sexta, o que foi ilustrado pelo comentário quando estávamos para voltar à estrada:

– Ei. – Ele piscou. – Ponha o cinto.

10

Deslizei para a minha cadeira no instante em que todo mundo ia pegando os garfos.

Ha! Não estava atrasada! Pelo menos tecnicamente, já que ninguém tinha começado a comer.

– E onde você esteve, Suze? – perguntou mamãe, levantando um cesto de pãezinhos e passando diretamente para Gina. O que era bom. Caso contrário, pelo modo como meus meios-irmãos comiam, aquilo estaria vazio antes mesmo de chegar a ela.

– Fui passear de carro – falei, enquanto Max, o cachorro extremamente grande e extremamente babão dos meus meios-irmãos, baixava a cabeça no meu colo, seu posto tradicional na hora das refeições, e revirava os suaves olhos castanhos para mim.

– Com quem? – perguntou mamãe naquele mesmo tom ameno, o que indicava que, se eu não respondesse com cuidado, poderia estar numa encrenca séria.

Antes que eu pudesse falar qualquer coisa Dunga disse:

– Michael Meducci – e fez alguns sons de vômito.

Andy levantou as sobrancelhas.

– O garoto que esteve aqui ontem à noite?

– Esse mesmo – falei, lançando um olhar raivoso que Dunga ignorou. Notei que Gina e Soneca tinham tomado o cuidado de se sentar um ao lado do outro e estavam estranhamente silenciosos. Imaginei o que veria embaixo da mesa se largasse o guardanapo e me abaixasse para pegar. Provavelmente, pensei, algo que não iria querer ver. Mantive o guardanapo no colo.

– Meducci – murmurou mamãe. – Por que esse nome me é familiar?

– Sem dúvida você está pensando nos Medici – disse Mestre –, uma família nobre italiana que produziu três papas e duas rainhas da França. Cosimo, o Velho, foi o primeiro a governar Florença, enquanto Lorenzo, o Magnífico, foi patrono das artes, com protegidos que incluíam Michelangelo e Botticelli.

Minha mãe o olhou com curiosidade.

– Na verdade não era isso que eu estava pensando – disse ela.

Eu sabia o que estava por vir. Mamãe tem uma memória fantástica. Precisa disso em sua área de trabalho. Mas eu sabia que era apenas questão de tempo antes de ela deduzir onde tinha ouvido o nome de Michael.

– Foi ele que esteve naquele acidente nesse fim de semana – falei, para apressar o inevitável. – Em que aqueles quatro estudantes da RLS morreram.

Dunga largou o garfo, que fez um barulhão ao bater no prato.

– Michael *Meducci*? – Ele balançou a cabeça. – De jeito nenhum. Foi o *Michael Meducci*? Você está de sacanagem.

– Brad. Cuidado com o palavreado, por favor – disse Andy incisivamente.

– Desculpe – disse Dunga, mas notei que seus olhos estavam muito brilhantes. – Michael Meducci – repetiu ele. – Michael Meducci matou Mark Pulsford?

– Ele não matou ninguém – respondi com rispidez. Dava para ver que devia ter ficado de boca fechada. Agora a coisa estaria no ouvido de todo mundo na escola. – Foi um acidente.

– Verdade, Brad – disse Andy. – Tenho certeza de que o pobre garoto não quis matar ninguém.

– Bem, desculpe – respondeu Dunga. – Mas Mark Pulsford era um dos melhores zagueiros do estado. Sério. Tinha uma bolsa para a UCLA, e coisa e tal. O cara era muito maneiro de verdade.

– Ah, é? Então o que ele fazia andando com você? – Soneca, num raro momento de espirituosidade, riu para o irmão.

– Cala a boca – reagiu Dunga. – Por acaso a gente foi a uma festa junto.

– Certo – disse Soneca com um riso de desprezo.

– Foi mesmo – insistiu Dunga. – No mês passado, no Vale. Mark era o bicho. – Ele pegou um pãozinho, enfiou quase inteiro na boca e depois falou ao redor da massa: – Até Michael Meducci chegar e matar o cara.

Notei que Gina estava me observando com uma das sobrancelhas – só uma – levantada. Ignorei-a.

– O acidente não foi culpa de Michael – falei. – Pelo menos ele não foi acusado de nada.

Mamãe pousou seu garfo.

– A investigação do acidente ainda não terminou – disse ela.

– Com tantos acidentes que acontecem naquele trecho – disse meu padrasto, enquanto colocava alguns talos de aspargo no prato de mamãe e depois passava a bandeja para Gina –, é de pensar que alguém devia fazer alguma coisa para melhorar as condições da estrada.

– A parte mais estreita da estrada no trecho de 160 quilômetros de litoral chamado Big Sur é tradicionalmente considerada traiçoeira, e até mesmo perigosa – disse Mestre em tom casual. – Frequentemente encoberta pela névoa litorânea, essa estrada de montanha, sinuosa e estreita, tem pouca probabilidade de ser expandida, graças aos preservacionistas históricos. O próprio isolamento da área é o que atrai tanto os muitos poetas e artistas que construíram casas por lá, inclusive Robinson Jeffers, que achou muito atraente o esplendor das vastidões descampadas.

Olhei de relance para o meu meio-irmão mais novo. Às vezes sua memória fotográfica era irritante, mas na maior parte das vezes era tremendamente útil, em particular quando chegava a época das dissertações de fim de semestre.

– Obrigada – falei.

Mestre sorriu, revelando a boca cheia de comida presa no aparelho.

– De nada.

– A pior parte – disse Andy, continuando o discurso sobre as condições de segurança na Autoestrada 1 – é que os jovens motoristas parecem irresistivelmente atraídos por aquele trecho da rodovia.

Dunga, enfiando arroz selvagem na boca como se fosse a primeira comida que via há semanas, deu um risinho e falou:

– Muito bem, papai.

Andy olhou para seu filho do meio.

– Sabe, Brad – disse em tom afável. – Nos Estados Unidos, e em boa parte da Europa, pelo que soube, é considerado socialmente aceitável baixar ocasionalmente o garfo e passar algum tempo mastigando.

– É lá que está a ação – disse Dunga, pousando o garfo como o pai tinha sugerido, mas compensando isso ao falar de boca cheia.

– Que ação? – perguntou meu padrasto, curioso.

Soneca, que em geral não falava a não ser que fosse absolutamente obrigado, tinha ficado quase tagarela desde a chegada de Gina.

– Ele está falando do Ponto – disse Soneca.

Minha mãe ficou confusa.

– Qual ponto?

– O Ponto – corrigiu Soneca. – O Ponto de Observação. É onde todo mundo vai dar uns amassos na noite de sábado. Pelo menos – Soneca riu sozinho – Brad e os amigos dele.

Longe de se ofender com a denúncia, Dunga balançou um talo de aspargo como se fosse um charuto enquanto explicava:

– O Ponto e o lugar!

– É para lá que você leva Debbie Mancuso? – perguntou Mestre, interessado. E depois se encolheu de dor quando uma de suas canelas foi brutalmente agredida por baixo da mesa. – Ai!

– Debbie Mancuso e eu não estamos namorando! – berrou Dunga.

– Brad – disse Andy. – Não chute seu irmão. David, não invoque o nome da Srta. Mancuso à mesa de jantar. Nós já falamos disso. E Suze?

Levantei a cabeça, com as sobrancelhas erguidas.

– Não gosto da ideia de você sair de carro com um garoto que se envolveu num acidente fatal, quer tenha sido culpa dele ou não. – Andy olhou para mamãe. – Você concorda?

– Receio ter de concordar – disse mamãe. – Eu me sinto mal com relação a isso. Os Meducci sem dúvida passaram por tempos difíceis ultimamente... – Quando meu padrasto a olhou de modo interrogativo, mamãe falou: – A filhinha deles foi aquela que quase se afogou há algumas semanas. Você lembra.

– Ah. – Andy assentiu. – Naquela festa na piscina. Não havia supervisão dos pais...

– E havia bastante álcool – disse minha mãe. – Parece que a coitadinha bebeu demais e caiu na água. Ninguém notou. Ou, se notou, ninguém fez nada. Até ser tarde demais. Ela está em coma desde então. Se sobreviver ficará com sérias sequelas cerebrais. Suze – mamãe pousou o garfo –, não acho boa ideia você sair com esse garoto.

Normalmente isso teria me animado bastante. Poxa, eu não estava exatamente ansiosa para sair com o cara.

Mas precisava. Quero dizer, se quisesse ter alguma esperança de impedi-lo de cair num caixão de nerd.

– Por quê? – Engoli cautelosamente um pedaço de salmão. – Não é culpa de Michael a irmã dele ser uma alcoólatra que não sabe nadar. E o que os pais dela estavam pensando, afinal, deixando uma menina do oitavo ano ir a uma festa daquelas?

– Isso não está em questão – disse mamãe com a boca ficando tensa – e você sabe. Vai ligar para aquele rapaz e dizer que sua mãe a proíbe completamente de entrar num carro com ele. Se ele quiser vir aqui e passar um tempo com você assistindo a vídeos ou algo assim, tudo bem. Mas você não vai entrar num carro com ele.

Meus olhos se arregalaram. *Aqui*? Passar um tempo *aqui*? Sob o olhar atento de Jesse? Oh, Deus, era tudo o que eu precisava. A imagem que essas palavras invocava me encheu de tamanho horror que a garfada de salmão que eu tinha parado diante dos lábios caiu no meu colo, onde foi instantaneamente aspirada por uma comprida língua canina.

Mamãe tocou minha mão.

– Suze – disse ela em voz baixa. – Estou falando sério. Não quero você entrando num carro com aquele garoto.

Olhei curiosa para ela. É verdade que no passado já fui obrigada a desobedecê-la, principalmente por causa de circunstâncias fora do meu controle. Mas ela não sabia disso. Quero dizer, que eu a havia desobedecido. Na maior parte eu tinha conseguido manter as transgressões em segredo – a não ser pelas ocasiões em que fora trazida para casa pela polícia, incidentes tão raros que nem vale a pena mencionar.

Mas como esse não era o caso, não entendi bem por que ela achou necessário repetir a regra sobre Michael Meducci.

– Certo, mamãe. Eu tinha entendido da primeira vez.

– Para você saber que é uma coisa muito importante para mim.

Olhei-a. Não que ela parecesse... bem, culpada. Mas sem dúvida sabia de alguma coisa. Algo que não estava revelando.

Isso não era realmente de surpreender. Como jornalista de televisão mamãe costumava estar a par de informações que não eram necessariamente destinadas ao público. E ela não era uma dessas repórteres de que você ouve falar, que faria qualquer coisa para conseguir uma "grande" matéria. Se um policial contar alguma coisa a mamãe (e eles frequentemente fazem isso; mesmo tendo quarenta e tantos anos, mamãe ainda é bem gata, e praticamente todo mundo conta o que ela quiser se ela umedecer os lábios o suficiente), o sujeito pode confiar que isso não será revelado no noticiário, caso ele peça. Para ver como ela é.

Imaginei o que, de fato, minha mãe sabia sobre Michael Meducci e o acidente que tinha matado os quatro Anjos.

Aparentemente o bastante para não querer que eu andasse com ele.

E não achei que ela estivesse sendo tão injusta com Michael. Não podia deixar de me lembrar do que ele tinha dito no carro, logo antes de voltar à estrada. *Eles só estavam ocupando espaço.*

De repente, eu não culpava tanto aqueles garotos por tentarem afogá-lo.

– Certo, mamãe – repeti. – Eu entendo.

Aparentemente satisfeita, minha mãe voltou ao seu salmão, que Andy havia grelhado muito bem e servido com um delicado molho de endro.

– E como você vai dar a notícia a ele? – perguntou Gina, meia hora depois, enquanto me ajudava a encher a lava-louças após o jantar, tendo descartado a insistência de mamãe de que, como hóspede, não precisava fazer isso.

– Não sei – falei hesitando. – Você sabe, fora todo o negócio tipo Clark Kent...

– Esquisito por fora, um sonho por dentro?

– É. Apesar disso, e é difícil de resistir, acredite, ele ainda tem uma coisa que me parece...

– Furtiva? – disse Gina, passando água na saladeira antes de me entregar para pôr na máquina.

– Talvez seja isso. Não sei.

– Foi muito furtivo o modo como ele apareceu aqui ontem à noite. Sem ligar antes. Se um cara tentasse fazer isso comigo... – ela balançou os dedos no ar e depois os estalou – ele já era.

Dei de ombros. Na Costa Leste era diferente, claro. Na cidade você simplesmente não passa na casa de alguém sem ligar antes. Na Califórnia, como eu tinha notado, os "passantes" eram mais aceitáveis socialmente.

– Mas nem finja que se importa, Simon. Você não gosta daquele cara. Não sei exatamente qual é a sua, mas definitivamente não tem nada a ver com atração.

Pensei rapidamente em como todas tínhamos ficado surpresas quando Michael tirou a camisa.

– Poderia ter – falei com um suspiro.

– Por favor. – Gina me entregou um punhado de talheres. – Você e o supernerd? Não. Agora diga. O que está acontecendo entre você e esse cara?

Olhei para os talheres que estava enfiando na lava-louças.

– Não sei. – Não poderia dizer a verdade, claro. – É só que... tenho a sensação de que há mais alguma coisa sobre o acidente do que ele está contando. Mamãe parece saber de alguma coisa. Você notou?

– Notei – disse Gina, não exatamente séria, mas também não exatamente contente.

– Bem, então... simplesmente não consigo deixar de pensar no que aconteceu de verdade. Na noite do acidente. Porque... bem, aquilo à tarde não era uma água-viva, você sabe.

Gina apenas assentiu.

– Não achei que fosse. Acho que isso tudo tem alguma coisa a ver com o negócio de ser mediadora, não é?

– Mais ou menos – falei desconfortável.

– Certo. O que também pode explicar aquele pequeno incidente com o esmalte de unhas na outra noite?

Não pude dizer nada. Só fiquei enfiando os talheres nos compartimentos de plástico na porta da lavadora. Garfos, colheres, facas.

– Certo. – Gina fechou a torneira da pia e enxugou as mãos num pano de prato. – O que quer que eu faça?

Pisquei para ela.

– Fazer? Você? Nada.

– Qual e. Eu conheço você, Simon. Você não perdeu o horário da escola 79 vezes no ano passado porque estava curtindo um café da manhã demorado no McDonald's. Sei perfeitamente bem que estava lutando contra os mortos-vivos, tornando este mundo um local mais seguro para as crianças e coisa e tal. Então o que quer que eu faça? Que lhe dê cobertura?

Mordi o lábio.

– Bem... – falei hesitando.

– Olhe, não se preocupe comigo. Jake disse que vai me levar para fazer umas entregas. O que tem um certo apelo, se a gente suportar ficar abaixada e suja num carro cheio de pizzas de pepperoni e abacaxi. Mas se você quiser eu posso ficar aqui com o Brad. Ele me convidou para uma sessão de vídeo de seu filme predileto.

Respirei fundo.

– Não é *Hellraiser III*...?

– O próprio.

A gratidão me varreu como uma daquelas ondas que me fizeram desmaiar.

– Você faria isso por mim?

– Por você, Simon, tudo. Então, o que vai ser?

– Certo. – Joguei longe o pano de prato que estava segurando. – Se você ficar aqui e fingir que estou lá em cima no quarto, com cólica, vou venerá-la para sempre. Eles não fazem perguntas sobre cólicas. Diga que estou na banheira, e talvez, um pouco mais tarde, que fui para a cama cedo. Se alguém ligar você atende por mim?

– Como quiser, rainha Midol.

– Ah, Gina. – Segurei-a pelos ombros e lhe dei uma pequena sacudida. – Você é o máximo. Sacou? O *máximo*. Não se desperdice com meus meios-irmãos: você merece coisa muito melhor.

– Você simplesmente não vê – disse Gina, balançando pensativamente a cabeça. – Seus meios-irmãos são uns *gatos*. Bom, a não ser aquele ruivinho. E olha... – Isso ela acrescentou enquanto eu ia ao telefone ligar para o padre Dominic. – ...eu espero uma compensação, você sabe.

Pisquei.

– Você sabe que minha mesada é só de vinte pratas por semana, mas pode ficar com ela...

Gina fez uma careta.

– Não quero o seu dinheiro. Mas uma explicação completa seria legal. Você nunca quis me contar. Só fica desviando da questão. Mas desta vez você me deve. – Ela estreitou os olhos. – Puxa, eu vou assistir a uma sessão de *Hellraiser III* por você. Você me deve *de montão*. E sim – acrescentou antes que eu pudesse abrir a boca –, não vou contar a ninguém. Prometo não ligar para a *Enquirer* nem para o *Acredite se quiser*.

Falei com o pouco de dignidade que consegui juntar:

– Eu nunca duvidaria disso.

Em seguida peguei o telefone e liguei.

11

— E o que, exatamente, devo procurar? – falei enquanto balançava a lanterna de um lado para o outro na trilha de areia.

– Não sei bem – respondeu o padre Dominic, alguns passos adiante. – Acho que saberá quando descobrir. Eu espero.

– Fantástico – murmurei.

Não era piada tentar descer uma encosta de montanha no escuro. Se soubesse que era isso que o padre Dom iria sugerir quando liguei, provavelmente teria adiado o telefonema. Provavelmente só teria ficado em casa e assistido a *Hellraiser III*. Ou pelo menos tentaria terminar o dever de geometria. Puxa, eu já havia quase morrido naquela tarde. O teorema de Pitágoras nem parecia ameaçador, em comparação.

– Não se preocupe – escutei a voz de um cara atrás de mim, temperada com uma diversão tolerante. – Aqui não tem sumagre venenoso.

Virei a cabeça e lancei um olhar bem sarcástico para Jesse, mesmo duvidando de que ele pudesse ver. A lua – se havia uma – estava escondida atrás de uma grossa parede de nuvens. Fios de névoa se esgueiravam pelo penhasco que estávamos descendo, juntando-se densos nas reentrâncias da trilha, redemoinhando sempre que eu pisava nela, como se estivesse se encolhendo diante da possibilidade de me tocar. Tentei não pensar nos filmes que tinha visto, em que aconteciam coisas terríveis com pessoas naquele tipo de névoa. Você sabe de que tipo de filme estou falando.

Ao mesmo tempo, tentava não pensar em todo o sumagre venenoso que poderia estar roçando em mim. Jesse estava brincando, claro, mas de seu modo característico tinha lido meu pensamento: eu tenho um problema sério com erupções que desfiguram a pele.

E nem venha me falar de cobras, coisa que tenho todo motivo para acreditar que podem estar enroladas ao longo de todo esse caminho horroroso, só esperando para tirar um naco da parte macia da minha canela, logo acima dos sapatos Timberland.

– É – ouvi o padre Dom falar. A névoa tinha vindo e o engoliu inteiro. Só dava para ver a tira amarela que sua lanterna fazia à minha frente. – É, dá para ver que a polícia já esteve aqui. Este deve ser o lugar onde a grade caiu. Dá para ver as marcas no mato quebrado.

Continuei cambaleando às cegas, usando o facho da lanterna em primeiro lugar para procurar cobras, mas também para garantir que não cairia da trilha e mergulharia as várias dezenas de metros nas ondas turbulentas embaixo. Jesse já havia estendido a mão umas duas vezes, gentilmente, para me afastar da beira do caminho quando eu me desviava espiando algum galho suspeito.

101

Então quase despenquei de vez, depois de dar uma trombada no padre Dom que tinha parado no meio da trilha e se agachado. Eu não o tinha visto, e ele e Jesse precisaram estender a mão e agarrar várias peças do meu vestuário para me deixar em pé outra vez. Foi um tanto embaraçoso.

– Desculpe – murmurei, sem graça pela falta de jeito. – Ah, o que o senhor está fazendo, padre D.?

O padre Dominic sorriu, com aquele seu jeito tão paciente que irrita, e disse:

– Examinando alguma evidência do acidente. Você mencionou que sua mãe parecia saber de alguma coisa a respeito, e eu tenho a impressão de que sei o que é.

Puxei o zíper do meu casaco até em cima, para que meu pescoço não ficasse exposto ao ar frio do sereno. Podia ser primavera na Califórnia, mas não fazia mais de 4°C lá naquele penhasco. Felizmente eu tinha trazido luvas – principalmente por proteção, admito, de um possível contato com sumagre venenoso –, mas elas estavam trabalhando dobrado, pois também impediam que meus dedos congelassem.

– O que quer dizer? – Eu não tinha pensado em trazer também um gorro, então minhas orelhas estavam como picolés, e meu cabelo ficava balançando com o vento frio do mar e batendo nos meus olhos.

– Vejam isso. – O padre Dominic apontou sua lanterna para um trecho do solo, com cerca de 2 metros de comprimento, onde a terra estava revirada e a grama amassada. – Acho que foi aqui que a grade veio parar. Mas você está notando alguma coisa estranha?

Tirei alguns fios de cabelo da boca e mantive o olhar atento para as cobras.

– Não.

– Esse pedaço particular parece ter caído inteiro. Um veículo teria de estar andando a uma velocidade considerável para romper uma cerca de metal tão forte, mas o fato de toda a seção ter cedido sugere que os parafusos que a mantinham no lugar devem ter se soltado.

– Ou foram afrouxados – sugeriu Jesse em voz baixa.

Pisquei para ele. Estando morto, Jesse não sentia tanto desconforto quanto eu. O frio não o afetava, se bem que o vento estivesse sacudindo um bocado sua camisa, abrindo-a e me proporcionando vislumbres de seu peito que, provavelmente não preciso acrescentar, era tão sarado quanto o de Michael, só que não tão pálido.

– Afrouxados? – Pela segunda vez naquele dia meus dentes tinham começado a bater. – O que provocaria uma coisa assim? Ferrugem?

– Eu estava pensando em algo feito pelo homem – disse Jesse em voz baixa.

Olhei do padre para o fantasma, e de volta. O padre Dominic estava tão perplexo quanto eu. Jesse não fora exatamente convidado para essa pequena expedição, mas tinha aparecido enquanto eu descia pela entrada de veículos até onde o padre D. tinha dito que ia me pegar. A reação do padre Dominic às notícias que eu tinha dado – sobre o atentado contra a vida de Michael na praia e seus estranhos comentários no carro mais tarde – havia sido rápida e imediata. Declarou que precisávamos achar os Anjos da RLS, e depressa.

E o modo mais fácil de conseguir isso, claro, era visitar o local onde suas vidas haviam se perdido, um local que, como observou Jesse, um padre de 60 anos e uma garota de 16 não deveriam visitar sozinhos à noite.

Não faço ideia de contra o que Jesse achou que estaria nos protegendo ao vir junto: ursos? Mas ali estava ele, e aparentemente tinha uma ideia muito melhor do que eu sobre o que estava acontecendo.

– O que quer dizer com feito pelo homem? – perguntei. – Do que você está falando?

– Só acho estranho toda uma seção dessa grade ceder desse jeito, enquanto o resto, como vimos quando inspecionamos há pouco, nem se amassou com o impacto.

O padre Dominic piscou.

– Você está sugerindo que alguém pode ter afrouxado os parafusos prevendo que um veículo ia bater ali. É isso, Jesse?

Jesse confirmou com a cabeça. Saquei onde ele queria chegar, mas só depois de cerca de um minuto.

– Espera aí – falei. – Você está dizendo que acha que *Michael* afrouxou de propósito esse trecho da grade com o objetivo de jogar Josh e os outros do penhasco?

– Alguém certamente fez isso. Pode muito bem ter sido o seu Michael.

Fiquei indignada. Não com a sugestão de que Michael pudesse ter feito algo tão maligno, mas por Jesse tê-lo chamado de *meu* Michael.

– Espere um minuto aí... – comecei. Mas o padre Dominic, de modo muito pouco característico, me interrompeu.

– Tenho de concordar com Suzannah, Jesse. Certamente parece que a grade não cumpriu sua função. Na verdade, parece ter ocorrido uma falha séria no projeto. Mas sugerir que alguém possa ter mexido nela de propósito...

– Suzannah – disse Jesse. – Você não falou que Michael parece não gostar das pessoas que morreram no acidente?

– Bem, ele me disse mesmo que eram um desperdício de espaço. Mas, honestamente, Jesse, para que o que você está sugerindo funcionasse, Michael teria de saber que Josh e o pessoal estariam vindo. Como ele poderia saber disso? E teria de esperar por eles, e aí, quando começassem a fazer a curva, teria de pisar no acelerador de propósito...

– Bem – disse Jesse dando de ombros. – Sim.

– Impossível. – O padre Dominic se empertigou espanando a terra dos joelhos da calça. – Recuso-me até a considerar tal possibilidade. Aquele garoto, um assassino a sangue-frio? Você não sabe o que está dizendo, Jesse. Ora, ele tem as melhores notas da escola. É membro do Clube de Xadrez.

Dei um tapinha no ombro do padre Dominic.

– Odeio dar a notícia, padre D., mas os jogadores de xadrez podem matar pessoas, como todo mundo. – Então olhei para a marca na terra, onde a grade de metal havia caído. – A verdadeira questão é por quê. *Por que* ele faria uma coisa dessas?

– Acho que, se andarmos logo, talvez possamos descobrir – disse Jesse.

Ele apontou. Olhamos. As nuvens no alto haviam se aberto o suficiente para permitir a visão de um pequeno trecho da praia na base do penhasco. O luar captou quatro formas fantasmagóricas num círculo em volta de uma fogueirinha digna de pena.

– Ah, meu Deus – falei enquanto as nuvens se fechavam de novo, obscurecendo rapidamente a visão. – É lá embaixo? Eu tenho certeza de que vou ser picada.

O padre Dominic já havia começado a descer rapidamente o resto da trilha. Jesse, atrás de mim, perguntou curioso:

– Picada pelo quê, Suzannah?

– Por uma cobra, claro – falei, evitando uma raiz que parecia meio serpenteante à luz da lanterna.

– As cobras não saem à noite – disse Jesse, e dava para notar, por sua voz, que ele estava contendo a vontade de dar uma gargalhada.

Isso era novidade para mim.

– Não?

– Geralmente não. E particularmente não em noites frias e úmidas como esta. Elas gostam do sol.

Bem, isso era um alívio. Mesmo assim eu não conseguia deixar de pensar em carrapatos. Será que os carrapatos saíam à noite?

Aquilo pareceu durar uma eternidade – e eu tinha certeza de que ia acordar cheia de farpas nos tornozelos –, mas acabamos chegando ao fim da trilha, ainda que os últimos 15 metros, mais ou menos, fossem tão íngremes que eu praticamente desci correndo, e não de propósito.

Na praia o som das ondas era muito, muito mais alto – o bastante para cobrir totalmente o som de nossa chegada. O cheiro de sal estava pesado no ar. Percebi, quando nossos pés afundaram na areia molhada – bem, menos os de Jesse –, por que não tinha visto nenhuma gaivota naquela tarde: os animais, inclusive os pássaros, não gostam de fantasmas.

E havia um bocado de fantasmas naquela praia em particular.

Estavam cantando. Sem brincadeira. Estavam cantando em volta da fogueirinha minguada. E você não vai acreditar no que eles cantavam. "Ninety-nine Bottles of Beer on the Wall." A cada vez que você canta, diminui uma garrafa. Eles estavam em 57.

Vou lhe contar, se é assim que eu vou passar a eternidade quando morrer, espero que apareça algum mediador e me arranque do sofrimento. Sério mesmo.

– Tudo bem – falei, tirando as luvas e enfiando nos bolsos. – Jesse, você pega os caras, eu pego as garotas. Padre D., simplesmente garanta que nenhum deles corra para a água, certo? Eu já nadei uma vez hoje, e acredite, essa água está fria. Não irei atrás deles.

O padre Dominic segurou meu braço enquanto eu começava a ir para o grupo iluminado pela fogueira.

– Suzannah! – exclamou ele, parecendo genuinamente chocado. – Certamente você não... você não está sugerindo mesmo que nós...

– Padre D. – Olhei-o irritada. – Esta tarde aqueles idiotas ali tentaram me afogar. Perdão se acho que ir toda serelepe até eles e perguntar se gostariam de tomar um refrigerante conosco não é uma ideia muito boa. Vamos arrebentar uns traseiros sobrenaturais.

O padre Dominic apenas segurou meu braço com mais força.

– Suzannah, quantas vezes preciso lhe dizer? Nós somos mediadores. Nosso trabalho e interceder pelas almas perturbadas, não provocar mais dor e sofrimento com atos de violência contra elas.

– Vou lhe dizer uma coisa – falei. – Jesse e eu seguramos o pessoal enquanto o senhor faz a intercessão. Porque, acredite, é o único modo de eles ouvirem. Eles não são muito comunicativos.

– Suzannah – disse o padre Dom de novo.

Mas desta vez não terminou o que ia falar porque de repente Jesse interveio:

– Fiquem aqui, vocês dois, até eu dizer que é seguro ir em frente.

E começou a atravessar a praia na direção dos fantasmas.

Bem. Acho que ele ficou enjoado ouvindo nós dois discutirmos. É, não se pode culpá-lo.

O padre Dominic olhou preocupado para Jesse.

– Minha nossa. Você não acha que ele vai fazer alguma coisa... drástica, acha, Suzannah?

Suspirei. Jesse nunca fazia nada drástico.

– Não. Provavelmente só vai tentar conversar com eles. Acho que é melhor assim. Quero dizer, ele é fantasma, eles são fantasmas... têm um monte de coisas em comum.

– Ah – concordou o padre Dominic. – É, entendo. Muito sensato. Muito sensato mesmo.

Eles continuavam cantando, e estavam em 17 garrafas quando viram Jesse.

Um dos garotos soltou um palavrão bem cabeludo, mas antes que qualquer um deles tivesse tempo de se desmaterializar, Jesse estava falando – e numa voz tão baixa que o padre D. e eu não podíamos ouvir além do som das ondas. Só podíamos ficar olhando enquanto Jesse – luzindo um pouco, como costuma acontecer com os fantasmas – falava com eles e, lentamente, depois de um tempo, se abaixou na areia, ainda falando.

Olhando aquilo, o padre Dominic murmurou:

– Excelente ideia, mandar Jesse primeiro.

Dei de ombros.

– Acho que sim.

Acho que meu desapontamento por ter perdido o que provavelmente seria uma briga de primeira devia estar evidente, porque o padre Dominic parou de olhar o grupo em volta da fogueira e riu para mim.

– Com uma ajudazinha do Jesse a gente acaba transformando você numa mediadora – disse ele.

Como se fizesse alguma ideia de quantos fantasmas eu tinha mediado para fora da existência antes de conhecer qualquer um dos dois, pensei. Mas não falei em voz alta.

– E como sua amiguinha Gina está se ocupando enquanto você está fora hoje? – perguntou o padre Dominic.

-- Ah, ela está cobrindo minha saída.

O padre Dominic levantou as sobrancelhas – e a voz – numa desaprovação surpreendida.

– Cobrindo sua saída? Seus pais não sabem que você está aqui?

– Ah, sim, padre D. – falei sarcástica. – Eu contei à minha mãe que vinha a Big Sur lidar com os fantasmas de alguns adolescentes mortos. Por favor!

Ele ficou perturbado. Sendo padre, o cara não gosta de desonestidade, em particular quando envolve os pais, que a gente do tipo dele vive dizendo para honrarmos e obedecermos. Mas acho que, se Deus realmente quisesse que eu seguisse essa regra específica, não teria me feito mediadora. As duas coisas não combinam, sabe?

– Mas evidentemente você não teve problema em contar a Gina – disse o padre Dominic.

– Não. Ela meio que... sabe. Quero dizer, uma vez nós duas fomos a uma vidente e... – parei. Ao falar de Madame Zara, me lembrei do que Gina tinha contado sobre a história de um único amor por toda a vida. Seria verdade? Poderia ser? Estremeci, mas desta vez não tinha nada a ver com o frio.

108

– Entendo – disse o padre Dominic. – Interessante. Você se sente confortável contando aos amigos sobre sua capacidade extraordinária, mas não à sua mãe.

Nós já havíamos discutido isso – na verdade, recentemente –, portanto apenas revirei os olhos.

– *Amigos*, não. Amiga. Gina sabe. Mais ninguém. E ela não sabe *tudo*. Não sabe, por exemplo, sobre Jesse.

O padre Dominic olhou outra vez na direção da fogueira. Jesse parecia profundamente envolvido na conversa com Josh e os outros. Os rostos dos Anjos, alaranjados à luz da fogueira, estavam todos virados na direção de Jesse, os olhares grudados nele. Era estranho terem acendido aquele fogo. Não podiam senti-lo, assim como não podiam ficar bêbados com a cerveja que tinham tentado roubar, ou se afogar na água sob a qual tinham estado. Imaginei por que teriam se dado ao trabalho. Provavelmente fora necessário um bocado de força cinética para acendê-lo.

Todos os quatro luziam com o mesmo brilho sutil liberado por Jesse – não o suficiente para iluminar alguma coisa numa noite escura como aquela, mas o bastante para dizer que não eram exatamente... bem, humanos seria a palavra errada, porque é claro que eram humanos. Ou pelo menos tinham sido.

Acho que a palavra que estou procurando é *vivos*.

– Padre D. – falei abruptamente. – O senhor acredita em videntes? Quero dizer, eles são de verdade? Como os mediadores?

– Tenho certeza de que alguns são.

– Bem – continuei rapidamente antes de mudar de ideia. – Uma vidente que Gina e eu fomos consultar uma vez sabia que eu era mediadora. Eu não contei nem nada. Ela simplesmente sabia. E falou uma coisa estranha. Pelo menos Gina disse que ela falou. Eu não lembro. Mas, segundo Gina, ela disse que eu só teria um amor verdadeiro.

O padre Dominic me olhou. Seria minha imaginação ou ele achou aquilo engraçado?

– Você estava planejando ter muitos?

– Bem, não exatamente – falei meio sem graça. Você também ficaria. Quero dizer, qual é! O cara era um padre. – Mas é meio estranho. Essa vidente, Madame Zara, disse que eu só teria um amor, mas que duraria tipo a vida inteira. – Engoli em seco. – Ou talvez tenha sido toda a eternidade. Esqueci.

– Ah. – O padre Dominic não pareceu mais achar engraçado. – Minha nossa.

– Foi isso que eu disse. Puxa... bem, ela provavelmente não sabia do que estava falando. Porque parece meio besteira, não é? – perguntei esperançosa.

Mas, para meu desapontamento, o padre D. falou:

– Não, Suzannah. Não parece besteira. Pelo menos para mim.

Ele falou isso de um jeito... não sei. Alguma coisa no modo como ele falou me fez perguntar com curiosidade:

– O senhor já se apaixonou, padre D.?

Ele começou a remexer nos bolsos do paletó.

– Hã...

Eu sabia o que ele estava procurando com tanta concentração: um maço de cigarros. Também sabia que ele não iria encontrar – tinha deixado de fumar havia anos e só guardava um maço para emergências. E, por acaso eu sabia, estava em sua sala na escola.

Também sabia, pelo fato de ele ter começado a procurá-lo, que o padre D. estava estressado. Ele só sentia ânsia de fumar quando as coisas não iam exatamente de acordo com os planos.

Ele tinha tido uma paixão. Dava totalmente para ver, pelo modo como evitava meu olhar.

Não fiquei realmente surpresa. O padre Dominic era velho, padre e coisa e tal, mas ainda era um gato, de um jeito maduro, tipo Sean Connery.

– Houve uma jovem, acho – disse ele por fim, quando sua busca terminou. – Há muito tempo.

Aha. Visualizei Audrey Hepburn, por algum motivo. Você sabe, naquele filme que vive passando, em que ela fazia uma freira. Talvez o padre Dom e seu verdadeiro amor tenham se encontrado numa escola de padres e freiras! Talvez o amor deles fosse proibido, como no filme!

– O senhor conheceu ela antes de... e... ser ordenado, ou sei lá como chamam isso? – perguntei, tentando parecer casual. – Ou depois?

– Antes, claro! – Ele pareceu chocado. – Pelo amor de Deus, Suzannah.

– Eu só estava pensando. – Mantive o olhar em Jesse perto da fogueira, para que o padre D. não ficasse tão sem graça pensando que eu o estava encarando, ou sei lá o quê. – Quero dizer, a gente não precisa falar nisso, se o senhor não quiser. – Só que eu não conseguia evitar. – Ela era...

– Eu tinha a sua idade – disse o padre Dominic, como se quisesse acabar com aquilo depressa. – Estava no ensino médio, como você. Ela era um pouco mais nova.

Tive dificuldade para visualizar o padre Dominic no ensino médio. Eu nem sabia de que cor era seu cabelo antes de virar o branco atual.

– Foi... – continuou o padre D., com uma expressão distante nos olhos azuis e luminosos. – Bem... nunca teria dado certo.

– Eu sei – falei. Porque subitamente sabia. Não sabia como sabia, mas alguma coisa no modo como ele disse que nunca teria dado certo me revelou, acho. – Ela era um fantasma, certo?

O padre Dominic respirou com tanta força que por um segundo achei que ele estava tendo um ataque cardíaco, ou algo do tipo.

Mas antes que eu tivesse chance de pular e começar uma manobra de ressuscitação, Jesse se levantou junto à fogueira e começou a vir em nossa direção.

– Ah, olha – disse o padre Dominic com um alívio óbvio.

– Aí vem o Jesse.

Eu tinha superado a irritação que costumava sentir com Jesse quando ele aparecia de repente, em geral quando eu menos esperava – ou queria. Agora quase sempre ficava feliz em vê-lo.

Menos naquele momento específico. Naquele momento específico desejei que Jesse estivesse longe, bem longe. Porque tinha a sensação de que nunca conseguiria que o padre D. se abrisse de novo sobre esse assunto.

– Certo – disse Jesse, quando tinha chegado suficientemente perto para falar conosco. – Acho que agora vão ouvir o senhor, padre, sem tentar fugir. Eles estão bem amedrontados.

– Eles não pareciam amedrontados quando tentaram me matar hoje à tarde – murmurei.

Jesse me olhou com um ar de diversão nos olhos escuros – ainda que eu não saiba o que era tão engraçado em eu quase me afogar.

– Acho que, se você ouvir o que eles têm a dizer, vai entender por que se comportaram daquele jeito.

– Veremos – respondi fungando.

12

Acho que eu estava meio de mau humor porque Jesse tinha interrompido minha breve conversa de coração aberto com o padre Dominic. Mas isso não era motivo para ele vir por trás de mim enquanto eu andava na direção do grupo e sussurrar no meu ouvido:

– Comporte-se.

Lancei-lhe um olhar irritado.

– Eu sempre me comporto.

Sabe o que ele fez então? Soltou uma risada! E não foi de um modo gentil. Não pude acreditar.

Quando cheguei suficientemente perto do grupo para enxergar a expressão no rosto deles, não vi nada me convencendo de que não eram os mesmos fantasmas que tinham tentado me matar – duas vezes – em dois dias.

– Espere um minuto – disse Josh quando me reconheceu. Em seguida se levantou depressa e apontou para mim, de modo acusador: – Essa é a vaca que...

Jesse entrou rapidamente no círculo iluminado pela fogueira.

– Calma – disse ele. – Eu disse a vocês quem eram essas pessoas...

– Você disse que eles iam nos ajudar – gemeu Felicia, ainda sentada, com a saia do vestido de noite toda bufante ao redor. – Mas aquela garota chutou meu rosto hoje de tarde!

– Ah – falei –, como se vocês não tivessem tentado me afogar.

O padre Dominic entrou rapidamente entre mim e os fantasmas e disse:

– Meus filhos, meus filhos, não se alarmem. Estamos aqui para ajudá-los, se pudermos.

Josh Saunders, estupefato, disse:

– O senhor pode nos ver?

– Posso – respondeu o padre Dominic, solene. – Suzannah e eu somos mediadores, como tenho certeza de que Jesse explicou. Podemos vê-los e queremos ajudá-los. Na verdade, é nossa responsabilidade ajudá-los. Só que, vocês devem entender, também é nossa responsabilidade garantir que não façam mal a ninguém. Por isso Suzannah tentou impedi-los hoje e, pelo que sei, ontem.

Isso fez com que Mark Pulsford dissesse um palavrão. Felicia Bruce lhe deu uma cotovelada e falou:

– Corta essa. O cara é padre.

113

Mark falou cheio de beligerância:

– Não é não.

– E sim – insistiu Felicia. – Não está vendo aquele negócio branco em volta do pescoço dele?

– *Eu sou* um sacerdote. – O padre Dominic se apressou em acabar com a discussão. – E estou dizendo a verdade. Podem me chamar de padre Dominic. E esta é Suzannah Simon. Bom, nós sabemos que vocês quatro estão ressentidos com o Sr. Meducci...

– Ressentidos? – Ainda de pé, Josh olhou irritado para o padre Dominic. – *Ressentidos?* É por causa daquele idiota que nós estamos mortos.

Só que ele não disse *idiota.*

O padre Dominic levantou as sobrancelhas, mas Jesse falou calmamente:

– Por que você não conta ao padre o que me contou, Josh, para que ele e Suzannah possam começar a entender?

Com a gravata-borboleta pendendo frouxa no pescoço e os primeiros botões da camisa social abertos, Josh levantou a mão e passou os dedos, frustrado, pelo cabelo louro e curto. Sem dúvida tinha sido um cara bem bonito. Abençoado com boa aparência, inteligência e riqueza (seus pais tinham de ter dinheiro, para colocá-lo na Escola Robert Louis Stevenson, que era tão cara quanto elitizada), Josh Saunders estava com dificuldade para se ajustar ao único infortúnio que baixara sobre sua vida curta e feliz.

A morte precoce.

– Olha – disse ele. O som das ondas, e agora os estalos da fogueirinha que os quatro haviam feito, foram facilmente suplantados por sua voz profunda. Se tivesse vivido mais, Josh poderia ser qualquer coisa, pensei, desde atleta profissional até presidente. Transparecia esse tipo de confiança.

– Na noite de sábado nós fomos a um baile. A um *baile*, certo? E depois pensamos em dar uma volta de carro e parar...

Carrie interveio numa voz cantarolada:

114

– A gente sempre para no Ponto nas noites de sábado.

– O ponto de observação – explicou Felicia.

– É tão lindo! – disse Carrie.

– Lindo mesmo – confirmou Felicia, com um olhar rápido para o padre Dominic.

Encarei-os. Quem estavam tentando enganar? Todos nós sabíamos o que eles faziam no ponto de observação.

E não era olhar a paisagem.

– É – disse Mark. – Além disso, nenhum policial aparece para mandar a gente ir embora. Sabe?

Ah. Tamanha honestidade era revigorante.

– Certo. – Josh tinha enfiado as mãos nos bolsos da calça. Agora tirou-as e estendeu com as palmas viradas para nós. – Então fomos passear de carro. Tudo ia bem, certo? Igual a todas as noites de sábado. Só que não foi igual. Porque dessa última vez, quando viramos a curva, você sabe, a curva fechada lá em cima, alguma coisa acertou a gente.

– É – confirmou Carrie. – Sem farol aceso, sem aviso, nada. Só *bum*!

– Batemos direto na grade de proteção – disse Josh. – Não foi grande coisa. A gente não ia muito rápido. Pensei: merda, amassei o para-choque. E comecei a dar marcha a ré. Mas então ele bateu na gente outra vez...

– Ah, mas sem dúvida... – começou o padre Dominic.

Mas Josh continuou como se o padre não tivesse falado:

– E na segunda vez em que bateu, a gente continuou indo.

– Como se a grade nem existisse – completou Felicia.

– Nós passamos direto. – Josh enfiou as mãos de novo no bolso. – E acordamos aqui embaixo. Mortos.

Depois disso houve silêncio. Pelo menos ninguém falou. Ainda havia o som das ondas, claro, e os estalos do fogo. A maresia, soprada pelo vento, estava cobrindo meu cabelo e formando pequenos cristais de gelo. Cheguei mais perto do fogo, agradecendo pelo calor...

E percebi rapidamente por que os Anjos da RLS tinham se dado ao trabalho de acendê-lo. Porque é o que teriam feito se ainda estivessem vivos. Tinham acendido o fogo para se esquentar. E daí, se não sentiam mais o calor que ele produzia? Não importava. É o que as pessoas vivas fariam.

E tudo o que eles queriam era estar vivos de novo.

– Perturbador – disse o padre Dominic. – Muito perturbador. Mas sem dúvida, meus filhos, vocês podem ver que foi apenas um acidente...

– Acidente? – Josh olhou furioso para o padre D. – Não houve nada *acidental* naquilo, padre. Aquele cara, aquele tal de Michael, veio para cima de nós *de propósito*.

– Mas isso é ridículo – disse o padre Dominic. – Perfeitamente ridículo. Por que, meu Deus, ele faria isso?

– Simples – respondeu Josh dando de ombros. – Ele sente inveja.

– Inveja? – O padre Dominic ficou pasmo. – Talvez você não saiba, meu jovem, mas Michael Meducci, que eu conheço desde o primeiro ano do primário, é um estudante muito talentoso. Muito querido pelos colegas. Por que, em nome do céu, ele... Não, não, sinto muito. Você está enganado, meu filho.

Eu não sabia direito em que universo o padre Dom vivia – aquele em que os colegas de turma gostavam de Michael Meducci –, mas sem dúvida não era este. Pelo que eu sabia, ninguém na Academia da Missão gostava de Michael Meducci – ou ao menos o conhecia, fora do Clube de Xadrez. Mas afinal de contas eu só estava ali havia alguns meses, então poderia estar errada.

– Ele pode ser talentoso – disse Josh –, mas mesmo assim é um nerd.

O padre Dominic piscou para ele.

– Nerd?

– O senhor ouviu. – Josh balançou a cabeça. – Olha, padre, encare os fatos. O seu garoto, Meducci, não é nada. *Nada. Nós*...

– ele apontou para si mesmo, depois para os amigos – por outro lado, éramos *tudo*. As pessoas mais populares de nossa escola. Nada acontecia na RLS sem o nosso selo de aprovação. Uma festa não era festa até *nós* chegarmos. Um baile não era um baile enquanto Josh, Carrie, Mark e Felicia, os "Anjos" da RLS, não estivessem lá. Certo? Está captando a ideia?

O padre Dominic parecia confuso.

– Hã... não exatamente.

Josh revirou os olhos.

– Esse cara existe de verdade? – perguntou a mim e a Jesse.

Jesse falou sem sorrir:

– E como.

– Certo – disse Josh. – Então deixe-me colocar do seguinte modo. Esse tal de Meducci pode ter notas acima da média. E daí? Isso não é nada. Minha média é nove. Tenho o recorde de salto de altura da escola. Pertenço à Sociedade Nacional de Honra. Sou pivô do time de basquete. Fui presidente do conselho estudantil durante três anos seguidos e, para completar, nesta primavera fiz um teste e ganhei o papel principal na produção de *Romeu e Julieta* da sociedade teatral da escola. Ah, e sabe de uma coisa? Fui aceito em Harvard. Decisão antecipada.

Josh parou para respirar. O padre Dominic abriu a boca para dizer alguma coisa, mas o garoto continuou disparando:

– Quantas noites de sábado o senhor acha que Michael Meducci passou sentado sozinho no quarto jogando videogame? Hein? Bem, deixe-me dizer de outro modo: o senhor sabe quantas *eu* passei acariciando um joystick? Nenhuma. Quer saber por quê? Porque nunca houve uma noite de sábado em que eu não tivesse alguma coisa para fazer, uma festa para ir ou uma garota com quem sair. E não era qualquer garota, e sim as mais gatas, as mais populares da escola. A Carrie, aqui – ele sinalizou para Carrie Whitman, sentada na areia com seu vestido azul-gelo –, trabalha como modelo nas horas vagas em São Francisco. Já fez comerciais. Foi rainha do baile das boas-vindas.

– Dois anos seguidos – observou Carrie, em sua voz esganiçada.

Josh assentiu.

– Dois anos seguidos. Está começando a entender, padre?
Michael Meducci namora uma modelo? Acho que não. O
melhor amigo de Michael Meducci é como o meu, o Mark ali,
capitão do time de futebol? Michael Meducci tem bolsa atlética
integral para a UCLA?

Mark, obviamente não sendo o gênio do grupo, disse com
sentimento:

– Dá-lhe, Ursos!

– E eu? – perguntou Felicia.

– É – disse Josh. – E a namorada de Mark, Felicia? Chefe
de torcida, capitã da equipe de dança e, ah, sim, ganhadora de
uma Bolsa de Mérito Nacional por causa das notas altas. De
modo que, tendo tudo isso em mente, vamos fazer a pergunta
de novo, certo? Por que um cara como Michael Meducci ia
querer que pessoas como nós estivessem mortas? Simples: ele
tem inveja.

O silêncio que tomou conta depois dessa declaração foi
quase tão penetrante quanto o cheiro de maresia no vento.
Ninguém disse uma palavra. Os Anjos pareciam orgulhosos
demais para falar, e o padre Dom parecia atordoado pelas re-
velações. Os sentimentos de Jesse com relação ao assunto não
eram claros; ele parecia meio entediado. Acho que, para um
cara nascido há mais de 150 anos, as palavras *Bolsa de Mérito
Nacional* não significavam grande coisa.

Arranquei a língua de onde estava grudada, no céu da boca.
Estava com muita sede por causa da descida, e certamente nem
um pouco ansiosa para subir de novo até o carro do padre
Dom. Mas me senti compelida, apesar do desconforto, a falar:

– Ou poderia ser por causa da irmã dele.

13

Todo mundo – desde o padre Dom até Carrie Whitman – olhou para mim à luz da fogueira.

– O que disse? – disse Josh. Só que seu tom de voz era mais impaciente do que educado.

– A irmã de Michael – falei. – A que está em coma.

Não me pergunte o que me fez pensar nisso. Talvez fosse a referência de Josh a festas – que nenhuma festa começava até ele e os outros Anjos chegarem. Isso me fez pensar na última festa de que ouvi falar – aquela em que a irmã de Michael tinha caído na piscina e quase se afogado. Deve ter sido uma tremenda festa. Será que a polícia acabou com ela depois da chegada da ambulância?

As sobrancelhas brancas e espetadas do padre Dominic se ergueram.

– Está falando de Lila Meducci? Sim, claro. Como eu poderia ter me esquecido? Foi trágico, muito trágico, o que aconteceu com ela.

Jesse falou pela primeira vez em alguns minutos.

– O que aconteceu com ela? – perguntou, levantando o queixo do joelho onde estivera se apoiando, com o pé junto à pedra onde havia se sentado.

– Um acidente – disse o padre Dom, balançando a cabeça. – Um acidente terrível. Ela tropeçou e caiu numa piscina e quase se afogou. Os pais estão perdendo a esperança de que a menina recupere a consciência.

Grunhi:

– Essa é só uma versão da história.

Os pais de Michael obviamente a haviam mudado ao contar ao diretor da escola da filha. Continuei:

– O senhor deixou de fora a parte em que ela estava numa festa no Vale quando isso aconteceu. E que estava completa-

119

mente bêbada quando caiu na água. – Estreitei os olhos para os quatro fantasmas sentados do lado oposto da fogueira. – Assim como todo mundo, naquela festa, já que ninguém notou o que tinha acontecido com ela até a garota ficar lá embaixo por tempo suficiente para que um coágulo se formasse em seu cérebro. – Olhei para Jesse. – Eu mencionei o fato de que ela tem apenas 14 anos?

Ainda sentado na pedra, com as mãos em volta do joelho dobrado, Jesse olhou para os Anjos.

– Imagino que nenhum de vocês saiba algo sobre isso.

Mark pareceu enojado.

– Como é que algum de nós ia saber sobre a irmã de um nerd enchendo a cara numa festa?

– Talvez porque por acaso um de vocês, ou todos, estivesse na festa, não é? – sugeri com a voz doce.

O padre Dominic ficou espantado.

– É verdade? – Ele olhou para os Anjos. – Algum de vocês sabe qualquer coisa sobre isso?

– Claro que não – disse Josh. Rápido demais, achei. O "Fala sério!" de Felicia também não foi convincente.

Mas foi Carrie quem entregou.

– Mesmo que a gente soubesse – perguntou com indignação sincera –, o que importaria? Só porque uma idiota pretensiosa encheu a cara numa das nossas festas até ficar em coma, isso *nos* torna responsáveis?

Encarei-a. Lembrei-me de que Felicia era a Bolsista do Mérito Nacional. Carrie Whitman tinha sido apenas a rainha do baile das boas-vindas. Duas vezes.

– Que tal, só para começar – falei –, por oferecer álcool para uma menina do oitavo ano?

– Como é que a gente ia saber a idade dela? – perguntou Felicia, de modo pouco agradável. – Quero dizer, a garota tinha tanta maquiagem na cara que dava para jurar que ela tinha 40 anos.

– É – disse Carrie. – E aquela festa específica era só para convidados. Eu nunca dei um convite para ninguém do *oitavo ano*.

– Se quiserem responsabilizar alguém – disse Felicia –, que tal o idiota que a levou?

– É – insistiu Carrie, furiosa.

– Não acho que Suzannah esteja responsabilizando vocês pelo que aconteceu à irmã de Michael. – A voz de Jesse, depois do esganiçado das garotas, parecia um trovão distante. Ela silenciou os outros com eficiência. – Michael, acho, é que matou vocês por isso.

O padre Dominic fez um ruído baixinho como se as palavras de Jesse tivessem penetrado, como um punho, em seu estômago.

– Ah, não – disse ele. – Não, sem dúvida você não pode achar...

– Faz mais sentido do que o argumento desse aí – disse Jesse, assentindo brevemente para Josh –, de que Michael fez isso por ciúme porque não consegue... o quê? Ah, sim. Encontros nas noites de sábado.

Josh ficou desconfortável.

– Bem – disse ele repuxando as lapelas do paletó. – Eu não sabia que aquela vadia que eles pescaram na piscina de Carrie era a irmã de Meducci.

– Isso é demais – disse o padre Dominic. – Simplesmente demais. Eu estou... estou *pasmo*!

Olhei-o, surpreso com o que ouvi na sua voz. Era – se eu não estava enganada – dor. O padre Dominic estava sofrendo pelo que tinha ouvido.

– Uma menina está em coma – disse ele com o olhar azul muito brilhante cravando-se em Josh – e você a xinga?

Josh teve a gentileza de parecer envergonhado.

– Bem, é só uma figura de linguagem.

121

– E vocês duas. – O padre apontou para Felicia e Carrie. – Violam a lei servindo álcool a menores e ousam sugerir que é culpa da própria menina se acabou sendo prejudicada?

– Mas ninguém mais se machucou – disse Felicia. – E todo mundo também estava bebendo.

– É – concordou Carrie. – Todo mundo estava bebendo.

– Não importa. – Agora a voz do padre Dominic estava trêmula de emoção. – Se todo mundo pulasse da ponte Golden Gate isso faria a coisa parecer certa?

Minha nossa, pensei. O padre D. obviamente precisava de um novo curso de disciplina escolar, se achava que esse exemplo ainda tinha algum efeito.

E então meus olhos se arregalaram quando vi que agora ele estava apontando para mim. *Eu?* O que *eu* tinha feito?

Logo descobri.

– E você – disse o padre Dom. – Você ainda insiste que o que aconteceu com esses jovens não foi acidente, e sim assassinato deliberado!

Meu queixo caiu.

– Padre D. – consegui dizer quando o recoloquei no lugar. – Com licença, mas é bastante óbvio...

– Não é. – O padre Dominic baixou o braço. – Para mim não é óbvio. Então o garoto tinha motivação. Isso não o torna assassino.

Olhei para Jesse procurando ajuda, mas por sua expressão espantada ficou claro que ele estava tão pasmo quanto eu pela explosão do padre.

– Mas a grade de proteção... – tentei. – Os parafusos frouxos...

– Sim, sim – disse o padre Dominic, de um modo bastante teimoso. – Mas você está deixando de lado o ponto mais importante, Suzannah. Suponha que Michael tenha esperado por eles. Talvez pretendesse atingi-los quando fez a curva. Mas como saberia, no escuro, que era o carro certo? Diga,

Suzannah. Qualquer um poderia estar fazendo a curva. Como Michael saberia que era o carro certo? *Como?*

Nisso ele me pegou. E sabia. Fiquei ali, com o vento do mar chicoteando o cabelo no rosto, e olhei para Jesse. Ele retribuiu meu olhar e deu de ombros, tão sem resposta quanto eu. O padre Dom estava certo. Não fazia sentido.

Pelo menos até que Josh disse:

– A Macarena.

Todos olhamos para ele.

– Perdão? – disse o padre Dominic. Mesmo com raiva, ele era absolutamente educado.

– Claro! – Felicia ficou de pé, tropeçando na bainha do vestido longo. – Claro!

Jesse e eu trocamos outro olhar confuso.

– A o quê? – perguntei a Josh.

– A Macarena. – Josh estava sorrindo. Sorrindo ele não parecia nem um pouco o cara que tinha tentado me afogar à tarde. Sorrindo parecia o que era: um rapaz de 18 anos, inteligente e atlético, no auge da vida.

Só que sua vida tinha acabado.

– Eu estava dirigindo o carro do meu irmão – explicou, ainda rindo. – Ele está na faculdade. Disse que eu podia usá-lo enquanto ele estivesse fora. É maior do que o meu carro. Só que o cara botou uma buzina idiota, que toca a Macarena.

– Tremendo mico – informou Carrie.

– E na noite em que nós fomos mortos – continuou Josh –, eu buzinei quando estávamos fazendo a curva, e Michael estava esperando atrás dela.

– A gente tem de buzinar quando faz aquelas curvas fechadas – disse Felicia, cheia de empolgação.

– E a buzina tocou a Macarena. – O sorriso de Josh desapareceu como se fosse apagado pelo vento. – E foi aí que ele acertou na gente.

– Nenhuma outra buzina de carro na península toca a Macarena – disse Felicia, agora sem empolgação. – A Macarena só ficou na moda umas duas semanas. Depois ficou totalmente brega. Agora só tocam em casamentos e coisas do tipo.

– Foi assim que ele soube. – A voz de Josh não estava mais cheia de indignação. Agora parecia meramente triste. Seu olhar estava fixo no mar, um mar escuro demais para se distinguir do céu nublado. – Foi assim que ele soube que éramos nós.

Freneticamente pensei no que Michael tinha me contado, há algumas horas, na perua de sua mãe. *Eles vieram com tudo naquela curva. Nem buzinaram. Nada.*

Só que Josh estava dizendo que buzinaram. Que não somente buzinaram, mas que buzinaram de um modo específico, um modo que distinguia a buzina do carro de Josh...

– Ah – disse o padre Dominic, parecendo não se sentir bem. – Minha nossa.

Concordei totalmente com ele. Só que...

– Isso ainda não prova nada – falei.

– Está brincando? – Josh me olhou como se *eu* é que fosse maluca, como se ele não estivesse usando smoking na praia. – Claro que prova.

– Não, ela está certa. – Jesse saiu da pedra e parou perto de Josh. – Michael foi muito inteligente. Não há como provar, pelo menos num tribunal, que ele tenha cometido um crime aqui.

O queixo de Josh caiu.

– O que você quer dizer? Ele matou a gente! Eu estou aqui, dizendo! Nós buzinamos e ele bateu na gente de propósito e nos empurrou para o penhasco.

– É – disse Jesse. – Mas o seu testemunho não vai se sustentar num tribunal, meu amigo.

Josh estava à beira das lágrimas.

– Por quê?

– Porque é o testemunho de um morto – disse Jesse em tom tranquilo.

Ferido, Josh apontou o dedo na minha direção.

– *Ela* não está morta. *Ela* pode contar.

– Não pode – respondeu Jesse. – O que ela vai dizer? Que sabe a verdade sobre o que aconteceu naquela noite porque os fantasmas das vítimas contaram? Acha que um júri vai acreditar nisso?

Josh o encarou furioso. Em seguida, com o olhar baixando até os pés, murmurou:

– Então está ótimo. Voltamos ao ponto de partida. Vamos resolver a coisa por nossas próprias mãos, certo, pessoal?

– Ah, não vão – falei. – De jeito nenhum. Dois erros não fazem um acerto. E três muito menos.

Carrie olhou de Josh para mim e em seguida para ele outra vez.

– Do que ela está falando?

– Vocês não vão vingar sua morte matando Michael Meducci. Sinto muito. Mas isso simplesmente não vai acontecer.

Pela primeira vez em toda a noite, Mark se levantou. Olhou para mim, depois para Jesse e em seguida para o padre Dom. Então disse:

– Isso é *besteira*, cara – e começou a ir para a praia.

– Então o nerd vai ficar livre? – Josh me olhou ameaçadoramente, com o maxilar trincado. – Ela mata quatro pessoas e fica livre?

– Ninguém disse isso. – Jesse, à luz da fogueira, parecia mais sério do que eu jamais tinha visto. – Mas o que acontece com o garoto não é da conta de vocês.

– Ah, é? – Josh voltou ao risinho de desprezo. – Então é da conta de quem?

Jesse assentiu para o padre Dominic e para mim.

– Deles – falou em voz baixa.

– *Deles?* – A voz de Felicia se elevou num tom de nojo. – Por que *eles*?

– Porque eles são os mediadores. – Ao brilho laranja da fogueira, os olhos de Jesse pareciam pretos. – É isso que eles fazem.

14

O único problema e que os mediadores não sabiam exatamente como cuidar da situação.

– Olhe – sussurrei enquanto o padre Dominic largava uma vela branca na caixa que eu estava segurando e pegava uma roxa. – Deixe-me dar um telefonema anônimo para a polícia. Vou dizer que estava de carro em Big Sur naquela noite e vi tudo, e que não foi acidente.

O padre Dominic atarraxou a vela onde a branca estivera.

– E você acha que a polícia acredita em todo telefonema anônimo que recebe? – Ele não se incomodou em sussurrar, porque não havia ninguém para ouvir. O único motivo para eu ter baixado a voz era que a basílica, com todas as suas folhas de ouro e o vitral majestoso, me deixava nervosa.

– Bom, pelo menos eles vão suspeitar. – Segui o padre Dominic, que desceu da escada de mão, dobrou-a e foi até a próxima Estação da Cruz. – Quero dizer, talvez eles comecem a investigar um pouco mais, chamem Michael para ser interrogado, ou algo assim. Juro que ele vai acabar falando, se fizerem as perguntas certas.

O padre Dominic levantou a bainha da batina preta enquanto subia de novo na escada.

– E quais seriam as perguntas certas? – perguntou, trocando outra vela branca por uma das roxas da caixa que eu estava segurando.

– Não sei. – Meus braços estavam ficando cansados. A caixa era bem pesada. Normalmente as noviças é que trocariam as velas. Mas o padre Dominic não pôde ficar parado desde nossa pequena excursão na véspera e ofereceu seus serviços ao monsenhor. *Nossos* serviços, devo dizer, já que me arrastou da aula de religião para ajudar. Não que eu me importasse. Sendo agnóstica devota, não estava captando grande coisa da aula de religião – algo que a irmã Ernestine esperava consertar antes de minha formatura.

– Acho que a polícia pode se sair muito bem sem nossa ajuda – disse o padre Dom enquanto torcia a vela de modo decidido, já que ela não parecia se encaixar direito no castiçal. – Se o que sua mãe disse é verdade, a polícia já suspeita de Michael, de modo que não deverá demorar muito até chamá-lo para interrogatório.

– Mas e se mamãe estivesse apenas reagindo exageradamente? – Notei uma turista ali perto, usando um lenço de madras, admirando os vitrais, e baixei ainda mais a voz. – Puxa, ela é mãe. As mães fazem isso. E se a polícia não estiver suspeitando de nada?

– Suzannah. – Com a vela no lugar, o padre Dominic desceu a escada e me olhou com uma expressão que parecia uma mistura de exasperação e afeto. Notei que havia sombras roxas sob os olhos dele. Ambos ficamos bem exaustos depois da longa caminhada até a praia e a subida de volta, para não mencionar o desgaste emocional que tínhamos experimentado lá embaixo.

Mesmo assim o padre Dominic parecia ter acordado com mais vigor do que seria de esperar para um cara de 60 e poucos anos. *Eu* mal conseguia andar, de tanto que as canelas doíam, e não conseguia parar de bocejar, já que nosso pequeno *tête-à-tête* com os Anjos tinha durado até bem depois da meia-noite. A não ser pelas olheiras, o padre Dom estava quase saltando, borbulhando de energia.

– Suzannah – disse ele de novo, desta vez menos exasperado e mais afetuoso. – Prometa que não vai fazer nada parecido. Não vai dar nenhum telefonema anônimo para a polícia.

Ajeitei a caixa de velas nos braços. Certamente havia parecido uma boa ideia quando pensei nela por volta das quatro da madrugada. Tinha ficado acordada quase a noite inteira imaginando que diabo iríamos fazer quanto aos Anjos da RLS e Michael Meducci.

– Mas...

– E sob nenhuma circunstância – o padre Dominic, aparentemente notando meu problema com a caixa, levantou-a facilmente dos meus braços e a colocou no último degrau da escada – você vai tentar falar com Michael sobre nada disso.

Esse, claro, era o plano B. Se o negócio da denúncia anônima à polícia não desse certo, eu tinha planejado encurralar Michael e jogar uma conversa fiada – ou cair de pau, o que quer que parecesse mais eficaz – para arrancar uma confissão.

– Você vai deixar que eu cuide disso – falou o padre Dominic suficientemente alto para que a turista usando o lenço de madras, que estava para tirar uma foto do altar, baixasse rapidamente a máquina e se afastasse. – Eu pretendo falar com o rapaz e posso garantir que, se ele for mesmo culpado desse crime hediondo... – eu respirei para falar, mas o padre Dominic levantou um dedo em alerta. – Você me ouviu – disse ele em voz um pouco mais baixa, mas só porque tinha notado que uma das noviças havia entrado na igreja trazendo mais tecidos pretos para cobrir as muitas estátuas da Virgem Maria na basílica. Elas ficariam cobertas até a Páscoa, pelo que percebi. Religião. Isso é que é coisa esquisita, vou lhe contar.

"Se Michael for culpado do que esses jovens dizem, vou convencê-lo a confessar. – O padre Dominic parecia estar falando sério. Tanto que eu nem tinha feito nada, mas não sei por quê, olhando sua expressão séria, senti vontade de confessar. Uma vez peguei 5 dólares da carteira de mamãe para comprar um pacote gigante de Skittles. Talvez devesse confessar isso.

"Bom – disse o padre puxando a manga da batina preta e olhando seu Timex. Os padres não ganham o suficiente para comprar relógios maneiros. – Estou esperando o Sr. Meducci a qualquer momento, portanto você precisa sair. Acho que será melhor que ele não nos veja juntos.

– Por quê? Ele não faz ideia de que nós passamos a maior parte da noite de ontem conversando com suas vítimas.

O padre Dominic pôs a mão no centro das minhas costas e empurrou.

– Vá embora, Suzannah – disse numa voz meio paternal.

Fui, mas não muito longe. Assim que o padre D. virou as costas, enfiei-me num banco da igreja e fiquei abaixada, esperando. Não sabia bem o quê. Bom, certo, sabia: estava esperando Michael. Queria ver se o padre D. realmente seria capaz de fazê-lo confessar.

Não precisei esperar muito. Uns cinco minutos depois escutei a voz de Michael dizer, não muito longe de onde eu estava escondida:

– Padre Dominic? A irmã Ernestine disse que o senhor queria falar comigo.

– Ah, Michael. – A voz do padre Dominic não revelava nada do horror que eu sabia que ele estava sentindo com a perspectiva de um dos seus estudantes ser um possível assassino. Parecia relaxado e até mesmo jovial.

Ouvi a caixa de velas chacoalhar.

– Aqui – disse o padre. – Segure isso, por favor.

Percebi que ele tinha acabado de entregar a Michael a caixa que eu estivera segurando.

– Hã... Claro, padre Dominic – disse Michael.

Escutei o barulho da escada sendo dobrada outra vez. O padre Dom estava pegando-a e indo para a próxima Estação da Cruz. Mas eu ainda podia ouvi-lo... fracamente.

– Andei preocupado com você, Michael. Soube que sua irmã não está dando muitos sinais de melhora.

– Não, padre. – A voz de Michael saiu tão baixa que eu mal podia ouvir.

– Sinto muito. Lila é uma menina muito doce. Sei que você deve amá-la demais.

129

– Sim, padre.

– Sabe, Michael, quando coisas ruins acontecem com pessoas que amamos... bem, algumas vezes nós viramos as costas para Deus.

Argh, nossa, pensei no meu banco. Não devia ir por aí. Não com *Michael*.

– Algumas vezes ficamos tão ressentidos com essa coisa terrível que aconteceu a alguém que não merece que não somente viramos as costas para Deus, mas até podemos começar a pensar em... bom, em coisas que normalmente não pensaríamos se a tragédia não tivesse acontecido. Como, por exemplo, em vingança.

Certo, pensei. Está ficando melhor, padre D.

– Srta. Simon.

Espantada, olhei em volta. A noviça que tinha vindo cobrir as estátuas estava me olhando do fim do banco.

– Ah. – Tirei os joelhos do genuflexório e me sentei. Vi que o padre Dominic e Michael estavam de costas para mim. Longe demais para nos ouvir.

– Oi – falei à noviça. – Eu só estava... é... procurando um brinco.

A noviça pareceu não acreditar.

– Você não tem aula de religião com a irmã Ernestine agora?

– Sim, irmã. Tenho.

– Bem, então não era melhor estar na sala?

Lentamente fiquei de pé. Não teria importado, mesmo que eu não fosse apanhada. Padre Dominic e Michael tinham se afastado demais para eu ouvir alguma coisa.

Andei até o fim do banco, com o pouco de dignidade que consegui juntar, e parei ao chegar à noviça, antes de ir em frente.

– Desculpe, irmã. – Então, lutando para romper o silêncio incômodo durante o qual a noviça me encarou numa desaprovação muda, acrescentei: – Gostei da sua... é...

Mas como não conseguia me lembrar de como chamam aquela roupa que elas usam, o elogio ficou meio fraco, mesmo que eu tenha quase salvado no fim, sinalizando para ela e dizendo:

– A senhora sabe, a sua coisa. Cai muito bem no seu corpo.

Mas acho que é a coisa errada para dizer a alguém que está estudando para ser freira, já que a noviça ficou com o rosto muito vermelho e disse:

– Não me obrigue a fazer uma advertência, Srta. Simon.

O que achei meio grosseiro, considerando que estivera tentando ser gentil. Mas deixa para lá. Saí da igreja e voltei à sala de aula. Peguei o caminho mais longo, pelo pátio ensolarado, para aplacar os nervos em frangalhos ouvindo o som da fonte borbulhante.

Mas logo meus nervos ficaram em frangalhos outra vez quando vi mais uma noviça parada perto da estátua do padre Serra, fazendo uma pequena palestra para um grupo de turistas sobre as boas obras do missionário. Para não ser vista fora da sala de aula sem um passe (por que não pensei em pedir um ao padre D.? Com o negócio das velas acabei esquecendo), enfiei-me no banheiro feminino, onde fui recebida por uma nuvem de fumaça cinza.

O que só podia significar uma coisa, claro.

– Gina – falei curvando-me e olhando por baixo das portas para deduzir em que cabine ela estava. – Pirou de vez?

A voz de Gina veio flutuando de uma das cabines no final, perto da janela, que minha amiga havia aberto estrategicamente.

– Acho que não – respondeu Gina, abrindo a porta da cabine e se apoiando nela enquanto soltava uma baforada.

– Pensei que você tivesse parado de fumar.

– Parei. – Gina se juntou a mim perto da janela, em cujo parapeito eu havia me sentado. Tendo sido construída por volta de 1600, ou sei lá quando, a Missão era feita de um adobe grosso de verdade, de modo que todas as janelas ficavam recuadas uns 60 centímetros na pedra. Com isso os parapeitos funcionavam como bancos que, apesar de meio altos, eram pelo menos frescos e confortáveis.

– Atualmente só fumo em emergências – explicou Gina. – Tipo em aulas de religião. Você sabe que eu me oponho filosoficamente às religiões organizadas. E você?

Levantei as sobrancelhas.

– Não sei. O budismo sempre me pareceu maneiro. O lance da reencarnação é bem atraente.

– Isso é o hinduísmo, sua boçal. E eu estava falando sobre fumar.

– Ah. Certo. Não. Nunca peguei o jeito. Por quê? – Ri para ela. – Soneca não contou a você sobre quando me pegou tentando fumar?

Ela franziu a testa de um jeito bonitinho.

– Não. E eu gostaria que você não o chamasse assim.

Fiz uma careta.

– Jake, então. Ele ficou bem irritado. É melhor não ser apanhada fumando, se não ele larga você que nem uma batata quente.

– Duvido muito – disse Gina com um sorriso misterioso.

Estava provavelmente certa. Imaginei como era ser como Gina e ver cada garoto que conhece se apaixonando loucamente por você. Os únicos garotos que se apaixonavam loucamente por mim eram como Michael Meducci. E ele nem estava tecnicamente apaixonado por mim. Estava apaixonado pela ideia de eu estar apaixonada por ele. Algo em que, a propósito, eu ainda não conseguia pensar sem estremecer.

Soltei um suspiro arrasado e olhei pela janela. Cerca de um quilômetro e meio de paisagem inclinada, repleta de ciprestes, estendia-se até o mar muito azul que brilhava ao sol da tarde.

– Não sei como você aguenta. – Gina exalou uma nuvem de fumaça cinza. Tinha voltado a falar da aula de religião, dava para ver pelo tom de voz. – Puxa, isso tudo deve parecer *realmente* uma besteira para você, considerando o negócio de ser mediadora.

Dei de ombros. Eu tinha chegado tarde demais na noite anterior para ter a "conversa" com Gina. Ela estava dormindo profundamente quando me esgueirei de volta em casa. O que foi ótimo, porque eu me sentia exausta.

Mas não o suficiente para cair no sono.

– Não sei. Bom, não tenho a mínima ideia de para onde os fantasmas vão depois que eu mando os ditos-cujos se catarem. Eles simplesmente... vão. Talvez para o céu. Talvez para a próxima vida. Duvido que vá descobrir antes de morrer também.

Gina apontou a próxima nuvem de fumaça para a janela.

– Você faz parecer que é uma viagem. Tipo: quando a gente morre, só está mudando para outro endereço.

– Bem. – Respondi – Pessoalmente acho que é assim que a coisa funciona. Só não peça para eu dizer qual é o endereço. Porque não sei.

– E então. – Tendo acabado o cigarro, Gina o apagou no adobe embaixo de nós, depois jogou a guimba habilmente por cima da porta da cabine mais próxima, dentro do vaso. Ouvi o "plop" e depois o chiado. – O que aconteceu ontem à noite?

Contei. Sobre os Anjos da RLS e como eles achavam que Michael os tinha matado. Contei sobre a irmã dele e o acidente na Estrada Pacific Coast. Contei que Josh e seus amigos estavam querendo vingar a morte e que o padre Dominic e eu tínhamos discutido com eles, noite adentro, até finalmente convencê-los a levar Michael à justiça convencional – você sabe, utilizando as instâncias legais adequadas e não um contrato de assassinato paranormal.

Só não contei uma coisa. Sobre Jesse. Por algum motivo, simplesmente não conseguia me obrigar a falar dele. Talvez por causa do que a vidente tinha dito. Talvez porque sentia medo de que Madame Zara estivesse certa, que eu realmente era uma gigantesca fracassada que só ia me apaixonar por uma pessoa em toda a vida, e essa pessoa era um cara que:

(a) não me amava, e

(b) não era exatamente alguém que eu poderia apresentar à minha mãe, já que nem estava vivo.

Ou talvez fosse simplesmente porque... bem, porque Jesse era um segredo que eu queria guardar para mim, como uma garota estúpida apaixonada por Carson Daly ou alguém assim. Talvez algum dia eu passe a ficar embaixo da janela do quarto com um grande cartaz dizendo *Jesse, quer ir ao baile de formatura comigo?* como aquelas garotas que ficam do lado de fora dos estúdios da MTV, mas esperava sinceramente que alguém me desse um tiro antes de chegar a esse ponto.

Quando terminei, Gina suspirou e disse:

– Bem, é sempre assim. Os bonitinhos sempre acabam sendo os assassinos psicóticos.

Estava falando de Michael.

– É. Mas ele nem é tão bonitinho assim. A não ser sem roupa.

– Você sabe o que eu quero dizer. – Gina balançou a cabeça. – O que você vai fazer se ele não confessar ao padre Dominic?

– Não sei. – Essa era uma das coisas que haviam colaborado para a minha insônia. – Acho que vamos ter de arranjar alguma prova.

– Ah, é? E onde? Na loja de provas? – Gina bocejou, olhou o relógio e depois pulou do parapeito. – Faltam dois minutos para o almoço. O que você acha que vai ser hoje? Salsicha de novo?

– Sempre é.

A Academia da Missão não era exatamente conhecida pela excelência de sua lanchonete. Isso porque não existia lanchonete. Nós almoçávamos do lado de fora, num trailer. Era esquisito, mesmo para duas garotas do Brooklyn que tinham visto de tudo – como foi ilustrado pela total falta de surpresa de Gina com relação ao que eu tinha acabado de contar.

– O que eu quero saber – disse ela enquanto saíamos do banheiro feminino e íamos para o caminho externo que logo estaria cheio de gente – e por que você nunca me contou nada disso antes. Você sabe, o negócio de mediadora. Até parece que eu não sabia!

Você *não* sabe, pensei. Pelo menos a pior parte.

– Eu tinha medo de você contar à sua mãe – foi o que falei em voz alta. – E que ela contasse à minha mãe. E que minha mãe me enfiasse num manicômio. Para o meu próprio bem, claro.

– Claro. – Gina olhou bem para mim. – Você é uma idiota. E sabe disso, não sabe? Eu nunca teria contado à minha mãe. Nunca conto nada à minha mãe, se puder evitar. E certamente não teria contado a ela, nem a ninguém, sobre o negócio de ser mediadora.

Dei de ombros, desconfortável.

– Eu sei. Acho... bem, na época eu vivia muito tensa com tudo. Acho que relaxei um pouco nos últimos tempos.

– Dizem que a Califórnia faz isso com as pessoas.

E então o relógio da Missão tocou o meio-dia. Todas as portas das salas de aula em volta de nós se abriram e uma enchente de pessoas começou a vir em nossa direção.

Demorou apenas uns trinta segundos para Michael me descobrir e vir direto falar comigo.

– Ei – disse ele, sem parecer nem um pouco alguém que tivesse acabado de confessar um homicídio quádruplo. – Estive procurando você. O que vai fazer depois da aula hoje?

– Nada – falei rapidamente, antes que Gina pudesse abrir a boca.

– Bem, a companhia de seguros finalmente arranjou um carro alugado para mim, e eu estava pensando, sabe, se você queria voltar à praia, ou algo assim...

Voltar à praia? Esse cara tinha amnésia ou o quê? Era de pensar que, depois do que aconteceu com ele na última vez em que foi à praia, seria o único lugar onde *não gostaria* de ir.

135

Mesmo assim, embora sem saber, ele estaria em perfeita segurança lá. Graças a Jesse. Ele estava de olho nos Anjos enquanto o padre Dom e eu tentávamos levar seu suposto assassino à polícia.

Foi enquanto pensava numa resposta para esse convite que vi o padre Dominic vindo na nossa direção. Logo antes de ser puxado para a sala dos professores pelo Sr. Walden, que gesticulava entusiasmado, ele balançou a cabeça. Michael estava de costas, por isso não viu. Mas a mensagem do padre Dom para mim foi clara:

Michael não tinha confessado.

O que só podia significar uma coisa: estava na hora de trazer os profissionais.

Eu.

– Claro – falei, olhando de volta para Michael. – Talvez você possa me ajudar com o dever de geometria. Acho que nunca vou conseguir sacar nada desse estúpido teorema de Pitágoras. Juro que vou levar bomba depois daquele último teste.

– O teorema de Pitágoras não é difícil – disse Michael, parecendo achar divertida a minha frustração. – A soma dos quadrados dos catetos do triângulo retângulo é igual ao quadrado da hipotenusa.

Fiz "Hein?" de um jeito desamparado.

– Olha, eu tirei dez em geometria – disse Michael. – Posso ensinar a você.

Olhei para Michael com o que esperava que ele confundisse com adoração.

– Ah, você faria isso?

– Claro.

– Podemos começar hoje? Depois da aula? – Eu deveria ganhar um Oscar. Verdade. Tinha dominado totalmente aquela coisa de fêmea indefesa. – Na sua casa?

Michael só pareceu um pouquinho perplexo.

– Hã... Claro. – Depois, quando se recuperou da surpresa, acrescentou maroto: – Mas meus pais não vão estar em casa.

Meu pai vai estar trabalhando, e mamãe passa a maior parte do tempo no hospital. Com minha irmã. Você sabe. Espero que isso não seja problema.

Fiz tudo, menos tremelicar os cílios para ele.

– Ah, não – falei. – Tudo bem.

Michael ficou satisfeito, mas ao mesmo tempo um pouco desconfortável.

– Hã – disse ele enquanto as hordas de alunos passavam por nós. – Olha, com relação ao almoço, eu não posso ficar com você. Tenho de fazer umas coisas. Mas encontro você aqui depois da última aula. Certo?

Falei um "Certo" numa imitação total de Kelly Prescott em seu jeito mais colegial. Deve ter funcionado, porque Michael se afastou meio tonto, mas satisfeito.

Foi então que Gina agarrou meu braço, me puxou para uma porta e sibilou:

– O que há com você, está drogada? Você vai à *casa* do cara? *Sozinha?*

Tentei afastá-la.

– Calma, Gi. – O apelido que Soneca tinha posto nela pegava, por mais que eu odiasse admitir que qualquer coisa bolada por meu meio-irmão pudesse ter algum mérito. – Isso é o que eu faço.

– Sair com possíveis assassinos? – Gina pareceu cética. – Não creio, Suze. Você conversou sobre isso com o padre Dominic?

– Gi. Eu não sou nenhuma garotinha. Posso cuidar de mim mesma.

Ela estreitou os olhos.

– Não conversou, não foi? O que você está fazendo? Dando uma de freelancer? E não me chame de Gi.

– Olha – expliquei no que esperava que fosse uma voz tranquilizadora. – As chances são de que Michael não vá falar uma palavra sobre isso comigo. Mas ele é um nerd, certo? Um nerd de computador. E o que os nerds de computador fazem quando estão planejando alguma coisa?

Gina continuou parecendo irritada.

– Não sei. E não me importo. Estou dizendo...

– Escrevem coisas – falei calmamente. – No computador. Certo? Eles mantêm um diário, ou contam vantagem para os outros nas salas de bate-papo, ou fazem plantas dos prédios que eles querem explodir, ou sei lá o quê. Assim, mesmo que eu não consiga fazer com que ele admita alguma coisa, se puder ficar algum tempo sozinha com o computador de Michael, aposto que consigo...

– Gi! – Soneca veio até nós. – E aí, vai almoçar agora?

Os lábios de Gina estavam comprimidos de irritação comigo, mas Soneca não pareceu notar. Nem Dunga, que apareceu um segundo depois.

– Ei – disse ele sem fôlego. – Por que vocês estão parados aí? Vamos comer.

Então me notou e deu um risinho de desprezo.

– Suze, onde está sua sombra?

Respondi fungando:

– Michael está impossibilitado de se juntar a nós para o almoço, uma vez que foi retido de modo inevitável.

– É – disse Dunga, e depois fez uma observação grosseira sobre Michael estar retido pela incapacidade de colocar algumas partes de seu corpo de volta nas calças. Isso, aparentemente, era uma alusão à falta de coordenação de Michael, e não uma sugestão de que fosse mais bem-dotado do que um rapaz mediano de 16 anos.

Optei por ignorar a observação, assim como Gina, mas acho que isso foi porque ela nem ouviu.

– Espero que você saiba o que está fazendo – foi tudo o que ela disse, e ficou claro que não estava falando a nenhum dos meus meios-irmãos, o que os deixou tremendamente intrigados. Por que qualquer garota iria se incomodar em falar *comigo* quando podia falar com *eles*?

138

– Gi – falei com alguma surpresa. – O que você acha que eu sou? Uma amadora?

– Não. Uma idiota.

Ri. Achei realmente que ela estava apenas sendo engraçada. Só muito depois percebi que não havia nada de engraçado naquilo.

Porque, por acaso, Gina estava cem por cento certa.

15

Esse é o negócio com os assassinos. Se você já conheceu algum, tenho certeza de que vai concordar comigo:

Eles não conseguem deixar de contar vantagem sobre o que fizeram.

Sério. São totalmente vaidosos. E isso, em geral, é o que acaba com eles.

Veja a coisa pelo ponto de vista deles: quero dizer, ali estão os caras, cometeram um crime terrível e se deram bem. Você sabe, uma coisa tão engenhosa que ninguém sequer pensaria em acusá-los de a terem feito.

E não podem contar a ninguém. A absolutamente ninguém.

É isso que quase sempre acaba com eles. Não contar a ninguém, não revelar a ninguém seu segredo brilhante. Bem, esse negócio é praticamente de matar.

Não me entenda mal. Eles não querem ser apanhados. Só querem que alguém aprecie a inteligência daquilo que fizeram. É, foi um crime hediondo – algumas vezes até impensável. Mas olha. *Olha.* Eles fizeram isso *sem serem apanhados.* Enganaram a polícia. Enganaram todo mundo. Eles *precisam* contar a alguém. Precisam. Caso contrário, de que adianta?

Essa é apenas uma observação pessoal, claro. Eu conheci alguns assassinos em minha área de atuação, e essa é a única coisa que todos parecem ter em comum. Só os que ficam de boca fechada conseguem não ser apanhados. Para todo o resto? Cana.

Assim achei que Michael – que já acreditava que eu estava apaixonada por ele – poderia decidir contar vantagem comigo sobre o que tinha feito. Ele já havia começado, um pouquinho, quando falou que Josh e pessoas do tipo eram apenas um "desperdício de espaço". Parecia provável que, com algum estímulo, eu conseguiria fazer com que ele fosse mais específico... talvez a ponto de uma confissão que eu poderia entregar à polícia.

O que você está dizendo? Culpada? Se eu não vou me sentir culpada por dedurar um cara que, afinal de contas, só estava tentando se vingar dos garotos que tinham deixado a irmã se machucar tanto?

É. Certo. Escute, eu não curto essa de culpa. No meu livro há dois tipos de pessoas. As boas e as más. Para mim, nesse caso específico, não havia uma única pessoa boa a ser encontrada. Todo mundo tinha feito alguma coisa censurável, desde Lila Meducci aparecendo naquela festa e se embebedando até os Anjos da RLS por terem armado a bebedeira. Talvez alguns tenham cometido crimes um pouquinho mais hediondos do que outros – como Michael, que matou quatro pessoas –, mas, francamente, para mim... ninguém ali prestava.

De modo que, respondendo à sua pergunta, não, não sentia culpa com relação ao que ia fazer. Pelo modo como via, quanto mais cedo Michael recebesse o que merecia, mais cedo eu poderia voltar ao que era realmente importante na vida: me esparramar na praia com minha melhor amiga, absorvendo uns raios de sol.

Foi quando estava no banheiro feminino logo depois da última aula, colocando delineador diante do espelho sobre as pias (descobri que é mais fácil arrancar confissões de potenciais criminosos quando estou nos trinques) que recebi a primeira indicação de que a tarde não seria exatamente como planejei.

A porta se abriu e Kelly Prescott entrou, seguida por sua sombra, Debbie Mancuso. Parece que não estavam ali para se aliviar nem para se emperequetar, já que só ficaram paradas me olhando com hostilidade.

Espiei o reflexo delas no espelho e disse:

– Se for para discutir a verba para o passeio da turma à região vinícola, podem esquecer. Eu já conversei com o Sr. Walden e ele disse que é a coisa mais ridícula que já ouviu falar. Ao parque Six Flags Great Adventure, talvez, mas não ao Vale do Napa. As vinícolas exigem comprovação de idade, vocês sabem.

O lábio superior de Kelly se enrolou.

– Não é sobre *isso* – falou numa voz enojada.

– É – disse Debbie. – É sobre suas *amizades*.

– Minhas amizades? – Eu tinha apanhado uma escova na mochila e comecei a passar nos cabelos, fingindo despreocupação. E não estava preocupada. Não de verdade. Podia cuidar de qualquer coisa vinda de Kelly Prescott e Debbie Mancuso. Só não me sentia exatamente a fim de lidar com isso, além de todo o resto que tinha acontecido ultimamente. – Está falando de Michael Meducci?

Kelly revirou os olhos.

– Fala sério! Não imagino nem por que você ia querer ser vista com *aquilo*. Mas por acaso estamos falando dessa tal de Gina.

– É – disse Debbie, com os olhos se estreitando até virarem fendas.

Gina? Ah, *Gina*, que tinha roubado os namoradinhos de Kelly e Debbie. De repente tudo ficou claro.

– Quando ela vai voltar para Nova York? – perguntou Kelly.

– É – disse Debbie. – E onde ela está dormindo? No seu quarto, certo?

Kelly deu-lhe uma cotovelada, e Debbie disse:

– Ei, não finja que não quer saber, Kel.

141

Kelly lançou um olhar irritado para a amiga e depois me perguntou:

– Houve alguma... bem, alguma troca de camas?

Troca de camas?

– Não que eu saiba – falei. Pensei em curtir com a cara delas, mas o negócio é que realmente sentia pena. Sei que se algum fantasma *femme fatale* aparecesse e roubasse Jesse eu ficaria bem irritada. Não que ele já tivesse sido meu, para começar.

– Nada de troca de camas – falei. – Pezinhos debaixo da mesa de jantar, talvez, mas nada de troca de camas, que eu saiba.

Debbie e Kelly trocaram olhares. Dava para ver que estavam aliviadas.

– E ela vai embora quando? – perguntou Kelly.

Quando falei "domingo" as duas garotas soltaram um pequeno suspiro. Debbie disse:

– Bom.

Agora que sabia que não teria de suportá-la por muito tempo, Kelly estava disposta a ser gentil com relação a Gina.

– Não que eu não goste dela – falou.

– É – concordou Debbie. – Só que ela é... você sabe.

– Sei – falei de um modo que esperava que fosse reconfortante.

– É só porque ela é nova. – Agora Kelly estava ficando na defensiva. – Só por isso eles gostam dela. Porque ela é diferente.

– Claro – falei, guardando a escova.

– Tipo, então ela é de Nova York? Grande coisa. – Kelly estava realmente indo fundo. – Quero dizer, eu já estive em Nova York. Não foi tão fantástico. Era um lugar bem sujo, e havia pombos nojentos e mendigos em toda parte.

– É – concordou Debbie. – E sabe o que eu ouvi falar? Que em Nova York não existem *tacos* de peixe.

Quase senti pena de Debbie.

– Bom – falei colocando a mochila nas costas. – Foi um prazer. Mas tenho de ir, senhoritas.

142

Deixei-as ali, enfiando o mindinho em pequenos potes de brilho labial e depois se inclinando no espelho para aplicar.

Michael me esperava exatamente onde tinha dito que estaria. Dava para ver que o delineador ia cumprindo a sua função, porque ele ficou muito agitado e disse:

– Oi, ah, você, é... quer que eu leve sua mochila?

Falei toda fresca:

– Ah, seria ótimo. – E deixei que ele pegasse.

Com duas mochilas penduradas nos ombros, a minha e a dele, Michael parecia meio esquisito, mas afinal de contas ele era sempre esquisito – pelo menos vestido –, então não foi uma grande surpresa. Começamos a andar pela passarela coberta, fresca e sombreada – agora vazia, já que quase todo mundo tinha ido embora – e saímos ao sol quente do estacionamento. O mar, logo adiante, piscava para nós. O céu estava sem nuvens.

– Meu carro está ali – disse Michael apontando para um sedã verde-esmeralda. – Bem, não é o meu carro. É o que a locadora me emprestou. Mas não é ruim. Tem um certo charme.

Sorri e Michael tropeçou num pedaço de concreto solto. Teria caído de cara se não tivesse se salvado no último minuto. Dava para ver que meu batom estava tendo um efeito tão bom quanto o delineador.

– Só deixa eu... é... achar as chaves – disse ele, revirando os bolsos.

Falei para demorar quanto quisesse. Então tirei os óculos Donna Karan e virei o rosto para o sol, encostada no capô do carro alugado. Qual é a melhor maneira de puxar o assunto?, pensei. Talvez devesse sugerir que a gente parasse no hospital para visitar sua irmã. Não, eu queria chegar o mais cedo possível à casa dele, para começar a ler os e-mails. Será que conseguiria acessar os e-mails? Provavelmente não. Mas poderia ligar para Cee Cee. Ela saberia como. Será que dá para falar ao telefone e acessar o e-mail de alguém ao mesmo tempo? Ah, meu Deus, por que mamãe não me deixa ter um celular? Eu era praticamente a única da turma que não tinha – sem contar Dunga, claro.

Foi enquanto eu estava pensando nisso que uma sombra caiu no meu rosto, e de repente não senti mais o calor do sol. Abri os olhos e me peguei olhando para Soneca.

– O que você acha que está fazendo? – perguntou ele do mesmo modo sonâmbulo em que fazia tudo.

Pude sentir as bochechas ficando vermelhas. E não por causa do sol.

– Vou pegar uma carona com Michael – falei humildemente. Dava para ver com o canto do olho que Michael, junto à porta do motorista, tinha finalmente achado as chaves, e se imobilizou com elas na mão, com a porta aberta.

– Não vai não – disse Soneca.

Não pude acreditar. Não pude acreditar que ele estava fazendo isso comigo.

– Sone... – comecei, mas parei bem a tempo. – *Jake* – falei baixinho. – Corta *essa*.

– Não. Corta essa *você*. Você se lembra do que mamãe falou.

Mamãe. Ele tinha chamado minha mãe de *mamãe*. O que estava acontecendo aqui?

Baixei os óculos escuros e olhei para além de Jake. Gina, Dunga e Mestre estavam do lado mais distante do estacionamento, encostados na lateral do Rambler e olhando na minha direção.

Gina. Ela havia me dedurado. Havia me dedurado para o *Soneca*. Não pude acreditar.

– Sone... quero dizer, Jake. Agradeço sua preocupação. Verdade. Mas posso cuidar de mim mesma...

– Não. – E, para minha surpresa, ele pegou meu braço com a mão e começou a me puxar. Soneca era surpreendentemente forte, para alguém que dava a impressão de estar tão cansado o tempo todo. – Você vem para casa com a gente. Desculpe, cara. – Ele disse a Michael. – Ela precisa ir para casa comigo hoje.

Mas Michael não pareceu achar essa resposta satisfatória. Tirou nossas duas mochilas e, jogando as chaves do carro de volta no bolso da calça, deu um passo na direção de Soneca.

144

– Não acho – disse Michael numa voz dura que eu nunca o tinha ouvido usar – que a senhorita queira ir com você.

A senhorita? Que senhorita? Então percebi, com um susto, que ele estava falando de mim. *Eu* era a senhorita.

– Não me importa o que ela quer – disse Soneca. Sua voz não estava dura. Estava simplesmente confiante. – Ela não vai entrar num carro com você e ponto final.

– Acho que não. – Michael deu outro passo na direção de Soneca. E foi então que vi seus dois punhos fechados.

Punhos! Michael ia lutar com Soneca! Por minha causa!

Isso era tremendamente empolgante. Nunca dois garotos tinham lutado por minha causa. Mas o fato de um deles ser meu meio-irmão e ter praticamente tanto apelo romântico para mim quanto Max, o cachorro da família, diminuiu um pouco meu entusiasmo.

E Michael também não era grande coisa, pensando bem, já que era potencialmente assassino e coisa e tal.

Ah, por que eu tinha de ter dois fracassados daqueles querendo brigar por minha causa? Por que Matt Damon e Ben Affleck não brigavam por mim? *Isso* sim seria excelente.

– Olha, meu amigo – disse Soneca notando os punhos de Michael. – Você não vai querer mexer comigo, certo? Eu só vou pegar minha irmã aqui – ele me arrastou para longe do capô do carro – e ir embora. Sacou?

Irmã? *Meia*-irmã! *Meia*-irmã! Meu Deus, por que ninguém saca isso?

– Suze – disse Michael. Ele não havia afastado o olhar de Soneca. – Só entre no carro, certo?

Bem, isso tinha demorado demais, pensei. Eu não somente estava totalmente envergonhada como também sentia muito calor. Naquela tarde o sol não estava moleza. De repente não me restava nenhuma energia de caça-fantasma.

Além disso acho que não queria ver todo mundo se machucar por uma coisa tão completamente idiota.

145

– Olha – falei a Michael. – É melhor eu ir com ele. Deixa para outro dia, certo?

Finalmente Michael afastou o olhar de Soneca. Quando seus olhos pousaram em mim, foi com uma expressão estranha. Como se não estivesse me vendo de verdade.

– Ótimo – disse ele.

Então entrou no carro sem dizer mais nada e ligou o motor. Meu Deus, pensei. Vamos deixar de ser infantis, certo?

– Ligo para você quando chegar em casa – gritei para Michael, mas duvido de que ele tenha ouvido por trás das janelas fechadas. Seria difícil arrancar uma confissão dele pelo telefone, mas não impossível, pensei.

Os pneus de Michael cantaram no asfalto quente enquanto ele se afastava.

– Que otário imbecil – murmurou Soneca enquanto me arrastava pelo estacionamento. Só que não disse *otário*. Nem *imbecil*. – E você quer sair com esse cara?

– Nós somos apenas amigos – falei carrancuda.

– É. Certo.

– Você está completamente ferrada – disse Dunga enquanto eu me aproximava do Rambler com Soneca.

Essa era umas das frases que ele mais gostava de me dizer. Na verdade dizia sempre que tinha a mínima chance.

– Tecnicamente não, Brad – observou Mestre, pensativo. – Veja bem, ela não entrou no carro com ele. E isso é que estava proibida de fazer. Entrar num carro com Michael Meducci.

– Calem a boca, todos vocês – disse Soneca indo para o banco do motorista. – E entrem logo.

Notei que Gina entrou automaticamente no banco dianteiro. Parece que não acreditou que, quando Soneca mandou todo mundo calar a boca, também estivesse falando dela, porque disse:

– Que tal a gente parar em algum lugar para tomar um sorvete?

Eu sabia que Gina estava tentando fazer com que eu nao ficasse furiosa com ela. Como se um sorvete com calda de chocolate fosse ajudar. Na verdade, pensando bem, acho que ajudaria.

– Para mim está ótimo – disse Soneca.

Dunga, à minha direita – como sempre eu tinha acabado sentada no calombo no meio do banco de trás –, murmurou:

– Não sei o que você vê naquele panaca do Meducci.

– Ah, isso é fácil – disse Mestre. – As fêmeas de todas as espécies tendem a selecionar o parceiro masculino mais capaz de ser o provedor para ela e a prole que pode resultar do acasalamento. Sendo bem mais inteligente do que a maioria dos colegas de turma, Michael Meducci cumpre amplamente esse papel, além de ter o que é considerado um físico notável pelos padrões ocidentais de beleza, se for verdade o que ouvi Gina e Suze dizerem. Já que tem probabilidade de passar aos filhos esses componentes genéticos favoráveis, ele é irresistível para as fêmeas reprodutoras de toda parte. Pelo menos as que têm discernimento, como Suze.

Houve silêncio no carro... o tipo de silêncio que geralmente acompanhava os discursos de Mestre.

Então Gina disse com reverência:

– Realmente deveriam adiantar você de ano, David.

– Ah, eles quiseram – respondeu Mestre, animado –, mas ainda que meu intelecto possa ser desenvolvido para um garoto da minha idade, o crescimento foi um tanto retardado. Achei pouco aconselhável me enfiar numa população de machos muito maiores do que eu, que podiam se sentir ameaçados por minha inteligência superior.

– Em outras palavras – Soneca traduziu para Gina –, nós não queríamos que ele levasse porrada dos garotos maiores.

Em seguida ligou o carro e disparamos para fora do estacionamento na alta velocidade que – apesar do apelido particular que dei a ele – Soneca costuma dirigir.

Eu estava tentando deduzir como deixar claro que não tinha tanta vontade de procriar com Michael Meducci mas de levá-lo a confessar que havia matado os Anjos da RLS, quando Gina disse:

– Meu Deus, Jake, você sabe dirigir mesmo?

O que foi meio engraçado, já que Gina, cujos pais sensatamente não deixam chegar perto do carro deles, nunca dirigiu antes. Mas então levantei a cabeça e vi o que ela queria dizer. Estávamos nos aproximando do portão da frente da escola – que ficava na base de uma colina e se abria para um cruzamento movimentado – a uma velocidade maior do que o normal até mesmo para Soneca.

– É, Jake – disse Dunga ao meu lado, no banco de trás. – Diminui aí, seu maníaco.

Eu sabia que Dunga só estava tentando bancar o bonzinho na frente de Gina, mas ele tinha razão. Soneca estava indo depressa demais.

– Isso não é uma corrida – falei, e Mestre começou a dizer alguma coisa sobre as endorfinas de Jake, que elas estavam atuando por causa da briga comigo e da quase luta com Michael, e que isso explicaria seu súbito caso de pé de chumbo...

Pelo menos até que Jake falou, num tom nem um pouco sonolento:

– Não consigo diminuir. O freio... o freio não está funcionando.

Isso pareceu interessante. Inclinei-me para a frente. Acho que pensei que Jake estava querendo nos assustar.

Então vi a velocidade com que nos aproximávamos do cruzamento na frente da escola. Não era piada. Estávamos para mergulhar em quatro pistas de tráfego pesado.

– Pulem fora! – gritou Jake para nós.

A princípio eu não soube o que ele queria dizer. Então vi Gina lutando para soltar o cinto, e soube.

Mas era tarde demais. Já estávamos descendo a ladeira que passava pelo portão e ia até a estrada. Se pulássemos agora estaríamos tão mortos quanto no minuto em que mergulhássemos naquelas quatro pistas. Pelo menos se ficássemos no carro teríamos a proteção questionável das paredes de metal do Rambler...

Jake apertou com força a buzina, xingando alto. Gina cobriu os olhos. Mestre me abraçou enterrando o rosto no meu colo e Dunga, para minha grande surpresa, começou a gritar como uma menina, muito perto do meu ouvido.

Então estávamos voando morro abaixo, passando a toda velocidade por uma mulher muito surpresa numa perua Volvo e depois por um casal japonês aparvalhado num Mercedes, e ambos conseguiram apertar o freio a tempo de não se chocar contra nós.

Mas não tivemos tanta sorte com o tráfego nas outras duas pistas. Enquanto voávamos atravessando a estrada, um trailer gigantesco, com as palavras *Tom Cat* num brasão na grade frontal, veio para cima de nós, com a buzina berrando. As palavras *Tom Cat* chegaram mais e mais perto, até que de repente não pude vê-las mais porque estavam acima do teto do carro.

Foi nesse ponto que fechei os olhos, por isso não tive certeza se o impacto que senti foi só na minha mente porque eu o estivera esperando com tanta força ou porque tínhamos realmente batido. Mas o choque bastou para fazer com que meu pescoço virasse para trás como acontecia nas montanhas-russas quando o carrinho fazia subitamente uma volta de noventa graus.

Mas quando abri os olhos de novo comecei a suspeitar de que o choque não tinha sido na minha cabeça, já que tudo estava rodando, como acontece quando você anda num daqueles brinquedos que imitam xícaras de chá. Só que não estávamos num brinquedo. Ainda estávamos no Rambler, que girava pela estrada como um pião.

Até que de repente, com outro som esmagador, um estalo de vidros e mais um choque enorme, ele parou.

E quando a fumaça e o pó se assentaram, vimos que estávamos meio dentro e meio fora do escritório de informações turísticas de Carmel, com um letreiro que dizia *Bem-vindo a Carmel!* apertado contra o para-brisa.

16

— Mataram meu carro.

Era tudo o que Soneca parecia capaz de dizer. Ficou dizendo isso desde que havíamos nos arrastado para fora dos destroços do que tinha sido o Rambler.

– Meu carro. Mataram meu carro.

Não importava que o carro não fosse realmente de Soneca. Era o carro da família ou, pelo menos, o carro dos filhos.

E não importava que Soneca não parecesse capaz de dizer quem eram os seres misteriosos dos quais ele suspeitava terem assassinado seu carro.

Só ficou repetindo isso. E o negócio é que, quanto mais ele falava, mais o horror da coisa ia aumentando.

Porque, claro, não era o *carro* que alguém tinha tentado matar. Ah, não. As supostas vítimas eram as pessoas *dentro do* carro.

Ou, para ser mais exata, uma pessoa: eu.

Realmente não acho que esteja sendo vaidosa. Acho honestamente que a mangueira do freio do Rambler foi cortada por minha causa. É, ela foi cortada, de modo que todo o fluido tinha escorrido. O carro, que era mais velho do que minha mãe – ainda que não tão velho quanto o padre D. – tinha só uma linha de freio, o que o tornava vulnerável a esse tipo de ataque.

Agora deixe-me ver quem eu acho que gostaria de me ver perecendo num incêndio feroz... Ah, espera aí, já sei. Que tal Josh Saunders, Carrie Whitman, Mark Pulsford e Felicia Bruce?

Dê um prêmio a essa garota aqui.

Claro que eu não podia contar a ninguém sobre as suspeitas. Não podia contar à polícia que apareceu e fez o relatório do acidente. Nem aos caras da emergência que não puderam acreditar que, além de alguns arranhões, nenhum de nós estava seriamente machucado. Nem aos caras que vieram rebocar o que restava do Rambler. Nem a Michael, que, tendo saído do estacionamento minutos antes de nós, tinha ouvido o barulho e voltado, e foi um dos primeiros a nos ajudar a sair do carro.

E certamente não a minha mãe e meu padrasto, que apareceram no hospital com os lábios apertados e o rosto pálido, e ficavam dizendo coisas do tipo: "É incrível nenhum de vocês ter se machucado" e "De agora em diante vocês só vão andar no Land Rover".

O que fez Dunga, pelo menos, se animar. O Land Rover era mais espaçoso do que o Rambler. Acho que ele imaginou que não teria mais tanta dificuldade de ficar na horizontal com Debbie Mancuso no Land Rover.

– Simplesmente não entendo – disse mamãe muito mais tarde, depois dos raios X, dos testes nos olhos, das cutucadas e de o pessoal do hospital finalmente deixar que fôssemos para casa. Ficamos sentados no salão do Peninsula Pizza, onde Soneca trabalhava, que por acaso também parecia ser um dos únicos lugares em Carmel onde era possível conseguir mesa para seis – sete, se contar Gina – sem reserva. Para um estranho devíamos estar parecendo uma grande família feliz (bem, a não ser Gina, que meio se destacava, ainda que não tanto quanto você possa pensar) comemorando alguma coisa, tipo uma vitória no futebol.

Só nós sabíamos que estávamos comemorando o fato de ainda estarmos vivos.

– Puxa, deve ser um milagre – continuou mamãe. – Os médicos acham. Quero dizer, o fato de nenhum de vocês ter se machucado.

Mestre mostrou a ela o cotovelo que tinha arranhado num pedaço de vidro enquanto saía do carro depois de ele ter parado.

– Este ferimento pode ser muito perigoso – falou, numa vozinha de menino machucado – se por acaso se infeccionar.

– Ah, meu doce. – Mamãe acariciou o cabelo dele. – Eu sei. Você foi muito corajoso quando eles deram os pontos.

O restante de nós revirou os olhos. Mestre vinha fazendo a ceninha por causa do ferimento a noite toda. Mas isso deixava ele e mamãe felizes. Ela havia tentado comigo aquele negócio de acariciar o cabelo, e eu quase quebrei meu braço tentando me livrar.

– Não foi milagre – disse Andy, balançando a cabeça – e sim pura sorte vocês não terem sido mortos.

– Pura sorte, nada – reagiu Soneca. – Minha capacidade superlativa de dirigir foi o que nos salvou.

Odiei admitir, mas Soneca estava certo. (E onde foi que ele aprendeu uma palavra como *superlativa*? Será que vinha estudando para as provas pelas minhas costas?) A não ser pela parte em que atravessamos a vitrine, ele havia dirigido aquele tanque – sem freio – como um piloto de Fórmula 1. Acho que sei por que Gina não queria largar o braço dele e ficava olhando-o com adoração.

Graças ao respeito recém-descoberto por Soneca, nem olhei o que ele e Gina estavam fazendo no banco de trás do Land Rover a caminho de casa.

Mas Dunga olhou. E o que quer que tenha visto o colocou no pior humor que já presenciei.

Mas suas batidas de pés e o som de Marilyn Manson no último volume no quarto só serviram para irritar seu pai, que passou de uma gratidão humilde por ter deixado de perder por pouco seus "garotos... e você, Suze. Ah, e Gina também", a uma fúria apoplética ao ouvir o que ele chamava de "aquele abominável veneno mental".

Sozinha em meu quarto – Gina tinha desaparecido para algum paradeiro desconhecido na casa; bem, certo, eu sabia onde ela estava, só não queria pensar nisso –, eu não me incomodava com o nível de ruído no corredor do lado de fora da minha porta. Percebi que isso impediria que alguém ouvisse a conversa muito desagradável que eu estava para ter.

– Jesse! – gritei acendendo as luzes do quarto e procurando-o. Mas ele e Spike continuaram desaparecidos. – Jesse, onde você está? Preciso de você.

Os fantasmas não são cachorros. Não vêm quando a gente chama. Pelo menos nunca faziam isso. Não para mim. Só ultimamente (e isso era uma coisa que eu não tinha exatamente conversado com o padre Dom. Era meio esquisito pensar a respeito, se você quiser saber) os fantasmas que eu conhecia vinham aparecendo à menor sugestão deles na minha mente. Sério. Parecia que eu só precisava pensar no meu pai, por exemplo, e puf!, ali estava ele.

Não é necessário dizer que isso era bem embaraçoso quando por acaso eu estava pensando nele no chuveiro, lavando o cabelo, ou sei lá o quê.

Eu imaginava se isso teria algo a ver com o aumento de meus poderes de mediadora por causa da idade. Mas, se fosse isso, daria para pensar que o padre Dom era um mediador muito melhor do que eu.

Mas não era. Diferente, mas não melhor. Certamente não mais forte. Ele não conseguia invocar um espírito com um simples pensamento.

Pelo menos eu achava que não.

De qualquer modo, ainda que os fantasmas não venham quando a gente chama, ultimamente Jesse sempre aparecia. Surgiu diante de mim com um tremor no ar, depois ficou me olhando como se eu tivesse acabado de sair do set de *Hellraiser III* com figurino completo. Mas será que devo dizer que não estava tão desgrenhada quanto me sentia?

– *Nombre de Dios*, Suzannah – disse ele, empalidecendo visivelmente (bem, pelo menos para um cara que já estava morto). – O que aconteceu com você?

Olhei para mim mesma. Certo, então minha blusa estava rasgada e suja, e minhas meias 7/8 tinham perdido a aderência. Pelo menos o cabelo estava com aquele importantíssimo ar de varrido pelo vento.

– Como se você não soubesse – falei azeda, sentando-me na cama e tirando os sapatos. – Achei que você disse que ia ficar de babá deles o dia inteiro, até que o padre D. e eu tivéssemos chance de trabalhar com o Michael.

– Babá? – Jesse franziu as sobrancelhas escuras, revelando que não era familiarizado com a palavra. – Eu fiquei com os Anjos o dia inteiro, se é isso que quer dizer.

– Ah, certo. O que você está dizendo? Que foi com eles na visitinha ao estacionamento da escola para cortar a mangueira do freio do Rambler?

Jesse sentou-se ao meu lado na cama.

– Suzannah. – Seu olhar escuro estava grudado no meu rosto. – Aconteceu alguma coisa hoje?

– É melhor acreditar. – Contei o que havia acontecido, ainda que minha explicação sobre exatamente o que fora feito ao carro tenha sido meio superficial, dada minha completa ignorância de tudo o que fosse mecânico e a falta de conhecimento de Jesse sobre o funcionamento de um automóvel. Quando ele era vivo, claro, os únicos meios de transporte eram o cavalo ou a carroça.

Quando terminei, ele balançou a cabeça.

– Mas, Suzannah, não podem ter sido Josh e os outros. Como disse, eu fiquei com eles o dia inteiro. Só os deixei agora porque você me chamou. Eles não poderiam ter feito o que você descreveu. Eu teria visto e impedido.

Apertei os olhos.

– Mas se não foram Josh e aquele pessoal, quem poderia ter sido? Puxa, mais ninguém me queria ver morta. Pelo menos não agora.

Jesse continuou me encarando.

– Você tem certeza de que era a vítima pretendida, Suzannah?

– Bem, claro que era eu. – Sei que parece esquisito, mas quase me senti ofendida pela ideia de que poderia haver alguém no planeta que merecesse o assassinato mais do que eu. Devo dizer que sinto orgulho do número de inimigos que conquistei. No negócio de mediadora sempre considerei um sinal de que as coisas iam bem se houvesse um punhado de pessoas querendo me ver morta.

– Quero dizer, quem poderia ser, além de mim? – Ri. – O que, você acha que alguém está a fim de acabar com o *Mestre*?

Mas Jesse não riu.

– Pense, Suzannah. Não havia mais ninguém naquele carro que alguém poderia querer ver bastante machucado ou mesmo morto?

Estreitei os olhos para ele.

– Você sabe de alguma coisa – falei em tom categórico.

– Não. – Jesse balançou a cabeça. – Mas...

– Mas o quê? Meu Deus, odeio quando você vem com esse tipo de aviso cifrado. Diga logo!

– Não. – Ele balançou a cabeça rapidamente. – Pense, Suzannah.

Suspirei. Não havia como discutir com Jesse quando ele ficava desse jeito. Na verdade não dava para culpá-lo, acho, por querer bancar o Sr. Miyagi para o meu Karatê Kid. Ele não tinha muitas outras coisas para fazer.

Soltei o ar com força suficiente para fazer minhas madeixas voarem.

– Certo – falei. – Pessoas que talvez não estivessem muito felizes com alguém, além de mim, naquele carro. Deixe-me ver.

– Empertiguei-me. – Debbie e Kelly não estão muito satisfeitas com Gina. Elas tiveram um pequeno interlúdio maldoso no banheiro feminino logo antes de aquilo acontecer. Quero dizer, o negócio do carro.

Então franzi a testa.

– Mas não acho que aquelas duas cortariam a mangueira do freio para tirá-la do caminho. Para começar, duvido de que saibam o que é uma mangueira de freio, ou onde encontrá-la. E em segundo lugar, poderiam se dar mal entrando embaixo de um carro. Sabe, quebrar uma unha, sujar o cabelo com óleo ou sei lá o quê. Debbie provavelmente não se importaria, mas Kelly? Esqueça. Além disso elas saberiam que poderiam acabar matando Dunga e Soneca, e não iriam querer isso.

– Claro que não – disse Jesse.

Foi a falta de expressão com que ele pronunciou as palavras que me deu a dica.

– Dunga? – Lancei-lhe um olhar incrédulo. – Quem iria querer ver Dunga morto? Ou Soneca? Quero dizer, aqueles caras são tão... idiotas.

– Algum deles não fez alguma coisa que poderia deixar alguém com raiva? – perguntou Jesse no mesmo tom inexpressivo.

– Bem, claro. Não tanto o Soneca, mas Dunga? Ele vive fazendo coisas imbecis tipo dar chave de cabeça nas pessoas e jogar os livros delas para todo canto... – Minha voz ficou no ar.

Depois balancei a cabeça.

– Não. Isso é impossível.

Jesse me olhou.

– É?

– Não, você não entende. – Levantei-me e comecei a andar pelo quarto. Em algum ponto de nossa conversa Spike tinha atravessado a janela. Agora sentara-se no chão aos pés de Jesse, lambendo-se vigorosamente com sua língua, que parecia uma lixa.

– Quero dizer, ele estava lá – expliquei. – Michael estava lá, logo depois do que aconteceu. Ele nos ajudou a sair do carro. Ele... – Minha última visão de Michael naquela tarde tinha sido no momento em que a porta da ambulância se fechou comigo,

Gina, Soneca e Dunga dentro. O rosto de Michael estava pálido – mais do que o normal – e preocupado.

Não.

– Isso simplesmente... – Fui até o sofá-cama de Gina e me virei para encarar Jesse outra vez. – Michael nunca faria uma coisa assim.

Jesse riu. Mas não havia humor no riso.

– Não? Eu posso pensar em quatro pessoas que devem ter uma opinião muito diferente sobre o assunto.

– Mas *por que* ele faria isso? – balancei a cabeça de novo, com ênfase suficiente para fazer as pontas dos cabelos voarem.

– Quero dizer, Dunga é um bundão, verdade, mas a ponto de alguém sentir vontade de *matá-lo*? Para não falar de várias pessoas inocentes com ele? Inclusive *eu*? – Levantei o olhar indignado da visão de Spike mastigando o próprio pé, tentando tirar sujeira de entre as unhas. – Michael não ia querer *me* ver morta. Eu sou a melhor chance que ele tem de uma acompanhante no baile de formatura!

Jesse não falou nada. E no silêncio me lembrei de uma coisa. E o que lembrei me tirou o fôlego.

– Ah, meu Deus – falei, e, segurando o peito, deixei-me cair no sofá-cama.

A expressão neutra de Jesse se transformou em preocupação.

– O que foi, Suzannah? – perguntou ele preocupado. – Você está doente?

Confirmei com a cabeça.

– Ah, sim – Falei olhando para a parede, sem ver nada. – Acho que vou vomitar. Jesse... ele perguntou se eu queria uma carona. Logo antes de aquilo acontecer. *Insistiu* para que eu fosse. Na verdade, quando Soneca disse que eu tinha de ir com ele, caso contrário contaria a mamãe, achei que os dois iam começar a se socar.

– Claro – disse Jesse num tom que, para ele, era muito seco.

– A... como foi que você disse? Ah, sim. A acompanhante para o baile de formatura estava para ser exterminada.

157

– Ah, meu Deus! – Levantei-me e comecei a andar de novo. – Ah, meu Deus, por quê? Por que *Dunga*? Quero dizer, ele é um panaca e coisa e tal, mas por que Michael iria querer *matá-lo*?

Jesse respondeu em voz baixa:

– Talvez pelo mesmo motivo pelo qual matou Josh e os outros.

Parei de andar. Virei lentamente a cabeça para ele. Mas não o vi, não o vi de verdade. Estava me lembrando de uma coisa que Dunga tinha dito – parecia que há semanas, mas tinha sido há apenas uma ou duas noites. Estávamos conversando sobre o acidente que havia matado os Anjos da RLS e Dunga falou alguma coisa sobre Mark Pulsford. "A gente foi a uma festa junto. No mês passado, no Vale."

A mesma festa no Vale, imaginei com o sangue ficando subitamente frio, em que Lila Meducci tinha caído na piscina?

Um segundo depois, sem dizer outra palavra a Jesse, abri a porta do quarto, dei os três passos pelo corredor até o quarto de Dunga e bati na porta com toda a força.

– Calma aí! – gritou Dunga lá de dentro. – Eu já abaixei!

– Não é por causa da música – respondi. – É outra coisa. Posso entrar?

Ouvi o som de halteres sendo recolocados nos suportes. Então Dunga grunhiu:

– Pode.

Pus a mão na maçaneta e virei-a.

Eu gostaria de fazer uma observação aqui. Eu já estive no quarto de Mestre. Na verdade muitas vezes, porque ele é sempre o meio-irmão que eu procuro quando tenho um problema de dever de casa que não sei resolver, apesar de ele estar três anos atrás de mim. E já estive no quarto de Soneca, porque em geral ele precisa de umas sacudidas para acordar de manhã a tempo de nos levar para a escola.

Mas nunca, jamais, tinha estado no quarto de Dunga. Para dizer a verdade, sempre rezei para nunca ter motivo para atravessar aquela soleira específica.

Mas agora tinha um motivo. Respirei fundo e entrei.

Estava escuro. Isso por causa da decisão de Dunga de pintar três de suas paredes de roxo e uma de branco, as cores do time de luta livre da Academia da Missão. Ele havia escolhido um roxo tão escuro que era quase preto. A escuridão daquelas três paredes só era aliviada por um pôster ocasional de Michael Jordan insistindo para o espectador: "Just Do It."

O piso do quarto de Dunga era um grosso tapete de meias e cuecas sujas. O odor era pungente – uma mistura de suor e talco de bebê. Não era necessariamente desagradável, mas não era um odor que *eu* particularmente gostaria que permeasse meu guarda-roupa. Mas Dunga não parecia se importar.

– E aí? – Ele estava esticado de costas num banco almofadado. Acima do peito havia um haltere nos suportes. Eu não gostaria de ter de adivinhar quanto ele estava levantando, mas deixe-me garantir que, com repetições suficientes, Dunga não teria problema em carregar Debbie Mancuso pela janela no caso de um incêndio. O que é tudo o que uma garota realmente precisa de um namorado, se você quer saber.

– Dun... – Respirei fundo outra vez. Por que o talco de bebê? Espera. Não me conte. Não quero saber. – Brad. Você esteve naquela festa no Vale em que Lila Meducci caiu na piscina?

Dunga tinha estendido as mãos e apanhado o haltere. Agora levantou-o dando-me um vislumbre de suas axilas excessivamente cabeludas. Tentei não sair correndo ao vê-las.

– Do que você está falando? – grunhiu ele.

– Lila Meducci.

Dunga havia baixado o haltere até estar logo acima do peito. Seus bíceps tinham se inchado até o tamanho de melões. Deixe-me observar que, normalmente, a visão de bíceps masculinos daquele tamanho teria feito meus joelhos enfraquecerem. Mas aqueles eram de Dunga, por isso só pude engolir em seco e esperar que as fatias de pizza de pepperoni que eu tinha comido no jantar ficassem onde estavam.

– A irmã mais nova de Michael – expliquei. – Ela quase se afogou numa festa no Vale no mês passado. Eu estava imaginando se era a mesma festa em que você falou que esteve, quando encontrou Mark Pulsford.

O haltere subiu.

– Pode ter sido. Não sei. Por que você quer saber?

– Brad. É importante, quero dizer, se você tivesse estado lá, acho que você saberia. Deve ter aparecido uma ambulância.

– Acho que sim – disse ele entre os movimentos de supino. – Quero dizer, eu estava muito bêbado.

– Você *acha* que aquela garota quase se afogou na sua frente? – Nas melhores circunstâncias eu não tinha muita paciência para Dunga. Nesse caso em particular minha tolerância por sua estupidez havia descido ao ponto mínimo.

Dunga deixou o haltere cair de volta no suporte, fazendo barulho. Em seguida se sentou e me olhou irritado.

– Olha – disse ele. – Se eu falar que estive lá, o que você vai fazer? Correr para contar a mamãe e papai, certo? Então por que eu contaria? Puxa, sério, Suze. Por que eu contaria?

Fora a grande surpresa de ver Dunga também chamar minha mãe de *mamãe*, eu estava preparada para a pergunta.

– Não vou contar. Juro que não vou contar, Brad. Só que preciso saber.

Ele continuou suspeitando.

– Por quê? Para poder contar àquela sua amiga albina esquisita, e ela colocar no jornal da escola? "Brad Ackerman ficou ali parado como um panaca enquanto a garota quase morria." É isso?

– Juro que não é.

Ele encolheu os ombros fortes.

– Ótimo. Sabe de uma coisa? Eu nem me importo. Não é como se minha vida já não fosse uma droga. Quero dizer, eu não tenho esperança de chegar a 1,68 antes das secionais, e agora está bastante claro que a sua amiga Gina gosta mais de Jack do que de mim. – Ele me encarou. – Não é?

Mudei o peso do corpo de um pé para o outro, desconfortável.

– Não sei. Acho que ela gosta dos dois.

– É – disse Dunga com sarcasmo. – Por isso ela está aqui comigo, agora, em vez de trancada com Jake, fazendo sei lá o quê.

– Tenho certeza de que eles só estão conversando.

– Certo. – Dunga balançou a cabeça. Eu estava meio atordoada. Nunca o tinha visto parecendo tão... humano. Nem sabia que ele tinha objetivos. O que era esse negócio de 1,68? E ele realmente gostava tanto de Gina a ponto de achar que sua vida era uma droga só por não achar que ela gostava dele também?

Esquisito. Negócio esquisito de verdade.

– Quer saber sobre aquela festa no Vale? – perguntou ele. – Eu estava lá. Certo? Está feliz agora? Eu estava lá. Como falei, estava muito bêbado. Não vi quando ela caiu. Só notei quando alguém começou a puxar a garota para fora. – De novo ele balançou a cabeça. – Aquilo foi feio, sabe? Quero dizer, ela nem deveria estar lá. Ninguém convidou. Se você não aguenta bebida, não tem de beber, sabe? Mas essas garotas fazem praticamente qualquer coisa para ficar perto da gente.

Franzi as sobrancelhas.

– "Da gente"?

Ele me olhou como se eu fosse imbecil.

– Você sabe. Os atletas. O pessoal popular. A irmã de Meducci – eu não sabia que era ela até que sua mãe falou no outro dia, no jantar – era uma dessas garotas. Sempre por perto, tentando fazer com que algum de nós a convidasse para sair. Para poder ser popular também, saca?

Eu sacava. Subitamente sacava bem demais.

Foi por isso que saí do quarto de Dunga sem dizer mais nenhuma palavra. O que havia para falar? Eu sabia o que fazer. Acho que soubera o tempo todo. Só não queria admitir.

Mas agora sabia. Como Michael Meducci, eu achava que não tinha outra opção.

E, como Michael Meducci, precisava ser impedida. Só que não achava isso. Pelo menos naquela hora.

Exatamente como Michael.

17

Gina estava no meu quarto quando voltei da visita a Dunga. Mas Jesse e Spike tinham ido embora. O que para mim era ótimo.

– Ei – disse Gina erguendo o olhar da unha do pé que estava pintando. – Aonde você foi?

Passei por ela e comecei a tirar as roupas com que tinha ido à escola.

– Ao quarto de Dunga. Olha, não diga que eu saí, certo? – Vesti uma calça jeans e comecei a amarrar as botas Timberland. – Vou dar uma volta. Só diga que estou na banheira. Vai ajudar se você deixar a água correr. Diga que é cólica outra vez.

– Eles vão começar a achar que você tem endometriose, ou sei lá o quê. – Gina ficou olhando enquanto eu enfiava pela cabeça uma blusa preta de gola rulê. – Aonde você vai de verdade?

– Sair. – Peguei o casaco que tinha usado na outra noite na praia. Desta fez enfiei um gorro no bolso, com as luvas.

– Ah, claro. Sair. – Gina balançou a cabeça, parecendo preocupada. – Suze, você está bem?

– Claro que estou. Por quê?

– Você está com uma espécie de... bem, um olhar maluco.

– Estou legal. Eu descobri, só isso.

– Descobriu o quê? – Gina pôs a tampa no vidro de esmalte e se levantou. – Suze, do que você está falando?

– O que aconteceu hoje. – Subi no banco da janela. – Com a mangueira de freio. Foi Michael.

– Michael *Meducci*? – Gina me olhou como se eu estivesse pirada. – Suze, tem certeza?

– Tanto quanto de que estou aqui falando com você.

– Mas por quê? Por que ele faria isso? Eu achava que ele estava apaixonado por você.

– Por mim, talvez – falei dando de ombros enquanto abria a janela ainda mais. – Mas o cara tem um tremendo ressentimento contra Brad.

– Brad? O que Brad fez contra Michael Meducci?

– Ficou parado e deixou a irmãzinha dele morrer. Bem, quase. Estou saindo, certo, Gina? Explico tudo quando voltar.

Em seguida passei pela janela e desci no telhado da varanda. Lá fora estava escuro, frio e silencioso, a não ser pelo barulho dos grilos e o som distante das ondas batendo na praia. Ou seria o tráfego pela via expressa? Não dava para saber. Depois de prestar atenção por um minuto para ter certeza de que não havia ninguém lá embaixo para me ouvir, desci pelo telhado inclinado até a calha, onde me agachei, pronta para pular, sabendo que as agulhas de pinheiro no chão iriam suavizar a queda.

– Suze! – Uma sombra bloqueou a luz que saía da janela do meu quarto.

Olhei por cima do ombro. Gina estava inclinada para fora, me olhando ansiosa.

– A gente não deveria... – Notei, em alguma parte distante da mente, que ela parecia apavorada. – Quero dizer, a gente não deveria chamar a polícia? Se esse negócio do Michael for verdade...

Encarei-a como se ela tivesse sugerido que eu... bem, pulasse da ponte Golden Gate.

– A *polícia*? De jeito nenhum. Isso é entre Michael e eu.

– Suze... – Gina balançou a cabeça e seus cachos parecidos com molas se sacudiram. – Isso é sério. Quero dizer, esse cara é um assassino. Eu acho mesmo que a gente deveria chamar os profissionais...

– Eu sou uma profissional – falei ofendida. – Sou mediadora, lembra?

Gina não pareceu reconfortada com essa informação.

– Mas... bem, o que você vai *fazer*, Suze?

Dei um sorriso tranquilizador.

– Ah. Isso é fácil. Vou mostrar a ele o que acontece quando alguém tenta matar alguém de quem eu gosto.

E então pulei do teto para a escuridão.

Não consegui me obrigar a pegar o Land Rover. Ah, claro, eu estava perfeitamente disposta a cometer o que era praticamente um assassinato, mas dirigir sem carteira? De jeito nenhum! Em vez disso, peguei uma das muitas bicicletas de dez marchas que Andy havia colocado junto à parede da garagem. Alguns segundos depois estava voando morro abaixo, com lágrimas escorrendo pelo rosto. Não porque estivesse chorando nem nada, mas porque o vento estava frio demais enquanto eu voava para o Vale.

Liguei para Michael de um telefone público perto do supermercado. Uma mulher mais velha – acho que a mãe dele – atendeu. Perguntei se podia falar com Michael. Ela disse "Sim, claro" daquele jeito agradável que as mães usam quando os filhos recebem o primeiro telefonema de alguém do sexo oposto. E eu conheço muito bem. Minha mãe usa a mesma voz sempre que um garoto me liga e ela atende. Não se pode culpá-la. Isso é muito raro de acontecer.

A Sra. Meducci deve ter dito a Michael que era uma garota, porque a voz dele soou muito mais profunda do que o normal quando disse alô.

– Michael? – falei, só para ter certeza de que era ele, e não seu pai.

– Suze? – respondeu ele na voz normal. – Meu Deus, Suze, estou tão feliz que é você! Recebeu meu recado? Devo ter ligado umas dez vezes. Acompanhei a ambulância até o hospital, mas não me deixaram entrar na emergência para ver você. Disseram que só se você fosse internada. E não foi, certo?

– Não. Estou ótima.

– Graças a Deus. Ah, Suze, você não faz ideia de como fiquei apavorado quando ouvi a batida e percebi que era você...

– É – interrompi. – Foi de dar medo. Escuta, Michael, eu estou com outro tipo de dificuldade e queria saber se você pode me ajudar.

– Você sabe que eu faria qualquer coisa por você, Suze.

É. Tipo tentar matar meus meios-irmãos e minha melhor amiga.

– Eu estou a pé – falei. – No supermercado. É uma história meio longa. Imaginei se você poderia...

– Já estou indo – disse Michael. – Chego em três minutos.

E desligou.

Chegou em dois. Mal tive tempo de colocar a bicicleta entre dois latões de lixo atrás da loja antes de vê-lo chegar com seu sedã verde alugado, espiando pelas vitrines iluminadas do supermercado como se esperasse me ver lá dentro montando aquele estúpido cavalo mecânico, ou sei lá o quê. Aproximei-me do carro vinda do estacionamento e me inclinei para bater na janela do carona.

Michael se virou bruscamente, espantado com o som. Ao ver que era eu, seu rosto – mais pálido do que nunca à luz fluorescente – relaxou. Ele se esticou e abriu a porta.

– Entre – disse animado. – Cara, você não sabe como fico feliz em ver que você está inteira.

– É? – Entrei no banco do carona e bati a porta. – Bem, eu também. Quero dizer, me sinto feliz por estar inteira. Ha, ha.

– Ha, ha. – O riso de Michael, em vez de sarcástico como o meu, foi nervoso. Ou pelo menos optei por achar isso. – Bem

– disse ele enquanto ficamos parados diante do supermercado, com o motor ligado. – Quer que eu leve você... é... para casa?

– Não. – Virei a cabeça para olhá-lo.

Você pode estar imaginando o que eu estava pensando num momento daqueles. Quero dizer, o que se passa na cabeça de uma pessoa quando sabe que está para fazer uma coisa que pode resultar na morte de outra?

Bem, vou contar. Não muita coisa. Eu estava pensando que o carro alugado de Michael tinha um cheiro curioso. Estava imaginando se a última pessoa que o havia usado tinha derramado alguma colônia dentro, ou sei lá o quê.

Então percebi que o cheiro de colônia vinha do próprio Michael. Aparentemente ele havia borrifado um pouco de Carolina Herrera For Men antes de vir me pegar. Que lisonjeiro!

– Tenho uma ideia – falei, como se só tivesse pensado nisso na hora. – Vamos ao Ponto.

As mãos de Michael caíram do volante. Ele se apressou em ajeitá-las, colocando-as na posição dez para as duas, como bom motorista que era.

– O quê?

– Ao Ponto. – Achei que talvez eu não estivesse sendo suficientemente sedutora, ou sei lá o quê. Por isso estendi a mão e a pus em seu braço. Ele estava usando uma jaqueta de veludo. Embaixo dos meus dedos o veludo era muito macio, e embaixo do veludo os bíceps de Michael estavam rígidos e redondos como os de Dunga.

– Você sabe – falei. – Por causa da vista. Está uma noite linda.

Michael não perdeu mais tempo. Engrenou o carro e começou a sair do estacionamento antes que eu tivesse tempo de tirar a mão.

– Fantástico – disse ele com a voz talvez um pouco insegura, por isso pigarreou e continuou com um pouquinho mais de dignidade: – Quero dizer, é uma ideia legal.

Alguns segundos depois seguíamos pela Estrada Pacific Coast. Eram apenas umas dez horas, mas não havia muitos outros carros na estrada. Afinal de contas, era uma noite de meio de semana. Imaginei se a mãe de Michael, antes de ele ter saído de casa, tinha dito para ele voltar num determinado horário. Imaginei que, quando o filho não aparecesse na hora marcada, ela iria se preocupar. Quanto tempo esperaria antes de ligar para a polícia? Para a emergência dos hospitais?

– Então ninguém se machucou de verdade, não foi? – perguntou Michael. – No acidente.

– Não. Ninguém se machucou.

– Isso é bom.

– É? – Fingi estar olhando pela janela do carona. Mas na verdade estava olhando o reflexo de Michael.

– O que você quer dizer? – perguntou ele rapidamente.

Dei de ombros.

– Não sei. É só que... bem, você sabe. Brad.

– Ah. – Ele deu um risinho. Mas não havia nenhum humor verdadeiro. – É. Brad.

– Quero dizer, eu tento me dar bem com ele. Mas é tão difícil. Porque algumas vezes o Brad consegue ser um tremendo babaca.

– Dá para imaginar – disse Michael. Em tom bastante afável, pensei.

Virei-me no banco de modo a estar quase de frente para ele.

– Tipo, sabe o que ele disse esta noite? – perguntei. Sem esperar resposta, fui em frente: – Disse que estava naquela festa. Aquela em que sua irmã caiu. Você sabe. Na piscina.

Não creio que tenha sido minha imaginação. Michael apertou o volante com mais força.

– Verdade?

– É. E você devia ter ouvido o que ele falou sobre isso.

De lado para mim, o rosto de Michael estava sério.

– O quê?

Brinquei com o cinto de segurança preso em volta do meu corpo.

– Não. Eu não deveria contar.

– Não, verdade – disse Michael. – Eu gostaria de saber.

– Mas é maldoso demais.

– Diga o que ele falou. – A voz de Michael estava muito calma.

– Bem. Certo. Ele basicamente disse... e não foi tão sucinto assim, porque, como você sabe, ele é praticamente incapaz de formar frases completas. Mas basicamente falou que sua irmã teve o que merecia porque, para começar, não deveria ter ido àquela festa. Disse que ela não foi convidada. Que só pessoas populares deveriam estar lá. Dá para acreditar?

Michael ultrapassou cuidadosamente uma picape.

– Dá – respondeu em voz baixa. – Na verdade, dá.

– Quero dizer, pessoas populares. Ele realmente disse isso. Pessoas populares. – Balancei a cabeça. – E o que define popular? É o que eu gostaria de saber. Quer dizer, por que sua irmã não era popular? Porque não era atleta? Não era chefe de torcida? Não tinha as roupas certas? O quê?

– Todas essas coisas – disse Michael na mesma voz baixa.

– Como se alguma dessas coisas *importasse*. Como se ser inteligente, compassiva e gentil com os outros não contasse para nada. Não, só o que importa é se você é amiga das pessoas certas.

– Infelizmente isso é o que costuma acontecer.

– Bem, eu acho besteira. E falei isso. Ao Brad. Falei tipo: "Então todos vocês ficaram ali parados enquanto a garota quase morria porque ninguém a convidou?" Ele negou isso, claro. Mas você sabe que é verdade.

– É – disse Michael. Agora estávamos indo por Big Sur, com a estrada se estreitando ao mesmo tempo que ficava mais escura. – Sei. Se minha irmã fosse... bem, Kelly Prescott, por exemplo, alguém iria tirá-la imediatamente, em vez de ficar rindo enquanto ela se afogava.

Era difícil ver a expressão dele, já que não havia lua. A única luz era o brilho do painel de instrumentos. Michael parecia doentio, e não somente porque a luz era esverdeada.

– Foi isso que aconteceu? – perguntei a ele. – As pessoas fizeram isso? Riram enquanto ela se afogava?

Ele assentiu.

– Foi o que um dos caras da emergência disse à polícia. Todo mundo achou que ela estava fingindo. – Ele soltou um riso sem humor. – Minha irmã... só queria isso, sabe? Ser popular. Ser como eles. E eles ficaram ali parados. Só ficaram rindo enquanto ela se afogava.

– Bem – falei. – Ouvi dizer que todo mundo estava bastante bêbado. – Inclusive sua irmã, pensei, mas não falei alto.

– Isso não é desculpa. Mas, claro, ninguém fez nada a respeito. A garota que deu a festa... os pais dela receberam uma multa. Só isso. Minha irmã pode nunca mais acordar, e eles só receberam uma multa.

Vi que tínhamos chegado à curva do ponto de observação. Michael buzinou antes de virar. Não havia ninguém do outro lado. Ele entrou facilmente no estacionamento mas não desligou a ignição. Em vez disso, ficou parado, olhando para o negrume que era o mar e o céu.

Fui eu que estendi a mão e desliguei o motor. A luz do painel se apagou um segundo depois, mergulhando-nos na escuridão absoluta.

– Então – falei. O silêncio no carro era ensurdecedor. Não havia veículos na estrada atrás de nós. Se eu abrisse a janela, sabia que os sons do vento e das ondas entrariam num jorro. Então continuei parada.

Lentamente a escuridão em volta do carro ficou menos completa. À medida que meus olhos se acostumavam, pude até mesmo ver o horizonte onde o céu preto se encontrava com o mar mais preto ainda.

Michael virou a cabeça.

– Foi Carrie Whitman – disse ele. – A garota que deu a festa.

Assenti, sem afastar o olhar do horizonte.

– Eu sei.

– Carrie Whitman – repetiu ele. – Carrie Whitman estava naquele carro. O que voou pelo penhasco na noite de sábado.

– Quer dizer – falei em voz baixa –, o carro que você empurrou pelo penhasco na noite de sábado.

A cabeça de Michael não se moveu. Olhei para ele, mas não pude ver sua expressão.

No entanto pude ouvir a resignação na voz.

– Você sabe. – Era uma declaração, e não uma pergunta. – Eu achei que talvez soubesse.

– Quer dizer, depois de hoje? – Soltei o cinto de segurança. – Quando você quase me matou?

– Sinto muito. – Ele baixou a cabeça e finalmente pude ver seus olhos. Estavam cheios de lágrimas. – Suze, não sei como é que eu...

– Não houve nenhum seminário sobre vida extraterrestre naquele instituto, houve? – Encarei-o. – Quero dizer, no sábado passado. Você veio até aqui e afrouxou os parafusos da grade de proteção. Depois ficou sentado esperando por eles. Você sabia que eles viriam para cá depois do baile. Sabia que eles viriam, e esperou. E quando ouviu aquela buzina estúpida, bateu neles. Empurrou o carro pela lateral do penhasco. E fez isso a sangue-frio.

Então Michael fez uma coisa surpreendente. Estendeu a mão e tocou meu cabelo no ponto em que ele se enrolava saindo do gorro de tricô que eu estava usando.

– Eu sabia que você iria entender – disse ele. – Desde o momento em que vi você, soube que, de todo mundo, seria a única a entender.

Senti vontade de vomitar. De verdade. Ele não sacou. Não sacou absolutamente nada. Quero dizer, será que o cara nem

170

pensou na mãe? Em sua pobre mãe que tinha ficado tão empolgada porque uma garota ligou para ele? Na mãe que já estava com uma filha no hospital? Não tinha pensado em como a mãe iria se sentir quando ficasse claro que seu único filho era um assassino? Não tinha pensado *nem um pouco* nisso?

Talvez tivesse. Talvez tivesse pensado que ela ficaria satisfeita. Porque tinha vingado o que aconteceu com a irmã. Bem, quase. Ainda havia algumas pontas soltas na forma de Brad... e de todos os outros que tinham estado na festa, acho. Quero dizer, por que parar no Brad? Imaginei como ele havia conseguido a lista de convidados, e se pretendia matar todos ou apenas alguns poucos escolhidos.

– Mas como você soube? – perguntou ele no que eu acho que pretendia ser sua voz mais suave. Mas que só me deu mais vontade ainda de vomitar. – Sobre a grade de proteção. E sobre a buzina do carro deles. Isso não saiu nos jornais.

– Como soube? – Afastei a cabeça do alcance de Michael. – Eles me contaram.

Michael pareceu meio magoado por eu afastar a cabeça.

– *Eles* contaram? Quem?

– Carrie. E Josh, Felicia e Mark. O pessoal que você matou.

Sua expressão magoada ficou diferente. Passou de confusa a espantada, depois a cínica, tudo em questão de segundos.

– Ah – disse ele com um risinho. – Certo. Os fantasmas. Você tentou me alertar sobre eles antes, não foi? Na verdade, aqui mesmo.

Só fiquei olhando para ele.

– Ria quanto quiser. Mas o fato, Michael, é que eles já estão querendo matar você há um tempo. E depois do que você fez hoje com o Rambler, estou pensando seriamente em deixar.

Michael parou de rir.

– Suze. Fora sua estranha fixação com o mundo espiritual, eu lhe disse: hoje foi um acidente. Você não deveria estar naquele carro. Deveria ir para casa comigo. Era o Brad. Era o Brad que eu queria morto, não você.

171

– E quanto ao David? Meu irmão mais novo? Ele tem 12 anos, Michael. E estava naquele carro. Você queria o David morto também? E Jake? Jake provavelmente estava entregando pizzas na noite em que sua irmã se machucou. Será que ele deveria morrer pelo que aconteceu com ela? Ou minha amiga Gina? Acha que ela merece morrer também, mesmo nunca tendo ido a uma festa no Vale?

O rosto de Michael estava branco de encontro aos pedaços do céu que dava para ver pela janela atrás de sua cabeça.

– Eu não queria machucar ninguém – falou em voz inexpressiva. – Quero dizer, ninguém a não ser o culpado.

– Bom, você não fez um bom trabalho. Na verdade fez um péssimo trabalho. Fez uma tremenda besteira. E sabe por quê?

Vi suas pálpebras se estreitarem por trás dos óculos.

– Acho que estou começando a saber.

– Porque tentou matar algumas pessoas de quem, por acaso, eu gosto. – Engoli em seco. Alguma coisa dura, que doía, estava crescendo na minha garganta. – E é por isso, Michael, que a coisa vai parar. Aqui. Agora.

Ele continuou a me encarar com as pálpebras apertadas.

– Ah – falou na mesma voz inexpressiva. – Vai parar mesmo. Acredite em mim.

Eu sabia onde ele queria chegar. Quase ri. Se não fosse o calombo doloroso na garganta, teria rido.

– Michael. Nem tente. Você não sabe com quem está mexendo.

– Não – disse ele em voz baixa. – Acho que não sei, não é? Eu pensei que você era diferente. Pensei que, dentre todo mundo na escola, você poderia ver as coisas pelo meu ponto de vista. Mas agora dá para notar que é apenas como todos os outros.

– Você não faz ideia de quanto eu gostaria de ser.

– Sinto muito, Suze – disse Michael soltando seu cinto de segurança. – Eu realmente achei que nós poderíamos ser... amigos, pelo menos. Mas estou tendo a nítida impressão de que você não aprova o que andei fazendo. Ainda que ninguém, *ninguém*, vá sentir falta daquelas pessoas. Elas realmente eram um desperdício de espaço, Suze. Não tinham nada de importante para contribuir. Quero dizer, olhe só o Brad. Seria uma tragédia tão grande se ele simplesmente deixasse de existir?

– Seria, para o pai dele – falei.

Michael deu de ombros.

– Acho que seria. Mesmo assim creio que o mundo seria um lugar melhor sem todos os Josh Saunders e Brad Ackermans. – Ele sorriu para mim. Mas não havia nada de caloroso naquele sorriso. – Mas você discorda, dá para ver. Parece até que está pensando em tentar me impedir. E realmente não posso admitir isso.

– Então o que você vai fazer? – Dei-lhe um olhar muito sarcástico. – Me matar?

Então ele estalou os nós dos dedos. Será que posso dizer que achei isso bem arrepiante? Bem, fora o fato de que estalar os nós dos dedos na frente de alguém é arrepiante, esse gesto foi especialmente perturbador porque atraiu minha atenção para o fato de que as mãos de Michael eram bem grandes, e estavam ligadas àqueles braços que, pelo que eu me lembrava da tarde na praia, eram notavelmente musculosos e cheios de cartilagens grossas. Eu não sou exatamente uma flor delicada, mas mãos ligadas a um par de braços daqueles podiam causar sérios danos a uma garota como eu.

– Acho que você não me deixou muita escolha, não é? – disse Michael.

Ah, claro. Por que não culpar a vítima?

Não sei se falei as palavras em voz alta ou se simplesmente pensei. Só soube que elas eram "Esta seria uma boa hora para Josh e seus amigos aparecerem". E um segundo depois Josh Saunders, Carrie Whitman, Mark Pulsford e Felicia Bruce apareceram, parados no cascalho ao lado da porta do carona.

Ficaram ali piscando por um segundo, como se não soubessem o que tinha acontecido. Depois olharam para além de mim, para o garoto atrás do volante.

E foi então que o inferno começou.

18

Era isso que eu pretendia que acontecesse o tempo todo?

Não sei. Certamente houvera um momento no quarto de Dunga em que fui tomada por uma espécie de fúria. Foi a fúria, e não os pedais da bicicleta, que me levou para o Vale, e foi a fúria que me fez colocar uma moeda naquele telefone público e ligar para Michael.

Mas parte dessa fúria se dissipou quando falei com a mãe de Michael. Sim, ele era um assassino. Sim, ele tinha tentando me matar e matar várias pessoas de quem eu gostava.

Mas tinha uma mãe. Uma mulher que o amava a ponto de se empolgar porque uma garota estava telefonando para ele, talvez pela primeira vez na vida.

Mesmo assim entrei naquele carro. Falei para ele ir ao Ponto, mesmo sabendo o que o esperava. E fiz com que ele admitisse. Tudo. Em voz alta.

E então os chamei. Não havia dúvida disso. Chamei os Anjos da RLS. E quando eles apareceram, tudo o que fiz foi sair calmamente do carro.

Isso mesmo. Saí do caminho. E deixei que eles fizessem o que estavam querendo há tanto tempo... desde a noite em que tinham morrido.

Olha, não sinto orgulho disso. E não posso dizer que fiquei ali parada, olhando, com prazer. Quando o cinto de segurança que Michael havia tirado se enrolou subitamente em sua garganta e o banco ajustável do carro começou a se inclinar inexoravelmente em direção ao volante, esmagando suas pernas, não me senti bem.

Mas os Anjos pareciam estar se sentindo.

E provavelmente deviam se sentir. Dava para ver que seus poderes telecinéticos haviam melhorado muito. Agora não estavam mexendo com algas marinhas ou enfeites de carnaval. A força de seu poder combinado era suficiente para acender as luzes e os limpadores de para-brisa do carro alugado. Pelas janelas levantadas pude ouvir o rádio se ligar. Britney Spears estava gemendo sua última dor de cotovelo enquanto Michael Meducci agarrava o cinto de segurança em volta do pescoço. O carro tinha começado a balançar e estava fantasmagoricamente iluminado por dentro, quase como se as luzes do painel fossem lâmpadas halógenas.

E o tempo todo os Anjos da RLS estavam ali parados em silêncio, com as mãos estendidas para o carro e o olhar fixo em Michael. Puxa, até para fantasmas eles pareciam assustadores, brilhando daquele modo irreal; as meninas de vestido longo e pulseiras com flores, os garotos de smoking. Estremeci olhando-os, e não era só por causa da brisa fria que vinha do oceano.

Odeio dizer, mas foi Britney que quebrou o feitiço para mim. Bom, dá para gostar dela, mas morrer ouvindo aquilo? Não sei. Pareceu meio pesado demais.

E havia a pobre Sra. Meducci. Ela já havia perdido uma filha – bem, mais ou menos. Será que eu podia simplesmente ficar ali parada vendo-a perder o filho?

Minutos – talvez até segundos – antes, a resposta a essa pergunta poderia ter sido sim. Mas quando chegou a hora não pude. Não pude, apesar do que Michael tinha feito. Eu simplesmente tinha muitos anos de mediação nas costas. Anos demais e mortes demais. Não podia ficar ali parada deixando que mais uma acontecesse diante dos meus olhos.

O rosto de Michael estava contorcido e roxo, com os óculos tortos, quando finalmente gritei:

– *Parem!*

Instantaneamente o carro parou de balançar. Os limpadores de para-brisa se imobilizaram. A voz de Britney foi cortada no meio de uma nota e o banco de Michael começou a deslizar lentamente para trás. O cinto se afrouxou em volta de seu pescoço o bastante para ele ofegar. Michael desmoronou de encontro ao encosto, parecendo confuso e apavorado, com o peito arfando.

Josh olhou para mim como se alguém o tivesse acordado de um transe.

– O quê? – perguntou ele, parecendo incomodado.

– Desculpem – falei. – Mas não posso deixar vocês fazerem isso.

Josh e os outros se entreolharam. Mark foi o primeiro a falar. Deu um risinho e disse:

– Ah, *certo.*

Então o rádio foi ligado de novo, e de repente o carro estava balançando nos amortecedores.

Reagi rápida e decisivamente dando um soco na barriga de Mark Pulsford. Isso foi o suficiente para afastar a concentração dos Anjos e permitir que Michael pudesse abrir a porta e se jogar para fora do carro antes que mais alguém pudesse começar a estrangulá-lo. Ficou caído no cascalho, gemendo.

Mark, por outro lado, se recuperou bem depressa de meu ataque.

– Vaca – disse ele, parecendo ligeiramente ofendido. – Qual é a sua?

– É. – Josh estava claramente lívido. Seus olhos azuis pareciam pedaços de gelo brilhando para mim. – Primeiro diz que a gente não pode matá-lo. Depois diz que pode. Depois diz que não pode. Bem, sabe de uma coisa? Estamos cansados dessa droga de mediação. Vamos matar esse cara e ponto final.

Foi então que o carro começou a balançar a ponto de parecer que ia capotar em cima de Michael.

– Não! – gritei. – Olha, eu estava errada, certo? Quero dizer, ele tentou me matar também, e admito que fiquei meio pirada. Mas, acreditem, esse não é o modo...

– Fale por você – disse Josh.

E um segundo depois eu estava voando para trás, jogada longe por um choque de energia tão forte que me convenci de que o carro de Michael havia explodido.

Só quando caí violentamente na terra, no lado mais distante do estacionamento, percebi que não tinha sido o carro explodindo. Tinha sido meramente a força combinada do poder psíquico dos Anjos, lançada casualmente na minha direção. Eu fora jogada longe com tanta facilidade quanto uma formiga numa mesa de piquenique.

Acho que foi aí que eu soube que estava numa encrenca de verdade. Percebi que tinha liberado um monstro. Ou quatro, melhor dizendo.

Estava lutando para ficar de pé outra vez quando Jesse se materializou ao meu lado, parecendo quase tão furioso quanto Josh.

– *Nombre de Dios* – ouvi-o ofegar enquanto absorvia a visão à sua frente. Depois me olhou. – O que está acontecendo aqui? – perguntou, estendendo uma das mãos para me ajudar a ficar de pé. – Eu dei as costas um segundo e eles sumiram. Foi você que os chamou?

Encolhendo-me – e não de dor –, segurei sua mão e deixei que ele me levantasse.

– Chamei – admiti, limpando a sujeira da roupa. – Mas não... bem, não queria que *isso* acontecesse.

Jesse olhou para Michael, que estava andando de quatro pelo estacionamento, tentando se afastar do próprio carro, que girava.

– *Nombre de Dios*, Suzannah – disse Jesse outra vez, incrédulo. – O que você esperava que acontecesse? Você traz o garoto logo *aqui*? E agora pede para eles não o matarem? – Balançando a cabeça, Jesse começou a andar na direção dos Anjos.

– Você não entende – protestei, correndo atrás dele. – Ele tentou me matar. E tentou matar Mestre, Gina, Dunga e...

– E então você faz *isso*? Suzannah, você já não sabe que não é uma assassina? – Os olhos escuros de Jesse se cravaram em mim. – Por favor, não tente agir como se fosse. A única pessoa que vai acabar se machucando com isso é você.

Fiquei tão abalada com a censura em sua voz que lágrimas me encheram os olhos. Sério. Lágrimas de verdade. De fúria. Foi o que disse a mim mesma. Estava chorando porque fiquei furiosa com ele. Não porque ele havia magoado meus sentimentos. De jeito nenhum.

Mas Jesse não notou minha fúria. Tinha me dado as costas e então foi até os Anjos. Um segundo depois o carro parou de se sacudir, os limpadores de para-brisa e o rádio se desligaram e as luzes se apagaram. Os Anjos eram fortes, verdade. Mas Jesse estava morto havia muito mais tempo.

– Voltem à praia – disse ele.

Josh riu alto.

– Está brincando comigo, não é?

– Não estou brincando.

– De jeito nenhum – reagiu Mark Pulsford.

– É. – Carrie apontou para mim. – Puxa, *ela* chamou a gente. *Ela* disse que podia.

Jesse não virou a cabeça na direção em que Carrie apontou. Estava bastante claro que se sentia enojado comigo.

– Agora ela diz que não pode – informou Jesse. – Vocês farão o que ela diz.

– Você não sacou? – Os olhos de Josh estavam relampejando outra vez, brilhando com a energia psíquica da qual estava tão cheio. – Ele matou a gente. Ele *matou* a gente.

– E vai ser punido por isso – disse Jesse em tom calmo. – Mas não por vocês.

– Então por quem?

– Pela lei – respondeu Jesse.

178

– *Besteira!* – explodiu Josh. – Isso e besteira, cara! A gente está esperando o dia inteiro pela *lei*! O velho disse que era isso que ia acontecer, mas não estou vendo esse garoto ser levado pelos caras de uniforme azul. Você está? Não acho que isso vá acontecer. Então deixe a gente dar uma lição do *nosso* modo.

Jesse balançou a cabeça. Era um gesto perigoso diante dos quatro jovens fantasmas furiosos e descontrolados que o enfrentavam. Mas mesmo assim fez isso.

Dei um passo mais para perto de Jesse ao ver os Anjos da RLS brilhando de fúria. Fiquei na ponta dos pés para ele me ouvir quando sussurrei:

– Eu pego as garotas. Você pega os garotos.

– Não. – A expressão de Jesse era séria. – Vá, Suzannah. Quando eles estiverem ocupados comigo corra para a estrada e pare o próximo automóvel que vir. Depois vá embora em segurança.

Ah, é. Certo.

– E deixar você lidar com eles sozinho? – Olhei-o, irritada. – Ficou maluco?

– Suzannah – sibilou ele. – Você não entende. Eles vão matá-la...

Ri. Ri mesmo, toda a minha raiva contra ele havia sumido.

Jesse estava certo. Eu não entendia.

– Deixe que eles tentem – falei.

Foi então que nos atacaram.

Acho que os Anjos deviam ter combinado um arranjo parecido com o que eu havia tentado fazer com Jesse, já que as garotas vieram para cima de mim e os rapazes para Jesse. Não fiquei muito chateada. Quero dizer, dois contra um é injusto, mas, a não ser pelo negócio do poder telecinético, eu achava que estávamos niveladas. Carrie e Felicia não haviam sido briguentas em vida – isso ficou claro no instante em que me atacaram –, de modo que não tinham ideia de onde era melhor aplicar um soco para causar mais dor.

179

Pelo menos foi o que pensei antes que elas começassem a me acertar. A coisa com que eu não tinha contado era que essas garotas – como seus namorados – estavam muito, muito furiosas.

E se você pensar bem, eles tinham todo o direito. Certo, talvez tivessem sido uns panacas enquanto eram vivos – não me pareciam exatamente o tipo de pessoas com quem eu gostaria de andar, com sua obsessão por festas e atitudes elitistas –, mas eram jovens. Provavelmente cresceriam e virariam cidadãos, ainda que não sensíveis, pelo menos produtivos.

Mas Michael Meducci havia interrompido isso. E por isso eles estavam doidos de pedra.

Acho que você pode argumentar que o comportamento deles não fora exatamente imune a censuras. Quero dizer, tinham dado aquela festa em que Lila Meducci se ferrou, não somente por causa da própria estupidez mas também da negligência deles – e dos pais.

Mas pareciam não pensar nisso. Não. Para os Anjos da RLS eles tinham sido trapaceados. Foram trapaceados e perderam a vida. E alguém teria de pagar por isso.

Esse alguém era Michael Meducci. E qualquer um que tentasse ficar no caminho desse objetivo.

A fúria deles era sinistra. Sério. Não creio que eu já tenha estado tão completamente, cem por cento furiosa como aqueles fantasmas. Ah, já fiquei louca da vida, claro. Mas nunca a tal ponto, e nunca por tanto tempo.

Os Anjos da RLS estavam furiosos. E jogaram essa fúria contra Jesse e contra mim.

Nem vi o primeiro soco. Fez com que eu girasse do mesmo modo como a picape fez com o Rambler. Senti meu lábio se partir. O sangue jorrou como uma fonte no rosto. Parte dele pingou nos vestidos de baile das garotas.

Elas nem notaram. Só bateram de novo.

Não quero que você pense que não bati de volta. Eu bati. Eu era boa. Boa mesmo.

Só que não o bastante. Tive de reavaliar toda a minha teoria sobre aquele negócio de duas contra uma. *Não era* justo. Felicia Bruce e Carrie Whitman estavam me matando.

E não havia absolutamente nada que eu pudesse fazer.

Nem podia olhar para ver se Jesse estava se saindo melhor do que eu. A cada vez que virava a cabeça parecia que outro punho me acertava. Em pouco tempo não conseguia enxergar. Meus olhos estavam cheios de sangue, que parecia escorrer de um corte na testa. Ou isso ou alguns vasos sanguíneos nos olhos tinham estourado com a força daqueles socos. Esperava que Jesse ao menos estivesse bem. Afinal, ele não podia morrer. Não como eu. A única coisa que continuava me passando pela cabeça era: bem, se elas me matarem, finalmente vou saber para onde todo mundo vai. Depois de ser despachado por um mediador, claro.

Num determinado ponto, durante o ataque de Felicia e Carrie, eu tropecei em alguma coisa – algo quente e meio macio. Não tive certeza do que era – não podia ver, claro – até que aquilo gemeu meu nome.

– Suze – disse a coisa.

A princípio não reconheci a voz. Depois percebi que a garganta de Michael devia ter sido esmagada por aquele cinto. Ele só conseguia grasnar.

– Suze – chiou ele. – O que está acontecendo?

O terror na sua voz mostrava que provavelmente se sentia tão apavorado agora quanto Josh, Carrie, Mark e Felicia tinham estado quando ele acertou o carro deles e os mandou voando para a morte. Bem feito, pensei em alguma parte distante da mente que não estava se concentrando em tentar escapar dos socos que choviam em cima de mim.

– Suze – gemeu Michael embaixo de mim. – Faça com que isso pare.

Como se eu pudesse. Como se eu tivesse algo parecido com controle sobre o que estava me acontecendo. Se eu sobrevivesse a isso –, o que não parecia provável – seriam feitas algumas grandes mudanças. Em primeiro lugar, ia praticar kick-boxing com muito mais dedicação.

Entao alguma coisa aconteceu. Não posso dizer o que era porque, como falei, eu não conseguia enxergar.

Mas conseguia ouvir. E o que ouvi talvez tenha sido o som mais doce que já escutei na vida.

Era uma sirene. Polícia, carro de bombeiro, a ambulância, não sei. Mas estava chegando perto, mais perto, mais perto ainda até que, de repente, pude ouvir os pneus do veículo esmagando o cascalho diante de mim. Os socos que choviam sobre meu corpo pararam abruptamente, e eu caí frouxa contra Michael, que estava me empurrando debilmente, dizendo:

– A polícia. Saia de cima de mim. É a polícia. Preciso ir embora.

Um segundo depois mãos tocavam em mim. Mãos quentes. Não mãos de fantasma. Mãos humanas.

Então uma voz de homem estava dizendo:

– Não se preocupe, moça. Nós estamos aqui. Estamos aqui. Você consegue ficar de pé?

Eu conseguia, mas ficar de pé provocava ondas de dor que me atravessavam. Reconheci a dor. Era tão intensa que parecia ridícula... tão ridícula que comecei a rir. Verdade. Porque era simplesmente engraçado alguma coisa doer tanto. Uma dor assim significava que alguma coisa, em algum lugar, estava quebrada.

Em seguida havia alguma coisa macia apertada embaixo de mim, e mandaram que eu me deitasse. Mais dor – dor que queimava, que rasgava, dor que me deixou rindo debilmente. Outras mãos me tocaram.

Então escutei uma voz familiar chamando meu nome, como se viesse de um lugar muito distante.

– Suzannah. Suzannah, sou eu, o padre Dominic. Está me ouvindo, Suzannah?

182

Abri os olhos. Alguém tinha enxugado o sangue. Dava para enxergar de novo.

Eu estava deitada numa maca de ambulância. Luzes vermelhas e brancas piscavam a minha volta. Dois paramédicos cuidavam do ferimento no couro cabeludo.

Mas não era isso que doía. Era o peito. As costelas. Eu tinha partido algumas. Dava para sentir.

O rosto do padre Dominic pairou acima da maca. Tentei sorrir – tentei falar –, mas não conseguia. Meu lábio estava machucado demais.

– Gina me ligou – disse o padre Dominic, acho que em resposta ao olhar interrogativo que lhe dei. – Ela disse que você ia se encontrar com Michael. Achei, depois que ela contou o que você disse sobre o acidente de hoje, que era para cá que você iria trazê-lo. Ah, Suzannah, como gostaria de que você não tivesse feito isso!

– É – disse um dos paramédicos. – Parece que o cara trabalhou direitinho nela.

– Ei. – O parceiro dele estava rindo. – Quem você quer enganar? Ela levou, mas deu de montão. O garoto está um estrago só.

Michael. Estavam falando de Michael. De quem mais podia ser? Nenhum deles – a não ser o padre Dominic – podia ver Jesse ou os Anjos da RLS. Só podiam ver nós dois, Michael e eu, ambos espancados, aparentemente quase até a morte. Claro que presumiram que tínhamos feito isso um com o outro. Quem mais havia para culpar?

Jesse. Lembrando-me dele, meu coração começou a martelar no peito partido. Onde estava Jesse? Levantei a cabeça, olhando em volta e procurando-o freneticamente no que havia se tornado um mar de policiais uniformizados. Será que Jesse estava bem?

O padre Dominic entendeu mal meu pânico. Falou em tom tranquilizador:

– Michael vai ficar bem. Está com a laringe muito machucada, alguns cortes e hematomas. Só isso.

– Ei. – O paramédico se empertigou. Estavam se preparando para me colocar na ambulância. – Não se venda por pouco, garota. – O sujeito estava falando comigo. – Você o pegou de jeito. Ele não vai esquecer essa pequena aventura por muito tempo, acredite.

– Não com todo o tempo que ele vai passar atrás das grades por causa disso – falou o parceiro, piscando.

E, sem dúvida, enquanto me colocavam na ambulância pude ver que Michael não estava, como eu tinha esperado, numa outra ambulância, e sim na parte de trás de um camburão. Suas mãos pareciam algemadas às costas. A garganta devia doer, mas ele estava falando. Falava rápida e ansiosamente, se a expressão em seu rosto indicava alguma coisa, a um homem de terno que eu só pude presumir que fosse algum tipo de detetive de polícia. Ocasionalmente o homem anotava alguma coisa numa prancheta.

– Está vendo? – riu o primeiro paramédico para mim. – Cantando como um canário. Você não vai ter de se preocupar em dar de cara com ele na escola na segunda-feira. Não por um longo tempo.

Michael estava confessando?, eu pensava. Nesse caso, o quê? O que fez com os Anjos? O que fez com o Rambler?

Ou estaria meramente explicando ao detetive o que lhe aconteceu? Que fora atacado por alguma força invisível, incontrolável – a mesma força que tinha partido minhas costelas, aberto minha cabeça e arrebentado meu lábio?

Pela cara do detetive, o que Michael estava contando não era tão extraordinário assim. Mas por acaso eu sei, pela experiência, que a expressão dos detetives é sempre essa.

No momento em que estavam fechando as portas da ambulância o padre Dominic gritou:

– Não se preocupe, Suzannah. Eu aviso à sua mãe onde achar você.

Posso dizer que, se a intenção era me tranquilizar, não tranquilizou nem um pouco.

Mas logo depois a morfina bateu. Descobri que, felizmente, não me importava mais.

19

— Não foi nem um pouco assim que eu imaginei passar as férias de primavera – disse Gina.

– Ei. – Ergui a vista do exemplar da *Cosmo* que ela havia trazido. – Eu pedi desculpa. O que mais você quer?

Gina pareceu surpresa com a veemência do meu tom de voz.

– Não estou dizendo que não me *diverti*. Só estou dizendo que não foi assim que eu visualizei.

– Ah, certo. – Joguei a revista de lado. – É, foi bem divertido me visitar no hospital.

Eu não podia falar muito rápido por causa dos pontos no lábio. E não conseguia pronunciar muito bem. Não fazia ideia da minha aparência – mamãe tinha instruído todo mundo, inclusive os funcionários do hospital, a não me permitir acesso a espelhos, o que, claro, me levou a acreditar que estava medonha; mas provavelmente foi um gesto sensato, pensando em como eu fico quando estou com uma espinha. Mesmo assim, uma coisa era certa: eu *soava* como uma estúpida.

– São só mais umas horas – disse Gina. – Até eles pegarem o resultado da segunda ressonância magnética. Se for normal, você vai estar livre para ir embora. E nós duas podemos ir à praia de novo. E dessa vez – ela olhou para a porta do quarto particular para garantir que estivesse fechada e ninguém pudesse ouvir – não vai ter nenhum fantasma intrometido para estragar tudo.

185

Bem, isso era verdade. A prisão de Michael, ainda que fosse um anticlímax, tinha satisfeito aos Anjos. Eles provavelmente prefeririam vê-lo morto, mas assim que o padre Dominic os convenceu de como um garoto sensível como Michael acharia terrível o sistema penal da Califórnia, eles abandonaram imediatamente a fúria assassina. Até pediram ao padre Dominic para dizer a mim e a Jesse que lamentavam ter nos espancado até virarmos picadinho.

Eu, de minha parte, não estava exatamente pronta a perdoá-los, mesmo depois de o padre D. ter me garantido que os Anjos tinham se mudado para seus destinos pós-vida – quaisquer que fossem – e não me incomodariam mais.

Desconheço a opinião de Jesse. Ele não se dignou a honrar o padre Dom ou a mim com sua presença desde a noite em que os Anjos tinham nos atacado. Achei que devia estar muito chateado comigo. Eu não o culpava, exatamente, sabendo que a culpa de tudo tinha sido minha. Mesmo assim gostaria que ele aparecesse, nem que fosse para gritar mais um pouco comigo. Sentia saudade. Mais do que era provavelmente saudável.

Maldita Madame Zara, por estar tão certa!

– Você deveria ouvir o que todo mundo está falando a seu respeito na escola – disse Gina. Ela estava empoleirada na beira da cama hospitalar, já de biquíni, sobre o qual tinha posto um minivestido com estampa de onça. Queria perder o mínimo de tempo possível quando finalmente chegássemos à praia.

– Ah, é? – Tentei arrastar os pensamentos para longe de Jesse. Não foi fácil. – O que estão dizendo?

– Bem, sua amiga Cee Cee está escrevendo uma matéria sobre você no jornal da escola... sabe?, a abordagem tipo detetive amadora, como você sacou que foi Michael que cometeu todos aqueles crimes hediondos e fez uma armadilha para ele...

– Coisa que tenho certeza de que ela ouviu de você – falei secamente.

Gina fez ar de inocência.

– Não sei do que você esta falando! Adam mandou aquilo Gina apontou para um enorme buquê de rosas cor-de-rosa no parapeito da janela – e o Sr. Walden, segundo Jake, está fazendo uma vaquinha para comprar uma coleção completa dos livros de Nancy Drew para você. Parece que ele acha que você tem uma fixação por solucionar crimes.

O Sr. Walden estava certo sobre isso. Mas minha fixação não era por solucionar crimes.

– Ah, e o seu padrasto está pensando em comprar um Mustang para substituir o Rambler.

Fiz uma careta. E me arrependi. Era difícil fazer qualquer tipo de expressão com o lábio machucado, para não mencionar os pontos no couro cabeludo.

– Um Mustang? – Balancei a cabeça. – Como é que nós todos vamos caber num Mustang?

– Não é para vocês. Para ele. Ele vai dar o Land Rover a vocês.

Bem, pelo menos isso fazia sentido.

– E quanto a... – Eu queria perguntar sobre Jesse. Afinal de contas, ela estava dividindo um quarto com ele. Sozinha, graças ao fato de eu ter passado a noite no hospital, em observação. Só Gina não sabia. Quero dizer, sobre o Jesse. Eu ainda não tinha contado.

E agora, bem, não parecia haver motivo para contar. Pelo menos agora que ele não estava mais falando comigo.

– E Michael? – perguntei em vez disso. Nenhum dos meus visitantes (mamãe e meu padrasto, Soneca, Dunga e Mestre; Cee Cee e Adam; até mesmo o padre Dom) queriam me falar qualquer coisa sobre ele. Os médicos tinham dito que o assunto poderia ser "doloroso demais" para discutir comigo.

Até parece! Quer saber o que é doloroso? Vou dizer o que é doloroso. Ter duas costelas quebradas e saber que durante semanas você vai ter de usar um maiô na praia para esconder os hematomas.

– Michael? – Gina deu de ombros. – Bem, você estava certa. Aquilo que falou sobre ele manter coisas no computador.
A polícia conseguiu um mandado e confiscou o PC, e estava
tudo ali: diários, e-mails, o esquema do sistema de freio do
Rambler. Além disso, acharam a chave-inglesa que ele usou.
Você sabe, nos parafusos que prendiam a grade de proteção.
Combinaram com as marcas no metal. E o alicate que ele usou
para cortar a mangueira de freio do Rambler. Eles encontraram fluido de freio nas lâminas. Parece que o cara não limpou
muito bem a sujeira.

Eu que o diga.

Foi preso sob quatro acusações de assassinato – os Anjos
da RLS – e seis de tentativa de assassinato: cinco para nós que
estávamos no Rambler na tarde em que os freios pifaram e uma
pelo que a polícia se convenceu de que fora um atentado contra
minha vida no Ponto.

Não os corrigi. Quero dizer, não dava para ir lá e dizer:
"Ah, sabe dos meus ferimentos? É, não foi o Michael. Não, os
fantasmas de suas vítimas fizeram isso porque eu não queria
deixar que elas o matassem."

Achei que não fazia mal deixar que pensassem que Michael
era o responsável por minhas costelas quebradas e os 14 pontos
na cabeça... para não falar dos dois no lábio. Quero dizer, afinal
de contas, ele *ia* me matar. Os Anjos só tinham interrompido.
Se você pensar bem, eles tinham salvado minha vida.

É. Para poderem me matar.

– Então escute – estava dizendo Gina. – Seu castigo, você
sabe, por ter saído sem autorização e entrado num carro com
Michael quando sua mãe mandou expressamente que não fizesse isso, só deve começar depois de eu ir embora. Portanto,
digo que devemos passar os próximos quatro dias na praia.
Tipo, de jeito nenhum você vai à escola. Pelo menos com essas
costelas quebradas. Não vai poder se sentar. Mas certamente
pode *deitar*, sabe, numa toalha. Eu posso convencer sua mãe a
deixar *isso*, pelo menos.

– Parece bom.

– Ex – disse Gina. Aparentemente queria dizer excelente, só que tinha abreviado. Do modo como Soneca costumava abreviar as palavras porque era preguiçoso demais para falar as sílabas inteiras. Assim pizza virava "za", Gina virou "Gi". Percebi que minha amiga tinha mais coisas em comum com Soneca do que eu supunha.

– Vou pegar uma Coca Diet – disse ela, descendo da cama com cuidado para não sacudir o colchão porque a enfermeira já havia entrado duas vezes e dito para não fazer isso. Como se eu não tivesse consumido Tylenol com codeína suficiente para bloquear a dor. Alguém poderia jogar um cofre na minha cabeça e eu provavelmente não iria sentir.

– Quer? – perguntou Gina, parada à porta.

– Claro. Só veja...

– Sei, sei – disse ela por cima do ombro enquanto a porta se fechava lentamente. – Eu acho um canudinho por aí.

Sozinha no quarto ajeitei os travesseiros cuidadosamente e fiquei ali sentada, olhando para o vazio. As pessoas que tomam tantos analgésicos quanto eu costumam fazer isso.

Mas não estava pensando no vazio. Estava pensando no que o padre Dominic tinha falado quando me visitou algumas horas antes. No que só poderia ser a mais cruel das ironias: na manhã depois da prisão de Michael, a irmã dele, Lila Meducci, acordou do coma.

Ah, ela não se sentou e pediu uma tigela de Cheerios nem nada. Ainda estava péssima. Segundo o padre D., demoraria meses, talvez anos de reabilitação para voltar ao que era antes do acidente – se é que voltaria. Iria passar muito tempo até poder andar, falar, talvez até comer sozinha como antes.

Mas estava viva. Viva e consciente. Não era um grande prêmio de consolação para a pobre Sra. Meducci, mas já era alguma coisa.

Foi enquanto eu estava refletindo nas arbitrariedades da vida que ouvi algo farfalhando. Virei a cabeça bem a tempo de pegar Jesse tentando se desmaterializar.

– Ah, não, você não vai fazer isso – falei enquanto sentava. E provocava uma tremenda dor nas costelas. – Volte aqui agora mesmo!

Ele voltou, com uma expressão acanhada.

– Achei que você estava dormindo. Por isso decidi retornar mais tarde.

– Cascata. Você viu que eu estava *acordada*, por isso ia retornar mais tarde quando tivesse certeza de que eu estaria dormindo. – Não dava para acreditar. Não dava para acreditar no que eu o tinha apanhado tentando fazer. Descobri que isso doía mais do que as costelas. – O que é, agora você só vai me visitar quando eu estiver inconsciente? É isso?

– Você passou por uma situação muito difícil. – Jesse parecia mais desconfortável do que eu já o tinha visto. – Escutei sua mãe, na casa, dizer a todo mundo que ninguém deveria fazer nada para perturbar você.

– Ver *você* não vai me perturbar.

Eu estava magoada. De verdade. Puxa, tinha consciência de que Jesse estava furioso comigo pelo que eu tinha feito, você sabe, aquela coisa de enganar Michael para ir ao Ponto para que os Anjos da RLS pudessem matá-lo, mas não querer nem mesmo *falar* comigo mais...

Bem, isso era barra pesada!

A dor que eu sentia deve ter aparecido no rosto, porque quando Jesse falou foi na voz mais gentil que eu já o ouvi usar.

– Suzannah, eu...

– Não – interrompi. – Deixe eu falar primeiro. Jesse, desculpe. Desculpe aquilo tudo ontem à noite. Foi culpa minha. Não acredito que fiz aquilo. E nunca, jamais, vou me perdoar por ter arrastado você para lá.

– Suzannah...

– Eu sou a pior mediadora. – Assim que dei o pontape inicial, achei difícil parai. – A pior que já existiu. Deveria ser expulsa da organização dos mediadores. Sério. Não acredito que fiz uma coisa tão estúpida. E não culparia você se nunca mais falasse comigo. Só que... – Olhei-o de novo, sabendo que havia lágrimas nos meus olhos. Mas dessa vez não estava com vergonha de ser vista. – Só que você precisa entender: Michael tentou matar minha família. E não dava para deixar que ele ficasse numa boa. Dá para entender?

Então Jesse fez uma coisa que nunca tinha feito. E duvido que faça outra vez.

E aconteceu tão depressa que depois nem tive certeza de que aconteceu de verdade ou se, cheia de remédios nas ideias, eu imaginei.

Mas tenho quase certeza de que ele se esticou e tocou minha bochecha.

Só isso. Desculpe se dei esperanças a você. Ele só tocou minha bochecha, a única parte de mim, imagino, que não estava arranhada, cortada ou partida.

Mas não me importei. *Ele tinha tocado minha bochecha.* Roçado, na verdade, com as costas dos dedos, e não as pontas. Depois baixou a mão.

– *Sí, hermosa* – disse ele em espanhol. – Eu entendo.

Meu coração começou a bater tão depressa que tive certeza de que ele podia ouvir. Além disso, provavelmente não preciso dizer, minhas costelas doíam, doíam de verdade. Cada pulsação parecia fazer o coração se chocar contra elas.

– E o único motivo para eu ter ficado tão furioso foi porque não queria que *isso* acontecesse com você.

Ao falar a palavra *isso*, ele sinalizou para o meu rosto. Percebi que o negócio devia estar muito ruim.

Mas não me importava. Ele tinha tocado minha bochecha. Seu toque foi gentil, e, para um fantasma, quente.

Eu sou patética ou o que, para um simples gesto assim me deixar de cabeça para baixo de tanta felicidade?

Falei, feito uma idiota:

– Eu vou ficar bem. Disseram que nem vou precisar fazer plástica.

Como se um cara nascido em 1830 soubesse o que era uma plástica. Meu Deus, eu sei estragar um clima ou não sei?

Mesmo assim Jesse não se afastou exatamente. Ficou ali me olhando como se quisesse dizer mais alguma coisa. E eu estava perfeitamente disposta a deixar que ele dissesse. Ainda mais se me chamasse de *hermosa* de novo.

Só que não me chamou de nada. Porque nesse momento Gina entrou de novo no quarto segurando duas latas de refrigerante.

– Adivinha só? – disse ela enquanto Jesse tremulava e, com um sorriso para mim, desaparecia. – Encontrei sua mãe no corredor e ela mandou dizer que a segunda ressonância foi normal, e que você pode começar a se preparar para ir para casa. Ela está cuidando da papelada agora. Não é fantástico?

Ri para ela, mesmo que meu lábio doesse com isso.

– Fantástico.

Gina me olhou com curiosidade.

– Por que você está tão feliz?

Continuei rindo.

– Você disse que eu posso ir para casa.

– É, mas você estava feliz antes de eu falar isso. – Gina estreitou os olhos para mim. – Suze. Qual é? O que está acontecendo?

– Ah – respondi sorrindo. – Nada.

fim

EDIÇÕES BESTBOLSO

A hora mais sombria

Meg Cabot nasceu em 1967 em Indiana, nos Estados Unidos. Autora de mais de 40 livros para jovens e adultos, muitos dos quais se tornaram best-sellers, Meg já vendeu mais de 15 milhões de exemplares em todo o mundo. A série *O diário da princesa* foi publicada em mais de 38 países e deu origem a dois filmes da Disney. Meg também é autora da série *A mediadora* e dos livros *Avalon High*, *Sorte ou azar*, *A rainha da fofoca*, *Garoto encontra garota*, entre outros.

MEG CABOT

A MEDIADORA
A hora mais sombria

LIVRO VIRA-VIRA 2

Tradução de
ALVES CALADO

2ª edição

RIO DE JANEIRO – 2012

CIP-BRASIL. CATALOGAÇÃO-NA-FONTE
SINDICATO NACIONAL DOS EDITORES DE LIVROS, RJ

Cabot, Meg, 1967-

C116r   A mediadora: A hora mais sombria – Livro vira-vira 2 / Meg Cabot;
2ª ed. tradução de Alves Calado. – 2ª ed. – Rio de Janeiro: BestBolso, 2012.
    12 x 18cm. (A mediadora; v.4)

    Tradução de: The Mediator: Darkest Hour
    Obras publicadas juntas em sentido contrário
    Sequência de: A mediadora: Reunião
    Continua com: A mediadora: Assombrada
    Com: A mediadora: Reunião / Meg Cabot; tradução de Alves Calado. –
Rio de Janeiro: BestBolso, 2011
    ISBN 978-85-7799-334-5

    1. Literatura infantojuvenil americana. I. Alves-Calado, Ivanir, 1953-.
I. Título. III. Título: Reunião. IV. Série.

                     CDD: 028.5
11-2272   CDU: 087.5

A mediadora: A hora mais sombria, de autoria de Meg Cabot.
Título número 240 das Edições BestBolso.
Segunda edição vira-vira impressa em setembro de 2012.
Texto revisado conforme o Acordo Ortográfico da Língua Portuguesa.

Título original norte-americano:
THE MEDIATOR: DARKEST HOUR

Copyright © 2001 by Meggin Cabot.
Publicado mediante acordo com Simon Pulse, um selo da Simon & Schuster.
Copyright da tradução © by Editora Record Ltda.
Direitos de reprodução da tradução cedidos para Edições BestBolso, um selo da Editora
Best Seller Ltda. Editora Record Ltda e Editora Best Seller Ltda são empresas do Grupo
Editorial Record.

A logomarca vira-vira (vira-vira) e o slogan 2 LIVROS EM 1 são marcas registradas e de
propriedade da Editora Best Seller Ltda, parte integrante do Grupo Editorial Record.

www.edicoesbestbolso.com.br

Design de capa: Carolina Vaz sobre foto de Laurence Monneret intitulada "Young
woman with water droplets on face, close-up" (Getty Images).

Todos os direitos reservados. Proibida a reprodução, no todo ou em parte, sem autorização prévia por escrito da editora, sejam quais forem os meios empregados.

Direitos exclusivos de publicação em língua portuguesa para o Brasil em formato bolso
adquiridos pelas Edições BestBolso um selo da Editora Best Seller Ltda. Rua Argentina
171 – 20921-380 Rio de Janeiro, RJ – Tel.: 2585-2000 que se reserva a propriedade
literária desta tradução.

Impresso no Brasil
ISBN 978-85-7799-334-5

Em memória de Marcia Mounsey

En memoria de Martín Mendez

1

Verão. Estação de dias longos e lentos e noites curtas e quentes.

Lá no Brooklyn, onde passei meus primeiros 15 anos, os verões – quando não significavam colônia de férias – significavam ficar na entrada do prédio com minha melhor amiga, Gina, e os irmãos dela, esperando o caminhão de sorvete passar. Quando não estava quente demais, brincávamos de um jogo chamado Guerra, formando times com a garotada do bairro e atirando uns nos outros com armas imaginárias.

Quando ficamos mais velhas, claro, paramos de brincar de Guerra. Além disso, Gina e eu começamos a dispensar o sorvete.

Não que isso importasse. Nenhum dos caras da vizinhança, aqueles com quem costumávamos brincar, queria nada conosco. Bem, pelo menos *comigo*. Acho que não achariam ruim refazer a amizade com Gina, mas quando finalmente notaram como ela havia ficado bonita, Gina estava com a mira apontada para bem mais alto do que os caras do bairro.

Não sei o que eu esperava de meu 16º verão, o primeiro desde que me mudara para a Califórnia para morar com mamãe e seu novo marido...e, também, com os filhos dele. Acho que imaginei os mesmos dias longos e lentos. Só que, na minha mente, seriam passados na praia, e não na portaria de um prédio.

Quanto àquelas noites curtas e quentes, bem, também tinha planos para elas. Só precisava de um namorado.

Mas, por acaso, nem a praia nem o namorado se materializaram, este último porque... sabe o cara de quem eu gostava? Bem, não estava nem um pouco interessado. Pelo menos era o que dava para ver. E a praia porque...

Bem, porque fui obrigada a arranjar um emprego.

Isso mesmo: *um emprego*.

Fiquei horrorizada quando uma noite, durante o jantar, mais ou menos no início de maio, meu padrasto, Andy, perguntou se eu tinha me inscrito para algum trabalho de verão. Respondi: "Que *papo* é esse?"

Mas logo ficou claro que, como muitos outros sacrifícios que eu fizera desde que mamãe conhecera Andy Ackerman – apresentador de um popular programa de trabalhos manuais na TV a cabo, californiano nativo e pai de três filhos –, se apaixonara e se casara com ele, meu longo e preguiçoso verão na praia com os amigos não aconteceria.

No lar dos Ackerman, como logo ficou claro, você tinha duas alternativas sobre como passar as férias de verão: com um emprego ou aulas particulares. Só Mestre, meu meio-irmão mais novo – conhecido por todo mundo, menos por mim, como David –, estava livre das duas coisas, já que era novo demais para trabalhar e tirava notas tão boas que fora aceito numa colônia de férias de informática para o mês inteiro, onde presumivelmente estava aprendendo coisas que iriam torná-lo o próximo Bill Gates – só espero que sem o penteado ruim e os suéteres cafonas.

Meu meio-irmão do meio, Dunga (também conhecido como Brad), não teve tanta sorte. Ele tinha conseguido levar bomba em inglês e espanhol – um feito espantoso, na minha opinião, já que o inglês era sua língua natal. Portanto, estava sendo forçado pelo pai a ter aulas particulares cinco dias por semana... quando não estava sendo usado como mão de obra escrava no projeto que Andy havia começado a fazer enquanto seu programa de TV estava parado durante o verão: detonar grande parte do deque dos fundos da casa e instalar uma minipiscina de água quente.

Dadas as alternativas – emprego ou escola no verão –, optei por procurar trabalho.

Consegui um emprego no mesmo lugar onde meu meio-irmão mais velho, Soneca, trabalha todo verão. Na verdade ele me recomendou, algo que, na época, simultaneamente me tocou e me espantou. Só mais tarde descobri que ele estava recebendo um pequeno bônus por cada pessoa que recomendasse e fosse contratada.

Tanto faz. O negócio é o seguinte: agora Soneca – Jake, como é conhecido pelos amigos e pelo restante da família – e eu somos orgulhosos empregados do Pebble Beach Hotel and Golf Resort. Soneca como salva-vidas e eu como...

Bem, perdi meu verão para virar babá do hotel.

Certo. Agora pode parar de rir.

Até eu admito que não é o tipo de emprego que eu imaginava que servisse para mim, já que não tenho muita paciência e certamente não gosto muito que cuspam no meu cabelo. Mas eles pagam 10 dólares por hora, e isso sem incluir as gorjetas.

E sabe as pessoas que ficam no Pebble Beach Hotel and Golf Resort? É, é o tipo de gente que costuma dar gorjetas. Generosamente.

Devo dizer que o dinheiro ajudou um bocado a curar meu orgulho ferido. Se tenho de passar o verão ralando feito uma idiota, ganhar 100 pratas por dia – e frequentemente mais – compensa bastante. Porque quando o verão terminar devo ter, inquestionavelmente, o guarda-roupa de outono mais incrível entre todas as garotas do segundo grau da Academia Católica Junípero Serra.

Então pense *nisso*, Kelly Prescott, enquanto passa seu verão estirada junto à piscina do seu pai. Já tenho *quatro* pares de sapatos Jimmy Choo, pagos *com o meu dinheiro*.

O que acha disso, Srta. Cartão AmEx do Papai?

O único problema verdadeiro com meu emprego de verão – além das crianças choronas e dos pais igualmente chorões, mas cheios da grana, claro – é o fato de que devo estar nele todos os dia às 8 horas da manhã.

Isso mesmo. Oito da matina. Nada de dormir até tarde para a velha Suze neste verão.

Devo dizer que acho isso um pouco excessivo. E acredite, reclamei. Mas a gerência do Pebble Beach Hotel and Golf Resort se manteve teimosamente inabalável diante de meus argumentos persuasivos para não oferecer os serviços de babá antes das 9 horas.

E é assim que toda manhã (não consigo dormir nem nos domingos, graças à insistência do meu padrasto de que todos devemos nos reunir à mesa para a elaborada mistura de café da manhã com almoço que ele prepara; o sujeito parece pensar que nós somos os Camden, os Walton ou sei lá o que) acordo antes das 7 horas...

O que, como fiquei surpresa em descobrir, tem lá suas vantagens.

Ainda que eu não coloque na lista ver Dunga sem camisa, suando feito um porco e tomando suco de laranja direto da caixa.

Há um bocado de garotas que frequentam minha escola e que, eu sei, pagariam para ver Dunga – e Soneca também, por sinal – sem camisa, suado ou não. Kelly Prescott, por exemplo. E sua melhor amiga e ex-paixão de Dunga, Debbie Mancuso. Eu própria não entendo a atração, mas só posso supor que essas garotas não ficaram perto dos meus meios-irmãos depois de uma refeição em que os feijões tenham aparecido de algum modo no cardápio.

Mesmo assim, qualquer um que quisesse ver Dunga em sua imitação de modelo de calendário poderia fazer isso facilmente de graça, só passando por nossa casa em qualquer manhã no meio da semana. Porque é no nosso quintal dos fundos que ele tem ficado, aproximadamente desde as 6 horas da manhã até as 10 horas, quando sai para a aula particular, nu da cintura para cima, realizando um rigoroso trabalho manual sob os olhos de águia do pai.

Nesta manhã específica – a manhã em que eu o peguei, de novo, bebendo diretamente da caixa de suco, hábito do qual mamãe e eu temos tentado, com pouco sucesso, curar todo o clã Ackerman –, aparentemente Dunga estivera cavando, já que deixara uma trilha de lama pelo chão da cozinha, além de um objeto incrustado de terra sobre o que já fora um balcão imaculado (sei disso: ontem à noite foi minha vez de limpar).

– Ah – falei ao entrar na cozinha. – Que imagem mais linda!

Dunga baixou a caixa de suco de laranja e me olhou.

– Você não devia estar em algum lugar? – perguntou ele enxugando a boca com as costas da mão.

– Claro. Mas esperava que, antes de sair, pudesse curtir um belo copo de suco reforçado com cálcio. Agora vejo que não será possível.

Ele sacudiu a caixa.

– Ainda tem um pouco.

– Misturado com seu cuspe? – perguntei, contendo um tremor. – Acho que não.

Dunga abriu a boca para dizer alguma coisa – presumivelmente a sugestão de sempre, de que eu fosse lamber um prego –, mas a voz do pai gritou de fora da porta de vidro que dá para o deque.

– Brad – gritou Andy. – Chega de descansar. Volte aqui e me ajude a baixar isto.

Dunga bateu com a caixa de suco no balcão. Mas antes que ele pudesse sair da cozinha eu o impedi com um educado:

– Com licença?

Como ele não usava camisa, pude ver os músculos no pescoço e nos ombros de Dunga se retesando enquanto eu falava.

– Certo – disse ele, voltando à caixa de suco. – Vou guardar. Minha nossa, você vive pegando no meu pé por causa dessas mer...

– Eu não me importo com *isso* – interrompi, apontando para a caixa, se bem que o balcão já devia estar grudento por causa dela. – Quero saber o que é *aquilo*.

Dunga olhou para onde eu tinha apontado. Piscou para o objeto oblongo incrustado de terra.

– Não sei – disse ele. – Achei enterrado no quintal enquanto arrancava uma das colunas.

Levantei com cuidado o que parecia ser uma caixa de metal, com cerca de 15 centímetros de comprimento e uns 5 de largura, muito enferrujada e coberta de lama. Mas havia alguns lugares onde a lama tinha saído, e dava para ver algumas palavras pintadas na caixa. As poucas que pude identificar eram *aroma delicioso* e *qualidade garantida*. Quando sacudi a caixa, ela fez barulho. Havia algo dentro.

– O que tem nela? – perguntei.

Dunga deu de ombros.

– Como é que eu vou saber? Está fechada pela ferrugem. Eu ia pegar...

Não descobri o que ele iria fazer com a caixa, já que nesse momento, Soneca entrou na cozinha, pegou a caixa de suco de laranja, abriu e engoliu o que restava dela. Quando terminou, amassou a caixa, jogou no compactador de lixo e depois, aparentemente notando minha expressão pasma, perguntou:

– *O que foi?*

Não sei o que as garotas veem neles. Sério. Parecem *animais*.

Não daqueles fofinhos.

Enquanto isso, lá fora, Andy estava chamando Dunga de novo, com voz imperiosa.

O garoto murmurou baixinho algumas palavras extremamente pitorescas e depois gritou:

– Já estou *indo*. – E saiu irritado.

Já eram 7h45, por isso eu e Soneca tínhamos mesmo de "ligar os motores", como ele dizia, para chegar a tempo ao hotel. Mas ainda que meu irmão mais velho tenha a tendência de passar pela vida como sonâmbulo, não há nada sonambulístico em seu modo de dirigir. Marquei o cartão de ponto cinco minutos antes da hora.

O Pebble Beach Hotel and Golf Resort se orgulha da eficiência. E de fato tudo funciona muito bem. Como babá contratada, é minha responsabilidade, depois de marcar o ponto, perguntar quem são meus encarregados no dia. É então que descubro se vou lavar papinha de cenoura ou molho de hambúrguer do cabelo depois do trabalho. Em geral prefiro os hambúrgueres, mas há algo a ser dito sobre as papinhas de cenoura: em geral as pessoas que comem isso não podem dar respostas mal-educadas à gente.

Mas quando ouvi com quem ia trabalhar naquele dia específico, fiquei desapontada, mesmo sendo um comedor de hambúrguer.

– Suzannah Simon – gritou Caitlin. – Você vai ficar com Jack Slater.

– Pelo amor de Deus – falei a Caitlin, que era minha supervisora. – Eu fiquei com Jack Slater ontem. *E* anteontem.

Caitlin só tem dois anos a mais do que eu, mas me trata como se eu tivesse 12. De fato tenho certeza de que o único motivo pelo qual me tolera é o Soneca. É tão caída por ele quanto todas as outras garotas deste planeta... menos eu, claro.

– Os pais de Jack requisitaram você, Suze – informou Caitlin sem nem mesmo erguer o olhar da prancheta.

– Você não podia ter dito que eu já tinha sido escolhida?

Nesse ponto Caitlin levantou a cabeça e me espiou com os olhos frios, com lentes de contato azuis.

– Suze, eles *gostam* de você.

13

Mexi nas alças do maiô. Eu estava usando o maiô azul-marinho regulamentar, por baixo da camiseta regata azul-marinho regulamentar e do short cáqui. Com *pregas*, imagine só. Horroroso.

Eu falei do uniforme, não falei? Quero dizer, a parte em que tenho de usar uniforme no trabalho? Não brinca. Todo dia. Uniforme!

Se soubesse do uniforme, não teria me candidatado ao emprego.

– É – respondi. – Sei que eles gostam de mim.

O sentimento não é recíproco. Não que eu não goste do Jack, se bem que ele é de longe o menininho mais chorão que já conheci. Puxa, dá para ver por que – é só olhar os pais, dois médicos obcecados pela carreira, que acham que largar o filho com uma babá de hotel durante dias sem fim enquanto vão velejar e jogar golfe é um ótimo programa de férias em família.

Na verdade é com o irmão mais velho de Jack que tenho problema. Bem, não necessariamente *problema...*

É mais tipo: evito passar por ele quando estou usando meu incrivelmente ridículo short cáqui do uniforme do Pebble Beach Hotel and Golf Resort.

É. O pregueado.

Só que, claro, toda vez que topo com o cara, desde que chegou com a família ao hotel na semana passada, estou usando essa roupa estúpida.

Não que eu me importe particularmente com o que Paul Slater acha de mim. Quero dizer, meu coração (para inventar uma frase original) pertence a outro.

É uma pena que esse outro não demonstre qualquer sinal de querer. Meu coração, claro.

Mesmo assim, Paul – esse é o nome dele; o irmão mais velho de Jack, quero dizer: Paul Slater – é bem incrível. Quero dizer, não que não seja um gato. Ah, não, Paul é um gato *e* divertido. Toda vez que pego ou deixo o Jack na suíte da família, e seu

14

irmão, Paul, por acaso está, ele sempre diz algo irreverente sobre o hotel, sobre os pais ou sobre ele mesmo. Não uma coisa maldosa nem nada. Só divertida.

E acho que ele é inteligente, porque sempre que não está no campo de golfe com o pai ou jogando tênis com a mãe, está lendo na beira da piscina. E não um livro típico de piscina. Nada de Clancy, Crichton ou King. Ah, não. Estamos falando de coisas escritas por caras como Nietzsche ou Kierkegaard.

Sério. Quase faz a gente pensar que ele não é da Califórnia.

E claro que, por acaso, não é: os Slater são de Seattle.

Então veja só, não é só porque Jack Slater é o garoto mais chorão que já conheci: também há o fato de seu irmão gato me ver de novo usando um short que me faz parecer mais ou menos do tamanho do Canadá.

Mas Caitlin estava totalmente desinteressada por meus sentimentos.

– Suze – disse ela, olhando de novo para a prancheta. – Ninguém gosta do Jack. Mas o fato é que o Dr. e a Dra. Slater gostam de você. Por isso vai passar o dia com o Jack. *Capisci?*

Suspirei fundo, mas o que poderia fazer? Fora o orgulho, meu bronzeado era a única coisa que iria realmente sofrer por passar mais um dia com Jack. O garoto não gosta de nadar, de andar de bicicleta, patins, de jogar frisbee nem nada que tenha a ver com o ar livre. Sua ideia de diversão é ficar dentro do quarto assistindo a desenho animado.

Não estou brincando. Sem qualquer dúvida ele é o moleque mais chato que já conheci. Acho difícil acreditar que ele e Paul venham do mesmo caldeirão de genes.

– Além disso – acrescentou Caitlin enquanto eu estava ali parada, fumegando –, hoje Jack faz 8 anos.

Encarei-a.

– É o *aniversário* dele? É o *aniversário* de Jack e os pais vão deixá-lo com uma babá o dia inteiro?

Caitlin me lançou um olhar severo.

– Os Slater disseram que vão voltar a tempo de levá-lo para jantar no Grill.

O Grill. Uau. O Grill é o restaurante mais chique do hotel, talvez de toda a península. A coisa mais barata que servem lá deve custar uns 15 dólares e é a salada da casa. O Grill é o lugar *menos* divertido para levar um garoto que está fazendo 8 anos. Puxa, nem mesmo Jack, a criança mais chata do mundo, poderia se divertir ali.

Não entendo. Realmente. Puxa, o que há de errado com esse pessoal? E como, vendo-se o modo como tratam o filho mais novo, o outro conseguiu sair tão...

Bem, *gato*?

Pelo menos essa foi a palavra que saltou na minha mente quando Paul abriu a porta da suíte da família em resposta à minha batida, depois ficou ali rindo para mim, com uma das mãos no bolso da calça creme, a outra segurando um livro de alguém chamado Martin Heidegger.

É, sabe qual foi o último livro que eu li? Deve ter sido *O cãozinho Clifford*. Isso mesmo. E, certo, eu estava lendo para uma criança de 5 anos, mas mesmo assim. Heidegger. Nossa!

– E aí? Quem ligou para o serviço de quarto e pediu a garota bonita? – perguntou Paul.

Bom, certo, essa não foi engraçada. Na verdade, pensando bem, foi meio assédio sexual. Mas o fato de o cara ter a minha idade, mais de 1,80 metro e pele bronzeada, com cabelos castanhos encaracolados e olhos azuis como o oceano logo além do campo de golfe do Pebble Beach, fez a coisa não ser tão ruim.

Não tão ruim. O que é que eu estou falando?! O cara poderia me assediar sexualmente quando quisesse. Pelo menos *alguém* estava a fim.

Sorte minha ele não ser o cara que eu queria.

Não admiti isso em voz alta, claro. O que falei foi:

– Ha, ha. Estou aqui por causa do Jack.

Paul se encolheu.

– Ah – falou balançando a cabeça num desapontamento fingido –, o baixinho é que tem sorte.

Ele manteve a porta aberta para mim e eu entrei na sala chique da suíte. Jack estava onde costumava ficar, esparramado no chão diante da TV. Não notou minha presença, como era seu costume.

Sua mãe, por outro lado, me reconheceu:

– Ah, oi, Suzan. Rick, Paul e eu vamos ficar no campo de golfe a manhã inteira. Depois vamos almoçar no Grotto, e mais tarde temos compromisso com os personal trainers. Então, se você puder ficar até a hora de voltarmos, mais ou menos às 19 horas, agradeceríamos. Certifique-se de que Jack tome banho antes de pôr a roupa para o jantar. Deixei um terno para ele. É o aniversário dele, você sabe. Bom, tchauzinho, vocês dois. Divirta-se, Jack.

– Como é que ele não iria se divertir? – perguntou Paul, com um olhar significativo na minha direção.

E então os Slater saíram.

Jack ficou onde estava – diante da TV, sem falar comigo, nem mesmo olhando para mim. Como esse era seu comportamento típico, não me alarmei.

Atravessei a sala – passando por cima do Jack – e fui abrir a porta dupla que dava num terraço virado para o mar. Rick e Nancy Slater estavam pagando 600 dólares por noite pela vista, que era da baía de Monterey luzindo em turquesa sob um céu azul sem nuvens. Da suíte dava para ver a fatia amarela de praia sobre a qual, se não fosse meu padrasto bem-intencionado mas equivocado, eu estaria curtindo meu verão.

Não é justo. Não mesmo.

– Certo, garotão – falei depois de captar a vista por um ou dois minutos e ouvir o pulsar tranquilizador das ondas. – Vá colocar o calção de banho. Vamos para a piscina. O dia está lindo demais para ficar aqui dentro.

Como sempre, foi como se eu tivesse beliscado Jack, em vez de sugerir um dia divertido na piscina.

– Mas *por quê*? – gemeu ele. – Você sabe que eu não sei nadar.

– Exatamente por isso. Você está fazendo 8 anos. Um garoto de 8 anos que não sabe nadar não passa de um otário. Você não quer ser um otário, não é?

Jack opinou que preferia ser um otário a sair da suíte, fato que eu conhecia muito bem.

– Jack – falei caindo numa poltrona perto dele. – Qual é o seu problema?

Em vez de responder, ele rolou de barriga para baixo e fez uma careta para o tapete. Mas eu não ia deixá-lo em paz. Sabia do que estava falando, o negócio de ser otário. Ser diferente no sistema educacional público – ou mesmo particular – dos Estados Unidos não é legal. Não podia imaginar como Paul tinha deixado isso acontecer – seu irmãozinho virar um tremendo chorão em quem a gente quase tinha vontade de dar um tapa. Mas sabia muito bem que Rick e Nancy não faziam nada para corrigir isso. Estava por minha conta salvar Jack Slater de virar o saco de pancadas de sua escola.

Não pergunte por que eu me importava. Talvez porque, de um modo estranho, Jack me lembrasse o pequeno Mestre, meu meio-irmão mais novo, o que está na colônia de férias de informática. Apesar de ser careta no sentido mais puro da palavra, Mestre é uma das minhas pessoas prediletas. Tenho até me esforçado para chamá-lo pelo nome, David... pelo menos na frente dele.

Mas Mestre é – praticamente – capaz de se virar com seu comportamento bizarro porque tem memória fotográfica e capacidade computacional de processar informações. Jack, pelo que dava para ver, não possuía essas habilidades. De fato, eu achava que ele era meio burrinho. De modo que não tinha desculpa para as excentricidades.

– Qual é? – perguntei. – Você não quer aprender a nadar nem jogar frisbee, como uma pessoa normal?

– Você não entende – respondeu Jack para o tapete, de modo pouco claro. – Eu *não* sou uma pessoa normal. Sou... diferente dos outros.

– Claro que é – falei revirando os olhos. – Todos nós somos especiais e únicos, como flocos de neve. Mas há o diferente e há o esquisito. E você, Jack, vai ficar esquisito, se não tomar cuidado.

– Eu... eu já sou esquisito.

Mas o garoto não quis ser mais específico, e não posso dizer que pressionei muito, tentando descobrir o que ele queria dizer. Não que tenha imaginado que ele gostasse de afogar gatinhos nas horas livres ou algo assim. Só achei que queria dizer esquisito no sentido geral. Bom, de vez em quando todo mundo se sente esquisito. Talvez Jack se sentisse esquisito com um pouco mais de frequência, mas afinal, tendo Rick e Nancy como pais, quem não se sentiria? Provavelmente viviam lhe perguntando por que não podia ser mais parecido com o irmão mais velho, Paul. Isso bastaria para deixar qualquer criança meio insegura. Quero dizer, qual é! *Heidegger*? Nas *férias* de verão?

Sou muito mais *O cãozinho Clifford*.

Falei a Jack que tanta preocupação iria fazê-lo envelhecer antes da hora. Depois ordenei que fosse vestir o calção de banho.

Ele foi, mas não exatamente com pressa, e quando finalmente saímos e estávamos no caminho de tijolos para a piscina, já eram quase 10 horas. O sol batia forte, mas o calor ainda não estava desconfortável. Na verdade quase nunca faz um calor desagradável em Carmel, mesmo no meio de julho. Lá no Brooklyn a gente praticamente não pode sair de casa em julho, de tão abafado. Mas em Carmel quase não há umidade, e sempre sopra uma brisa fresca do Pacífico...

Tempo perfeito para namorar. Se por acaso eu tivesse. Quero dizer, um namorado. O que, claro, não tenho. E provavelmente nunca terei – pelo menos o que eu quero – se as coisas continuarem como estão.

De qualquer modo, Jack e eu íamos pelo caminho de tijolos para a piscina quando um dos jardineiros saiu de trás de um enorme arbusto e me cumprimentou com a cabeça.

Isso não seria estranho – na verdade fiquei amiga de todo o pessoal do paisagismo, graças aos muitos frisbees que perdi enquanto brincava com as crianças sob meus cuidados –, a não ser pelo fato de que esse jardineiro em particular, Jorge, que deveria se aposentar no fim do verão, em vez disso sofreu um ataque cardíaco alguns dias antes e, bem...

Morreu.

No entanto, ali estava ele, com seu macacão bege, segurando uma tesoura de poda e balançando a cabeça para mim, como tinha feito na última vez em que o vira, neste mesmo caminho, havia alguns dias.

Eu não estava muito preocupada com a reação de Jack diante de um defunto que aparecesse e balançasse a cabeça para a gente, já que, na maior parte das vezes, sou a única pessoa que conheço que pode ver. Quero dizer, os mortos. Por isso estava totalmente despreparada para o que aconteceu em seguida...

Jack soltou a mão da minha e, com um grito estrangulado, correu para a piscina.

Isso era estranho. Mas, afinal de contas, Jack era estranho. Revirei os olhos para Jorge e corri atrás do garoto, já que, afinal de contas, estou sendo paga para cuidar dos vivos. Todo o negócio de ajudar os mortos tem de ficar em segundo plano enquanto estou no Pebble Beach Hotel and Golf Resort. Os fantasmas simplesmente precisam esperar. Quero dizer, não é como se eles estivessem me pagando. Ha! Bem que eu queria.

Encontrei Jack encolhido numa espreguiçadeira, soluçando em sua toalha. Felizmente ainda era bastante cedo e não havia muita gente na piscina. Caso contrário, talvez eu tivesse de dar alguma explicação.

Mas a única outra pessoa ali era Soneca, lá no alto em sua cadeira de salva-vidas. E pelo modo como Soneca apoiava a bochecha na mão, ficou bem claro que seus olhos, por trás das lentes do Ray-Ban, estavam fechados.

– Jack – falei, sentando-me na espreguiçadeira ao lado. – Jack, qual é o problema?

– Eu... eu já disse – soluçou o menino em sua toalha branca e fofa. – Suze... eu não sou *como* as outras pessoas. Sou como você disse. Sou... esquisito.

Eu não sabia do que ele estava falando. Presumi que só estávamos continuando a conversa do quarto.

– Jack. Você não é mais esquisito do que qualquer pessoa.

– Não – soluçou ele. – Eu *sou*. Você não entende? – Então ele ergueu a cabeça, me olhou direto nos olhos e sibilou. – Suze, você não sabe por que eu não gosto de sair?

Balancei a cabeça. Não tinha sacado. Mesmo então, eu não tinha sacado.

– Porque quando saio – sussurrou Jack –, *eu vejo gente morta.*

2

Juro que foi isso que ele disse.

Igualzinho ao garoto daquele filme, com as mesmas lágrimas nos olhos, o mesmo medo na voz.

E eu tive mais ou menos a mesma reação de quando vi o filme. Falei por dentro: Panaca chorão.

Mas por fora só disse:

– E daí?

Não queria parecer insensível. Só fiquei surpresa demais. Quero dizer, em todos os meus 16 anos só conheci mais uma pessoa com a mesma capacidade que tenho – de ver e falar com os mortos –, e essa pessoa é um padre de 60 e tantos anos que por acaso é o diretor da escola que frequento atualmente. Sem dúvida nunca esperei encontrar um colega mediador no Pebble Beach Hotel and Golf Resort.

Mas mesmo assim Jack se ofendeu com o meu "E daí?".

– *E daí?* – Jack se empertigou. Era um garotinho magricela, com o peito fundo e cabelos castanhos encaracolados, como os do irmão. Só que Jack não tinha a forma lindamente musculosa de Paul, por isso o cabelo encaracolado, que parecia sublime no irmão, dava a Jack a aparência infeliz de um cotonete ambulante.

Não sei. Talvez por isso Rick e Nancy não quisessem andar por aí com ele. A aparência de Jack é meio estranha, e parece que ele tem conversas frequentes com os mortos. Deus sabe que isso nunca fez de mim a miss popularidade.

Quero dizer, o negócio de falar com os mortos. Não tenho aparência estranha. Na verdade, quando não estou com o short do uniforme, os peões de obra costumam me elogiar pela aparência.

– Você não ouviu o que eu disse? – Jack estava deprimido, dava para ver. Eu era provavelmente a primeira pessoa com quem ele falava sobre seu problema especial e que não parecia nem um pouco impressionada.

Coitadinho. Ele não fazia ideia de com quem estava lidando.

– Eu vejo gente morta – disse ele esfregando os olhos com os punhos. – Eles aparecem e começam a falar comigo. E estão *mortos*.

Inclinei-me para a frente, pousando os cotovelos nos joelhos.

– Jack.

– Você não acredita. – Seu queixo começou a tremer. – Ninguém acredita. Mas é verdade!

Jack enterrou o rosto de novo na toalha. Olhei na direção de Soneca. Ainda não havia sinal de que ele tivesse notado nenhum de nós dois, muito menos que estivesse achando estranho o comportamento de Jack. O garoto murmurava sobre todas as pessoas que não haviam acreditado nele no decorrer dos anos, uma lista que parecia incluir não apenas os pais, mas todo um bando de especialistas médicos aos quais Rick e Nancy o tinham arrastado, esperando curar o filho mais novo daquela ilusão: de que podia falar com os mortos.

Coitadinho. Não tinha percebido, como eu me dei conta muito cedo, que o que ele e eu podemos fazer... bem, que a gente não deve falar nisso.

Suspirei. Verdade, aparentemente seria demais pedir que eu tivesse um verão *normal*. Quero dizer, um verão sem nenhum incidente paranormal.

Mas afinal de contas nunca tive um assim na vida. Por que o 16º seria diferente?

Pus a mão num dos ombros magros e trêmulos de Jack.

– Jack. Você viu aquele jardineiro agora mesmo, não foi? O que estava com a tesoura de poda?

– Você... você também viu?

– Vi. Era o Jorge. Ele trabalhava aqui. Morreu há alguns dias, de ataque cardíaco.

– Mas como você... – Jack balançou a cabeça para trás e para a frente, devagar. – Quero dizer, ele... ele é um fantasma.

– Bem, é. Provavelmente precisa que a gente faça algo por ele. Bateu as botas meio de repente, e pode haver coisas, você sabe, que deixou inacabadas. Veio falar conosco porque precisa de ajuda.

– É... – Jack me encarou. – É por isso que eles me procuram? Porque querem ajuda?

Bem, é. O que mais iriam querer?

– Não sei. – O lábio inferior de Jack começou a tremer de novo. – Me matar.

Não pude deixar de sorrir um pouquinho.

– Não, Jack. Não é por isso que os fantasmas procuram você. – Pelo menos não por enquanto. O garoto era novo demais para ter feito o tipo de inimigos homicidas que eu tinha. – Eles o procuram porque você é um mediador, como eu.

Lágrimas tremeram nas pontas dos grandes cílios de Jack, enquanto ele me olhava.

– Um... o quê?

"Ah, pelo amor de Deus", pensei. "Por que eu?" Quero dizer, verdade. Como se minha vida já não fosse complicada demais. Agora tenho de bancar Obi Wan Kenobi para o garoto ser um Anakin Skywalker? Não é nem um pouco justo. Quando é que vou ter a chance de fazer coisas que as adolescentes normais gostam de fazer, tipo ir a festas, ficar na praia e... bem.

O que mais?

Ah, sim, namorar. Namorar o garoto de quem eu gosto seria legal.

Mas eu namoro? Ah, não. O que tenho, em vez disso?

Fantasmas. Principalmente fantasmas procurando ajuda para limpar a sujeira que fizeram quando estavam vivos, mas algumas vezes fantasmas cuja única diversão é fazer sujeiras ainda maiores com a vida das pessoas que deixaram para trás. E isso frequentemente inclui a minha.

E pergunto: será que tenho um cartaz na testa dizendo serviço de arrumadeira? Por que sou sempre eu que tenho de limpar a sujeira dos outros?

Porque tive o azar de nascer mediadora.

Devo dizer que me acho mais adequada para o serviço do que o coitado do Jack. Puxa, eu vi meu primeiro fantasma quando tinha 2 anos e posso garantir que a reação inicial não foi de medo. Não que, com 2 anos, eu pudesse ajudar a pobre alma sofredora que me procurou. Mas também não gritei nem saí correndo aterrorizada.

Só mais tarde, quando meu pai – que faleceu quando eu tinha 6 anos – voltou e explicou, comecei a entender completamente o que eu era, e por que podia ver os mortos, mas os outros – como minha mãe, por exemplo – não podiam.

Mas uma coisa eu soube desde muito cedo: dizer a alguém que eu podia ver gente que eles não podiam? É, não é uma ideia fantástica. Pelo menos se eu não quisesse ir para o nono andar do Bellevue, que é onde eles enfiam todos os pirados da cidade de Nova York.

Só que Jack parece não ter tido o mesmo sentimento instintivo de autopreservação com o qual eu aparentemente nasci. Abria o bico sobre o negócio de fantasma para qualquer um que quisesse ouvir, com o resultado inevitável de que os coitados dos pais não queriam ter nada a ver com ele. Aposto que as crianças da idade dele, deduzindo que ele mentia para atrair a atenção, achavam a mesma coisa. De certa forma, o próprio garotinho havia provocado todos os seus sofrimentos atuais.

Por outro lado, acho que quem quer que esteja lá em cima entregando os crachás de mediador deveria se esforçar mais para garantir que quem receba o emprego esteja mentalmente à altura do desafio. Eu reclamo um bocado porque isso provocou uma cãibra significativa na minha vida social, mas não tem nada nesse negócio de mediador que eu não me sinta perfeitamente capaz de fazer...

Bem, a não ser uma coisa.

Mas venho me esforçando um bocado para não pensar nisso.

Ou melhor, *nele.*

– Um mediador – expliquei a Jack – é alguém que ajuda as pessoas que morreram a ir em frente, para a próxima vida.

Ou para onde quer que as pessoas tenham de ir quando batem as botas. Mas eu não queria entrar numa discussão metafísica com esse garoto. Quero dizer, afinal de contas, ele tem só 8 anos.

– Quer dizer que eu devo ajudá-los a ir para o céu?

– Bem, é, acho que sim.

Se houver um céu.

– Mas... – Jack balançou a cabeça. – Eu não sei nada sobre o céu.

– Não precisa saber. – Tentei pensar num modo de explicar, depois decidi que mostrar era melhor do que dizer. Pelo menos é isso que o Sr. Walden, que foi meu professor de inglês e história da civilização no ano passado, sempre dizia.

– Olha – falei pegando Jack pela mão. – Venha. Fique observando, para ver como a coisa funciona.

Mas Jack pisou no freio imediatamente.

– Não – ofegou ele, com os olhos azuis, tão parecidos com os do irmão, loucos de medo. – Não, não quero.

Puxei-o de pé. Ei, eu nunca disse que fui feita para esse serviço de babá, lembra?

– Venha – falei de novo. – Jorge não vai machucar você. Ele é legal. Vamos ver o que ele quer.

Praticamente precisei carregá-lo, mas finalmente consegui levar Jack ao lugar onde tínhamos visto Jorge. Um instante depois o jardineiro – ou, devo dizer, seu espírito – reapareceu, e depois de muitos cumprimentos de cabeça e sorrisos educados, partimos para os negócios. Foi meio difícil, considerando que o inglês de Jorge era tão bom quanto meu espanhol – ou seja, nem um pouco bom –, mas no fim pude deduzir o que o impedia de ir desta vida para a próxima, qualquer que ela seja: sua irmã tinha se apropriado de um rosário deixado pela mãe dele para a primeira neta, filha de Jorge.

– Então – expliquei a Jack, enquanto o guiava ao saguão do hotel –, o que temos de fazer é conseguir que a irmã de Jorge devolva o rosário a Teresa, a filha dele. Senão ele vai ficar por aí enchendo nosso saco, sem conseguir encontrar o descanso eterno. Sacou?

Jack ficou quieto. Só foi andando atrás de mim, atordoado. Tinha permanecido num silêncio de morte durante minha conversa com Jorge, e agora parecia que alguém o havia acertado umas duzentas vezes com um bastão na cabeça.

– Venha cá. – Guiei Jack até uma elegante cabine telefônica de mogno, com porta de vidro deslizante. Depois de nós dois nos enfiarmos dentro, fechei a porta, peguei o telefone e pus uma moeda de 25 centavos na fenda. – Olhe e aprenda, gafanhoto.

O que se seguiu foi um exemplo bastante típico do que faço quase diariamente. Liguei para informações, consegui o telefone da pessoa culpada e liguei para ela. Quando a mulher atendeu e eu me certifiquei de que ela falava inglês o bastante para me entender, informei os fatos sem qualquer enfeite. Quando a gente está lidando com os mortos, não há necessidade de exagerar em nada. O fato de alguém que morreu ter contatado você, com detalhes que apenas o falecido saberia, em geral basta. No fim da conversa, a obviamente abalada Marisol garantiu que o rosário seria entregue, naquele dia, nas mãos de Teresa.

Fim da conversa. Agradeci à irmã de Jorge e desliguei.

– Agora – expliquei a Jack –, se Marisol não fizer isso, teremos notícias de Jorge outra vez, e teremos de partir para alguma coisa um pouquinho mais persuasiva do que um mero telefonema. Mas ela pareceu bem apavorada. É arrepiante quando um estranho liga para a pessoa e diz que falou com o irmão morto dela, dizendo que ele está furioso com ela. Aposto que a mulher vai fazer o que eu pedi.

Jack me encarou.

– É só isso? É só isso que ele queria que você fizesse? Pedir à irmã que devolvesse o colar?

– O rosário – corrigi. – E sim, era isso.

Não achei importante acrescentar que esse caso tinha sido particularmente simples. Em geral os problemas associados a pessoas que vêm do outro lado da sepultura são um pouco mais complicados e exigem muito mais do que um simples telefonema. De fato, brigas acontecem com frequência e socos são comuns. Eu me recuperara havia pouco tempo de algumas costelas quebradas por um grupo de fantasmas que não tinham apreciado nem um pouco minhas tentativas de ajudá-los a ir para a outra vida, e na verdade acabaram me mandando para o hospital.

Mas Jack tinha muito tempo para aprender que nem todos os defuntos eram como Jorge. Além disso, era o aniversário dele. Eu não queria pirar o moleque de vez.

Em vez disso, abri a porta da cabine telefônica de novo e falei:

– Vamos nadar.

Jack ficou tão pasmo com a coisa toda que nem protestou. Ainda tinha perguntas, claro... perguntas que respondi com o máximo de paciência e detalhes que pude. Entre uma resposta e outra, ensinei um pouco de nado livre.

E não quero contar vantagem nem nada, mas devo dizer que, graças às minhas instruções cuidadosas e minha influência calmante, no fim do dia Jack Slater estava agindo – e até nadando – como um garoto normal de 8 anos.

Sem brincadeira. O pirralho tinha ficado completamente leve. Até estava *rindo*. Era como se, ao mostrar que ele não tinha o que temer dos fantasmas que o vinham incomodando durante toda a vida, eu tivesse retirado seu medo de... bem, de tudo. Não se passou muito tempo até ele estar correndo em volta da piscina, pulando e espirrando água e irritando as mulheres que tentavam se bronzear nas espreguiçadeiras próximas. Como qualquer outro garoto de 8 anos.

Até conversou com um grupo de crianças que estavam sob os cuidados de uma das outras babás. E quando um dos meninos jogou água na cara de Jack, em vez de irromper em prantos, como teria feito na véspera, ele jogou água na cara do garoto, fazendo Kim, minha colega babá, que estava na água ao meu lado, perguntar:

– Meu Deus, Suze, o que você fez com o Jack Slater? Ele está agindo quase como se fosse... *normal*.

Tentei não deixar o orgulho aparecer.

– Ah, você sabe – falei dando de ombros. – Só o ensinei a nadar. Acho que isso lhe deu um pouco de confiança.

Kim ficou olhando quando Jack e outro garoto, só para serem irritantes, mergulharam espirrando água num grupo de menininhas que gritaram e tentaram acertar os garotos com suas boias de espuma.

– Bom – disse Kim. – Vou dizer uma coisa. Nem acredito que é o mesmo garoto.

Nem a família de Jack, pelo que ficou aparente. Eu estava ensinando-o a nadar de costas quando ouvi alguém dar um assobio, grave e longo, do outro lado da piscina. Jack e eu olhamos para cima e vimos Paul ali parado, todo tipo Pete Sampras, vestido de branco e com uma raquete de tênis.

Olha só isso – disse Paul, atarantado. – Meu irmão numa piscina. E curtindo, veja só. Será que o inferno se congelou, ou algo assim?

– Paul – gritou Jack. – Olha para mim! Olha para mim!

E em seguida Jack estava disparando pela água em direção ao irmão. Eu não chamaria o que Jack estava fazendo exatamente de nado *crawl*, mas era uma imitação bastante passável, mesmo aos olhos de um irmão mais velho. E, mesmo não sendo bonito, não havia como negar que o garoto se mantinha à tona. Isso a gente precisava admitir.

E Paul admitiu. Agachou-se e, quando a cabeça de Jack apareceu logo abaixo dele, estendeu a mão e a empurrou para dentro d'água outra vez. Você sabe, brincando.

– Parabéns, campeão – disse Paul quando Jack voltou à superfície. – Nunca pensei que veria você sem medo de molhar a cara.

Sorrindo de orelha a orelha, Jack falou:

– Olha eu nadando de volta! – E começou a espadanar pela água até o outro lado da piscina. De novo não foi bonito, mas foi eficaz.

Mas em vez de olhar o irmão nadando, Paul se virou para mim, que estava de pé com a água azul na altura do peito.

– Certo, Annie Sullivan – disse ele. – O que você fez com Helen?*

Dei de ombros. Jack não havia mencionado os sentimentos do irmão com relação ao negócio de "eu vejo gente morta", por isso eu não sabia se Paul tinha conhecimento da capacidade de Jack ou se, como os pais, achava que tudo estava na cabeça do garoto. Um dos pontos que eu havia enfatizado para Jack era que quanto menos pessoas – particularmente adultas – soubessem, melhor. Tinha me esquecido de perguntar se Paul sabia.

Ou, mais importante, se acreditava.

– Só o ensinei a nadar – falei, tirando parte do cabelo molhado de cima do rosto.

Não vou mentir nem nada dizendo que fiquei sem graça com um gato como Paul me vendo de maiô. Fico muito melhor no maiô azul-marinho que o hotel nos obriga a usar do que naquele short medonho.

Além disso, meu rímel é totalmente à prova d'água. Puxa, não sou idiota.

– Há seis anos meus pais vêm tentando fazer esse garoto nadar – disse Paul. – E você consegue num dia só?

Sorri para ele.

– Sou extremamente persuasiva.

É, certo, eu estava paquerando. Pode me processar. Uma garota precisa de *alguma* diversão.

– Você é simplesmente milagrosa. Venha jantar conosco esta noite.

---

*Referência à peça *O milagre de Anne Sullivan*, muito popular nos Estados Unidos. (*N. do T.*)

30

De repente eu não sentia mais vontade de paquerar.

– Ah, não, obrigada.

– Venha – insistiu Paul.

Devo dizer que ele parecia excepcionalmente bem com a camisa e o short brancos. Destacavam o bronzeado da pele, assim como o sol do fim de tarde destacava alguns fios dourados nos cachos castanho-escuros.

E não era só um bronzeado que Paul tinha e o outro gato da minha vida não tinha: por acaso ele também tinha o coração batendo.

– Por que não? – Paul estava ajoelhado perto da piscina, com o antebraço moreno pousado num joelho igualmente moreno. – Meus pais vão adorar. E está claro que meu irmão não consegue viver sem você. E vamos ao Grill. Você não pode recusar um convite para o Grill.

– Desculpe. Realmente não posso aceitar. É a política do hotel. Os funcionários não devem se misturar com os hóspedes.

– Quem disse alguma coisa sobre se misturar? Estou falando de comer. De dar uma festa de aniversário ao garoto.

– Não posso mesmo – falei, dando-lhe meu melhor sorriso. – Tenho de ir. Desculpe.

Nadei até onde Jack estava lutando para subir numa pilha de boias que tinha recolhido e fingi estar ocupada demais ajudando-o para ouvir Paul me chamar.

Olha, sei o que você está pensando. Está pensando que eu recusei porque a coisa toda seria muito tipo *Dirty Dancing*, certo? Namoro de verão no hotel, só que com os papéis invertidos: você sabe, a pobre garota trabalhadora e o rico filho de médico, ninguém encosta Baby no canto, blá-blá-blá. Esse tipo de coisa.

Mas não é. Não é mesmo. Para começar, eu nem sou tecnicamente pobre. Quero dizer, estou ganhando dez pratas por hora aqui, além das gorjetas. E mamãe é âncora de TV, e meu padrasto tem seu próprio programa.

Tudo bem, claro, é só um noticiário local, e o programa de Andy é na TV a cabo, mas qual é! A gente tem uma casa nas colinas de Carmel.

E tudo bem, claro, a casa é um hotel de 150 anos reformado. Mas cada um de nós tem seu próprio quarto, e há três carros estacionados na porta, e todos com os quatro pneus no lugar. Não somos exatamente candidatos ao bolsa-família.

E também não é a outra coisa que eu mencionei, sobre haver uma política contra os funcionários se misturando com os hóspedes. Essa política não existe.

Como Kim se sentiu obrigada a me dizer alguns minutos depois.

– Qual é a sua, Simon? O cara está a fim, e você deu uma de pelotão de fuzilamento com ele. Nunca vi alguém levar um fora tão depressa.

Ocupei-me tentando pegar uma formiga que estava se afogando na superfície da água.

– É que eu estou... bem... ocupada esta noite.

– Nem vem com essa, Suze. – Ainda que eu não conhecesse Kim antes de começarmos a trabalhar juntas (ela estuda na Carmel Valley High, a escola pública que mamãe está convencida de que é cheia de viciados em drogas e membros de gangues), nós ficamos bem próximas, por causa da insatisfação mútua por sermos obrigadas a acordar tão cedo para o trabalho. – Você não vai fazer nada esta noite. Então por que o tiroteio?

Finalmente capturei a formiga. Mantendo-a na mão em concha, fui para a beira da piscina.

– Não sei – disse enquanto ia. – Ele parece maneiro e coisa e tal. O negócio... – sacudi a mão do lado de fora da piscina, libertando a formiga – é que eu gosto de outro.

Kim levantou as sobrancelhas. Uma delas tinha um pequeno buraco em que ela normalmente usava um piercing de ouro. Caitlin a obriga a tirar antes do trabalho.

– Diga – ordenou Kim.

Olhei involuntariamente para Soneca, cochilando em sua cadeira de salva-vidas. Kim soltou um gritinho.

– Aargh! *Ele?* Mas ele é seu...

Revirei os olhos.

– Não, não é *ele*. Meu Deus. Só que... olha, eu gosto de outro, certo? Mas é tipo... segredo.

Kim respirou fundo.

– Uuu! Esse é o melhor tipo. Ele estuda na Academia? – Quando balancei a cabeça ela tentou: – Então na escola Robert Louis Stevenson?

De novo balancei a cabeça.

Kim franziu o nariz.

– Ele não estuda na CVHS, não é?

Suspirei.

– Ele não está no segundo grau, certo, Kim? Eu preferiria...

– Ah, meu Deus. Um cara de *faculdade*? Sua doida. Mamãe me *mataria* se soubesse que eu saio com um cara de faculdade...

– Ele também não está na faculdade, certo? – Dava para sentir as bochechas esquentando. – Olha, o negócio é complicado. E não quero falar nisso.

Kim estava pasma.

– Bem, tudo bem. Meu Deus. Desculpe.

Mas ela não podia deixar o assunto de lado.

– Ele é mais velho, certo? – perguntou menos de um minuto depois. – Tipo *bem* velho? Tudo bem, você sabe. Eu já saí com um cara mais velho, quando tinha uns 14 anos. Ele tinha 18. Minha mãe não sabe. Por isso posso entender completamente.

– De algum modo, realmente não acho que você possa.

Ela franziu o nariz de novo.

– Meu Deus. Quantos anos ele tem?

33

Pensei em contar. Pensei em dizer: *Ah, não sei. Mais ou menos um século e meio.*

Mas não contei. Em vez disso falei ao Jack que estava na hora de ir para a suíte, tomar um banho antes do jantar.

– Meu Deus – ouvi Kim dizendo enquanto eu saía. – *Tão* velho assim, é?

É. Infelizmente. *Tão* velho assim.

3

Nem sei realmente como isso aconteceu. Eu estava sendo bem cuidadosa, sabe? Quero dizer, cuidadosa para não me apaixonar por Jesse.

E vinha fazendo um trabalho muito bom. Puxa, eu estava saindo, conhecendo gente nova e fazendo coisas novas, como ensina a revista *Cosmo*. Certamente não estava sentada num canto pensando nele nem nada.

E, é claro, a maioria dos caras que eu conheci desde que me mudei para a Califórnia acabou sendo perseguida por assassinos psicopatas, ou eles próprios eram assassinos psicopatas. Mas essa não é de fato uma desculpa muito boa para me apaixonar por um fantasma. Não mesmo.

Mas foi o que aconteceu.

E também posso dizer o momento exato em que soube que tudo acabou. Quero dizer, minha batalha para não me apaixonar por ele. Foi enquanto eu estava no hospital, me recuperando daquela surra braba que mencionei antes – a que recebi por cortesia de quatro alunos da RLS que tinham sido assassinados uma semana antes de a escola fechar para o verão.

De qualquer modo, Jesse apareceu no meu quarto de hospital (Por que não? Ele é um fantasma. Pode se materializar onde quiser.) para desejar melhoras, tudo muito sincero e coisa e tal, e enquanto estava ali, por acaso, num determinado ponto, ele tocou meu rosto com a mão.

Foi só isso. Só tocou meu rosto, que, acredito, era a única parte minha que não estava preta e azul na ocasião.

Grande coisa, certo? Então ele tocou meu rosto. Isso não é motivo para desmaiar.

Mas desmaiei.

Ah, não literalmente. Não foi como se alguém precisasse balançar sais aromáticos embaixo do meu nariz nem nada, pelo amor de Deus. Mas depois disso eu já era. Me acabei. Fiquei caidinha.

Tenho orgulho de dizer que fiz um bom trabalho em esconder isso. Tenho certeza de que ele não faz ideia. Ainda o trato como se ele fosse... bem, uma formiga que tivesse caído na minha piscina. Você sabe, irritante, mas que não vale a pena matar.

E não contei a ninguém. Como é que posso? Ninguém – a não ser o padre Dominic, da Academia, e meu irmão mais novo, Mestre – sequer tem ideia de que Jesse existe. Quero dizer, qual é! O fantasma de um cara que morreu há 150 anos mora no meu quarto? Se eu contasse a alguém, iriam me levar para o hospício mais depressa do que você consegue dizer *Ecos do além*.

Mas a coisa existe. Só porque não contei a ninguém não significa que não exista, o tempo todo, espreitando na minha mente, como uma daquelas músicas sertanejas que você não consegue tirar do pensamento.

E preciso dizer, isso faz com que a ideia de sair com outros caras pareça... bem, uma enorme perda de tempo.

Por isso não pulei de felicidade diante da chance de sair com Paul Slater (se bem que, se você me perguntar, jantar com ele *e* os pais *e* o irmãozinho não se qualifica exatamente como *sair*). Em vez disso, fui para casa e jantei com meus pais e irmãos. Bem, pelo menos meios-irmãos.

O jantar na residência Ackerman sempre foi um negócio importante... até que Andy começou a trabalhar na instalação da minipiscina de água quente. Desde então ele afrouxou consideravelmente no departamento culinário, vou lhe contar. E como minha mãe não é bem o que se pode chamar de cozinheira, ultimamente temos pedido um bocado de comida para o jantar. Achei que tínhamos chegado ao fundo do poço na véspera, quando pedimos uma pizza do Península, o lugar onde Soneca trabalha à noite fazendo entregas.

Mas não sabia como a coisa poderia ficar ruim até que cheguei e vi um balde vermelho e branco pousado no meio da mesa.

– Nem comece – disse minha mãe quando me viu.

Só balancei a cabeça.

– Acho que, se a gente tirar a pele, frango frito não é tão ruim.

– Me dá – interveio Dunga, jogando purê de batata meio coagulado em seu prato. – Eu como sua pele.

Mal pude controlar a ânsia de vômito depois dessa oferta, mas consegui, e estava lendo a informação nutricional que veio com nossa refeição – "O Coronel jamais se esqueceu dos aromas deliciosos que costumavam sair da cozinha de sua mãe na fazenda, quando era garoto" – quando me lembrei da lata cujo conteúdo também tinha sido anunciado como tendo um aroma delicioso.

– Ei. O que havia na lata que vocês acharam? – perguntei.

Dunga fez uma careta.

– Nada. Um punhado de cartas velhas.

Andy olhou triste para o filho. A verdade é que acho que até meu padrasto começou a perceber o que eu sei desde que o conheci: que seu filho do meio é de uma estupidez cavalar.

– Não é apenas um punhado de cartas, Brad – disse Andy. – Elas são bem antigas, datadas mais ou menos da época em que esta casa foi construída, 1850. Estão em péssimas condições, se despedaçando. Pensei em levá-las à Sociedade Histórica. Talvez eles queiram, apesar do estado. Ou... – Andy olhou para mim – pensei que o padre Dominic poderia se interessar. Você sabe como ele é fanático por história.

O padre Dominic é fanático por história, certo, mas só porque sendo mediador ele tem a tendência a encontrar pessoas que viveram acontecimentos históricos como o Álamo e a expedição Lewis e Clark. Sabe, pessoas que levam a expressão "estive lá, fiz coisas" em um nível totalmente novo.

– Vou ligar para ele – falei, enquanto deixava um pedaço de frango cair por acidente no colo, onde foi instantaneamente sugado pelo enorme cão dos Ackerman, Max, que mantém posição atenta ao meu lado durante todas as refeições.

Só quando Dunga riu eu percebi que tinha dito a coisa errada. Jamais tendo sido uma adolescente normal, algumas vezes acho difícil imitar uma. E as adolescentes normais, pelo que eu sei, nunca ligam regularmente para o diretor da escola.

Dei um olhar furioso para Dunga, do outro lado da mesa.

– Eu ia ligar para ele de qualquer modo – falei. – Para descobrir o que devo fazer com o dinheiro que sobrou do passeio da nossa turma ao Six Flags.

– Vou aceitar isso – brincou Soneca. Por que será que minha mãe teve de se casar com alguém de uma família de comediantes?

– Posso ver? – perguntei, ignorando meus dois meios-irmãos.

– Ver o quê, querida? – perguntou Andy.

Por um momento me esqueci do que estávamos falando. *Querida?* Andy nunca me chamou de *querida*. O que está acontecendo aqui? Será que estávamos – estremeço ao pensar – criando *laços?* Com licença, eu já tenho um pai, mesmo que esteja morto. Ele ainda me visita com muita frequência.

– Acho que ela quis dizer as cartas – disse minha mãe, aparentemente nem notando como seu marido tinha acabado de me chamar.

– Ah, claro – respondeu Andy. – Estão no nosso quarto.

"Nosso quarto" é o quarto onde minha mãe e Andy dormem. Tento nunca entrar lá, porque, bem, francamente, a coisa toda me causa repulsa. Claro, acho bom que minha mãe esteja finalmente feliz, depois de dez anos chorando a morte do meu pai. Mas será que isso significa que eu queira vê-la na cama com o novo marido, assistindo a *The West Wing*? Não, obrigada.

Mesmo assim, depois do jantar me esforcei e entrei lá. Mamãe estava sentada diante da penteadeira, tirando a maquiagem. Ela precisa dormir bem cedo, para estar a postos no noticiário da manhã.

– Ah, oi, meu doce – disse mamãe de um jeito atordoado, tipo "estou ocupada". – Acho que elas estão ali.

Olhei para onde ela apontou, em cima da penteadeira de Andy, e vi, junto com outras coisas de homem, como dinheiro trocado, fósforos e recibos, a caixa de metal encontrada por Dunga.

De qualquer modo, Andy tinha tentado limpar a caixa e fez um bom trabalho. Quase dava para ler tudo o que havia escrito nela.

O que era meio infeliz, porque o que estava escrito era muito politicamente incorreto. *Experimente os novos charutos Peles-vermelhas!*, insistia o texto. Havia até mesmo a imagem de um nativo orgulhoso segurando um punhado de charutos onde deveriam estar seu arco e as flechas. *O aroma delicioso vai tentar até mesmo o fumante mais exigente. Como acontece com todos os nossos produtos, a qualidade é garantida.*

Era isso. Nenhum alerta do Ministério da Saúde informando que o fumo mata. Nada sobre a perda de peso dos fetos. Mesmo assim era estranho como os anúncios antes da existência da TV – antes mesmo do *rádio* – eram basicamente a mesma coisa de hoje. Só que, você sabe, agora sabemos que dar o nome de uma tribo de pessoas a um produto provavelmente iria ofendê-las.

Abri a caixa e vi as cartas. Andy estava certo sobre o mau estado. Estavam tão amareladas que mal dava para separar as folhas sem que os pedaços se partissem. Dava para ver que tinham sido amarradas com uma fita de seda que podia ter sido de outra cor, mas que agora era de um marrom feio.

Havia um maço de cartas, talvez cinco ou seis. Não posso dizer o que pensei que veria, quando peguei a primeira. Mas acho que parte de mim sabia o tempo todo o que iria encontrar.

Mesmo assim, enquanto desdobrava cuidadosamente a primeira e lia as palavras *Caro Hector*, ainda me sentia como se alguém tivesse vindo por trás e me chutado.

Precisei me sentar. Afundei numa das poltronas que mamãe e Andy deixam diante da lareira do quarto, os olhos ainda grudados à página amarelada.

Jesse. Aquelas cartas eram para Jesse.

– Suze? – Mamãe me olhou com curiosidade. Estava passando creme no rosto. – Você está bem?

– Ótima – falei numa voz estrangulada. – Será que eu posso... será que posso sentar aqui e ler essas cartas um minuto?

Mamãe começou a passar creme nas mãos.

– Claro. Tem certeza de que você está bem? Parece meio... pálida.

– Estou ótima – menti. – Ótima.

Caro Hector – dizia a primeira carta. A letra era linda – adornada e antiga, o tipo de letra que a irmã Ernestine, da escola, usava. Dava para ler com bastante facilidade, apesar de a carta ser datada de 8 de maio de 1850.

1850! O ano em que nossa casa foi construída, o primeiro ano em que funcionou como pensão para viajantes na área da península de Monterey. O ano – eu sabia porque Mestre e eu pesquisamos – em que Jesse, ou Hector (que é o nome de verdade dele; dá para imaginar? Quero dizer, *Hector*), desapareceu misteriosamente

Ainda que por acaso eu saiba que não houve nada de misterioso nisso. Ele foi assassinado nesta casa... de fato, no meu quarto no segundo andar. Motivo pelo qual, no século e meio que se passou, ele ficou aqui, esperando...

Esperando o quê?

Esperando você, disse uma pequena voz na minha cabeça. Uma mediadora, para achar estas cartas e vingar a morte dele para que ele possa ir aonde quer que deva ir em seguida.

A ideia me aterrorizou. Verdade. Fez minhas mãos suarem, mesmo estando frio no quarto de mamãe e Andy, com o ar-condicionado no máximo. Minha nuca começou a ficar arrepiada e áspera.

Obriguei-me a olhar de novo para a carta. Se Jesse tinha de ir em frente, bem, eu simplesmente iria ajudá-lo. Esse é o meu trabalho, afinal de contas.

Só que não conseguia deixar de pensar no padre Dom, um colega mediador. Havia alguns meses ele tinha admitido que um dia teve o infortúnio de se apaixonar por um fantasma, quando tinha a minha idade. As oisas não deram certo – como é que poderiam? – e ele virou padre.

Sacou? *Padre*. Tá legal? Para ver como a coisa foi ruim. Para ver o tamanho da perda a superar. *Ele virou padre.*

Francamente, não me imagino virando freira. Para começar, nem sou católica. E depois, não fico muito bem com o cabelo puxado para trás. Verdade. Por isso sempre evitei rabo de cavalo e faixas de cabelo.

Para com isso, falei comigo mesma. *Para com isso e começa a ler.*

Li.

A carta era de alguém chamada Maria. Não sei muito sobre a vida de Jesse antes de ele morrer – o sujeito não adora exatamente discutir o assunto –, mas sei que Maria de Silva era o nome da garota com quem Jesse ia se casar quando desapareceu. Prima dele. Eu tinha visto o retrato dela num livro. Era

40

uma tremenda gata, você sabe, para uma garota de saia armada que viveu antes de a cirurgia plástica ser inventada. Ou o rímel à prova d'água.

E, pelo texto, dava para ver que ela também sabia. Quero dizer, que era uma gata. A carta falava das festas que havia frequentado, e quem disse o quê sobre seu novo toucado. Seu *toucado*, imagina só. Juro por Deus, era como ler uma carta de Kelly Prescott, só que tinha um monte de *acolás* e *homessas*, e não mencionava Ricky Martin. Além disso, havia um monte de coisas escritas com erros. Maria podia ser um pitéu, mas ficou bem claro, depois de ler suas cartas, que não havia tirado notas muito boas em gramática no velho educandário.

O que me espantou, enquanto lia, foi que a garota que escrevera aquelas cartas não parecia a mesma que, eu tinha bastante certeza, havia ordenado a morte do noivo. Porque por acaso eu tinha ficado sabendo que Maria não queria se casar com Jesse. O pai dela tinha arrumado o casamento. Maria pretendia se casar com outro, um cara chamado Diego, traficante de escravos. Um charme de pessoa. De fato eu suspeitava de que Diego tinha matado Jesse.

Não, claro, que Jesse mencionasse algo sobre isso – ou, por sinal, que comentasse qualquer coisa sobre seu passado. Ele mantém, e sempre manteve, a boca totalmente fechada sobre o assunto de sua morte. O que acho que posso entender: ser assassinado deve ser meio traumatizante.

Mas devo dizer que é meio difícil entender por que ele ainda está aqui depois de tanto tempo se não quer colaborar com a conversa. Tive de descobrir tudo isso num livro sobre a história do condado de Salinas, que Mestre descobriu na biblioteca local.

Por isso acho que se pode dizer que li as cartas de Maria com certo sentimento de premonição. Quero dizer, eu estava praticamente convencida de que descobriria nelas alguma prova de que Jesse tinha sido assassinado... e quem tinha feito isso.

Mas a última carta era tão superficial quanto as outras quatro. Não havia nada, absolutamente nada indicando qualquer ato ruim da parte de Maria... a não ser, talvez, uma total incapacidade de escrever certo a palavra compromisso. E, verdade, que tipo de crime é esse?

Dobrei as cartas cuidadosamente outra vez e as enfiei de novo na lata, percebendo que minha nuca e minhas mãos não estavam mais suando. Será que me sentia aliviada por não haver nada incriminador ali, nada que ajudasse a resolver o mistério da morte de Jesse?

Acho que sim. É egoísmo da minha parte, sei, mas é a verdade. Só sei agora o que Maria de Silva tinha usado numa festa na casa do embaixador espanhol. Grande coisa. Por que alguém guardaria cartas tão inócuas assim numa lata de charutos e as enterraria? Não fazia sentido.

– Interessantes, não são? – perguntou mamãe quando me levantei.

Pulei quase um quilômetro. Tinha esquecido que ela estava ali. Agora estava na cama, lendo um livro sobre como administrar o tempo de modo mais eficiente.

– É – falei, guardando as cartas de novo na penteadeira de Andy. – Realmente interessantes. Fico felicíssima em saber o que o filho do embaixador disse ao ver Maria de Silva em seu novo vestido de baile.

Mamãe me olhou com curiosidade através dos óculos de leitura.

– Ah, ela mencionou o sobrenome em algum lugar? Porque Andy e eu estávamos imaginando qual seria. Não o vimos. De Silva, foi o que você disse?

Pisquei.

– Ah. Não. Bem, ela não disse. Mas Mestre e eu... quero dizer, David me contou sobre esta família, De Silva, que morou em Salinas mais ou menos nessa época, e eles tinham uma filha

42

chamada Maria, e eu simplesmente... – Minha voz ficou no ar enquanto Andy entrava no quarto.

– Oi, Suze – disse ele, parecendo meio surpreso em me ver em seu quarto, já que eu nunca punha os pés lá dentro. – Viu as cartas? Bacanas, não?

Bacanas. Ah, meu Deus. Bacanas.

– É. Preciso ir. Boa noite.

Não consegui sair suficientemente rápido. Não sei como os filhos cujos pais se casam múltiplas vezes lidam com isso. Quero dizer, minha mãe só se casou de novo uma vez, e com um homem perfeitamente legal. Mas, mesmo assim, é *esquisito* demais.

Mas se eu tinha achado que poderia ir para o meu quarto e ficar sozinha e pensar nas coisas, errei. Jesse estava sentado no parapeito da janela.

Sentado ali, como sempre: totalmente gostoso, com a camisa aberta no colarinho e as calças pretas, de toureiro, que ele costuma usar – bem, não é que se possa trocar de roupa na outra vida –, com os cabelos curtos e escuros encaracolados na nuca e os olhos negros, líquidos e brilhantes por baixo de sobrancelhas igualmente negras, uma das quais com uma cicatriz minúscula.

Uma cicatriz que, mais vezes do que gosto de admitir eu sonhava em acompanhar com as pontas dos dedos.

Ele ergueu os olhos quando entrei – estava com Spike, meu gato, no colo – e disse:

– Este livro é muito difícil de entender. – Estava lendo um exemplar de *First Blood*, de David Morrell, no qual o filme *Rambo* foi baseado.

Pisquei tentando acordar do estupor atordoado em que a visão dele sempre me deixava por cerca de um minuto.

– Se Sylvester Stallone entendeu – falei –, achei que você entenderia.

Jesse ignorou isso. Falou:

43

– Marx previu que as contradições e as fraquezas dentro da estrutura capitalista provocariam crises econômicas cada vez mais sérias e o aprofundamento da pobreza da classe operária que acabaria se revoltando e tomaria o controle dos meios de produção... exatamente o que aconteceu no Vietnã. O que induziu o governo americano a achar que tinha o direito de se envolver na luta do povo daquele país em desenvolvimento em busca da solidariedade econômica?

Meus ombros se afrouxaram. Verdade, será demais pedir que eu possa voltar para casa depois de um longo dia de trabalho e relaxar? Ah, não. Tenho de chegar em casa e ler um punhado de cartas escritas ao amor de minha vida pela noiva dele que, se estou certa, mandou matá-lo há 150 anos.

Então, como se não fosse ruim o bastante, ele quer que eu explique a Guerra do Vietnã.

Realmente preciso começar a esconder os livros didáticos. O negócio é que ele os lê e consegue reter o que dizem, e depois aplica às outras coisas que encontra pela casa.

Não sei por que não pode simplesmente assistir à TV, como uma pessoa normal.

Fui até a cama e desmoronei, de cara. Devo mencionar que ainda estava usando o horrível short do hotel. Mas não consegui me obrigar a me importar com o que Jesse acharia do tamanho da minha bunda naquele momento específico.

Acho que a coisa deve ter ficado evidente. Quero dizer, não minha bunda, mas minha infelicidade geral com o modo como o verão estava passando.

– Você está bem? – perguntou Jesse.

– Estou – falei para os travesseiros.

Depois de um minuto Jesse insistiu:

– Bom, você não parece bem. Tem certeza de que não há nada errado?

"Sim, há algo errado", quis gritar para ele. Acabo de passar vinte minutos lendo um punhado de cartas de sua ex-noiva, e será que devo acrescentar que ela pareceu uma criatura fantasticamente *chata*? Como você pode ter sido estúpido a ponto de concordar em se casar com ela? Com ela e seu estúpido *toucado*?

Mas o negócio é que eu não queria que Jesse ficasse sabendo que eu tinha lido sua correspondência. Quero dizer, nós somos basicamente colegas de quarto e coisa e tal, e há certas coisas que não se faz. Por exemplo, Jesse sempre tem a delicadeza de não ficar por perto quando estou trocando de roupa, tomando banho e coisas do tipo. E eu tenho todo o cuidado de colocar comida e areia para Spike que, diferentemente de um gato normal, prefere a companhia dos fantasmas à humana. Só me tolera porque eu lhe dou comida.

Claro, no passado Jesse não teve escrúpulos em se materializar no banco de trás de carros em que por acaso eu estava namorando alguém.

Mas sei que ele nunca leria minha correspondência, coisa que tenho apenas em pequena quantidade, principalmente na forma de cartas de minha melhor amiga, Gina, lá do Brooklyn. E preciso admitir que me sinto culpada por ter lido a dele, mesmo que as cartas tenham mais de 150 anos e certamente não falem nada a meu respeito.

O que me surpreendeu foi que Jesse (que, afinal de contas, é um fantasma e pode ir a qualquer lugar sem ser visto – a não ser por mim e pelo padre Dom, claro, e agora, acho, por Jack) não soubesse das cartas. Verdade, ele parecia não fazer ideia de que elas tinham sido descobertas e que, havia alguns instantes, eu estivera lá embaixo, lendo-as.

Mas, afinal de contas, *First Blood* é bem interessante. Acho.

Por isso, em vez de dizer o que estava *realmente* errado comigo – você sabe, qualquer coisa sobre as cartas e sobretudo qualquer coisa sobre o negócio de *estou apaixonada por você, só que aonde isso vai dar? Porque você nem está vivo e eu sou a única que pode vê-lo, e além disso está claro que você não sente a mesma coisa por mim. Sente? Bem, sente? –*, eu simplesmente falei:

– Bom, eu conheci outro mediador hoje, e acho que isso me deixou meio estranha.

Jesse ficou muito interessado e disse que eu devia ligar para o padre, dando a notícia. O que eu queria fazer, claro, era ligar para o padre Dom e contar sobre as cartas. Mas não podia fazer isso com Jesse no quarto, porque, claro, ele saberia que eu tinha xeretado suas coisas pessoais, o que, dado todo o seu sigilo sobre o modo como tinha morrido, duvidei de que ele apreciaria.

Por isso falei:

– Boa ideia. – E peguei o telefone e liguei para o padre D.

Só que o padre D. não atendeu. E sim uma mulher. A princípio pirei, achando que o padre Dominic estava ficando com alguém. Mas então me lembrei de que ele mora numa residência eclesiástica, com um bocado de outras pessoas. Por isso perguntei:

– O padre Dominic está? – esperando que fosse apenas uma noviça ou algo assim, e que ela iria chamá-lo sem fazer comentário.

Mas não era uma noviça. Era a irmã Ernestine, subdiretora da escola e que, claro, reconheceu minha voz.

– Suzannah Simon – disse ela. – Por que está ligando para a casa do padre Dominic a esta hora? Você sabe que horas são, mocinha? Quase 22 horas!

– Eu sei. Só que...

– Além disso, o padre Dominic não está – continuou a irmã Ernestine. – Foi para um retiro.

– Retiro? – ecoei, visualizando o padre Dom diante de uma fogueira de acampamento com um punhado de outros padres, entoando cantigas de escoteiro e possivelmente usando sandálias.

Então lembrei que ele tinha dito que iria para um retiro com os diretores das escolas católicas. Até me deu o número de lá, para o caso de haver alguma emergência fantasmagórica e de eu precisar fazer contato. Mas não achei que a descoberta de um novo mediador fosse emergência... ainda que, sem dúvida, soubesse que o padre Dom acharia. Por isso apenas agradeci à irmã Ernestine, pedi desculpas por tê-la incomodado e desliguei.

– O que é um retiro? – perguntou Jesse.

Então expliquei, mas o tempo todo estava ali sentada, pensando na vez em que ele tinha tocado em meu rosto no hospital e imaginando se teria sido apenas porque sentia pena de mim, se gostava mesmo de mim (mais do que como apenas uma amiga – sei que ele gosta de mim como amiga), ou sei lá o quê.

Porque o negócio é que, mesmo estando morto há 150 anos, Jesse é realmente um tremendo gato – muito mais até do que Paul Slater... ou talvez eu só pense isso porque estou apaixonada.

Mas tudo bem. Quero dizer, ele realmente parece saído direto de um anúncio. Tem até dentes ótimos para um cara nascido antes de inventarem o flúor, muito brancos e fortes. Puxa, se houvesse algum carinha na Academia da Missão que se parecesse ao menos de longe com o Jesse, ir à escola não seria a gigantesca perda de tempo que é.

Mas de que adianta? Quero dizer, ele ser tão bonito e coisa e tal? O cara é um *fantasma*. Sou a única que consegue vê-lo. Não posso apresentá-lo à minha mãe, nem levá-lo à festa de formatura, nem me casar com ele, nem nada. *Não temos futuro juntos.*

Preciso me lembrar disso.

Mas algumas vezes é muito, muito difícil. Em especial quando ele está sentado ali na minha frente, rindo do que eu digo e fazendo carinho naquele gato estúpido e fedorento. Jesse foi a primeira pessoa que conheci quando me mudei para a Califórnia, e virou meu primeiro amigo de verdade aqui. Sempre esteve presente quando precisei, o que é mais do que posso dizer da maioria dos vivos que conheço. E se eu tivesse de escolher uma pessoa para levar para uma ilha deserta, nem iria pensar: claro que seria Jesse.

Era nisso que eu estava pensando quando expliquei sobre os retiros. Era o que estava pensando quando passei a explicar o que sabia sobre a Guerra do Vietnã, e depois sobre a eventual queda do comunismo na ex-União Soviética. Era o que estava pensando quando escovei os dentes e me preparei para dormir. Era o que estava pensando quando disse boa-noite a ele, me enfiei sob as cobertas e apaguei a luz. Era o que estava pensando quando o sono me dominou e abençoadamente embotou qualquer pensamento... ultimamente o tempo que passava dormindo era o único em que conseguia não pensar em Jesse.

Mas vou lhe contar: tudo voltou com força total quando, apenas algumas horas depois, acordei com um susto e encontrei uma mão apertando minha boca.

E, ah, sim, uma faca encostada na garganta.

4

Sendo mediadora, não é estranho acordar de um modo, vamos dizer, um pouco menos do que gentil.

Mas isso foi *muito* menos gentil do que o usual. Quero dizer, em geral, quando alguém quer ajuda, se esforça ao máximo para não ameaçar a gente... coisa que uma faca na garganta tende a fazer.

Mas assim que abri os olhos e vi quem era a pessoa segurando a faca, percebi que provavelmente ela não ia quer minha ajuda. Não. Provavelmente ia quer me matar.

Não pergunte como eu soube. Sem dúvida eram os velhos instintos de mediadora funcionando.

Bem, e a faca era uma indicação bastante significativa.

– Escute, garota idiota – sibilou Maria de Silva. Maria de Silva *Diego*, devo dizer, já que na ocasião de sua morte ela estava casada com Felix Diego, o traficante de escravos. Sei disso tudo pelo livro que Mestre pegou na biblioteca, chamado *Meu Monterey*, uma história do condado de Salinas entre 1800 e 1850. Tinha até um retrato de Maria.

Motivo pelo qual, por acaso, eu soube quem estava tentando me matar.

– Se você não fizer seu pai e seu irmão pararem de cavar aquele buraco – sibilou ela. Bem, *padrasto* e *meio-irmão*, eu quis corrigir, só que não pude por causa da mão na minha boca. – Vou fazer você lamentar ter nascido. Entendeu?

Uma fala bastante durona para uma garota de saia armada. Porque era isso que ela era. Uma garota.

O que não era quando morreu. Quando morreu, por volta da virada do século – do século passado, não deste, claro –, Maria de Silva Diego tinha uns 70 anos.

Mas o fantasma em cima de mim parecia ter a minha idade. O cabelo era preto, sem qualquer sugestão de grisalho, com uns cachos bem chiques de cada lado do rosto. Parecia ter muita coisa no departamento de joalheria. Havia um rubi grande e gordo pendurado numa corrente de ouro em volta do pescoço longo e esguio – muito *Titanic* e coisa e tal –, e tinha uns anéis da pesada nos dedos. Um deles estava cortando minha gengiva.

Mas esse é o negócio dos fantasmas. O negócio que sempre mostram errado nos filmes. Quando você morre, o espírito não assume a forma de seu corpo na hora em que bateu as botas. Ninguém vê fantasmas andando por aí com as entranhas se derramando nem segurando a cabeça cortada, ou sei lá o quê. Se fosse assim, Jack poderia ter razão em ser um moleque tão medroso.

Mas a coisa não acontece desse modo. Em vez disso, os fantasmas aparecem na forma de quando o corpo estava mais vital, mais vivo.

E acho que, para Maria de Silva, isso foi quando tinha uns 16 anos.

Ei, era legal ela ter opção, sabe? Jesse não teve permissão de viver o bastante para poder escolher. Graças a ela.

– Ah, não, de jeito nenhum – disse Maria, com a parte de trás dos anéis raspando meus dentes de um modo que eu teria mesmo que descrever como desagradável. – Nem pense nisso.

Não sei como ela soube, mas eu estivera pensando em dar uma joelhada em sua coluna vertebral. Mas a lâmina apertada contra minha jugular me dissuadiu rapidamente.

– Você vai fazer seu pai parar de cavar lá atrás, e vai destruir aquelas cartas, entendeu, garotinha? – sibilou Maria. – E não vai dizer uma palavra sobre elas, nem sobre mim, a Hector. Estou sendo clara?

O que eu poderia fazer? Ela estava com uma *faca* na minha garganta. E não havia nada em seus modos que lembrassem a Maria de Silva que havia escrito aquelas cartas idiotas. A garota não estava arengando sobre o novo toucado, se é que você sacou. Não tive qualquer dúvida de que ela não somente sabia usar a faca, mas que pretendia fazer isso, se fosse provocada.

Assenti para mostrar que, nas circunstâncias, estava perfeitamente disposta a seguir suas ordens.

– Bom – disse Maria de Silva. E então afastou os dedos da minha boca. Senti gosto de sangue.

Ela havia montado em cima de mim – o que explicou todas aquelas anáguas de renda na minha cara, coçando meu nariz – e agora me olhava, com as feições bonitas retorcidas numa expressão de nojo.

– E disseram para eu ter cuidado – falou com um riso de desprezo. – Que você era cheia de truques. Mas não é, é? É apenas uma garota. Uma garotinha estúpida.

Em seguida inclinou a cabeça para trás e gargalhou.

E então sumiu. Assim.

Logo que senti que podia me mexer outra vez, saí da cama e fui para o banheiro, onde acendi a luz e olhei meu reflexo no espelho em cima da pia.

Não. Não havia sido um pesadelo. Havia sangue entre meus dentes, onde o anel de Maria de Silva tinha me cortado.

Lavei até que todo o sangue tivesse saído, depois apaguei a luz do banheiro e voltei para o quarto. Acho que estava um pouco atordoada Não podia registrar direito o que havia acontecido. Maria de Silva. Maria de Silva, noiva de Jesse – acho que, nas circunstâncias, é seguro dizer ex-noiva –, tinha aparecido no meu quarto e me ameaçado. *Eu. Euzinha*, coitada.

Era muita coisa a processar, em especial considerando que eram... ah, não sei, 4 horas da madrugada?

E por acaso eu ainda receberia outro choque noturno. Nem bem saí do banheiro e notei que havia alguém encostado num dos suportes do dossel da minha cama.

Só que não era apenas alguém. Era Jesse. E, quando me viu, ele se empertigou.

– Você está bem? – perguntou preocupado. – Achei... Suzannah, havia alguém aqui, agora?

Ah, quer dizer, sua ex-namorada com uma faca?

Foi o que pensei. O que falei foi:

– Não.

Certo. Nem comece. O motivo para eu não contar não teve nada a ver com a ameaça de Maria.

Não, era a outra coisa que Maria tinha dito. Sobre falar com Andy para parar de cavar no quintal dos fundos. Porque isso só podia significar uma coisa: havia algo enterrado no quintal dos fundos e ela não queria que alguém descobrisse.

E eu tinha a sensação de que sabia o que era esse algo.

Também tinha a sensação de que o algo era o motivo para Jesse estar nas colinas de Carmel há tanto tempo.

Deveria ter contado tudo isso a ele, certo? Puxa, qual é: Jesse tinha o direito de saber. Era algo muito diretamente ligado a ele.

Mas também era algo que, eu tinha certeza, iria levá-lo embora para sempre.

É, sei: se eu realmente o amasse, estaria disposta a libertá-lo, como naquele poema que sempre imprimem em cartazes com gaivotas voando ao vento: *Se você ama alguém, liberte-o. Se tiver de ser, ele voltará para você.*

Deixe-me dizer uma coisa. Esse poema é idiota, certo? E não se aplica de jeito nenhum a esta situação. Porque assim que Jesse ficar livre, nunca mais vai voltar para mim. Porque não poderá. Porque vai estar no céu, em outra vida, ou sei lá onde.

E aí terei de virar freira.

Meu Deus. *Meu Deus*, é tudo uma porcaria.

Arrastei-me de volta para a cama.

– Olha, Jesse – falei puxando as cobertas até o queixo. Estava de camiseta e short, mas, você sabe, sem sutiã nem nada. Não que ele pudesse perceber, estando no escuro e coisa e tal, mas nunca se sabe. – Estou mesmo cansada.

– Ah Claro. Mas... tem certeza de que não havia ninguém aqui? Porque posso jurar que...

Esperei que ele terminasse. Como é que a frase acabaria? *Posso jurar que ouvi a voz melodiosa da mulher que amei? Posso jurar que senti o perfume dela* – que, por sinal, era de flor de laranjeira?

Mas não falou essas coisas. Em vez disso, parecendo realmente confuso, disse:

– Desculpe.

E desapareceu, exatamente como a ex-namorada tinha feito. De fato é de pensar que eles poderiam ter se trombado, não é?, lá no plano espiritual, com todo esse negócio de se materializar e se desmaterializar.

Mas aparentemente não.

Não vou mentir e dizer que voltei a cair logo no sono. Não caí. Estava mesmo cansada, mas minha mente ficava repassando o que Maria tinha dito, repetidamente. Com o que, afinal, ela estava tão abalada e cheia de preocupação? Aquelas cartas não tinham absolutamente nada incriminador. Quero dizer, se foi verdade que ela mandou apagar Jesse para se casar com o namorado Diego, em vez de com ele.

E, se aquelas cartas eram tão importantes, por que ela não as destruíra direito havia tantos anos? Por que as enterrara no quintal dos fundos numa lata de charutos?

Mas não era isso que estava realmente me incomodando. O que realmente me incomodava era que ela queria que eu fizesse Andy parar de cavar. Porque isso só podia significar uma coisa.

Havia algo ainda mais incriminador ali.

Tipo um corpo.

E eu nem queria *pensar* no corpo de quem seria.

E quando acordei de novo, algumas horas mais tarde, depois de finalmente conseguir cochilar, ainda não queria pensar nisso.

Mas uma coisa eu sabia: não ia pedir a Andy para parar de cavar (como se ele ao menos fosse ouvir, caso eu pedisse), nem ia destruir aquelas cartas. Nem pirando.

Na verdade tomei posse delas, só para garantir, dizendo a Andy que ia entregar pessoalmente à Sociedade Histórica. Deduzi que ficariam em segurança lá, para o caso de a velha Maria Diego aprontar alguma coisa. Andy ficou surpreso, mas não o bastante para me perguntar casualmente qual era a minha. Estava ocupado demais gritando com Dunga por ter cavado no lugar errado.

Quando cheguei ao Pebble Beach Hotel and Golf Resort naquela manhã, fui recebida por Caitlin com um tom acusador:

– Bem, não sei o que você fez com Jack Slater, mas a família dele pediu que tomasse conta do garoto pelo restante da estada... até o domingo.

Não fiquei surpresa. Nem me importei particularmente. O fator Paul era perturbador, claro, mas agora que eu conhecia o motivo para o comportamento estranho de Jack, passei a gostar genuinamente dele.

E, como ficou claro no momento em que pus os pés na suíte da família, ele estava louco por mim. Nada de ficar deitado no chão diante da TV. Jack estava de calção de banho e pronto para sair.

– Pode me ensinar nado borboleta hoje, Suze? – perguntou ele. – Sempre quis nadar desse jeito.

– Suzan – disse a mãe dele num aparte sussurrado, logo antes de sair correndo para seu compromisso (Paul e o pai não estavam por perto, para meu alívio, porque tinham ido jogar golfe às 7 horas). – Mal posso agradecer o que você fez pelo Jack. Não sei o que você disse a ele ontem, mas é como se ele fosse outra criança. Nunca o vi tão feliz. Sabe, ele realmente é uma pessoa bastante sensível. E tem uma imaginação! Sempre acha que está vendo... bem, gente morta. Ele falou disso com você?

Respondi casualmente que sim.

– Bem, nós ficamos quase loucos. Devemos ter consultado uns trinta médicos diferentes, e nenhum, *nenhum*, conseguiu fazer contato com ele. Então você aparece e... – Nancy Slater olhou para mim com os olhos azuis cuidadosamente maquiados. – Bem, não sei como poderemos agradecer, Suzan.

"Poderia começar me chamando pelo nome certo", pensei. Mas na verdade não me importava. Só disse:

– Sem problema, Sra. Slater – em seguida fui pegar Jack e o levei para a piscina.

Jack *era* um garoto diferente. Não havia como negar. Até Soneca, acordado do cochilo semipermanente pelo espadanar feliz do meu pupilo, perguntou se ele era o mesmo garoto que tinha visto comigo na manhã anterior, e, quando eu disse que sim, chegou a parecer incrédulo por um ou dois segundos antes de voltar a dormir. As coisas que já haviam apavorado Jack – basicamente, tudo – não pareciam mais incomodá-lo nem um pouco.

E assim, quando, depois de hambúrgueres na lanchonete da piscina, sugeri que pegássemos o ônibus do hotel e fôssemos à cidade, ele nem protestou. Até comentou que o plano "parecia divertido".

Divertido. Vindo de Jack. Verdade, talvez a mediação não seja meu verdadeiro dom. Talvez eu devesse ser professora, psicóloga infantil, ou algo do tipo. Sério.

Mas Jack não ficou particularmente empolgado quando, assim que chegamos à cidade, fomos ao prédio onde fica a Sociedade Histórica de Carmel. Ele queria ir à praia, mas quando falei que era para ajudar a um fantasma e que iríamos à praia depois, ele aceitou bem.

Na verdade não sou do tipo de garota que frequenta a Sociedade Histórica, mas até eu tenho de admitir que era maneiro olhar para todas aquelas fotos antigas nas paredes, fotos de Carmel e do condado de Salinas há 100 anos, antes que os supermercados e shoppings fossem inaugurados, quando tudo eram campos pintalgados de ciprestes, como naquele livro que fizeram a gente ler na oitava série, *O pônei vermelho*. Havia umas coisas bem legais – na verdade não muito da época de Jesse, mas muita coisa posterior, tipo depois da Guerra Civil. Jack e eu estávamos admirando algo chamado visor estereoscópico, que era o que as pessoas usavam para se divertir antes de existir o cinema, quando um careca mal-arrumado saiu de sua sala e nos olhou através de óculos com lentes grossas como fundos de garrafa, e disse:

– Sim, vocês queriam falar comigo?

Respondi que queríamos ver o encarregado. O sujeito disse que era ele e se apresentou como Dr. Clive Clemmings, Ph.D. Por isso falei ao Dr. Clive Clemmings, Ph.D., quem eu era e onde morava, e peguei a lata de charutos de minha mochila JanSport (Kate Spade não combina com short cáqui pregueado) e mostrei as cartas...

E ele pirou de vez.

Sério. Ele *pirou de vez*. Ficou tão empolgado que disse à velha da recepção para não repassar os telefonemas (ela ergueu os olhos, pasma, do romance que estava lendo; estava claro que o Dr. Clive Clemmings, Ph.D., não devia receber muitos telefonemas) e nos levou para sua sala privativa...

Onde quase tive um ataque cardíaco. Porque ali, sobre a mesa de Clive Clemmings, estava o retrato de Maria de Silva, o que eu tinha visto no livro que Mestre havia apanhado na biblioteca.

Percebi que o pintor tinha feito um trabalho extraordinariamente bom. Havia acertado na mosca, até o cabelo artisticamente cacheado e o colar de ouro e rubi no pescoço elegante, para não falar da expressão presunçosa...

– É ela! – exclamei de modo totalmente involuntário, cutucando o quadro com o dedo.

Jack me olhou como se eu tivesse enlouquecido – o que acho que era momentaneamente verdade –, mas Clive Clemmings só espiou o retrato por cima do ombro e disse:

– Sim, Maria Diego. A joia da coroa de nossa coleção, esse quadro. Resgatei-o num *bazar de garagem* de um dos netos dela, dá para imaginar? Azar dele, coitado. Uma desgraça, pensando bem. Mas nenhum dos Diego deu em grande coisa. Sabe o que dizem sobre sangue ruim. E Felix Diego...

O Dr. Clive tinha aberto a lata de charutos e, usando uma coisa especial parecida com uma pinça, desdobrou a primeira carta.

– Minha nossa – ofegou ele, olhando-a.

– É – falei. – É dela. – Assenti para o quadro. – Maria de Silva. Um maço de cartas que ela escreveu para Jesse... quero dizer, para Hector de Silva, seu primo, com quem ela deveria se casar, só que ele...

– Desapareceu.

Clive Clemmings me encarou. Se eu podia adivinhar direito, deveria ter 30 e poucos anos – apesar da ampla careca no topo da cabeça –, e mesmo não sendo bonito de jeito nenhum, nesse momento não parecia tão absolutamente repulsivo como antes. Um olhar de perplexidade total, que certamente não ajuda a muitas pessoas, fez maravilhas por ele.

– Meu Deus – disse o sujeito. – *Onde* você achou isso?

Então contei, e ele ficou ainda mais empolgado, e mandou esperar em sua sala enquanto ia fazer uma coisa.

Por isso esperamos. Jack se comportou muito bem. Só disse duas vezes:

– Quando é que a gente vai à praia?

Quando o Dr. Clive Clemmings, Ph.D., voltou, estava segurando uma bandeja e um punhado de luvas de látex, que disse que deveríamos calçar se fôssemos tocar em alguma coisa. Nesse ponto Jack estava bem entediado, por isso optou por voltar à sala principal e brincar mais um pouco com o visor estereoscópico. Só eu pus as luvas.

Mas fiquei satisfeita com isso. Porque o que Clive Clemmings me deixou tocar quando as calcei era tudo o que a Sociedade Histórica havia colecionado e que tinha alguma coisa a ver com Maria de Silva.

O que, deixe-me dizer, era um bocado.

Mas as coisas que mais me interessaram na coleção foram uma pintura minúscula – uma miniatura, como Clive Clemmings disse que era chamada – de Jesse (ou Hector de Silva, como o Dr. Clive o chamava; aparentemente só a família mais próxima de Jesse o chamava de Jesse... a família e eu, claro) e cinco cartas em condições muito melhores do que as da lata de charutos.

A miniatura era perfeita, como uma pequena fotografia. Naquela época as pessoas realmente sabiam pintar, acho. Era totalmente Jesse. A imagem o capturava perfeitamente. Tinha aquela expressão de quando lhe conto sobre alguma conquista fantástica que fiz num shopping – você sabe, que consegui uma bolsa Prada com 50 por cento de desconto, ou algo assim. Como se não pudesse se importar menos.

Na pintura, que era só da cabeça e dos ombros de Jesse, ele estava usando algo que Clive Clemmings chamou de gravata à Lavallière, que supostamente todos os caras usavam na época, um negócio grande, largo e cheio de dobras, enrolado algumas vezes no pescoço. Pareceria ridículo em Dunga, Soneca ou mesmo em Clive Clemmings, apesar de seu Ph.D.

Mas em Jesse, claro, ficava fantástico.

Bem, o que não ficaria?

De certa forma, as cartas eram quase melhores do que a pintura. Porque todas eram endereçadas a Maria de Silva... e assinadas por alguém chamado Hector.

Parti para cima delas e não posso dizer que senti a menor culpa. Eram muito mais interessantes do que as cartas de Maria – se bem que, como elas, não eram nem um pouco românticas. Não: Jesse apenas escrevia – de modo muito espirituoso, devo acrescentar – sobre os acontecimentos da fazenda de sua família e as coisas engraçadas que suas irmãs faziam. (Por acaso ele tinha cinco. Quero dizer, irmãs. Todas mais novas, com idade variando de 6 a 16 anos na época em que Jesse morreu. Mas será que ele já havia falado disso comigo? Ah, por favor.) Também havia coisas sobre política local e sobre como era difícil manter bons empregados na fazenda por causa da corrida do ouro e que todos eles partiam para reivindicar posses.

O negócio é que, pelo modo como Jesse escrevia, quase dava para ouvi-lo falando aquilo. Era tudo muito amigável, tipo bate-papo e maneiro. Muito melhor do que as cartas presunçosas de Maria.

E, além disso, nada estava escrito errado.

Enquanto eu lia as cartas de Jesse, o Dr. Clive dizia que agora que tinha as cartas de Maria a Hector iria colocá-las na exposição que pretendia fazer para a temporada turística de outono, uma exposição sobre todo o clã Silva e sua importância para o crescimento do condado de Salinas no decorrer dos anos.

– Se ao menos restasse algum deles vivo – falou, pensativo. – Quero dizer, algum dos Silva. Seria ótimo tê-los como oradores convidados.

Isso atraiu minha atenção.

– Deve ter restado algum. Maria e o tal de Diego não tiveram 37 filhos, ou algo assim?

Clive Clemmings ficou sério. Como historiador – e especialmente Ph.D. –, não parecia apreciar qualquer tipo de exagero.

– Tiveram 11 filhos – corrigiu. – E eles não são estritamente Silva, e sim Diego. Infelizmente a família Silva tinha muitas filhas. Acho que Hector de Silva foi o último homem da linhagem. E, claro, nunca saberemos se ele teve algum filho do sexo masculino. Se teve, certamente não foi no norte da Califórnia.

– Claro que não teve – falei, talvez mais na defensiva do que deveria. Mas estava incomodada. Fora o óbvio machismo daquela coisa de último homem da linhagem, fiquei irritada com a presunção do sujeito, de que Jesse poderia estar procriando em algum local quando, de fato, fora assassinado de modo maligno. – Ele foi morto na minha casa!

Clive Clemmings me olhou com as sobrancelhas erguidas. Só então percebi o que tinha dito.

– Hector de Silva – disse o Dr. Clive, parecendo um bocado a irmã Ernestine quando fica irritada com os bagunceiros na aula de religião – desapareceu pouco antes de se casar com a prima Maria, e jamais se teve notícias dele.

Eu não podia ficar ali sentada e dizer: *É, mas seu fantasma mora no meu quarto, e ele me contou...*

Em vez disso, falei:

– Eu achava que a... é... que Maria tinha mandado o namorado, o tal de Diego, matar Hector, para não ter de se casar com ele.

59

Clive Clemmings pareceu chateado.

– Isso é apenas uma teoria apresentada por meu avô, o coronel Harold Clemmings, que escreveu...

– *Meu Monterey* – terminei para ele. – É, foi o que eu quis dizer. O cara é seu avô?

– Sim – respondeu o Dr. Clemmings, mas não pareceu feliz demais com isso. – Ele faleceu há muitos anos. E não posso dizer que concordo com sua teoria, Srta... é... Ackerman. – Eu tinha doado as cartas de Maria em nome do meu padrasto, por isso o Dr. Clive, machista como era, presumiu que esse também fosse o meu nome. – Nem posso dizer que o livro dele tenha vendido bem. Meu avô era extremamente interessado na história da comunidade, mas não era um homem formado, como eu. Não possuía nem mesmo um mestrado, quanto mais Ph.D. Minha crença, para não mencionar a da maioria dos historiadores locais, sempre foi que o jovem Sr. Silva, como dizemos comumente, "amarelou" – o Dr. Clive fez pequenas aspas com os dedos – alguns dias antes do casamento e, incapaz de encarar o embaraço da família por abandonar a jovem daquele modo, partiu para reivindicar alguma posse, talvez perto de São Francisco...

É incrível, mas por um momento me visualizei cravando direto nos olhos dele aquela pinça que tinha me obrigado a usar para virar as páginas das cartas de Jesse. Isto é, se eu conseguisse fazer com que ela passasse pelas lentes daqueles óculos imbecis.

Em vez disso me controlei e disse, com toda a dignidade que pude juntar enquanto estava ali sentada vestida de short cáqui pregueado:

– E você realmente acredita, bem no fundo do coração, Clive, que a pessoa que escreveu estas cartas faria algo assim? Que iria embora sem dizer uma palavra à família? Às irmãzinhas, que ele claramente amava e sobre quem escreveu com tanto afeto? Realmente acha que o motivo para essas cartas terem

60

aparecido no meu quintal é porque *ele* as enterrou lá? Não acha possível que o motivo de elas terem aparecido lá seja porque *ele* está enterrado lá em algum lugar, e que se meu padrasto cavar bem fundo pode acabar encontrando-o?

Minha voz tinha subido de tom, esganiçada. Acho que eu estava ficando meio histérica com aquela coisa toda. Pois é pode me processar.

– Será que isso faria você ver que seu avô está *cem por cento correto*? – guinchei. – Quando meu padrasto achar o *cadáver podre* de Hector de Silva?

Clive Clemmings ficou mais perplexo do que antes.

– Minha cara Srta. Ackerman! – exclamou ele.

Acho que falou isso porque tinha notado, no mesmíssimo momento que eu, que eu estava chorando.

O que era bem estranho, porque não sou chorona. Quero dizer, é claro, eu choro quando bato a cabeça num armário da cozinha ou vejo um daqueles comerciais melosos da Kodak ou outra coisa assim. Mas, você sabe, não caio no choro por qualquer bobagem.

Mas ali estava eu, sentada na sala do Dr. Clive Clemmings, Ph.D., abrindo o maior berreiro. Muito bem, Suze. Isso é que é profissional. Um belo modo de mostrar a Jack como mediar.

– Bem – falei em voz trêmula enquanto tirava as luvas de látex e me levantava. – Deixe-me garantir, Clive, que você está muito, muito errado. Jesse... quero dizer, Hector, jamais faria algo assim. Isso pode ser o que *ela* quer que você acredite. – Assenti para o quadro na parede acima, cuja visão agora eu estava começando a odiar com uma espécie de paixão. Jesse... quero dizer, Hector, não é... *não era* assim. Se ele "amarelasse", como você falou – fiz as mesmas aspas estúpidas no ar –, teria cancelado a coisa. E, sim, os pais dele poderiam ficar constran-gidos, mas o teriam perdoado, porque claramente o amavam tanto quanto ele os amava, e...

61

Mas não consegui falar mais, de tanto que estava chorando. Era de enlouquecer. Não dava para acreditar. Chorando *Chorando* na frente desse palhaço.

Por isso me virei e saí intempestivamente da sala.

Não foi uma saída muito digna, acho, considerando que a última coisa que o Dr. Clive Clemmings, Ph.D., viu de mim foi minha bunda, que devia parecer enorme naquele short estúpido.

Mas consegui passar meu argumento.

Acho.

Claro, no fim, acabou não importando. Mas na hora eu não tinha como saber disso.

Nem, infelizmente, o pobre Dr. Clive Clemmings, Ph.D.

5

Meu Deus, odeio chorar. É tão humilhante! E juro que quase nunca faço isso.

Mas acho que a tensão de ser agredida com uma faca no meio da noite pela ex-namorada do sujeito que eu amo finalmente me pegou no contrapé. Praticamente não parei de chorar até que Jack, desesperado, me comprou um sorvete no Jimmy's Quick Mart a caminho da praia.

Isso e uma barra de chocolate logo fizeram com que eu me sentisse eu mesma outra vez, e não demorou muito para Jack e eu estarmos nos divertindo na água, curtindo com a cara dos turistas e apostando em que surfista cairia da prancha primeiro. Foi tão legal que só quando o sol começou a se pôr percebi que precisava levar Jack de volta ao hotel

Não que alguém tivesse sentido nossa falta, descobrimos ao chegar. Quando larguei Jack na suíte da família, sua mãe esticou a cabeça no terraço, onde estava tomando coquetéis com o Dr. Rick, e disse:

– Ah, é você, Jack? Vá correndo trocar a roupa para o jantar, está bem? Vamos nos encontrar com os Robertson. Obrigada, Suzan, vejo você de manhã.

Acenei e fui embora, aliviada por ter conseguido evitar Paul. Depois de minha tarde inesperadamente traumática, não achava que conseguiria passar por um confronto com o Sr. Uniforme de Tênis.

Mas meu alívio foi prematuro. Quando estava sentada no banco da frente do Land Rover, esperando Soneca se desembaraçar de Caitlin, que parecia ter algo terrivelmente urgente para discutir com ele justo quando estávamos indo embora, alguém bateu na minha janela fechada. Olhei, e ali estava Paul, usando *gravata*, imagina só, e um paletó esporte azul-escuro.

Apertei o botão que abria a janela.

– Ah – falei. – Oi.

– Oi. – Ele estava dando um sorriso agradável. Os últimos raios de sol captaram o dourado em seus cachos castanhos. Tive de admitir que ele realmente era bonito. Kelly Prescott o teria comido com uma colher. – Acho que você já tem planos para esta noite – disse ele.

Não tinha, claro, mas respondi depressa:

– Tenho.

– Foi o que imaginei. – O sorriso dele continuou agradável. – Que tal amanhã à noite?

Olha, sei que sou esquisita, certo? Não precisa dizer. Ali estava eu, e um cara totalmente gato, totalmente maneiro me convidando para sair, e eu só podia pensar num sujeito que, vamos encarar os fatos, está morto. Certo? *Jesse está morto.* É idiotice – idiotice, idiotice, *idiotice* – da minha parte recusar um encontro com um cara vivo quando o único outro que tenho na vida está morto.

Mas foi exatamente isso que fiz. Falei:

– Ah, desculpe, Paul. Tenho planos para amanhã à noite, também.

Nem me importei se parecia estar mentindo. Para ver como sou pirada. Simplesmente não consegui demonstrar o mínimo interesse.

Mas acho que foi um erro bem grande. Acho que o Sr. Paul Slater não está acostumado a ver garotas recusando seus convites para jantar, ou qualquer outra coisa. Porque disse, não mais com um sorriso agradável, nem com sorriso nenhum:

– Bem, que pena. É mesmo uma pena, considerando o fato de que agora terei de contar à sua supervisora que você levou meu irmãozinho para fora do hotel hoje, sem a permissão dos meus pais.

Só o encarei pela janela aberta. A princípio nem pude deduzir do que ele estava falando. Depois me lembrei do ônibus, da Sociedade Histórica e da praia.

Quase explodi numa gargalhada. Sério. Puxa, se Paul Slater achava que me arranjar encrenca por ter tirado um garoto do hotel sem a permissão dos pais era a pior coisa que poderia me acontecer – que ao menos havia me acontecido *hoje* –, estava muito, muito fora da real. Imagine só, uma mulher que está morta há quase cem anos encostou uma faca na minha garganta no meu próprio quarto, há menos de 24 horas. Será que ele realmente acha que vou me importar se *Caitlin* me fizer uma *repreensão*?

– Vá em frente – falei. – E quando contar a ela, não deixe de mencionar que, pela primeira vez na vida, seu irmão se divertiu.

Apertei o botão para fechar a janela – puxa, verdade, qual é o problema desse cara? –, mas Paul enfiou a mão e apertou o vidro com os dedos. Soltei o botão. Quero dizer, eu só queria que ele fosse embora, não que fosse mutilado pelo resto da vida.

– É – disse Paul. – Eu estava pensando em lhe perguntar sobre isso. Jack me contou que você disse a ele que ele é médium.

– Mediador – corrigi sem pensar. E eu tinha avisado a Jack para guardar segredo! Quando é que esse garoto ia aprender que sair por aí dizendo às pessoas que pode falar com fantasmas não iria fazer com que os outros gostassem dele?

– Tanto faz. Imagino que você deve achar bem divertido curtir com a cara de alguém que tem problema mental.

Não pude acreditar. Realmente. Era como uma coisa de um seriado de TV. Mas não da Warner, nem mesmo da Fox. Era totalmente novelão mexicano.

– Não acho que seu irmão tenha problema mental.

– Ah, não? – Paul parecia o dono da verdade. – O garoto diz a você que vê gente morta, e você acha que ele está com a mão cheia de trunfos?

Balancei a cabeça.

– Jack pode ser capaz de ver gente morta, Paul. Você não sabe. Quero dizer, você não pode provar que ele *não* vê gente morta.

Ah, brilhante argumento, Suze. Onde, diabos, estava Soneca? Anda logo. Me tira daqui.

– Suze – disse Paul, me olhando com atenção. – Por favor. Gente morta? Você realmente acredita nisso? Realmente acredita que meu irmão consegue ver... que consegue falar com gente morta?

– Já ouvi falar de coisas mais estranhas. – Olhei para Soneca. Caitlin estava sorrindo para ele e balançando sua loura juba tipo Jennifer Aniston para tudo o que era canto. Ah, meu Deus, chega de paquera! Convide o cara para sair e acabe com isso, para que eu possa...

– É, bem, você não deveria estar encorajando-o – disse Paul. – É a pior coisa que poderia fazer, segundo os médicos.

– É? – Agora eu estava ficando meio pê da vida. Quero dizer, o que Paul Slater sabia? Só porque o pai é neurocirurgião, ou sei lá o quê, e pode pagar uma semana no Pebble Beach

Hotel and Golf Resort, isso não faz com que ele esteja certo o tempo todo. – Bem, Jack me parece ótimo. Talvez você até aprenda uma ou duas coisas com ele, Paul. Pelo menos ele tem a mente aberta.

Paul só balançou a cabeça, incrédulo.

– O que você está dizendo, Suze? Que *você* acredita em fantasmas?

Finalmente, *finalmente*, Soneca se despediu de Caitlin e se virou para o carro.

– É. Acredito. E você, Paul?

Paul só piscou para mim.

– Eu o quê?

– Acredita?

O lábio superior enrolado foi toda a resposta de que eu precisava. Não me importando se iria decepar sua mão, apertei o botão da janela. Paul tirou os dedos no último instante. Acho que pensava que eu não era do tipo decepadora de dedos.

E estava muito errado.

Por que os garotos são tão difíceis? Quero dizer, puxa! Quando não estão bebendo direto da caixa nem deixando a tampa da privada levantada, ficam todos ofendidos porque a gente não quer sair com eles e ameaçam dedurar a gente para a supervisora. Será que não ocorreu a nenhum deles que esse não é o caminho para o nosso coração?

E o problema é que eles simplesmente vão continuar fazendo isso enquanto garotas imbecis como Kelly Prescott continuarem concordando em sair com eles, apesar de seus defeitos.

Fiquei mal-humorada por todo o caminho para casa. Até Soneca notou.

– O que é que você tem? – perguntou ele.

– O idiota do Paul Slater está furioso porque não quero sair com ele – falei, ainda que geralmente eu siga a política de não compartilhar meus problemas pessoais com nenhum dos meus meios-irmãos, a não ser, ocasionalmente, Mestre, e só porque o QI dele é muito mais alto que o meu. – Paul disse que vai dizer a Caitlin que eu saí do hotel com o irmãozinho dele sem a permissão dos pais, coisa que eu fiz, mas só para levá-lo à praia.

E à Sociedade Histórica de Carmel. Mas não mencionei isso.

– Não brinca? Isso é jogo sujo. Bem, não se preocupe. Eu resolvo as coisas com Caitlin, se você quiser.

Fiquei chocada. Só tinha falado disso porque estava me sentindo de baixo astral. Não esperava que Soneca *ajudasse*, nem nada.

– Verdade? Você faria isso?

– Claro. – Soneca deu de ombros. – Vou sair com ela esta noite, depois de acabar com as entregas. – Soneca trabalha de salva-vidas durante o dia e entrega pizza à noite. Originalmente estava economizando para comprar um Camaro. Agora está poupando para ter seu próprio apartamento, já que não há alojamentos na faculdade comunitária que ele cursa, e Andy disse que não vai pagar aluguel para Soneca a não ser que ele melhore as notas.

Não pude acreditar.

– Obrigada – falei, perplexa.

– Afinal, o que há de errado com esse tal de Slater? Achei que ele fazia seu tipo. Você sabe, inteligente e coisa e tal.

– Não há nada de errado com ele – murmurei remexendo no cinto de segurança. – Só que... meio que gosto de outro.

Soneca levantou as pálpebras por trás do Ray-Ban.

– Ah? Alguém que eu conheço?

– Não – respondi secamente.

– Não sei, Suze. Tente. Com o trabalho na pizzaria e a faculdade, eu conheço quase todo mundo.

– Você definitivamente não conhece o cara.

Soneca franziu a testa.

– Por quê? Ele é de alguma gangue?

Revirei os olhos. Desde que nos conhecemos, Soneca está convencido de que eu faço parte de uma gangue. Sério. Como se os membros de gangues usassem maquiagem Stila. Pois é.

– Ele mora no vale? Suze, vou dizer agora mesmo, se eu descobrir que você está saindo com um cara de uma gangue do vale...

– Meu Deus! – gritei. – Quer parar? Ele não é de nenhuma gangue, nem eu! E não mora no vale. Você não conhece o cara, certo? Só esqueça que a gente conversou sobre isso.

Está vendo? Está vendo o que eu quero dizer? Está vendo por que as coisas nunca, nunca vão dar certo comigo e Jesse? Não posso puxá-lo e dizer: *aí está, esse é o cara de quem eu gosto, e não é de nenhuma gangue, e não mora no vale.*

Só preciso aprender a ficar de boca fechada, igual ao Jack.

Quando chegamos em casa fomos informados de que o jantar ainda não estava pronto. Isso porque Andy estava enfiado até a cintura no buraco que ele e Dunga tinham feito no quintal dos fundos. Fui olhar um pouco, roendo a unha do polegar. Era arrepiante espiar aquele buraco. Quase tão arrepiante quanto a perspectiva de ir para a cama dali a algumas horas, sabendo que Maria provavelmente ia aparecer de novo.

E que, vendo como eu não tinha feito nada que ela havia pedido, desta vez a garota cortaria muito mais do que apenas a gengiva.

Foi mais ou menos nessa hora que o telefone tocou. Era minha amiga Cee Cee, querendo saber se eu toparia ir com ela e Adam McTavish ao Coffee Clutch tomar chá gelado e falar mal de todo mundo. Falei que sim imediatamente, porque não tinha notícias deles havia um tempão. Cee Cee estava fazendo estágio de férias no *Pinhão de Carmel* (o nome do jornal local, dá para acreditar?) e Adam tinha passado a maior parte do verão na casa dos avós em Martha's Vineyard. No minuto em que escutei a voz dela percebi como sentia saudade de Cee Cee, e como seria ótimo contar sobre o maligno Paul Slater e seus truques

Mas então, claro, percebi que teria de contar a parte sobre o irmãozinho de Paul, e que ele realmente pode falar com os mortos, caso contrário a história não teria muito pique, e o fato é que Cee Cee não é do tipo que acredita em fantasma, e por sinal nem em nada que ela não possa ver com os dois olhos, o que torna problemático o fato de estudar numa escola católica, com a irmã Ernestine insistindo o tempo todo na fé e no Espírito Santo.

Mas tanto faz. Era melhor do que ficar em casa, olhando um buraco gigantesco.

Corri escada acima, tirei o uniforme e coloquei um dos vestidos J. Crew, lindinhos, que comprei e não tive chance de usar porque passei o verão todo com o medonho short cáqui. Nenhum sinal de Jesse, mas tudo bem, já que eu não saberia mesmo o que lhe dizer. Sentia-me totalmente culpada por ter lido suas cartas, ainda que ao mesmo tempo estivesse feliz por ter feito isso, porque o fato de saber sobre suas irmãs e os problemas na fazenda fez com que eu me sentisse mais próxima dele.

Só que era uma proximidade falsa porque ele não sabia que eu sabia. E, se quisesse que eu soubesse, você não acha que ele contaria? Mas Jesse não gosta de falar sobre si mesmo. Em vez disso, sempre quer falar de coisas como a ascensão do Terceiro Reich e como é que nós, como país, pudemos ficar parados e deixar seis milhões de judeus morrerem sufocados por gás antes de fazermos alguma coisa a respeito.

Você sabe. Coisas assim.

Na verdade, algumas das coisas que Jesse quer discutir são muito difíceis de explicar. Eu preferiria falar das irmãs dele. Por exemplo, será que ele achava tão difícil morar com cinco garotas quanto eu acho difícil morar com três garotos? Imagino que provavelmente não, dada a situação invertida com relação ao tampo da privada. Será que havia privadas na época? Ou será que eles simplesmente iam numa daquelas horrendas latrinas do lado de fora, como em *Uma casa na campina*?

Meu Deus, não é de espantar que Maria estivesse com tamanho mau humor.

Bem, isso e o negócio de estar morta.

De qualquer modo, mamãe e Andy me deixaram sair para comer com meus amigos porque não tinha nada para jantar mesmo. E, afinal, as refeições em família não eram a mesma coisa sem Mestre. Fiquei surpresa ao descobrir que sentia falta dele e mal podia esperar sua volta. Ele era o único de meus meios-irmãos que não me enfurecia regularmente.

Mesmo não podendo contar a Cee Cee sobre Paul, me diverti um bocado. Foi bom vê-la, e Adam, que, de todos os garotos que eu conheço, é o que menos age como um, mesmo não sendo gay nem nada, e realmente fica furioso se você sugerir isso. E Cee Cee também, que está apaixonada pelo Adam desde... tipo, sempre. Eu sentia grandes esperanças de que ele sentisse o mesmo por ela, mas dava para ver que as coisas tinham esfriado – pelo menos da parte de Adam – desde o início das férias.

Assim que ele foi ao banheiro perguntei a Cee Cee o que estava acontecendo, e ela começou a contar que achava que Adam tinha conhecido alguém em Martha's Vineyard. Devo dizer que foi legal ouvir outra pessoa reclamar durante um tempo. Quero dizer, minha vida é um horror e coisa e tal, mas pelo menos eu *sei* que Jesse não está transando com alguma garota em Martha's Vineyard.

Pelo menos acho que não. Quem sabe aonde ele vai quando não está no meu quarto? Pode ser Martha's Vineyard, afinal de contas.

Está vendo? Está vendo como esse relacionamento nunca vai dar certo?

De qualquer modo, Cee Cee, Adam e eu não nos víamos havia um tempão, por isso tinha um bocado de pessoas de quem precisávamos falar mal, principalmente Kelly Prescott, por isso quando fui para casa já eram quase 23 horas... tarde para mim, já que preciso estar no trabalho às 8 horas.

Mesmo assim fiquei feliz por ter saído, já que isso afastou a mente do que eu suspeitava que me esperaria dali a algumas horas: outra visita da estonteante Sra. Diego.

Mas enquanto lavava o cabelo antes de ir para a cama, ocorreu-me que não havia motivo para tornar as coisas fáceis para a Srta. Maria. Quero dizer, por que devo ser a vítima em minha própria cama?

Não há motivo. Nenhum. Eu não precisava aguentar esse absurdo. Porque era isso. Um absurdo.

Bem, um absurdo meio apavorante, mas mesmo assim absurdo.

Por isso, quando apaguei a luz naquela noite, foi com um claro sentimento de satisfação. Senti que estava protegida de qualquer coisa que Maria pudesse armar. Tinha embaixo das cobertas um verdadeiro arsenal que havia apanhado na oficina de Andy, inclusive um machado, um martelo e algo que não dava para identificar, mas que tinha umas pontas malignas. Além disso, estava com o cachorro Max. Sabia que ele iria me acordar assim que algo do outro mundo aparecesse, já que era extremamente sensível a essas coisas.

E, ah, sim, dormi no quarto de Mestre.

Sei. Sei. Covardia ao extremo. Mas por que eu deveria ficar na minha cama e esperar por ela, como um alvo fácil, quando podia dormir na cama de Mestre e talvez despistá-la? Quero dizer, eu não estava procurando briga nem nada. Bem, a não ser pelo negócio de não ter feito o que ela mandou. Acho que isso era meio indicativo de procurar briga. Mas não ativamente, você sabe.

Porque vou lhe contar, ainda que normalmente talvez eu saísse à procura da sepultura de Maria de Silva para poder, você sabe, resolver as coisas de uma vez, esse caso era meio diferente. Por causa do Jesse. Não pergunte por quê, mas simplesmente não acho que teria pique para quebrar a cara da ex-namorada, como teria feito se ela não fosse ligada a ele. Não posso dizer que estou realmente acostumada a esperar que os fantasmas venham atrás de mim...

Mas isso. Isso era diferente.

De qualquer modo, tinha acabado de me aninhar entre as cobertas de Mestre (recém-lavadas – eu não iria me arriscar. Não sei o que acontece na cama dos garotos de 12 anos, e, francamente, não quero saber) e estava piscando no escuro para as coisas estranhas que Mestre tinha pendurado no teto, um modelo do sistema solar e coisa e tal, quando Max começou a rosnar.

Fez isso tão baixo que a princípio não escutei. Mas como eu o tinha colocado na cama comigo (não que houvesse muito espaço, com o machado, o martelo e a coisa pontuda), pude *sentir* o rosnado reverberando em seu grande peito canino.

Então o rosnado aumentou, e os pelos nas costas de Max começaram a ficar de pé. Foi então que eu soube que teríamos um terremoto ou uma visita noturna da ex-beldade do condado de Salinas.

Sentei-me, segurando o negócio pontudo como se fosse um bastão de beisebol, olhando em volta ao mesmo tempo que dizia a Max em voz baixa:

– Muito bem, garoto. Tudo bem, garoto. Tudo vai ficar bem, garoto – e dizendo a mim mesma que acreditava nisso.

Foi então que alguém se materializou diante de mim. E eu girei o negócio pontudo com o máximo de força que pude.

72

6

— Suzannah! – gritou Jesse, pulando para evitar o golpe. – O que você está *fazendo*?

Quase larguei o negócio pontudo, de tão aliviada que me senti.

Max ficou louco, ganindo e rosnando. O coitadinho estava claramente tendo algum tipo de colapso canino. Para não me arriscar a que ele acordasse todo mundo em casa e depois ter de explicar por que estava dormindo na cama do meu meio-irmão com um punhado de ferramentas de Andy, deixei que ele saísse do quarto. Quando fiz isso, Jesse pegou o negócio pontudo e me olhou com curiosidade.

– Suzannah – disse ele quando fechei a porta de novo –, por que está dormindo no quarto de David armada com uma picareta?

Levantei as sobrancelhas, parecendo muito mais surpresa do que alguém que recebe um mandado de prisão.

– Então é *isso*? Eu estava imaginando o que seria.

Jesse só balançou a cabeça.

– Suzannah, diga o que está acontecendo. Agora.

– Nada – falei com a voz guinchada e aguda demais, até para os meus ouvidos. Fui depressa e me deitei na cama de Mestre, batendo o dedo do pé no martelo mas não dizendo nada, porque não queria que Jesse ficasse sabendo que ele estava ali. Me encontrar na cama do meu meio-irmão com uma picareta era uma coisa. Me encontrar na cama do meu meio-irmão com uma picareta, um machado e um martelo era totalmente outra.

– Suzannah – Jesse pareceu realmente furioso, e ele não fica furioso com frequência. Isto é, a não ser, claro, quando me pega dando beijo de língua em garotos estranhos diante da garagem. – Isso é um *machado*?

73

Droga! Empurrei-o de volta para baixo do lençol.

– Posso explicar – falei.

Ele encostou a picareta na lateral da cama e cruzou os braços no peito.

– Eu gostaria de ouvir.

– Bem. – Respirei fundo. – É o seguinte.

E então não consegui pensar num modo de explicar, a não ser contando a verdade.

E isso eu não podia fazer.

Jesse deve ter lido na minha cara o fato de que eu estava tentando pensar numa mentira, já que de repente descruzou os braços e se inclinou para a frente, pondo uma das mãos de cada lado da cabeceira atrás de mim, e meio me capturando entre os braços, ainda que não estivesse me tocando. Isso era muito irritante e fez com que eu afundasse nos travesseiros de Mestre.

Mas nem isso adiantou, já que o rosto de Jesse ainda estava a uns dez centímetros do meu.

– Suzannah. – Agora ele estava *realmente* furioso. Pê da vida, pode-se dizer. – O que está acontecendo aqui? Ontem à noite pude jurar que senti... uma presença em seu quarto. E esta noite você está dormindo aqui, com picaretas e machados? O que você não quer me contar? E por quê? Por que não pode me contar?

Eu tinha afundado o máximo possível, mas não havia como escapar do rosto furioso de Jesse, a não ser que puxasse o lençol para cima do rosto. E isso, claro, não seria nem um pouco digno.

– Olha – falei do modo mais razoável que pude, considerando que havia um martelo pressionando meu pé. – Não é que eu não queira contar. Só que tenho medo de que, se contar...

E então, não pergunte como, a coisa toda saiu aos borbotões. Verdade. Foi incrível. Foi como se ele tivesse apertado um botão na minha testa que dizia "Informações, por favor", e o negócio saiu.

Contei tudo, sobre as cartas, a ida à Sociedade Histórica, tudo, e terminei com:

– E o negócio é que eu não queria que você soubesse, porque se seu corpo realmente estiver enterrado lá, e se eles descobrirem, bem, isso significa que não há mais motivo para você ficar aqui, e sei que é egoísmo, mas eu realmente ia sentir sua falta, por isso achei que, se não falasse, você não descobriria e tudo poderia continuar normal.

Mas Jesse não teve o tipo de reação que eu esperaria. Não me envolveu nos braços nem me beijou apaixonadamente como nos filmes, nem me chamou de *hermosa*, em espanhol, nem acariciou meu cabelo, que estava molhado do banho.

Em vez disso, começou a rir.

Coisa que eu realmente não apreciei. Quero dizer, depois de tudo o que passei em nome dele nas últimas 24 horas, seria de pensar que o cara mostraria um pouquinho mais de gratidão do que ficar ali sentado, rindo. Sobretudo quando minha vida podia muito bem estar correndo perigo mortal.

Foi o que falei, mas isso só o fez rir ainda mais.

Por fim, quando cansou de rir – o que só aconteceu quando tirei o martelo de baixo das cobertas, algo que o fez gargalhar ainda mais, mas o que é que eu deveria fazer?, o negócio ainda estava furando minha perna –, ele estendeu a mão e meio desgrenhou meu cabelo, mas não havia nada de romântico nisso, já que eu tinha posto condicionador Kielh's e tenho certeza de que melou os dedos dele.

Isso só me deixou mais furiosa do que nunca, ainda que tecnicamente não fosse culpa dele. Por isso tirei o machado de baixo do lençol, também, depois puxei o lençol sobre a cabeça, rolei e não quis mais falar com ele. Nem olhar. Muito madura, sei, mas eu estava furiosa.

– Suzannah – disse ele numa voz meio rouca de tanto rir. Senti vontade de dar um soco nele. Sério. – Não fique assim.

Desculpe. Desculpe ter rido. Só que não entendi uma palavra, de tão rápido que você falou. E quando puxou aquele martelo...

– Vá embora.

– Ande, Suzannah – disse Jesse em sua voz mais sedosa e persuasiva, que ele estava usando de propósito para me deixar toda dengosa. Só que dessa vez não ia funcionar. – Largue o lençol.

– Não – falei, segurando o lençol com mais força, enquanto ele puxava. – Mandei ir embora.

– Não, não vou embora. Sente-se. Quero conversar com você a sério agora, mas como posso fazer isso, se não quer me olhar? Vire-se.

– Não. – Eu estava mesmo furiosa. Quero dizer, você também iria ficar. Aquela tal de Maria era uma pessoa apavorante. E ele ia se casar com ela! Bem, pelo menos há 150 anos. Será que ao menos a *conhecia*? Sabia que ela não era nem um pouco a garota que tinha escrito aquelas cartas idiotas? Em que ele estava pensando, afinal? – Por que não vai ficar com a Maria? – sugeri acidamente. – Talvez vocês dois possam afiar as facas dela juntos e rir um pouquinho mais à minha custa. Ha, ha. Aquela mediadora é tão engraçada!

– Maria? – Jesse puxou o lençol mais um pouco. – Do que você está falando? Facas?

Certo. Então eu não tinha sido totalmente sincera com ele. Não tinha contado a história toda. É, contei a parte sobre as cartas, a Sociedade Histórica, o buraco e coisa e tal. Mas a parte sobre Maria aparecendo com uma faca – o motivo, de fato, para eu estar dormindo no quarto de Mestre com um punhado de ferramentas? Não tinha mencionado essa parte.

Porque sabia como ele iria reagir. Exatamente como reagiu.

– Maria e facas? – ecoou ele. – Não. Não.

Foi a gota-d'água. Rolei e falei com ele, bem sarcástica:

– Ah, certo, Jesse. Então aquela faca que ela apertou contra minha garganta ontem à noite devia ser uma faca *imaginária*. E eu devo ter *imaginado* quando ela ameaçou me matar, também.

76

Comecei a rolar de volta, furiosa, mas desta vez ele me pegou antes e me fez girar de novo para encará-lo. Vi com alguma satisfação que agora Jesse não estava rindo. Nem mesmo sorrindo.

– Uma faca? – Ele estava me olhando como se não tivesse certeza de que havia escutado direito. – Maria esteve aqui? Com uma faca? Por quê?

– Diga você – falei, mesmo sabendo perfeitamente bem a resposta. – Alguém que morreu há tanto tempo como ela precisaria de um motivo bem grande para voltar.

Jesse só me encarou com aqueles seus olhos escuros e líquidos. Se sabia alguma coisa, não iria me dizer. Pelo menos por enquanto.

– Ela... ela tentou machucar você?

Confirmei com a cabeça e tive a satisfação de sentir que seu aperto em meus ombros ficou mais forte.

– É. E segurou a faca bem aqui – apontei para minha jugular – e disse que, se eu não mandasse o Andy parar de cavar, ia me ma...

Matar, era o que eu ia dizer, mas não tive chance porque Jesse me agarrou – verdade, agarrou, é o único modo de descrever – e me segurou com muita força para alguém que apenas alguns segundos antes tinha achado aquilo tudo uma grande piada.

Devo dizer que foi extremamente gratificante. E ficou ainda mais gratificante quando Jesse falou uma coisa – mesmo eu não sabendo o que era, porque foi em espanhol – no meu cabelo molhado.

Mas aquele abraço mortal (desculpe o trocadilho) que ele me deu não precisava de tradução: ele estava apavorado. Apavorado *por mim*.

– Foi uma faca bem *grande* – falei, adorando a sensação de seu ombro enorme e forte sob minha bochecha. Eu poderia me acostumar totalmente com isso. – E muito pontuda.

– *Mi hermosa* – disse ele em espanhol. Certo, essa palavra eu entendia. Ele me beijou no topo da cabeça.

Foi bom. Foi *muito* bom. Decidi partir para o abate.

– E então – falei fazendo uma imitação muito boa de choro, ou pelo menos de que estava à beira do choro – ela pôs a mão sobre minha boca para eu não gritar, e um dos anéis me cortou e deixou a boca toda sangrando.

Epa! Isso não teve o efeito desejado. Provavelmente eu não deveria ter falado da boca sangrenta, porque em vez de me beijar ali, como eu pretendia que ele fizesse, Jesse me empurrou para poder olhar meu rosto.

– Suzannah, por que não me contou nada disso ontem à noite? – Ele parecia genuinamente pasmo. – Eu perguntei se havia alguma coisa errada, e você não disse nenhuma palavra.

Alô? Será que ele não ouviu nada que eu disse?

– Pois é.

Eu estava falando com os dentes trincados, mas você teria feito o mesmo, se fosse abraçada pelo homem dos seus sonhos e ele só quisesse conversar. E nada menos do que sobre a tentativa da ex-namorada dele me assassinar!

– Obviamente tem algo a ver com o motivo de você estar aqui – falei. – Quero dizer, por que você está nesta casa, e por que está aqui há tanto tempo? Jesse, você não vê? Se eles acharem seu corpo, isso prova que você foi assassinado, e significa que o coronel Clemmings estava certo.

A perplexidade de Jesse pareceu aumentar, em vez de diminuir, graças a essa explicação.

– Coronel quem?

– Coronel Clemmings. Autor de *Meu Monterey*. A teoria dele para seu desaparecimento não é que você amarelou antes de se casar com Maria e foi para São Francisco reivindicar uma posse, e sim que o tal de Diego matou você para poder se casar com Maria. E se eles acharem seu corpo, Jesse, isso vai provar que você foi assassinado. E os suspeitos mais prováveis, claro, são Maria e o tal de Diego.

Mas em vez de ficar fascinado com minhas excelentes capacidades de detetive, Jesse perguntou com voz chocada:

– Como você sabe sobre ele? Sobre Diego?

– Eu já disse. – Meu Deus, isso era irritante. Quando é que íamos partir para o beijo? – É de um livro que Mestre pegou na biblioteca, *Meu Monterey*, do coronel Harold Clemmings.

– Mas eu achei que Mestre... quero dizer, David, estava na colônia de férias.

– Isso foi há muito tempo – falei frustrada. – Quando cheguei aqui. Em janeiro passado.

Jesse não me soltou nem nada, mas estava com uma expressão tremendamente estranha.

– Você está dizendo que sabia sobre esse... sobre como eu morri... o tempo todo?

– É – falei meio na defensiva. Estava tendo a sensação de que talvez ele achasse que eu tinha feito algo errado, ao xeretar sobre sua morte. – Mas, Jesse, esse é o meu trabalho. É isso que os mediadores *fazem*. Não posso evitar.

– Então por que ficava me perguntando como eu morri, se já sabia?

Ainda na defensiva, falei:

– Bom, eu não sabia. Não sabia com certeza. Ainda não sei. Mas Jesse... – Queria ter certeza de que ele ia entender essa parte, por isso recuei (e infelizmente ele me soltou, mas o que eu podia fazer?) e me agachei e disse, muito devagar e com cuidado: – Se eles descobrirem seu corpo lá fora, não somente Maria vai ficar muito furiosa, mas você... você vai embora. Sabe? Daqui. Porque é isso que está segurando você, Jesse. O mistério do que aconteceu. Assim que seu corpo for encontrado, esse mistério estará resolvido. E você vai embora. E por isso eu não podia contar, entende? Porque não quero que você vá embora. Porque eu te a...

Ah, meu Deus, quase falei. Nem posso dizer como cheguei perto de falar. Desembuchei o A, e o M quase foi atrás.

Mas no último instante pude salvar a situação. Transformei em:

– ...*acho* legal e odiaria não vê-lo outra vez.

Rápida, hein? Essa foi por pouco.

Porque uma coisa eu sei sobre os homens, junto com sua incapacidade de usar um copo, baixar a tampa da privada e encher de novo as formas de gelo quando estão vazias: eles realmente não sabem lidar com a palavra "a...". Quero dizer, é o que dizem praticamente todos os artigos que já li.

E a gente tem de deduzir que isso é verdade para todos os caras, até os que nasceram há 150 anos.

E acho que o fato de eu não ter dito a palavra deu certo, porque Jesse estendeu a mão e tocou meu rosto com a ponta dos dedos – como tinha feito naquele dia no hospital.

– Suzannah – disse ele. – Encontrar meu corpo não vai mudar nada.

– Ah. Com licença, Jesse, mas acho que eu sei do que estou falando. Sou mediadora há 16 anos.

– Suzannah, eu estou morto há 150 anos. Acho que sei o que estou falando. E posso garantir que esse mistério sobre minha morte, do qual você fala... não é o motivo para, como você costuma dizer, eu estar dando um tempo aqui.

Então aconteceu uma coisa engraçada. Como na sala de Clive Clemmings, eu simplesmente comecei a chorar. Verdade. Assim.

Ah, não fiquei soluçando feito um bebê nem nada, mas meus olhos se encheram de lágrimas e fiquei com aquela sensação ruim e pinicante no fundo do nariz, e a garganta começou a doer. Foi esquisito, porque, você sabe, eu tinha acabado de *fingir* que estava chorando, e, de repente, estava mesmo.

– Jesse – falei numa horrenda voz fungada (fingir que vai chorar é muito melhor do que chorar, já que há muito menos muco envolvido) –, desculpe, mas simplesmente não é possível.

80

Quero dizer, *eu sei*. Já fiz isso cem vezes. Quando eles descobrirem seu corpo, acabou. Você vai embora.

– Suzannah – disse ele outra vez. E dessa vez não tocou simplesmente minha bochecha. Pôs a mão em concha num dos lados do meu rosto...

Ainda que o efeito romântico fosse um tanto arruinado pelo fato de que ele estava rindo de mim. Mas, para lhe dar crédito, ele parecia se esforçar tanto para não gargalhar quanto eu me esforçava para não chorar.

– Prometo, Suzannah – disse ele com um monte de pausas entre as palavras para dar ênfase –, que não vou a lugar nenhum, quer seu padrasto encontre ou não meu corpo no quintal. Certo?

Não acreditei, claro. Queria acreditar e tudo, mas a verdade é que ele não sabia do que estava falando.

Mas o que eu poderia fazer? Não tinha escolha além de ser corajosa. Quero dizer, não poderia ficar ali sentada abrindo o berreiro. Que tipo de idiota pareceria?

Por isso falei, infelizmente de um modo muito mucoso, já que nesse momento as lágrimas estavam escorrendo:

– Verdade? Promete?

Jesse riu e soltou meu rosto. Então enfiou a mão no bolso e pegou uma pequena coisinha com acabamento de renda, que eu reconheci. O lenço de Maria de Silva. Ele o havia usado para limpar vários cortes e arranhões que recebi no serviço de mediação. Agora usou para enxugar minhas lágrimas.

– Juro – disse ele, rindo. Mas só um pouquinho.

No fim das contas me convenceu a voltar à minha cama. Falou que ia garantir que a ex-namorada não me procuraria à noite. Só que não a chamou de ex-namorada. Só de Maria. Eu ainda queria perguntar o que ele estivera pensando ao namorar uma vaca com cara de fuinha como aquela, mas o momento certo não surgiu.

81

Será que existe momento certo para perguntar a alguém por que vai se casar com a pessoa que o mandou matar?

Provavelmente não.

Não sei como Jesse achava que iria impedi-la, se ela voltasse. Certo, ele estava morto havia muito mais tempo do que ela, por isso tinha um pouco mais de prática no negócio de ser fantasma. Na verdade parecia bem provável que esta tivesse sido a primeira visita de Maria de volta a este mundo, vinda do plano espiritual que habitava desde a morte. Quanto mais tempo alguém passa como fantasma, mais poderoso costuma ficar.

Claro, a não ser que, como Maria, o dito-cujo esteja cheio de fúria.

Mas Jesse e eu, juntos, tínhamos lutado com fantasmas tão furiosos quanto Maria e vencemos. Venceríamos desta vez também, eu sabia, desde que ficássemos juntos.

Sem dúvida era estranho ir dormir sabendo que alguém ficaria sentado, vigiando meu sono. Mas depois de me acostumar com a ideia, era legal saber que ele estava ali, com Spike, no sofá-cama, lendo à luz de seu próprio brilho espectral um livro chamado *Mil anos*, que ele havia achado no quarto de Mestre. Teria sido mais romântico se ele simplesmente ficasse olhando meu rosto, cheio de desejo, mas a cavalo dado não se olham os dentes, e quantas outras garotas que você conhece têm caras perfeitamente dispostos a ficar sentados no quarto delas, vigiando a noite toda para que invasores malignos não entrem? Aposto que você não pode citar nenhuma.

Acho que por fim devo ter caído no sono, já que quando abri os olhos de novo era de manhã, e Jesse ainda estava lá. Tinha acabado *Mil anos* e começara a ler um livro da minha estante, chamado *As pontes de Madison*, que ele parecia achar tremendamente divertido, ainda que tentasse não rir alto a ponto de me acordar.

Meu Deus, que constrangedor.

Nesse momento não percebi que era a última vez que iria vê-lo.

7

A partir daí meu dia despencou morro abaixo.

Acho que, mesmo não estando interessada em renovar o contato com o ex, Maria continuava bem interessada em me torturar. Tive a primeira impressão disso quando abri a geladeira e peguei a caixa nova de suco de laranja que alguém comprara para substituir a que Dunga e Soneca haviam esvaziado na véspera.

Tinha acabado de abri-la quando Dunga entrou, arrancou-a da minha mão e levou aos lábios.

Comecei a falar "Ei!", numa voz irritada, mas logo a palavra se transformou num guincho de nojo e terror quando o que jorrou na boca de meu meio-irmão não foi suco, e sim insetos.

Centenas de insetos. Milhares de insetos. Insetos *vivos*, retorcendo-se, arrastando-se e caindo de sua boca aberta.

Uma fração de segundo depois Dunga percebeu o que estava acontecendo. Jogou a caixa no chão e correu para a pia, cuspindo o máximo possível de besouros pretos que tinham caído em sua boca. Enquanto isso eles continuavam correndo aos montes pelas laterais da caixa e indo para o chão.

Não sei como consegui juntar força interior para fazer o que fiz em seguida. Se há uma coisa que odeio são insetos. Depois de sumagre venenoso, é um dos principais motivos para eu passar tão pouco tempo ao ar livre. Quero dizer, não me incomodo com uma formiga se afogando na piscina ou uma borboleta pousando no meu ombro, mas mostre um mosquito ou, que Deus não permita, uma barata, e saio correndo pela porta.

Mesmo assim, apesar do medo quase paralisante de qualquer coisa menor que um amendoim, peguei aquela caixa, derramei o conteúdo na pia e, mais rápido do que você pode dizer Raid, liguei o triturador.

– Ah, meu deus! – estava gritando Dunga. – Ahmeudeuscacete.

Só que ele não disse cacete. Nas circunstâncias, não o culpei.

Nossos gritos tinham trazido Soneca e meu padrasto para a cozinha. Eles só ficaram parados olhando para as centenas de besouros pretos que tinham escapado da morte no triturador da cozinha e corriam pelos ladrilhos de cerâmica. Pelo menos até que eu gritei:

– Pisem neles!

Então começamos a pisar no máximo daquelas coisas nojentas que pudemos.

Quando terminamos, só uns poucos se livraram, os que tiveram o bom-senso de correr para o espaço sob a geladeira e um ou dois que haviam chegado à porta de vidro que dava no deque. Tinha sido um trabalho árduo e nojento, e todos ficamos ali ofegando... menos Dunga, que, com um gemido, correu para o banheiro, presumivelmente para lavar a boca com Listerine, ou talvez verificar alguma antena que pudesse ter ficado presa entre os dentes.

– Bem – disse Andy quando expliquei o que tinha acontecido. – É a última vez que compro suco orgânico.

O que foi meio engraçado, de um modo doentio. Só que por acaso eu sabia que, orgânico ou concentrado congelado, não teria feito diferença: um *poltergeist* estivera agindo.

Andy olhou a bagunça no chão e disse numa voz meio atordoada:

– Temos de limpar isso antes de sua mãe chegar.

Estava certo. Você acha que eu tenho uma coisa com insetos? Deveria ver minha mãe. Nenhuma das duas é o que você poderia chamar de amantes da natureza.

Partimos para o trabalho, passando pano e arrancando entranhas de inseto dos ladrilhos, enquanto eu fazia sugestões sutis de que por enquanto comprássemos todas as refeições para viagem. Não tinha certeza se Maria havia posto a mão em mais alguma coisa, mas suspeitava de que nada no armário ou na geladeira seria seguro.

Andy estava disposto a concordar, falando sobre como as infestações por insetos podiam acabar com plantações inteiras, e em quantas casas destruídas por cupins ele havia trabalhado, e como era importante fumigar a casa regularmente.

Mas eu queria dizer que fumigação não adianta quando os insetos são resultado de um fantasma vingativo.

Mas, claro, não falei. Duvido tremendamente de que ele teria entendido. Andy não acredita em fantasmas.

Deve ser bom ter esse luxo.

Quando Soneca e eu finalmente fomos para o trabalho, pareceu brevemente que as coisas estavam melhorando, já que não tivemos problema pelo atraso. Claro, porque Soneca estava com Caitlin escravizada. Veja bem, há *algumas* vantagens em ter meios-irmãos.

Nem parecia haver alguma reclamação dos Slater porque tirei Jack do hotel sem sua permissão, já que me mandaram ir direto à suíte deles. Isso é bom demais para ser verdade, pensei enquanto seguia pelos corredores acarpetados do hotel, e só mostra como por trás de cada nuvem há uma fatia de céu azul.

Pelo menos era o que estava pensando quando bati à porta. Mas quando ela se abriu, revelando não apenas Jack, mas os dois irmãos Slater usando short de banho, comecei a ter dúvidas.

Jack ficou me batendo como um gatinho numa bola de lã.

– Adivinha só! – gritou ele. – Paul não vai jogar golfe nem tênis nem nada hoje. Quer passar o dia inteiro com *a gente*. Não é incrível?

– Ah – falei.

– É, Suze – disse Paul. Usava um short comprido e largo (provando que a coisa poderia ser pior. Ele poderia estar com uma microssunga), uma toalha enrolada no pescoço e nada mais, a não ser um risinho superior. – Não é incrível?

– Ah. É. Incrível.

O Dr. e a Dra. Slater passaram por nós, com as roupas de golfe.

– Divirtam-se, crianças – gritou Nancy. – Suze, nós teremos aulas o dia inteiro. Fique até as 17 horas, certo? – Então, sem esperar resposta, falou: – É isso aí, tchau. – Pegou o marido pelo braço e saiu.

"Certo", falei comigo mesma. "Posso cuidar disso." Já cuidei de um enxame de insetos. Quero dizer, apesar de algumas vezes achar que estava sentindo um deles se arrastando na pele e dar o maior pulo – só para descobrir que era o cabelo ou alguma outra coisa –, tinha me recuperado bastante bem. Provavelmente muito melhor do que Dunga jamais se recuperaria.

Por isso certamente podia cuidar de Paul Slater me picando o dia inteiro. Quero dizer, me incomodando.

Certo? Sem problema.

Só que *havia* problema. Porque Jack queria ficar falando sobre o negócio de ser mediador, e eu ficava murmurando para ele calar a boca, e ele dizia:

– Ah, tudo bem, Suze, o Paul sabe.

E esse era o ponto. Paul não *deveria* saber. Esse deveria ser nosso segredo, meu e de Jack. Não queria que o Paul estúpido, incrédulo, tipo "se você não sair comigo eu entrego você", fizesse parte disso. Em especial porque, a cada vez que Jack falava algo a respeito, Paul baixava os óculos Armani e me olhava por cima da armação, cheio de expectativa, esperando ouvir o que eu ia responder.

O que eu poderia fazer? Fingi que não sabia do que Jack estava falando. O que era frustrante para ele, claro, mas o que mais eu deveria fazer? Não queria que Paul soubesse dos meus negócios. Quero dizer, nem minha mãe sabe. Por que, afinal, eu iria contar ao Paul?

Felizmente, depois das primeiras seis ou sete vezes em que Jack tentou falar alguma coisa relacionada à mediação e eu o ignorei, ele pareceu captar a mensagem e calou a boca. O fato de que a piscina tinha ficado apinhada de outras crianças e seus pais e babás ajudou, por isso ele tinha bastante coisa com que se distrair.

Mesmo assim foi um tanto irritante, ali encostada na beira da piscina com Kim, que tinha aparecido com seus pupilos, olhar para o Paul de vez em quando e vê-lo esticado numa espreguiçadeira, o rosto virado na minha direção. Sobretudo porque eu sentia que Paul, diferentemente de Soneca, estava totalmente acordado por trás das lentes escuras dos óculos.

Além do mais, como disse Kim:

– Ei, se um gato como aquele quiser me olhar, pode ficar à vontade.

Mas, claro, para Kim é diferente. Ela não tem o fantasma de um gato de 150 anos morando em seu quarto.

No total, eu diria que a manhã foi bastante medonha, pensando bem. Achei que depois do almoço o dia só poderia melhorar.

E como estava errada! Foi depois do almoço que os policiais apareceram.

Eu estava deitada numa espreguiçadeira, sozinha, com um dos olhos em Jack, que estava num espalhafatoso jogo de Marco Polo com as crianças de Kim, e outro em Paul, que fingia ler um exemplar do *The Nation*, mas que, como observou Kim, estava nos espionando por cima das páginas, quando Caitlin apareceu, visivelmente perturbada, seguida por dois membros grandalhões da polícia de Carmel.

Presumi que estivessem meramente passando a caminho do banheiro masculino, onde de vez em quando surgia um armário arrombado. Imagine minha enorme surpresa quando Caitlin levou os policiais direto até mim e disse em voz trêmula:

– Esta é Suzannah Simon, senhores.

Vesti correndo meu short odioso enquanto Kim, na espreguiçadeira ao lado, olhava boquiaberta para os policiais como se eles fossem tritões saídos do mar, ou algo do tipo.

– Srta. Simon – disse o policial mais alto. – Gostaríamos de trocar uma palavra com você um momento, se não se importa.

Já tive mais do que minha cota de policiais na vida. Não porque eu ande com gangues, como Soneca gosta de pensar, mas porque na mediação a gente costuma ser obrigada a... bem, a violar a lei um pouquinho.

Por exemplo: digamos que Marisol não entregasse o tal rosário à filha de Jorge. Bem, para realizar o último desejo de Jorge eu seria obrigada a invadir a casa de Marisol, pegar o rosário e mandar pelo correio para Teresa, anonimamente. Qualquer um pode ver que uma coisa assim, que é realmente para o bem maior no vasto esquema das coisas, poderia ser mal interpretada pelos policiais como sendo um crime.

De modo que, sim, o fato é que fui levada diante dos policias várias vezes, para consternação de minha mãe. Mas, com a exceção daquele infeliz acidente que me deixou no hospital há alguns meses, nos últimos tempos eu não tinha feito nada, pelo que podia lembrar, que ao menos remotamente pudesse ser considerado ilegal.

Portanto, foi com alguma curiosidade, mas pouco nervosismo, que acompanhei os policiais – Knightley e Jones – para fora da área da piscina, até atrás da churrascaria Pool House, perto das lixeiras, a área mais próxima, acho, onde os policiais achavam que teríamos privacidade total para a conversinha.

– Srta. Simon – começou o policial Knightley, o mais alto, enquanto eu olhava um lagarto sair correndo da sombra de um rododendro ali perto, olhar para nós alarmado e depois voltar correndo para a sombra. – A senhorita conhece o Dr. Clive Clemmings?

Fiquei chocada ao admitir que sim. A última pessoa que eu esperava que o policial Knightley mencionasse era o Dr. Clive Clemmings, Ph.D. Estava pensando em algo mais do tipo... ah, não sei, levar um menino de 8 anos para fora do hotel sem a permissão dos pais.

Sei que é idiotice, mas Paul realmente havia me irritado com aquilo.

– Por quê? – perguntei. – Ele, o Sr. Clemmings, está bem?

– Infelizmente não – disse o policial Jones. – Está morto.

– Morto? – Senti vontade de me segurar em alguma coisa. Infelizmente não havia nada, a não ser a lixeira, e como ela estava cheia dos restos do almoço, não quis tocá-la.

Preferi me afundar no meio-fio.

Clive Clemmings? Minha mente estava disparando. Clive Clemmings *morto*? Como? *Por quê?* Eu não tinha gostado de Clive Clemmings, claro. Quando o corpo de Jesse aparecesse, eu esperava poder voltar à sua sala e esfregar isso na cara dele. Você sabe, a parte sobre Jesse ter sido assassinado e coisa tal.

Só que, agora, pelo jeito não teria a chance.

– O que aconteceu? – perguntei, olhando pasma para os policiais.

– Não sabemos exatamente – disse o policial Knightley. – Ele foi achado hoje cedo, sentado à mesa na Sociedade Histórica, morto, aparentemente de ataque cardíaco. Segundo o livro de assinaturas da recepção, você foi uma das poucas pessoas que o viram ontem.

Só então me lembrei de que a mulher atrás do balcão tinha feito com que eu assinasse o livro. Droga!

– Bem – falei entusiasmada, mas esperava que não entusiasmada demais. – Ele estava ótimo quando conversamos.

– É – disse o policial Knightley. – Sabemos disso. Não é por causa da morte do Dr. Clemmings que viemos.

– Não?

Espera um minuto. O que estava acontecendo?

– Srta. Simon – disse o policial Jones. – Quando o Dr. Clemmings foi encontrado hoje cedo, também descobriram que faltava um item de valor especial para a Sociedade Histórica. Algo que aparentemente a senhorita examinou, com o Dr. Clemmings, ontem mesmo.

As cartas. As cartas de Maria. Elas sumiram. Tinha de ser. Ela havia aparecido e levado todas, e de algum modo Clive Clemmings tinha visto Maria e sofreu um ataque cardíaco pelo choque de ver a mulher do retrato que ficava atrás de sua mesa andando pela sala.

– Uma pequena pintura. – O policial Knightley teve de olhar o bloco de anotações. – Uma miniatura de alguém chamado Hector de Silva. A recepcionista, a Srta. Lampbert, disse que o Dr. Clemmings contou que você estava particularmente interessada nela.

Essa informação, tão inesperada, me chocou. O *retrato* de Jesse? Mas quem poderia ter apanhado *aquilo*? E *por quê*?

Não precisei fingir inocência pela primeira vez, quando gaguejei:

– Eu... eu olhei a pintura, sim. Mas não peguei, nem nada. Quero dizer, quando saí, o Sr... o Dr. Clemmings estava guardando-a.

Os policiais Knightley e Jones trocaram olhares. Mas antes que pudessem dizer mais alguma coisa, alguém apareceu no canto da churrascaria.

Era Paul Slater.

– Há algum problema com a babá do meu irmão, senhores? – perguntou numa voz entediada que sugeria, ao menos para mim, que os empregados da família Slater costumavam ser arrastados para interrogatório por membros da polícia.

– Com licença – disse o policial Knightley –, assim que terminarmos de interrogar esta testemunha...

Paul tirou os óculos escuros e rosnou:

– Vocês sabem que a Srta. Simon é menor de idade? Não deveriam estar interrogando-a na presença dos pais?

O policial Jones piscou algumas vezes.

– Perdão, é... senhor – começou ele, mesmo estando claro que realmente não considerava Paul um senhor, vendo que o cara tinha menos de 18 anos e coisa e tal. – Esta senhorita não está sendo presa. Só estamos fazendo algumas per...

– Se ela não está sendo presa – disse Paul rapidamente –, não precisa falar com os senhores, não é?

Os policiais Knightley e Jones se entreolharam de novo. Então o primeiro respondeu:

– Bem, não. Mas houve uma morte e um roubo, e temos motivo para acreditar que ela pode ter informações...

Paul me olhou.

– Suze, esses senhores leram seus direitos?

– Ah... não.

– Você quer falar com eles?

– Ah – falei, olhando nervosa do policial Knightley para o policial Jones, e depois de volta. – Na verdade, não.

– Então não precisa.

Paul se inclinou e segurou meu braço.

– Diga adeus aos bons policiais. – E me puxou.

Olhei para os policiais.

– Ah – falei a eles. – Sinto muito saber que o Dr. Clemmings está morto, mas juro que não sei o que aconteceu com ele, nem com a pintura. Tchau.

Então deixei Paul Slater me puxar de volta para a piscina.

Normalmente não sou tão dócil, mas preciso dizer que estava em choque. Talvez fosse empolgação "apósserinterrogadapelapolíciamasnãoserlevadaààdelegacia", mas assim que estávamos fora das vistas dos policiais Knightley e Jones, me virei e agarrei o pulso de Paul.

– Certo – falei. – O que foi aquilo?

Paul tinha posto os óculos escuros de volta, por isso era difícil ler a expressão de seus olhos, mas acho que ele estava achando divertido.

– Aquilo o quê?

– Aquilo tudo – falei assentindo para os fundos da churrascaria. – O negócio do mocinho resgatando a mocinha. Corrija se estou errada, mas não foi ontem mesmo que você ia me entregar às autoridades? Ou pelo menos me dedurar à minha chefe?

Paul deu de ombros.

– É. Mas um certo alguém me disse que é possível pegar mais moscas com mel do que com vinagre.

Na hora só me senti meio chateada por ser chamada de mosca. Não me ocorreu imaginar quem seria o "certo alguém".

Mas não demorei muito para descobrir.

8

Certo, eu saí com ele.

E daí?

O que isso faz de mim? Quero dizer, o cara perguntou se eu queria comer um hambúrguer com ele depois de eu deixar o irmão de volta com os pais às 17 horas, e eu disse que sim.

Por que não diria? O que tenho a me esperar em casa, hein? Certamente nenhuma esperança de jantar. Barata à milanesa? Fricassê de aranha?

Ah, sim, e um fantasma que mandou assassinar o noivo e estava tentando me apagar na oportunidade mais próxima.

Achei que talvez eu tivesse feito um mau julgamento de Paul. Talvez não tivesse sido justa. Quero dizer, é: ele havia bancado o perseguidor na véspera, mas tinha compensado tremendamente com o negócio de me resgatar da polícia.

E não deu em cima de mim nenhuma vez. Nenhuma. Quando falei que queria ir para casa, ele disse: sem problema, e me levou para casa.

Certamente não foi culpa dele que, quando chegamos à minha casa, não tenha podido chegar à entrada de veículos por causa de todos os carros da polícia e ambulâncias estacionados ali.

Juro, uma coisa que vou comprar com o dinheiro do trabalho de verão é um celular. Porque coisas vivem acontecendo e eu não tenho ideia, porque estou comendo hambúrgueres com alguém no Friday's.

Pulei do carro e corri até onde todas aquelas pessoas estavam paradas. Quando cheguei ao cordão de isolamento estendido em volta do buraco onde a minipiscina de água quente ficaria, alguém me agarrou pela cintura e me fez girar antes que eu tivesse chance de fazer o que queria, que era – ainda que eu não tivesse muita clareza quanto a isso – pular no buraco e me juntar às pessoas que vi no fundo, curvadas sobre algo que eu tinha bastante certeza de que era um corpo.

Mas, como falei, alguém me impediu.

– Epa, tigresa – disse esse alguém, me girando. Por acaso era o Andy, extremamente sujo, suado e diferente de seu jeito normal. – Espera aí. Não tem nada para ver.

– Andy. – O sol ainda não havia se posto, mas mesmo assim eu estava com problema para enxergar. Era como se estivesse num túnel, e só pudesse ver um ponto luminoso bem no final. – Andy, onde está minha mãe?

– Sua mãe está bem. Todo mundo está bem.

O ponto de luz começou a aumentar um pouco. Agora eu podia ver o rosto de minha mãe, olhando-me preocupada do deque, tendo Dunga ao lado com o riso de desprezo de sempre.

– Então o que... – Vi os homens no fundo do buraco levantando uma maca. Sobre a maca havia um saco plástico preto, para cadáveres, do tipo que a gente sempre vê na televisão. – Quem é aquele?

– Bem, não sabemos – respondeu meu padrasto. – Mas, quem quer que seja, estava aí havia muito tempo, portanto as chances são de que não seja alguém que conhecemos.

O rosto de Dunga pairou grande em minha linha de visão.

– É um esqueleto – informou com enorme prazer. Parecia ter superado o fato de que, naquela manhã mesmo, tivera a boca cheia de besouros e tinha voltado a seu jeito insuportável. – Foi totalmente incrível, Suze, você deveria estar aqui. Minha pá atravessou direto o crânio. Ele estalou que nem um ovo ou sei lá o quê.

Bem, para mim isso bastou. Minha visão de túnel voltou imediatamente, mas não o bastante para deixar de perceber algo que caiu enquanto a maca passava por mim. Meu olhar se fixou na coisa, acompanhando-a até pousar no chão perto dos meus pés. Era apenas um pedaço de material manchado e extremamente puído, não maior do que minha mão. Parecia um trapo, mas dava para ver que já tivera renda nas bordas. Pedacinhos de renda ainda se grudavam como fiapos, em especial em volta do canto onde, muito debilmente, dava para ler três iniciais bordadas.

MDS.

Maria de Silva. Era o lenço que Jesse tinha usado na noite passada para secar minhas lágrimas. Só que era o lenço de verdade, puído e marrom por causa do tempo.

E tinha caído do amontoado de material podre que mantinha juntos os ossos de Jesse.

Virei-me e vomitei meu cheeseburger de bacon e batata frita do Friday's na lateral da casa.

Não preciso dizer que ninguém, além de minha mãe, foi muito simpático com relação a isso. Dunga declarou que era a coisa mais nojenta que já viu. Aparentemente havia esquecido do que tivera na boca há menos de 12 horas. Andy simplesmente foi pegar a mangueira, e Soneca, igualmente sem se impressionar, disse que precisava ir, para não se atrasar na entrega das pizzas.

Minha mãe insistiu em me pôr na cama, mas a última coisa que eu queria era tê-la no meu quarto. Puxa, eu tinha acabado de ver a remoção do corpo de Jesse do quintal dos fundos. Gostaria de discutir com ele essa visão perturbadora, mas como poderia fazer isso com mamãe ali?

Achei que, se a deixasse cuidar de mim durante meia hora, ela sairia. Mas ficou muito mais do que isso, obrigando-me a tomar um banho e vestir um pijama de seda que tinha comprado para mim no dia dos namorados (pateticamente, foi o único presente do dia dos namorados que ganhei). Depois insistiu em pentear meu cabelo, como fazia quando eu era pequena.

Também queria falar, claro. Tinha muita coisa a dizer sobre o esqueleto que Andy e Dunga haviam descoberto, insistindo em que era "algum coitado" que tinha sido morto num tiroteio, na época em que nossa casa era pensão de mercenários, pistoleiros e um ou outro filho de fazendeiro. Disse que a polícia insistiria em tratar o fato como homicídio até que o legista determinasse há quanto tempo o corpo estava ali, mas, continuou, como o cara ainda estava com as esporas (esporas!), presumia que eles chegariam à mesma conclusão que ela: que o fulano estava morto havia muito mais tempo do que qualquer um de nós estava vivo.

Tentou fazer com que eu me sentisse melhor. Mas como poderia? Não tinha ideia do motivo para eu estar tão perturbada. Quero dizer, eu não sou Jack. Nunca falei com ela sobre meu talento secreto. Mamãe não sabia que eu sabia de quem era o esqueleto. Não sabia que há apenas 12 horas ele estivera sentado no meu sofá-cama, rindo de *As pontes de Madison*. E que algumas horas antes disso tinha me beijado – no topo da cabeça, mas mesmo assim.

Quero dizer, qual é! Você também ficaria perturbada.

Finalmente, finalmente ela saiu. Dei um suspiro de alívio, achando que poderia relaxar, sabe?

Mas não. Ah, não, porque mamãe não saiu com a intenção de me deixar sozinha. Descobri do modo mais difícil, quando alguns minutos depois o telefone tocou e Andy subiu a escada dizendo que era para mim. Realmente não sentia vontade de falar com ninguém, mas o que podia fazer? Andy já havia dito que eu estava em casa. Por isso atendi, e imagina que vozinha animada escutei na outra ponta?

Isso mesmo.

A de Mestre.

– Suze, como vai? – perguntou meu meio-irmão mais novo. Ainda que sem dúvida já soubesse. Quero dizer, como eu estava. Obviamente mamãe tinha ligado para ele na colônia de férias e dito para ele me ligar ("quem recebe telefonemas da madrasta na *colônia de férias*?", pergunto eu) porque, claro, ela sabe. Sabe que ele é o único dos meus meios-irmãos que eu suporto, e tenho certeza de que ela achava que eu contaria a Mestre o que estava me incomodando, e depois ela poderia pressioná-lo em busca da informação.

Mamãe não é uma premiada jornalista de TV à toa, você sabe.

– Suze? – Mestre parecia preocupado. – Sua mãe me contou... o que aconteceu. Quer que eu vá para casa?

Afundei de volta nos travesseiros.

– Para casa? Não, não quero que você venha para casa. Por que ia querer isso?

– Bem. – Mestre baixou a voz como se suspeitasse de que alguém estava escutando. – Por causa do Jesse.

De todas as pessoas com quem moro, Mestre era o único que fazia a mínima ideia de que não estamos sós. Ele acreditava... e tinha bons motivos para isso. Uma vez, quando eu estava numa verdadeira encrenca, Jesse o procurou. Mesmo morrendo de pavor, Mestre foi me ajudar.

E agora estava se oferecendo de novo.

Mas o que poderia fazer? Nada. Pior do que nada, ele poderia se machucar. Quero dizer, olha o que aconteceu com Dunga de manhã. Você acha que eu queria ver Mestre com a cara cheia de insetos? Não.

– Não – respondi depressa. – Não, Mestr... quero dizer, David. Não precisa. Fique onde está. As coisas estão bem. Verdade.

Mestre pareceu desapontado.

– Suze, as coisas *não* estão bem. Você ao menos quer conversar sobre isso?

– Na verdade, não.

– Olha, Suze. Eu sei que deve ser perturbador. Quero dizer, ver o esqueleto dele daquele jeito. Mas você tem de lembrar que nossos corpos são apenas a casca, e uma casca muito grosseira, que nossas almas ocupam enquanto estamos vivos na Terra. O corpo de Jesse... bem, não tem mais nada a ver com ele.

"É fácil para ele dizer", pensei, arrasada. Ele nunca precisou olhar os músculos abdominais de Jesse.

Não que isso interessasse muito a Mestre, claro.

– Verdade – continuou ele. – Se você pensar bem, provavelmente não é o único corpo que Jesse vai ter. Segundo os hindus, nós trocamos as cascas, os corpos, várias vezes. De fato continuamos a fazer isso, dependendo do carma, até finalmente resolvermos as coisas, alcançando a libertação do ciclo de renascimento.

– É? – Olhei para o dossel da cama. Realmente não acreditava que estava tendo essa conversa. E com um moleque de 12 anos. – É mesmo?

– Claro. Pelo menos a maioria das pessoas. Quero dizer, a não ser que a gente acerte de primeira. Mas isso quase nunca acontece. Veja só, o que está acontecendo com Jesse é que o carma dele está todo bagunçado, e ele tropeçou a caminho do nirvana. Só precisa achar a direção de volta ao corpo que ele deve ganhar depois, você sabe, do último, e aí vai ficar bem.

– David. Tem certeza de que está numa colônia de férias de informática? Porque parece que mamãe e Andy talvez tenham largado você numa colônia de férias de ioga, por engano.

– Suze. – Mestre suspirou. – Olha. Só estou dizendo que esse esqueleto que você viu não era o Jesse, certo? Não tem mais nada a ver com ele. Portanto, não deixe isso chatear você. Certo?

Decidi que estava na hora de trocar de assunto.

– E aí? Tem alguma garota bonita na colônia?

– Suze – disse ele com severidade. – Não...

– Eu sabia. Qual é o nome dela?

– Cala a boca. Olha, eu preciso desligar. Mas lembre-se do que eu disse, certo? Vou estar em casa no domingo, aí a gente conversa mais.

– Ótimo. Vejo você no domingo.

– Até lá. E, Suze?

– Sim, Mestr... quero dizer, David.

– Tenha cuidado, certo? O tal de Diego, o cara daquele livro, que supostamente matou Jesse, parecia meio mau. Seria bom você vigiar as costas ou... bem, sei lá.

Sei lá estava certo.

Mas não confirmei. Em vez disso, falei tchau. O que mais poderia dizer? Que Felix Diego não é nem a metade, filhinho? Estava chateada demais até mesmo para pensar que talvez tivesse de lidar com um segundo espírito hostil.

Mas nem sabia o que é ficar perturbada até que Spike veio pela janela aberta, olhou em volta cheio de expectativa e miou...

E Jesse não apareceu.

Nem mesmo depois de eu chamar seu nome.

Em geral não... quero dizer, os fantasmas... não vêm quando a gente chama.

Mas na maior parte das vezes Jesse vem. Ainda que ultimamente aparecesse antes mesmo de eu ter a chance de chamar, quando só *pensava* em chamá-lo. Aí, *bam!*, quando me toco, ele estava ali.

Menos dessa vez.

Nada. Nem um tremor.

Bem, falei comigo mesma enquanto dava a Spike sua lata de comida e tentava ficar calma. *Tudo bem*. Quero dizer, isso não significa nada. Talvez ele esteja ocupado. Quero dizer, aquilo lá embaixo era o esqueleto dele. Talvez ele o estivesse seguindo até onde estava sendo levado. Para o necrotério ou sei lá onde. Provavelmente é muito traumático olhar pessoas desenterrando seu corpo. Jesse não fazia ideia sobre hinduísmo e carma. Pelo menos que eu soubesse. Para ele, seu corpo era provavelmente muito mais do que uma casca para a alma.

Era onde ele estava. No necrotério. Olhando o que era feito com seus restos.

Mas quando as horas se passaram e ficou escuro, e Spike – que em geral sai à noite procurando pequenos animais e qualquer Chihuahua que possa encontrar – subiu na minha cama, onde eu estava sentada folheando revistas sem ver, e encostou a cabeça na minha mão...

Foi então que eu soube.

Foi então que eu soube que alguma coisa estava errada, errada de verdade. Porque aquele gato me odeia de paixão, mesmo sendo eu quem o alimenta. Se está subindo na minha cama e encostando a cabeça na minha mão, bem, sinto muito, isso significa que meu universo está desmoronando.

Porque Jesse não vai voltar.

Só que, fiquei dizendo a mim mesma enquanto o pânico crescia, *ele prometeu*. Ele *jurou*.

Mas enquanto os minutos tiquetaqueavam e ainda não havia sinal dele, eu soube. Simplesmente soube. Jesse tinha ido embora. Haviam encontrado seu corpo, e isso significava que ele não estava mais desaparecido, e que não havia necessidade de ficar no meu quarto. Não mais, como eu tinha tentado explicar ontem à noite.

Só que ele havia parecido tão seguro... tão seguro de que não era isso. Tinha gargalhado. Tinha *gargalhado* quando eu disse pela primeira vez, como se fosse ridículo.

Mas onde ele estava? Se não tinha ido embora – para o céu ou para outra vida (não para o inferno; tenho certeza de que não há lugar no inferno para Jesse, se existe um inferno) –, então *onde ele estava?*

Tentei contatar meu pai. Não pelo telefone nem nada porque, claro, meu pai não pode ser contatado assim, já que está morto. Tentei chamá-lo onde quer que ele estivesse, lá no plano astral.

Porém, claro, ele também não veio. Mas, afinal de contas, ele nunca vem. Bom, algumas vezes. Mas raramente, e, desta vez, não.

Só quero que você saiba que normalmente eu não piro desse jeito. Quero dizer, normalmente sou muito mais uma mulher de ação. Algo acontece e, bem, eu saio dando cacete. Geralmente é assim que funciona.

Mas isso...

Por algum motivo não conseguia pensar direito. Realmente. Só estava ali, sentada, com o pijama de seda, pensando: "O que eu deveria fazer? O que eu deveria fazer?"

Sério. Não adiantava.

Por isso fiz o que fiz em seguida. Se não conseguia deduzir sozinha o que fazer, bem, precisava de alguém que me dissesse. E sabia de alguém.

Tinha de falar baixo porque, claro, já passava das 23 horas e todo mundo em casa, menos eu, estava dormindo.

– O padre Dominic está? – perguntei.

A pessoa do outro lado da linha – um homem idoso, pela voz – falou:

– O que é, querida? Quase não estou ouvindo.

– O padre Dominic – falei o mais alto que ousei. – Por favor, preciso falar com o padre Dominic agora mesmo. Ele está?

– Claro, querida – disse o homem. Então o escutei gritar: – Dom! Ei, Dom! Telefone para você!

Dom? Como você *ousa* chamar o padre Dominic de *Dom?* Que falta de respeito!

Mas toda minha indignação se dissolveu quando escutei a voz suave e profunda do padre Dominic. Não tinha percebido quanto sentia falta dele, de não vê-lo todos os dias durante o verão, como acontecia nos períodos escolares.

– Alô?

– Padre Dom – falei. Não, não falei. Vou admitir. Chorei. Eu era um caso perdido.

– Suzannah? – O padre Dominic pareceu em choque. – O que há de errado? Por que está chorando? Você está bem?

– Estou – falei. Certo, não falei: solucei. – Não sou eu. É o J... Jesse.

– Jesse? – A voz do padre assumiu o tom de sempre que o assunto Jesse aparecia. Ele havia demorado um tempo para aceitá-lo. Acho que dá para entender. O padre D. não é somente um padre, também é o diretor de uma escola católica. Não deveria aprovar coisas como garotas e rapazes dividindo um quarto... mesmo que o cara esteja, você sabe, morto.

E eu entendia, porque com os mediadores é diferente de com as outras pessoas. Todas as outras pessoas simplesmente atravessam os fantasmas. Fazem isso o tempo todo e nem percebem. Ah, talvez sintam um ponto frio, ou achem que vislumbraram alguma coisa com o canto dos olhos, mas quando se viram não há ninguém ali.

Para os mediadores é diferente. Para nós os fantasmas são feitos de matéria, e não de mortalhas de névoa. Eu não conseguia passar a mão através de Jesse, ainda que todas as outras pessoas pudessem. Bem, todas menos Jack e o padre Dom.

Por isso é compreensível o motivo para o padre Dom nunca ser muito louco pelo Jesse, mesmo que o cara tenha salvado minha vida mais vezes do que posso contar. Porque, independentemente do que ele seja, ainda é um cara, e está morando no meu quarto, e... bem, você captou a ideia.

Não, claro, que tivesse acontecido alguma coisa – para meu dissabor.

O negócio é que agora jamais aconteceria. Quero dizer, agora eu nem vou saber se alguma coisa *poderia* ter acontecido. Porque ele foi embora.

Não falei nada disso ao padre Dom, claro. Só contei o que aconteceu, sobre Maria, a faca e os insetos, e sobre Clive Clemmings morto e o retrato desaparecido, e como tinham achado o corpo de Jesse e agora ele havia sumido.

– E ele me prometeu – terminei de modo um tanto incoerente, de tanto que estava chorando. – Ele *jurou* que não era isso, que não era isso que o estava segurando aqui. Mas agora ele se foi, e...

A voz do padre Dominic era tranquilizadora e controlada, em comparação à minha arenga cheia de soluços.

– Certo, Suzannah. Eu entendo. Entendo. Obviamente há forças atuando que estão além do controle do Jesse e, bom, além do seu, também. Fico feliz por ter me ligado. Escute, agora faça exatamente o que eu digo.

Funguei. Era tão bom – nem posso descrever quanto – ter alguém me dizendo o que fazer! Verdade. Normalmente a última coisa que eu quero é que me digam o que fazer. Mas nesse caso eu realmente, realmente apreciei. Grudei-me ao telefone, esperando ofegante as instruções do padre Dom.

– Você está no seu quarto, não é? – perguntou ele.

Confirmei com a cabeça, percebi que ele não podia me ver e falei:

– Estou.

– Bom. Acorde sua família e conte a eles exatamente o que acaba de me contar. Depois saiam de casa. Saiam dessa casa, Suzannah, o mais rápido que puder.

Afastei o telefone do ouvido e olhei para o aparelho como se ele tivesse começado a balir no meu ouvido como uma ovelha. Sério. Porque isso faria quase tanto sentido quanto o que o padre Dom tinha dito.

Encostei o fone de novo no ouvido.

– Suzannah? – estava dizendo o padre Dom. – Você me escutou? Estou falando totalmente a sério. Um homem já morreu. Não duvido de que alguém de sua família seja o próximo se você não tirá-los daí.

Sei que eu estava arrasada e coisa e tal. Mas não *tão* arrasada.

– Padre D., não posso *contar* a eles.

– Pode sim, Suzannah. Sempre achei errado você manter seu dom em segredo para sua mãe durante tantos anos. Está na hora de contar.

– Até parece! – falei ao telefone.

– Suzannah. Os insetos foram só o começo. Se essa mulher está assumindo uma posse demoníaca de sua casa, horrores como... bem, horrores como você e eu jamais poderíamos imaginar vão começar...

– Possessão demoníaca de minha casa? – Segurei o telefone com mais força. – Escute, padre D., ela pode ter levado meu namorado, mas *não* vai levar minha casa.

O padre Dominic parecia cansado.

– Suzannah. Por favor, faça o que eu digo. Saia com sua família daí antes que aconteça algo ruim a algum de vocês. Entendo que você esteja perturbada por causa do Jesse, mas o fato, Suzannah, é que ele está morto, e você, pelo menos por enquanto, ainda está viva. Temos de fazer o possível para que continue assim. Vou sair daqui agora, mas estou a seis horas de distância. Prometo que chegarei aí de manhã. Uma administração meticulosa de água benta afastará qualquer espírito mau que ainda esteja na casa, mas...

Spike tinha atravessado o quarto em minha direção. Achei que ele iria me morder, como sempre, mas não. Em vez disso, veio direto até meu rosto e soltou um miado muito alto, muito lamentoso.

– Santo Deus – gritou o padre Dominic. – É ela? Ela já está aí?

Cocei Spike atrás da orelha que restava, espantada por ele me deixar tocá-lo.

– Não. Foi o Spike. Ele sente falta do Jesse.

– Suzannah, sei como isso deve ser doloroso para você. Mas saiba que, onde quer que Jesse esteja agora, está melhor do que nos últimos 150 anos, vivendo num limbo entre este mundo e o outro. Sei que é difícil, mas você deve tentar ser feliz por ele, e saiba que, acima de tudo, ele iria querer que você se cuidasse, Suzannah. Ele iria querer que você ficasse segura e mantivesse sua família em segurança...

Enquanto ouvia o padre Dom, percebi que ele estava certo. Era realmente isso que Jesse iria querer. E ali estava eu, sentada de pijama de seda quando havia tanto trabalho a ser feito.

– Padre D. – falei interrompendo –, no cemitério da Missão há alguém da família Silva enterrado?

Arrancado de seu discurso sobre segurança, o padre Dominic disse:

– Eu... Silva? Realmente, Suzannah, não sei. Não creio que...

– Ah, espera. Vivo esquecendo que ela se casou com um Diego. Há uma cripta dos Diego, não há? – Tentei visualizar o cemitério, que era pequeno, rodeado por muros altos, diretamente atrás da basílica da Missão onde o padre Dom trabalha e eu estudo. Há apenas um pequeno número de sepulturas, principalmente dos monges que tinham trabalhado no início com Junípero Serra, o cara que fundou a Missão de Carmel em mil setecentos e pouco.

Mas alguns ricos proprietários de terras no século XIX tinham conseguido espremer um ou dois mausoléus doando uma parte considerável de sua fortuna para a Igreja.

E o maior – se me lembro corretamente da vez em que o Sr. Walden, nosso professor de história da civilização, nos levou ao cemitério para aprendermos um pouco da história local – tinha a palavra DIEGO esculpida na porta.

– Suzannah – disse o padre Dominic. Pela primeira vez havia algo diferente de urgência em sua voz. Agora ele estava apavorado. – Suzannah, sei o que está pensando, e... proíbo! Você não vai chegar perto daquele cemitério, entende? Não vai chegar perto daquela cripta! É perigoso demais...

Exatamente como eu gosto.

Mas não foi isso que falei em voz alta. Eu disse:

– Certo, padre D. O senhor está certo. Vou acordar minha mãe. Vou contar tudo. E tirar todo mundo de casa.

O padre Dominic estava tão atônito que não falou nada durante um minuto. Quando finalmente pôde encontrar a voz, disse:

– Bom. Bem... bom, então. É. Tire todo mundo da casa. Não faça nenhuma tolice, Suzannah, como invocar o fantasma dessa mulher, até eu chegar aí. Prometa.

Prometer. Como se as promessas ainda significassem alguma coisa. Olhe o Jesse. Tinha prometido que não ia embora, e onde estava?

Foi-se. Foi-se para sempre.

E eu tinha sido covarde demais para lhe dizer o que sentia. E agora nunca terei a chance.

– Claro – falei ao padre Dominic. – Prometo.

Mas acho que até ele sabia que não era a sério.

105

9

Caçar fantasmas é um negócio complicado.

Você imaginaria que é fácil, certo? Tipo: se um fantasma estiver incomodando a gente, basta..., você sabe, lhe dar um soco nas fuças e ele vai embora.

É. Infelizmente não funciona assim.

O que não quer dizer que dar um soco nas fuças de alguém não tenha valor terapêutico. Em especial para alguém que, como eu, pode estar sofrendo. Porque era isso que eu estava, claro. Sofrendo por Jesse.

Só que – e não sei se isso se aplica a todos os mediadores ou só a mim – realmente não sofro como uma pessoa normal. Quero dizer, eu fiquei sentada abrindo o berreiro depois que percebi que nunca mais ia ver Jesse.

Mas então uma coisa aconteceu. Parei de me sentir triste e comecei a ficar furiosa.

Furiosa de verdade. Ali estava eu, já passava da meia-noite, e me sentia extremamente furiosa.

Não que não quisesse manter a promessa ao padre D. Queria sim. Mas simplesmente não podia.

Assim como Jesse não pôde manter a promessa a mim.

De modo que, apenas 15 minutos depois de ligar para o padre D., saí do banheiro – Jesse tinha ido embora, portanto eu poderia ter trocado de roupa no quarto, mas velhos hábitos são difíceis de abandonar – com a vestimenta completa de caça-fantasmas, inclusive o cinto de ferramentas e um casaco com capuz, que até eu admito que é meio excessivo na Califórnia em julho. Mas era noite, e aquela névoa que vem do oceano de madrugada pode congelar.

Não quero que você pense que não pensei seriamente no que o padre D. disse sobre contar tudo à minha mãe e tirá-la dali, junto com os Ackerman. Realmente pensei nisso.

Só que, quanto mais pensava, mais ridículo parecia. Quero dizer, em primeiro lugar minha mãe é jornalista de TV. Simplesmente não é do tipo que acredita em fantasmas. Só acredita no que pode ver ou então no que a ciência provou que existe. Na única vez que tentei contar, ela não entendeu nem um pouco. E percebi que nunca entenderia.

Então como é que eu poderia entrar naquele quarto e contar a ela e ao novo marido que eles têm de sair da casa porque há um espírito vingativo atrás de mim? Ela ligaria para o terapeuta em Nova York procurando comunidades onde eu pudesse "descansar" tão depressa que você nem acreditaria.

De modo que esse plano estava descartado.

Mas tudo bem, porque eu tinha um muito melhor. Um plano que, realmente, eu deveria ter imaginado de cara, mas acho que o negócio de ver o esqueleto do cara que eu amo sendo tirado de um buraco no quintal dos fundos realmente me pegou no contrapé, por isso só pensei direito quando estava ao telefone com o padre D.

Mas assim que pensei, percebi que era de fato o plano perfeito. Em vez de esperar que Maria viesse atrás de mim, eu simplesmente iria até ela e, bem...

Iria mandá-la de volta ao lugar de onde tinha vindo.

Ou reduzi-la a um monte de gosma gelatinosa e trêmula. O que acontecesse primeiro.

Porque, mesmo que, claro, os fantasmas estejam mortos, eles ainda sentem dor, como as pessoas que perdem um membro ainda sentem coceira nele de vez em quando. Quando você crava uma faca no esterno dos fantasmas, eles sabem que *deveria* doer, e dói. O ferimento até sangra por um tempo.

Depois, claro, eles superam o choque e o ferimento desaparece. O que é desencorajador, já que os ferimentos que eles, por sua vez, infligem em mim não se curam tão depressa.

Mas tanto faz. A coisa funciona. Mais ou menos.

O ferimento que Maria de Silva tinha me infligido não era visível, mas isso não importava. O que eu ia provocar nela importaria. Com sorte aquele seu marido estaria por perto e eu faria o mesmo com ele.

E o que aconteceria se as coisas não funcionassem assim, e os dois ganhassem a briga?

Bem, essa é a parte mais legal: eu nem me importava. Verdade. Tinha chorado cada grama de emoção que havia em mim, e agora simplesmente não me importava. Não me importava. Realmente.

Eu estava entorpecida.

Tanto que, quando passei as pernas pela janela do quarto e pousei no telhado da varanda – minha saída usual quando não queria que ninguém em casa soubesse que eu estava armando alguma coisa –, nem me importei com as coisas que normalmente têm significado para mim, como a lua, por exemplo, pairando sobre a baía, lançando tudo numa sombra preta e cinza, e o perfume do pinheiro gigante ao lado da varanda. Não importava. Nada disso importava.

Tinha acabado de atravessar o telhado da varanda e estava me preparando para pular quando um brilho mais forte do que a lua, porém muito mais fraco do que, digamos, a lâmpada do meu quarto, apareceu atrás de mim.

Certo, vou admitir. Pensei que era Jesse. Não pergunte por quê. Quero dizer, ia contra toda a lógica. Mas e daí? Meu coração deu um pulo feliz e eu me virei...

Maria estava parada a menos de dois metros de mim, no telhado inclinado e cheio de agulhas de pinheiro. Tinha a mesma aparência do retrato acima da mesa de Clive Clemmings: elegante e espiritual.

Bem, e por que não? Agora ela é um espírito, não é?

– Vai a algum lugar, Suzannah? – perguntou ela em seu inglês cortante, apenas com um leve sotaque.

– Ia – respondi empurrando para trás o gorro do casaco. Tinha amarrado o cabelo num rabo de cavalo. Não era bonito, sei, no entanto eu precisava de toda a visão periférica possível. – Mas agora que você está aqui, vejo que não preciso. Posso chutar sua bunda ossuda tanto aqui quanto na sua sepultura fedorenta.

Maria ergueu as sobrancelhas delicadamente arqueadas.

– Que palavreado! – disse ela. Juro, como se tivesse um leque e estivesse usando-o, como Scarlett O'Hara. – E o que eu poderia ter feito para instigar um vocabulário tão pouco feminino? Você sabe que é possível pegar mais moscas com mel do que com vinagre.

– Você sabe muitíssimo bem o que fez – falei dando um passo na direção dela. – Vamos começar com os insetos no suco de laranja.

Ela ajeitou timidamente uma madeixa de cabelos pretos e brilhantes que tinha escapado dos cachos nas laterais do rosto.

– É, achei que você gostaria deles.

– Mas matar o Dr. Clemmings? – dei outro passo adiante. – Isso foi ainda melhor. Porque imagino que você nem precisou matá-lo, não foi? Você só queria a pintura, não é? A do Jesse.

Ela fez o que as revistas chamam "biquinho": você sabe, meio que franziu os lábios e ao mesmo tempo pareceu satisfeita consigo mesma.

– Sim. A princípio eu não ia matá-lo. Mas quando vi o retrato, o *meu* retrato sobre a mesa dele, bem, como poderia não matar? Ele nem mesmo é meu parente. Por que deveria ficar com um quadro tão belo? E naquela salinha miserável! Aquele quadro enfeitava minha sala de jantar. Ficava um esplendor acima de uma mesa em que vinte pessoas podiam se sentar.

– É, bem. Pelo que eu soube, nenhum de seus descendentes o quis. Seus filhos acabaram não passando de um punhado de vagabundos e bandidos. Parece que sua capacidade materna deixou um pouco a desejar.

Pela primeira vez Maria pareceu chateada. Começou a dizer alguma coisa, mas interrompi:

– O que não entendo é para que você queria a pintura. A de Jesse. Quero dizer, de que ela serve para você? A não ser que tenha roubado a pintura para me causar problema.

– Esse motivo não bastaria? – perguntou ela com um riso de desprezo.

– Acho que sim. Só que não funcionou.

– *Ainda* – disse Maria, com certa ênfase. – Ainda há tempo.

Balancei a cabeça. Só balancei a cabeça enquanto olhava para ela.

– Nossa! – falei mais para mim mesma. – Nossa, vou machucar você.

– Ah, sim. – Maria fez "tsk tsk" por trás da mão com luva de renda. – Esqueci. Você deve estar com muita raiva de mim. Ele foi embora, não foi? O Hector. Deve ter sido um tremendo golpe. Sei como você *gosta* dele.

Eu poderia ter pulado em cima dela nesse momento. Provavelmente deveria ter pulado. Mas ocorreu-me que ela poderia, você sabe, ter alguma informação sobre o Jesse, como ele estava ou mesmo onde estava. É vergonhoso, sei, mas veja do seguinte modo: além do negócio de... você sabe, do amor, ele era um dos melhores amigos que já tive.

– É – falei. – Bem, acho que os traficantes de escravos não são meu prato predileto. Foi com um deles que você se casou, não foi? Um traficante de escravos. Seu pai deve ter sentido tanto orgulho!

Isso apagou o riso da cara dela.

– Deixe meu pai fora disso – rosnou Maria.

– Ah, por quê? Diga uma coisa, ele ficou chateado com você? Seu pai. Você sabe, por ter mandado matar Jesse? Porque imagino que ele ficaria. Quero dizer, basicamente, graças a você, a família Silva acabou. E seus filhos com o tal de Diego, como já discutimos, acabaram virando uns imprestáveis. Aposto que sempre que você esbarra no seu pai por aí, você sabe, no plano espiritual, ele nem diz olá, diz? Isso deve doer.

110

Não sei quanto Maria entendeu, se é que entendeu alguma coisa. Mesmo assim pareceu bem furiosa.

– Você! – gritou ela. – Eu avisei! Disse para mandar sua família parar de cavar, mas você me ouviu? É sua culpa ter perdido seu precioso Hector. Se tivesse ouvido, ele ainda estaria aqui. Mas não. Você pensou que só porque é mediadora, uma pessoa especial que se comunica com os espíritos, é melhor do que nós... melhor do que eu! Mas você não é nada, nada, ouviu? Quem são os Simon? Quem são? Ninguém! Eu, Maria Teresa de Silva, sou descendente da realeza, de reis e príncipes!

Eu só ri. Quero dizer, sério. Qual é!

– Ah, sim – falei. – E sem dúvida foi um comportamento régio matar o namorado daquele jeito.

A expressão de Maria era como uma nuvem negra de tempestade sobre sua cabeça.

– Hector morreu porque ousou romper nosso noivado – sibilou ela numa voz apavorante. – Pensou em me desgraçar na frente de todo mundo. A mim! Sabendo, como sabia, da linhagem real que corria em meu sangue. Sugerir que eu iria...

Uau. Essa era nova.

– Espera um minuto. Ele fez *o quê?*

Mas Maria estava no maior pique.

– Como se eu, Maria de Silva, fosse me permitir ser tão humilhada. Hector tentou devolver minhas cartas e pediu as dele, e o anel, de volta. Disse que não podia se casar comigo depois do que ouviu dizer sobre mim e Diego. – Ela riu de modo desagradável. – Como se não soubesse com quem estava falando! Como se não soubesse que estava falando com uma Silva!

Pigarreei.

– Ah. Tenho bastante certeza de que ele sabia. Quero dizer, esse era o sobrenome dele também. Vocês dois não eram primos?

Maria fez uma careta.

111

– Sim. Tenho vergonha de dizer que compartilhei o nome, e os avós, com aquele... – Ela chamou Jesse de algo em espanhol que não pareceu nem um pouco lisonjeiro. – Ele não sabia com quem estava mexendo. Não havia um homem no condado que não mataria pela honra de se casar comigo.

– E certamente parece que pelo menos um homem no condado foi morto por recusar essa honra – não pude deixar de observar.

– Por que ele não deveria ter morrido depois de me insultar dessa maneira?

– Hum, que tal porque o assassinato é ilegal? E porque mandar matar um cara por ele não querer se casar com você é um ato de uma completa lunática, exatamente o que você é. Engraçado como essa parte não foi parar nos anais da história. Mas não se preocupe. Eu garantirei que a notícia se espalhe.

O rosto de Maria mudou. Antes tinha uma expressão enojada e irritada. Agora parecia assassino.

O que era meio engraçado. Se essa garota achava que alguém no mundo se importava com o que uma dona metida a besta havia feito fazia um século e meio, estava tremendamente enganada. Tinha conseguido matar a única pessoa para quem essa informação poderia ser ao menos remotamente interessante – o Dr. Clive Clemmings, Ph.D.

Mas aparentemente ainda estava cheia do negócio do "nós, os Silva, descendemos da realeza espanhola", já que partiu para cima de mim, anáguas voando, e disse numa voz apavorante:

– Garota estúpida! Eu disse a Diego que você era idiota demais para nos causar problemas, mas agora vejo que estava errada. Você é tudo o que eu ouvi falar sobre os mediadores: uma criatura desprezível, que gosta de interferir!

Fiquei lisonjeada, realmente. Ninguém jamais havia me chamado de desprezível.

– Se *eu* sou desprezível, o que isso torna você? Ah, espere, não diga, já sei. Uma vaca de duas caras que gosta de esfaquear pelas costas, certo?

112

A próxima coisa que vi foi que ela havia tirado aquela faca da manga e de novo estava apontando-a para a minha garganta.

– Não vou esfaquear você pelas costas – garantiu Maria. – É seu rosto que eu quero retalhar.

– Vá em frente – falei. Em seguida agarrei o pulso da mão que segurava a faca. – Quer saber qual foi seu grande erro? – Ela grunhiu enquanto, com um movimento hábil que aprendi no *tae kwon do*, torci seu braço às costas. – Dizer que foi culpa minha ter perdido o Jesse. Porque antes eu estava sentindo pena de você. Mas agora estou apenas furiosa.

Então, dando uma joelhada na coluna vertebral de Maria de Silva, joguei-a esparramada no teto da varanda.

– E quando estou furiosa – falei, arrancando a faca de seus dedos com a mão livre –, realmente não sei o que me dá. Mas começo a bater nas pessoas. Com muita, muita força.

Maria não estava recebendo nada disso com calma. Gritava a ponto de quase explodir. Mas principalmente em espanhol, por isso simplesmente a ignorei. De qualquer modo, eu era a única que podia ouvir.

– Contei isso à terapeuta da minha mãe – informei, enquanto jogava a faca, com o máximo de força possível, no quintal dos fundos, ainda mantendo Maria presa com o peso do meu joelho. – E sabe o que ela disse? Que o gatilho do meu mecanismo de fúria é sensível demais.

Agora que tinha me livrado da faca, inclinei-me para a frente e, com a mão que estava usando para manter o braço de Maria torcido às costas, segurei um punhado daqueles cachos pretos e brilhantes e puxei sua cabeça para mim.

– Mas sabe o que eu disse a ela? Disse: não é o gatilho do meu mecanismo de fúria que é supersensível. É que as pessoas... só... ficam... me... enchendo... o... saco.

Para enfatizar as últimas sete palavras bati com a cara de Maria nas telhas da varanda. Quando levantei sua cabeça depois da última vez, ela estava sangrando bastante pelo nariz e pela boca. Observei isso com grande distanciamento, como se outra pessoa tivesse causado aquilo, e não eu.

– Ah – falei. – Olha só isso. Que coisa desprezível, que interferência de minha parte!

Então bati seu rosto contra as telhas mais algumas vezes, dizendo:

– Esta é por ter pulado em cima de mim enquanto eu estava dormindo e *apertar uma faca na minha garganta*. E essa é por ter feito Dunga *comer insetos*, e esta por ter matado *Clive*, e ah, sim, esta é por *Jesse*...

Não vou dizer que estava fora de mim, de tanta fúria. Estava louca. Louca de montão. Mas sabia exatamente o que estava fazendo.

E não era bonito. Ei, sou a primeira a admitir. Quero dizer, a violência nunca é a resposta, certo? A não ser, claro, que a pessoa que você está espancando já esteja morta.

Mas só porque há 150 anos aquela garota mandou matar um amigo meu, sem motivo além de ele, com todo o direito, querer cancelar um casamento com ela, ela não merecia ter o rosto arrebentado.

De jeito nenhum. O que merecia era ter cada osso do corpo quebrado.

Mas infelizmente, quando por fim soltei o cabelo de Maria e me levantei para fazer exatamente isso, notei um súbito brilho à esquerda.

"Jesse", pensei com o coração dando uma outra daquelas aceleradas.

Mas claro que não era o Jesse. Quando virei a cabeça, o que vi se materializando ali era um homem muito alto, de bigode e cavanhaque escuros, vestindo roupas um tanto semelhantes às de Jesse, só que muito mais chiques – como se fosse um Zorro de festa à fantasia. As calças pretas e justas tinham uma elaborada filigrana prateada descendo pela lateral de cada perna, e a camisa branca tinha aquelas mangas fofas que os piratas sempre usam nos filmes. Além disso havia um bocado de trabalho em prata no coldre, também, e em volta da aba de seu chapéu preto, de caubói.

E não parecia muito feliz em me ver.

– Certo – falei, pondo as mãos nos quadris. – Espere, não diga. Diego, estou certa?

Sob o bigode fininho, seu lábio superior se enrolou.

– Acho que eu lhe disse para deixar essa aí por minha conta – ele disse a Maria, que estava se sentando e encostando a manga da blusa no nariz que sangrava.

Maria estava fazendo um monte de ruídos fungados e feios. Dava para ver que nunca tivera o nariz quebrado, porque não estava inclinando a cabeça para trás para interromper o sangramento.

Amadora.

– Achei que poderia ser mais divertido brincar com ela – disse Maria numa voz temperada com dor. E arrependimento.

Diego balançou a cabeça, enojado.

– Não – disse ele. – Com mediadores não se brinca. Achei que tinha deixado isso claro desde o início. Eles são perigosos demais.

– Desculpe, Diego. – A voz de Maria assumiu um tom lamentoso que eu não tinha ouvido antes. Percebi que ela era uma daquelas garotas que têm uma voz "para os caras", uma voz que ela só usa quando há homens por perto. – Eu deveria ter feito o que você disse.

Era a minha vez de ficar com nojo.

– Olá – falei a Maria. – Estamos no século XXI. Agora as mulheres podem pensar por conta própria, você sabe.

Maria só me olhou por cima da manga que estava encostada no nariz sangrento.

– Mate-a para mim – disse ela naquela voz gemida, de menininha.

Diego deu um passo na minha direção, com uma expressão que dizia que estava felicíssimo em obedecer à amada.

– Ah, o quê? – falei. Eu nem estava com medo. Não me importava mais. O entorpecimento no coração tinha tomado conta do corpo todo. – Você sempre faz o que ela manda? Sabe, hoje nós temos uma expressão para isso: capacho de mulher.

Aparentemente ele não conhecia a expressão, ou simplesmente não se importava, já que continuou vindo. Diego usava esporas, e elas faziam um barulho sinistro nas telhas da varanda.

– Sabe – falei, mantendo a posição. – Vou lhe dizer uma coisa. Sabe esse cavanhaque? É, está totalmente fora de moda. E, sabe, essas joias estão mais fora de moda ainda. É só algo em que talvez você queira pensar. Na verdade acho bom você ter aparecido, porque eu queria lhe dizer umas coisinhas. Número um: sabe sua mulher? É: ela é uma vagabunda. E número dois: sabe aquela coisa de ter matado Jesse e depois enterrado os restos dele lá atrás? É, isso não foi maneiro. Porque, veja bem, agora eu tenho de...

Só que não tive chance de dizer a Felix Diego o que faria com ele. Porque ele me interrompeu. Falou numa voz profunda e surpreendentemente ameaçadora, para um cara de cavanhaque:

– Há muito tempo minha convicção é que mediador bom é mediador morto.

Então, antes que eu pudesse ao menos piscar, ele lançou os braços em volta de mim. Achei que estava tentando me abraçar, ou algo do tipo, o que teria sido bem estranho.

Mas não era isso que ele estava fazendo. Não. O que estava fazendo, na verdade, era me jogar do telhado da varanda.

Ah, sim. Ele me jogou bem no buraco onde a minipiscina de água quente ficaria. Bem onde haviam encontrado os restos de Jesse, naquela tarde mesmo.

116

O que achei meio irônico, na verdade. Pelo menos enquanto ainda fui capaz de pensar.

O que não durou muito, já que perdi a consciência pouco depois de bater no chão.

10

Há uma coisa sobre os mediadores: somos duros de matar.

Sério. Você não acreditaria no número de vezes em que fui derrubada, arrastada, pisoteada, socada, chutada, mordida, gadanhada, acertada na cabeça, mantida embaixo d'água, alvejada por tiros e jogada de telhados.

Mas morri? Alguma vez tive um ferimento que ameaçasse a vida?

Não. Quebrei ossos – um bocado. Fiquei com um montão de cicatrizes.

Mas o fato é que quem – ou o quê – criou os mediadores nos deu uma arma natural, pelo menos, para usar na luta contra os defuntos. Não, não uma força sobre-humana, ainda que isso seria bem prático. Não, o que nós, o padre Dom e eu – e Jack, provavelmente, ainda que eu duvide de que ele tenha tido a oportunidade de usar –, temos é uma casca suficientemente dura para suportar todos os abusos que são causados contra nós.

Motivo pelo qual, mesmo que uma queda daquelas devesse ter me matado, não matou. Nem de longe.

Não, claro, que Maria de Silva e seu amado não imaginassem que tiveram sucesso. Devem ter imaginado, caso contrário teriam ficado ali para terminar o serviço. Mas quando acordei, horas depois, grogue e com uma dor de cabeça que você não acreditaria, eles não estavam por perto.

117

Sem dúvida eu tinha ganhado o primeiro assalto. Bem, pelo menos figurativamente. Quero dizer, não estava morta nem nada, e isso, no meu livro, é um ponto positivo.

O que eu tinha era uma concussão. Soube imediatamente porque tenho o tempo todo. Quero dizer, concussões.

Bem, certo, tive duas vezes.

De qualquer modo não é muito agradável, uma concussão. Basicamente você sente ânsias de vômito e fica toda dolorida, mas, de modo pouco surpreendente, sua cabeça dói mais do que tudo. No meu caso foi ainda pior, porque, como fiquei deitada no fundo daquele buraco durante tanto tempo, o orvalho teve chance de cair. Tinha se acumulado na minha roupa, encharcado tudo e feito com que ficassem pesadas. Por isso, me arrastar daquele buraco que Andy e Dunga haviam cavado se tornou uma tarefa pesadíssima.

De fato, já ia amanhecendo quando finalmente consegui entrar de novo em casa – graças a Deus, Soneca tinha deixado a porta da frente aberta quando veio de seu grande encontro. Mesmo assim eu precisei subir toda a escada. Foi muito lento. Pelo menos, quando entrei no quarto e finalmente consegui tirar toda a roupa encharcada e enlameada, não precisei me preocupar, pela primeira vez, com a possibilidade de Jesse me ver pelada.

Porque, claro, ele tinha ido embora.

Tentei pensar nisso enquanto me arrastava para a cama e fechava os olhos. Essa estratégia – a de não pensar em Jesse ter ido embora – pareceu funcionar bastante bem. Acho que dormi antes que esse pensamento tivesse realmente a chance de chegar.

Só acordei bem depois das oito. Aparentemente Soneca tinha tentado me acordar para o trabalho, mas eu estava apagada demais. Eles me deixaram dormir, acho, porque todos presumiram que eu estava perturbada pelo que havia acontecido na véspera, pelo esqueleto encontrado no quintal dos fundos.

Apenas gostaria de ter só isso com que me preocupar. Quando o telefone tocou, pouco depois das nove, e Andy gritou escada acima dizendo que era para mim, eu já estava de pé, com um agasalho de moletom, examinando o enorme hematoma que havia surgido sob os cabelos da testa. Parecia uma alienígena. Sem brincadeira. Era um espanto não ter quebrado o pescoço. Estava convencida de que Maria e seu namorado achavam que era exatamente isso que tinha acontecido. Era o único motivo para eu ainda estar viva. Os dois eram tão presunçosos que não tinham ficado para garantir que eu estivesse bem morta.

Obviamente nunca haviam conhecido um mediador. É preciso muito mais do que uma queda de telhado para matar um de nós.

– Suzannah. – A voz do padre Dominic, quando atendi ao telefone, estava cheia de preocupação. – Graças a Deus você está bem. Fiquei tão preocupado... Mas você não foi, não é? Ao cemitério ontem à noite?

– Não. – Afinal de contas não tive motivo para ir. O cemitério tinha vindo até mim.

Mas não falei ao padre D. Em vez disso, perguntei:

– O senhor voltou?

– Voltei. Você não contou a eles, contou? Quero dizer, à sua família.

– Ah... – falei incerta.

– Suzannah, você deveria. Realmente deveria. Eles têm o direito de saber. Estamos lidando com um caso muito sério de assombração. Você poderia ser morta, Suzannah...

Não quis mencionar que já havia chegado bem perto.

Naquele momento soou o toque de chamada em espera. Falei:

– Padre D., pode esperar um segundo? – E apertei o botão para atender.

Uma voz aguda, vagamente familiar, falou no meu ouvido, mas nem me esforçando eu conseguiria situá-la.

– Suze? É você? Você está bem? Está doente ou algo assim?

– Ah – falei extremamente perplexa. – É. Acho que sim. Mais ou menos. Quem é?

A voz respondeu muito indignada:

– Eu, Jack!

Ah, meu Deus. Jack. Trabalho. Certo.

– Jack. Como conseguiu meu número?

– Você deu ao Paul. Ontem. Não lembra?

Não lembrava, claro. De ontem só conseguia realmente lembrar que Clive Clemmings estava morto, o retrato de Jesse estava desaparecido...

E que Jesse, claro, tinha ido embora. Para sempre.

Ah, e toda a parte em que o fantasma de Felix Diego tentou rachar minha cabeça.

– Ah. É. Certo. Olha, Jack, eu estou com alguém na outra...

– Suze – interrompeu Jack. – Você deveria me ajudar a dar cambalhota embaixo d'água hoje.

– Eu sei. Sinto muito, mesmo. Só que... realmente não pude ir trabalhar hoje, rapaz. Sinto muito. Não é nada contra você. Eu só precisava de um dia de folga.

– Você está parecendo muito triste – disse Jack, também parecendo bem triste. – Achei que estaria bem feliz.

– Achou? – Imaginei se o padre D. ainda estava esperando na outra linha ou se havia desligado, cheio de indignação. Percebi que estava tratando-o tremendamente mal. Afinal de contas ele havia interrompido seu pequeno retiro por minha causa. – Por quê?

– Por causa do modo como eu...

Foi então que vi. Só um brilho fraquíssimo, perto do sofá-cama. Jesse? De novo meu coração deu uma daquelas cambalhotas. Estava mesmo ficando patético quando eu pulava a cada vez que via o mais leve tremeluzir, achando que era Jesse.

120

Não era.

Também não era Maria ou Diego – graças a Deus. Sem dúvida nem eles teriam ousadia suficiente para tentar me atacar em plena luz do dia...

– Jack – falei ao telefone. – Preciso desligar.

– Espera, Suze, eu...

Mas eu tinha desligado. Porque, sentado ali no meu sofá-cama, parecendo profundamente infeliz, estava o Dr. Clive Clemmings, Ph.D.

Sorte minha: desejar um Jesse e ganhar um Clive.

– Ah – disse ele, piscando por trás das lentes dos óculos fundo de garrafa. Parecia quase tão surpreso em me ver quanto eu em vê-lo materializado ali no meu quarto. – É *você*.

Só balancei a cabeça. Algumas vezes meu quarto parece uma estação de trem.

– Bem, eu simplesmente não... – Clive Clemmings ficou mexendo em sua gravata-borboleta. – Quero dizer, quando disseram que eu deveria contatar um mediador, eu não... quero dizer, não esperei...

– ...que o mediador fosse eu – terminei para ele. – É. Ouço isso um bocado.

– Só que – disse Clive em tom de desculpas –, que você é tão...

Só o encarei irritada. Realmente não estava no clima. E você pode me culpar? Com a concussão e tudo o mais?

– Que eu sou tão o quê? Mulher? É isso? Ou vai tentar me convencer de que está chocado com minha inteligência sobrenatural?

– Bem – disse Clive Clemmings. – Jovem. Foi o que quis dizer... é só que você é tão jovem!

Afundei no banco da janela. Verdade, o que fiz para merecer isso? Quero dizer, ninguém quer ser visitado pelo espectro de um cara como Clive. Tenho quase certeza de que ninguém queria que ele fizesse uma visita quando estava vivo. Então por que eu?

121

Ah, sim. O negócio de ser mediadora.

– A que devo o prazer, Clive? – Provavelmente deveria tê-lo chamado de Dr. Clemmings, mas estava com muita dor de cabeça para demonstrar respeito pelos mais velhos.

– Bem, não sei. Quero dizer, de repente a Sra. Lampbert, minha recepcionista, sabe?, não está atendendo quando a chamo, e quando as pessoas telefonam para mim, bem, ela diz... a coisa mais horrível. Simplesmente não sei o que deu nela. – Clive pigarreou. – Veja bem, ela está dizendo que eu estou...

– Morto – terminei para ele.

Os olhos de Clive ficaram perceptivelmente maiores por trás dos óculos.

– Bom, isso é extraordinário. Como é que você sabe? Bem, sim, claro, afinal de contas você é mediadora. Disseram que entenderia. Mas verdade, Srta. Ackerman, os últimos dias foram extremamente exaustivos. Não estou me sentindo como eu era, e...

– Isso – interrompi – é porque você está morto.

Normalmente eu teria sido um pouquinho mais gentil, mas acho que ainda sentia um certo nó de ressentimento com o velho Clive por ter descartado daquele jeito minha sugestão de que Jesse podia ter sido assassinado.

– Mas isso não é possível. – Clive repuxou a gravata-borboleta. – Quero dizer, olhe para mim. Eu estou claramente aqui. Você está falando comigo...

– É. Porque sou mediadora, Clive. Esse é o meu trabalho. Ajudar pessoas como você a ir em frente depois de terem... você sabe. – Como ele claramente não sabia, fui mais clara: – Batido as botas.

Clive piscou rapidamente várias vezes.

– Eu... eu... ah, minha nossa!

– É. Está vendo? Agora vejamos se podemos deduzir por que você está aqui e não no feliz céu dos historiadores. Qual é a última coisa de que você se lembra?

122

Clive tirou a mão do queixo.

– Perdão?

– Qual é a última coisa que você lembra – repeti – de antes de notar que estava... bem, invisível para a Sra. Lampbert?

– Ah. – Clive coçou a careca. – Bem, eu estava sentado à minha mesa, olhando aquelas cartas que você trouxe. Foi gentileza seu padrasto pensar em nós. As pessoas costumam desconsiderar a Sociedade Histórica local quando, você sabe, sem nós, o tecido da cultura local seria permanentemente...

– Clive. – Sei que eu estava sendo grosseira, mas não podia evitar. – Olha, ainda nem tomei o café da manhã. Pode ir em frente, por favor?

– Ah. – Ele piscou mais um pouco. – Sim. Claro. Bem, como eu dizia, estava examinando as cartas que você me trouxe. Desde que você saiu da minha sala no outro dia estive pensando no que você disse... sobre Hector de Silva. Parece um tanto improvável que um rapaz que escreveu de modo tão amoroso sobre a família simplesmente fosse embora sem dizer uma palavra. E o fato de você ter encontrado as cartas de Maria enterradas no quintal do que já foi uma pensão bem conhecida... Bom, devo dizer que, pensando mais, toda a coisa me pareceu extremamente esquisita. Peguei meu ditafone e estava fazendo algumas anotações para a Sra. Lampbert digitar mais tarde quando subitamente senti... bem, um arrepio. Como se alguém tivesse posto o ar-condicionado no máximo. Mas posso garantir que a Sra. Lampbert não faria isso. Alguns dos nossos artefatos devem ser mantidos em climas atmosféricos altamente controlados, e ela nunca...

– Não era o ar-condicionado – falei em tom curto e grosso.

Ele me olhou, claramente espantado.

– Não. Não. Não era. Porque um instante depois captei um cheiro levíssimo de flor de laranjeira. E você sabe que Maria Diego era bem conhecida por usar água de toalete com perfume de flor de laranjeira. Foi estranho demais. Porque um segundo depois pude jurar que, por um momento... – A expressão de seus olhos, por trás das lentes grossas, ficou distante. – Bem, por um momento eu teria jurado que a vi. Só com o canto do olho. Maria de Silva Diego...

A expressão distante abandonou seus olhos. Quando me encarou em seguida o olhar era cortante como laser.

– E então senti – disse ele numa voz muito controlada – uma dor lancinante, subindo e descendo pelo braço. Eu sabia o que era, claro. Minha família sofre de doença cardíaca congênita. Isso matou meu avô, você sabe, logo depois de ele ter seu livro publicado. Mas, diferentemente dele, tenho sido extremamente diligente com a alimentação e o regime de exercícios. Só podia ter sido o choque, você sabe, de ver... pelo menos de pensar ter visto... algo que não era... que não poderia...

Ele parou, depois prosseguiu:

– Bem, tentei pegar o telefone para ligar imediatamente para o número de emergência, mas ele... bem... o telefone meio que... pulou da minha mesa.

Só fiquei olhando-o. Precisava admitir que nesse ponto estava sentindo pena. Quero dizer, ele fora assassinado, como o Jesse. E pela mesma mão. Bem, mais ou menos.

– Não pude alcançá-lo – disse Clive com tristeza. – Quero dizer, o telefone. E essa... essa é a última coisa de que me lembro.

Umedeci os lábios.

– Clive. O que você estava dizendo? Ao ditafone. Logo antes de vê-la. De ver Maria de Silva?

– O que eu estava dizendo? Ah, claro. Estava dizendo que achava bom investigar mais, parecia que o que você tinha sugerido, e aquilo em que meu avô sempre acreditou, talvez pudesse ter algum mérito...

Balancei a cabeça. Não dava para acreditar.

– Ela matou você – murmurei.

– Ah. – Clive não estava mais piscando nem repuxando a gravata-borboleta. Só ficou ali parado, parecendo um espantalho de quem haviam arrancado o mastro. – É. Acho que você poderia dizer isso. Mas só como uma figura de linguagem. Quero dizer, afinal de contas, foi o choque. Mas não é que ela...

– Para impedi-lo de contar a alguém o que eu falei. – Apesar da dor de cabeça, eu estava ficando furiosa outra vez. – E matou seu avô também, do mesmo modo.

Então Clive piscou, de modo interrogativo.

– Meu... meu avô? Você acha? Bem, devo dizer... bom, a morte dele foi bem súbita, mas não houve sinal de... – Sua expressão mudou. – Ah. Ah. Sei. Você acha que meu avô foi morto pelo fantasma de Maria de Silva Diego para que ele não escrevesse mais sobre sua teoria relativa ao desaparecimento do primo dela?

– É um modo de dizer. Ela não queria que ele contasse a verdade sobre o que aconteceu com Jesse.

– Jesse? Quem é Jesse?

Os dois quase pulamos ao ouvir uma batida na porta.

– Suze? – gritou meu padrasto. – Posso entrar?

Num ímpeto de agitação, Clive se desmaterializou. Eu mandei entrar, e a porta se abriu e Andy ficou ali parado, sem jeito. Ele nunca entra no meu quarto, a não ser, ocasionalmente, para consertar coisas.

– Ah, Suze? Bem, você tem uma visita. O padre Dominic está...

Andy não terminou porque o padre Dominic apareceu logo atrás dele.

Não posso realmente explicar por que fiz o que fiz. Não há outra explicação para isso, além do simples fato de que, bem, nos seis meses em que o conheço, passei realmente a sentir algo pelo velho.

De qualquer modo, ao vê-lo pulei do banco da janela, de modo totalmente involuntário, e me joguei contra ele. O padre Dominic ficou um bocado surpreso com essa demonstração explícita de emoção, já que normalmente sou um tanto reservada.

125

– Ah, padre D. – falei para a frente da camisa do padre Dominic. – Estou tão feliz em ver o senhor.

E estava mesmo. Finalmente – *finalmente* – alguma normalidade retornava ao meu mundo que parecia ter virado totalmente de cabeça para baixo nas últimas 24 horas. Ele tinha voltado. O padre Dominic cuidaria de tudo. Sempre cuidava. Só ficar ali abraçando-o e sentindo seu cheiro sacerdotal, que era de Woolite e, mais levemente, do cigarro que tinha fumado escondido no carro, durante a vinda, senti que tudo ia ficar bem.

– Ah – disse o padre Dominic. Dava para sentir sua voz reverberando dentro do meu peito, junto com os pequenos ruídos que o estômago dele fazia ao digerir o que quer que ele tivesse comido no café da manhã. – Minha nossa! – O padre Dominic me deu tapinhas desajeitados no ombro.

Atrás de nós, ouvi Dunga dizer:

– O que e que deu *nela*?

Andy mandou-o ficar quieto.

– Ah, qual é – disse Dunga. – Ela não pode ainda estar perturbada por causa daquele esqueleto estúpido que a gente achou. Quero dizer, esse tipo de coisa não deveria incomodar a rainha do povo da noit...

Dunga interrompeu a frase com um grito de dor. Olhei em volta do ombro do padre D. e vi Andy puxando o filho do meio pela orelha, corredor afora.

– Corta essa, pai! – berrava Dunga. – Ai! Pai, para com isso!

Uma porta bateu. No fim do corredor, no quarto de Dunga, Andy dava-lhe uma bronca.

Soltei o padre D.

– O senhor andou fumando – falei.

– Só um pouquinho. – Ao ver minha expressão, ele deu de ombros, impotente. – Bem, foi uma longa viagem dirigindo. E eu tinha certeza de que, quando chegasse aqui, ia achar todos vocês assassinados nas camas. Você realmente tem o modo mais alarmante de entrar em encrenca, Suzannah.

126

– Sei disso. – Suspirei e fui sentar no banco da janela, envolvendo um dos joelhos com os braços. Estava com um agasalho de moletom e não tinha me incomodado em passar maquiagem nem lavar o cabelo. De que adiantaria?

O padre D. não pareceu notar minha aparência medonha. Continuou, como se estivéssemos em sua sala, falando sobre levantamento de verbas com o governo, para os alunos, ou algo completamente inócuo assim.

– Trouxe um pouco de água benta. Está no meu carro. Vou dizer a seu pai que você me pediu para abençoar a casa, por causa da ... é... da descoberta de ontem. Ele pode se espantar por você estar subitamente abraçando a Igreja, mas você terá de começar a insistir em dar as graças na hora do jantar, ou talvez até em frequentar a missa de vez em quando, para convencê-lo de sua sinceridade. Andei lendo um pouco sobre aqueles dois, Maria de Silva e o tal de Diego, e eles eram bastante devotos. Assassinos, parece, mas também carolas. Acho que ficarão bem relutantes em entrar numa casa que foi santificada por um padre. – O padre Dominic me olhou, preocupado. – O que pode acontecer quando você puser os pés fora desta casa é que me preocupa. No minuto em que você... santo Deus, Suzannah. – O padre Dominic parou e me olhou com curiosidade. – O que aconteceu com sua testa?

Levantei a mão e toquei o hematoma sob o cabelo.

– Ah – falei, me encolhendo um pouco. O ferimento ainda estava dolorido. – Nada. Olha, padre D...

– Não diga que isso não é nada. – O padre Dominic deu um passo adiante e depois respirou profundamente. – Suzannah! Onde, em nome do céu, você conseguiu esse machucado feio?

– Não é nada – falei, puxando o cabelo sobre os olhos. – É só uma pequena demonstração da estima de Felix Diego.

– Esta marca não é bobagem – declarou o padre Dominic. – Suzannah, já lhe ocorreu que você pode ter tido uma concussão? Deveríamos fazer um raio X imediatamente.

– Padre Dominic...

– Sem discussão, Suzannah. Calce um sapato. Vou conversar com seu padrasto, depois vamos ao hospital de Carmel...

O telefone tocou, ruidoso. Eu lhe disse, isso aqui é a própria estação de trens. Atendi, principalmente para me dar tempo de pensar numa desculpa para não ir ao hospital. Uma ida à emergência exigiria uma história sobre como eu tinha obtido este último ferimento, e, francamente, estava ficando sem boas histórias.

– Alô? – falei ao aparelho enquanto o padre D. me fazia um muxoxo.

– Suze? – a familiar vozinha aguda. – Sou eu de novo. O Jack.

– Jack – falei cansada. – Olha, eu disse antes. Realmente não estou me sentindo bem...

– É isso aí. Fiquei pensando que você podia não ter ouvido. E então achei que podia contar. Porque sei que você vai se sentir melhor quando souber.

– Souber o quê, Jack?

– Como eu mediei aquele fantasma para você.

Deus, minha cabeça estava latejando. Não estava no clima para isso.

– Ah, é? Que fantasma, Jack?

– Você sabe. O cara que estava incomodando você. O tal de Hector.

Quase larguei o telefone. Na verdade larguei, mas estendi as mãos depressa e o peguei antes que caísse no chão. Então segurei de novo junto ao ouvido, com as duas mãos, para ter certeza de que estava escutando direito. Fiz tudo isso com o padre Dominic me olhando.

– Jack – falei, sentindo como se todo o ar tivesse escapado de mim. – O que você está falando?

– Aquele cara. – Seu tom infantil tinha ficado indignado. – Você sabe, o que não queria deixar você em paz. Aquela moça, Maria, me disse...

128

– Maria? – Eu tinha esquecido tudo sobre a dor de cabeça, sobre o padre Dom. Praticamente gritei ao telefone. – Jack, o que você está falando? Que Maria?

– Aquela fantasma da antiga – disse Jack, parecendo sem graça. – A boazinha, que a gente viu o retrato na sala daquele careca. Ela disse que o tal de Hector, o da outra pintura, a pequenina, estava incomodando você, e que se eu quisesse fazer uma bela surpresa, deveria exer... deveria exor... deveria...

– Exorcizá-lo? – Os nós dos meus dedos tinham ficado brancos em volta do aparelho. – Exorcizá-lo, Jack? Foi o que você fez?

– É – disse Jack, parecendo muito satisfeito consigo mesmo. – É, foi isso mesmo. Eu exorcizei ele.

11

Afundei no banco da janela.

– O que... – meus lábios estavam entorpecidos. Não sei se era uma complicação da concussão ou o que, mas de repente não conseguia sentir os lábios. – O que você disse, Jack?

– Eu exorcizei ele para você. – Jack parecia imensamente satisfeito. – Sozinho. Bem, a dona ajudou um pouco. Deu certo? Ele foi embora?

Do outro lado do quarto o padre Dominic estava me olhando com ar inquisitivo. Não é de espantar. Minha conversa, ouvida deste lado, devia parecer totalmente bizarra. Afinal de contas, eu não tinha tido chance de lhe falar sobre o Jack.

– Suze? – disse Jack. – Você ainda está aí?

– Quando? – murmurei através dos lábios entorpecidos.

– O quê?

129

– Quando, Jack. Quando você fez isso?

– Ah. Ontem à noite. Enquanto você estava fora com meu irmão. Veja só, a tal de Maria veio aqui e trouxe aquela pintura, e umas velas, e então falou o que eu deveria dizer, e eu disse, e foi bem maneiro, porque começou a sair uma fumaça vermelha das velas, que foi girando e girando, e então se abriu um buraco enorme no ar, acima da cabeça da gente, e eu olhei dentro e era bem escuro, e então falei mais umas palavras, e então o cara apareceu, e foi sugado bem lá para dentro.

Não falei nada. O que poderia dizer? O garoto havia acabado de descrever um exorcismo – pelo menos todos os que eu tinha visto. Não estava inventando. Tinha exorcizado Jesse. Tinha exorcizado *Jesse*. Jesse fora *exorcizado*.

– Suze – disse Jack. – Suze, você ainda está aí?

– Ainda estou. – Acho que devia estar com uma cara medonha, porque o padre Dom veio e se sentou no banco da janela, ao meu lado, parecendo todo preocupado.

E por que não? Eu estava em choque.

E era um tipo de choque diferente de todos que eu já tivera. Não era como ser jogada de um telhado ou sentir uma faca na garganta. Era pior.

Porque não dava para acreditar. Simplesmente não dava. Jesse tinha mantido a promessa. Não tinha desaparecido porque seus restos finalmente haviam sido encontrados, provando que fora assassinado. Tinha desaparecido porque Maria de Silva mandou exorcizá-lo.

– Você não está com raiva de mim, está? – perguntou Jack, preocupado. – Quero dizer, eu fiz a coisa certa, não foi? A tal de Maria disse que Hector era muito mau com você, e que você agradeceria... – Houve um ruído ao fundo, e então Jack falou: – É Caitlin. Ela quer saber quando você vai voltar. Quer saber se você pode vir esta tarde, porque ela precisa...

Mas não fiquei sabendo o que Caitlin precisava fazer. Porque eu tinha desligado. Simplesmente não podia ouvir aquela vozinha doce dizendo coisas horríveis, medonhas, nem por mais um segundo.

O negócio era que aquilo não entrava na minha cabeça. De jeito nenhum. Eu compreendia o que Jack tinha acabado de dizer, mas não absorvia emocionalmente.

Jesse *não* tinha ido deste plano ao próximo – pelo menos não por sua livre vontade. Tinha sido arrancado da existência aqui do mesmo modo como fora arrancado da vida e, em última instância, pelas mesmas mãos.

E por quê?

Pelo mesmo motivo pelo qual fora morto: para não causar vergonha a Maria de Silva.

– Suzannah. – A voz do padre Dominic era gentil. – Quem é Jack?

Levantei a cabeça, espantada. Tinha praticamente esquecido que o padre D. estava no quarto. Mas ele não estava simplesmente no quarto. Estava sentado ao meu lado, com os olhos azuis cheios de preocupação.

– Suzannah – disse ele. O padre Dom nunca me chama de Suze, como todo mundo. Uma vez perguntei o motivo, e ele disse que achava Suze vulgar. Vulgar! Na hora achei uma piada. Ele é tão engraçado, tão antiquado!

Jesse também nunca me chamou de Suze.

– Jack é um mediador – falei. – Tem 8 anos. Eu estava trabalhando como babá dele, no hotel.

O padre Dominic ficou surpreso.

– Um mediador? Verdade? Que extraordinário! – Então sua expressão de surpresa voltou a ser de preocupação. – Você deveria ter me telefonado assim que ficou sabendo, Suzannah. Não há muitos mediadores no mundo. Eu gostaria muito de falar com ele. Mostrar o caminho, por assim dizer. Você sabe, há muita coisa que um jovem mediador deve aprender. Talvez não fosse bom você assumir o treinamento de um deles, Suzannah, já que você também é muito jovem...

131

– É – falei com um riso amargo. Para meu espanto, o som ficou preso na garganta, como uma espécie de soluço. – Nem diga!

Não dava para acreditar. Eu estava chorando de novo.

Que negócio era esse, afinal? Quero dizer, essa coisa de chorar? Durante meses fico seca que nem um osso, e de repente abro o berreiro sem mais nem menos.

– Suzannah. – O padre Dominic segurou meu braço e me deu uma leve sacudida. Pela sua expressão dava para ver que estava realmente pasmo. Como falei, eu nunca choro. – Suzannah, o que é isso? Você está *chorando*, Suzannah?

Só pude confirmar com a cabeça.

– Mas por quê, Suzannah? – perguntou ele ansioso. – Por quê? Por causa do Jesse? É difícil, e eu sei que você vai sentir falta dele, mas...

– O senhor não entende. – Eu estava com problema para enxergar. Tudo tinha ficado muito turvo. Não podia ver minha cama nem o estampado das almofadas no banco da janela, e elas estavam muito mais perto. Levantei as mãos diante do rosto, pensando que talvez o padre Dom estivesse certo e que eu deveria tirar um raio X, afinal de contas. Evidentemente havia alguma coisa errada com minha visão.

Mas quando meus dedos encontraram o molhado nas bochechas, fui obrigada a admitir a verdade. Não havia nada de errado com minha visão. Meus olhos estavam simplesmente transbordando de lágrimas.

– Ah, padre – falei e pela segunda vez em meia hora envolvi com os braços o pescoço de um padre. Minha testa colidiu com os óculos dele, que ficaram tortos. Dizer que o padre Dominic ficou espantado com esse gesto seria um eufemismo do tipo mais grotesco.

Mas avaliando pelo modo como ele se imobilizou quando as pronunciei, ele ficou ainda mais surpreso com as palavras que saíram da minha boca.

– Ele exorcizou o Jesse, padre D. Maria de Silva o enganou para que fizesse isso. Disse ao Jack que Jesse estava me in-incomodando, e que ele me f-faria um favor, livrando-se dele. Ah, padre Dominic... – Minha voz cresceu até um uivo. – O que eu vou fazer?

Pobre padre Dominic. Duvido tremendamente de que tenha mulheres chorando histéricas e o abraçando com muita frequência. Dá para ver totalmente. Ele não sabia como reagir. Quero dizer, me deu tapinhas no ombro e disse "Shhh, tudo vai dar certo", e coisas do tipo, mas dava para ver que o sujeito estava realmente desconfortável. Acho que tinha medo de que Andy aparecesse e achasse que eu estava chorando por causa de algo que ele tinha dito.

O que era ridículo, claro. Como se alguma coisa que alguém *dissesse* fosse me fazer chorar.

Depois de alguns minutos com o padre Dom dizendo "Shhh, tudo vai dar certo" e ficando todo rígido, não pude deixar de rir.

Sério. Quero dizer, era engraçado. De um modo triste e patético.

– Padre Dominic – falei, afastando-me e olhando-o através dos olhos chorosos. – Está brincando? *Nada* vai dar certo. Está bem? Nada *nunca mais* vai dar certo.

O padre Dominic podia não ser muito bom de abraço, mas estava com tudo no departamento de lenços. Eu já o tinha visto fazer isso com as crianças pequenas na escola, as do jardim de infância que choravam por causa de sorvetes caídos no chão ou algo assim. Ele realmente era bom em enxugar.

– Ora, Suzannah – disse ele enquanto enxugava. – Isso não é verdade. Você sabe que não é.

– Padre. Eu sei que é. Jesse foi embora e a culpa é totalmente minha.

– Como a culpa é sua? – O padre Dominic me olhou, desaprovando. – Suzannah, não é sua culpa.

– É sim. O senhor mesmo disse. Eu deveria ter ligado para o senhor no minuto em que percebi a verdade sobre Jack. Mas não liguei. Achei que podia cuidar dele sozinha. Achei que não era grande coisa. E agora olha o que aconteceu. Jesse foi embora. *Para sempre.*

– É uma tragédia – disse o padre Dominic. – Não consigo pensar numa injustiça maior. Jesse era um amigo muito bom para você... para nós dois. Mas o fato, Suzannah... – Ele tinha conseguido enxugar quase todas as minhas lágrimas, e guardou o lenço. – ... é que ele passou muitos anos vagueando numa espécie de meia-vida. Agora suas lutas acabaram, e talvez ele possa começar a desfrutar das recompensas justas.

Estreitei os olhos. O que o sujeito estava *falando*?

Ele deve ter lido o ceticismo no meu rosto, porque disse:

– Bom, pense nisso, Suzannah. Durante 150 anos Jesse esteve preso numa espécie de submundo entre a vida passada e a próxima. Ainda que você possa lamentar o modo como isso aconteceu, pelo menos ele deu o salto para o destino final...

Afastei-me bruscamente do padre D. Na verdade, me afastei do banco da janela. Fiquei de pé, dei alguns passos e depois me virei, pasma com o que tinha escutado.

– O que o senhor está falando? Jesse estava aqui por um *motivo*. Não sei qual era, e não sei se ele também sabia. Mas, qualquer que fosse, ele deveria ficar aqui, neste "submundo", até descobrir o que era. Agora nunca mais vai poder. Agora não saberá por que ficou aqui por tanto tempo.

– Entendo isso, Suzannah – disse o padre Dominic numa voz que achei irritantemente calma. – E, como falei antes, é uma infelicidade, uma tragédia. Mas, independentemente disso, Jesse foi em frente, e pelo menos devemos ficar felizes por ele ter encontrado a paz eterna...

– Ah, meu Deus! – Eu estava gritando de novo, mas não me importei. Estava furiosa. – Paz eterna? Como *sabe* que foi isso que ele encontrou? O senhor não sabe.

– Não.

Dava para ver que agora o padre Dominic estava escolhendo as palavras com cuidado. Como se eu fosse uma bomba que poderia explodir se ele usasse a errada.

– Você está certa – disse o padre D. em voz baixa. – Não sei. Mas esta é a diferença entre você e eu, Suzannah. Veja bem, eu tenho fé.

Atravessei o quarto em três passos. Não sabia o que ia fazer. Certamente não ia bater nele. Quero dizer, o gatilho do meu mecanismo de raiva pode ser supersensível, mas não ando por aí dando socos em padres. Bem, pelo menos não no padre Dom. Ele é meu mano, como costumávamos dizer lá no Brooklyn.

Mesmo assim, acho que eu ia sacudi-lo. Ia pôr as mãos em seus ombros e tentar sacudi-lo até cair na real, já que a argumentação não estava funcionando. Quero dizer, sério, fé. *Fé!* Como se a *fé* alguma vez funcionasse melhor que umas boas cacetadas.

Mas antes que pudesse pôr a mão nele ouvi alguém pigarrear atrás de mim. Olhei e ali estava o Andy, com o cinto de ferramentas, jeans e uma camiseta com os dizeres "BEM-VINDO A DUCK BILL FLATS", parado junto à porta aberta e parecendo preocupado.

– Suze – disse ele. – Padre Dominic. Está tudo bem aí? Pensei ter ouvido alguém gritar.

O padre Dominic se levantou.

– Sim – disse ele, parecendo sério. – Bem, Suzannah está, e com todo o direito, preocupada com a... bem, a descoberta infeliz em seu quintal, ontem. Ela pediu, Andrew, que eu desse uma bênção na casa e, claro, eu disse que daria. Mas deixei a Bíblia no carro...

Andy se empertigou imediatamente.

– Quer que eu pegue para o senhor, padre?

– Ah, seria maravilhoso, Andrew. Simplesmente maravilhoso. Deve estar no banco da frente. Se puder trazê-la, eu faria o trabalho imediatamente.

– Sem problema, padre – respondeu Andy, e saiu parecendo todo feliz. O que é fácil, se você, como Andy, não faz a mínima ideia do que está acontecendo em sua própria casa. Quero dizer, Andy não acredita. Não sabe que existe um plano de existência diferente deste. Não sabe que pessoas do outro plano estão tentando matá-lo.

Ou que eu estava apaixonada pelo sujeito cujos ossos ele desenterrou ontem.

– Padre D. – falei, no minuto em que ouvi os pés de Andy baterem na escada.

– Suzannah – interrompeu ele, cansado. Dava para ver que estava tentando me cortar antes que eu fosse em frente. – Entendo como isso é difícil para você. Jesse era muito especial. Sei que ele significava muito...

Não pude acreditar naquilo.

– Padre D.

– ...mas o fato, Suzannah, é que agora Jesse está num lugar melhor. – Enquanto falava, o padre Dominic atravessou meu quarto, parou junto à porta e tirou uma bolsa preta que aparentemente havia colocado no corredor. Levantou a bolsa, pousou-a de novo na minha cama desarrumada e abriu. Então começou a tirar coisas de dentro.

– Nós dois – continuou ele – vamos simplesmente ter fé nesse pensamento e ir em frente.

Pus as mãos nos quadris. Não sei se era a concussão ou o fato de que meu amado sofrera um exorcismo, mas acho que meu quociente de vaca insuportável estava regulado no máximo.

– Eu tenho fé, padre Dom. Tenho muita fé. Tenho fé em mim mesma e tenho fé no senhor. Por isso sei que podemos consertar isso.

136

Os olhos azul-bebê do padre Dom se arregalaram por trás das lentes de seus óculos bifocais enquanto ele erguia aos lábios uma tira de pano roxa, beijava-a e depois passava em volta do pescoço.

– Consertar isso? Consertar o quê? O que você quer dizer, Suzannah?

– O senhor sabe – falei, porque ele sabia.

– Eu... – O padre Dominic pegou na bolsa um negócio de metal que parecia uma colher de tirar sorvete, junto com um frasco do que eu só podia supor que fosse água benta. – Eu percebo, claro, que Maria de Silva Diego terá de ser enfrentada. Isso é perturbador, mas acho que você e eu somos perfeitamente preparados para cuidar da situação. E o garoto, Jack, terá de ser visto e adequadamente doutrinado nos métodos apropriados de mediação, dentre os quais, você sabe, o exorcismo só deve ser usado como último recurso. Mas...

– Não é isso.

O padre Dominic ergueu os olhos de seus preparativos de bênção de casa.

– Não?

– Não – repeti. – E não finja que não sabe do que estou falando.

Ele piscou algumas vezes, fazendo eu me lembrar de Clive Clemmings.

– Não posso dizer que sei, Suzannah. De que você está falando?

– De trazê-lo de volta.

– Trazer quem de volta, Suzannah?

A maratona noturna do padre Dom, dirigindo toda a noite, estava começando a aparecer. Ele era um cara bonito, para alguém de 60 e poucos anos. Tenho certeza de que metade das freiras e a maior parte da congregação feminina da missão era apaixonada por ele. Não que o padre D. notasse isso. A ideia de que era um gato da terceira idade só iria deixá-lo sem graça.

– O senhor sabe quem.

– Jesse? Trazer Jesse de volta? – O padre Dominic ficou ali parado, com a estola em volta do pescoço e o negócio de espirrar água benta numa das mãos. Parecia atarantado. – Suzannah, você sabe tão bem quanto eu que assim que os espíritos saem deste mundo nós perdemos todo o contato com eles. Eles se foram. Passaram adiante.

– Eu sei. Não falei que ia ser fácil. De fato só consigo pensar num modo de fazer isso. E, mesmo assim... bem, é arriscado. Mas com sua ajuda, padre D., pode funcionar.

– Minha ajuda? – O padre D. estava confuso. – Minha ajuda em quê?

– Padre D., quero que o senhor me exorcize.

12

— Pela última vez, Suzannah – disse o padre Dominic. Desta vez bateu no volante para dar ênfase enquanto falava. – O que você está pedindo é impossível.

Revirei os olhos.

– O que aconteceu com a fé? Achei que, se a gente tem fé, tudo é possível.

O padre D. não gostava de ter suas próprias palavras usadas contra ele. Dava para ver pelo modo como ele fazia careta para o reflexo dos carros que vinham atrás de nós, pelo retrovisor.

– Então deixe-me dizer que o que você está sugerindo tem muito pouca chance de dar certo.

Dirigir em Carmel não é fácil, já que as casas não têm número e os turistas não conseguem, de jeito nenhum, descobrir para onde estão indo. E o trânsito, claro, é de 98 por cento de turistas. O padre D. estava suficientemente frustrado por nossos esforços de ir aonde íamos. Meu anúncio, ainda no quarto, de que queria que ele me exorcizasse, também não estava contribuindo para melhorar seu humor.

– Para não mencionar o fato de que é antiético, imoral e provavelmente muito perigoso – concluiu ele enquanto acenava para uma minivan nos ultrapassar.

– Certo – falei. – Mas não é *impossível*.

– Você parece estar esquecendo uma coisa. Você não é fantasma, nem está possuída por um.

– Sei disso. Mas eu *tenho* um espírito, certo? Quero dizer, uma alma. Então por que o senhor não pode exorcizá-la? Assim eu posso ir... o senhor sabe, dar uma olhada, ver se consigo achá-lo, e, se achar, trazê-lo de volta. – E acrescentei como um pensamento de última hora: – Se ele quiser vir, claro.

– Suzannah. – O padre Dom estava realmente chateado comigo, dava para ver totalmente. Lá em casa tudo tinha estado certo, quando chorei e coisa e tal. Mas então tive essa ideia fantástica.

Só que, veja bem, o padre Dominic não achava a ideia tão fantástica. Eu pessoalmente achei brilhante. Não podia acreditar que não tivesse pensado nisso antes. Acho que meu cérebro foi meio espremido com a concussão.

Mas não havia motivo para o plano não dar certo. Nenhum motivo.

Só que o padre Dominic não queria fazer parte disso.

– Não – disse ele. Coisa que vinha fazendo desde que falei nisso pela primeira vez. – O que você está sugerindo, Suzannah, nunca foi feito. Não há a menor garantia de que funcione. Ou que, se funcionar, você poderá retornar ao corpo.

– É aí que entra a corda.

– Não! – gritou o padre Dominic.

139

Ele teve de pisar no freio naquele instante, porque um ônibus de turismo surgiu do nada e, como não havia sinais de trânsito no centro de Carmel, frequentemente havia diferenças de opinião quanto a quem tinha a preferência nos cruzamentos. Ouvi a água benta chacoalhar, ainda no frasco na bolsa dele sobre o banco de trás.

Era de se esperar que não tivesse sobrado nenhuma, depois de toda a quantidade que o padre D. borrifou na nossa casa. Aquele negócio voou para todo lado. Eu esperava que ele estivesse certo quanto a Maria e Felix serem católicos demais para ousar atravessar a soleira de uma casa recém-abençoada. Porque, se estivesse errado, eu tinha me feito de imbecil diante de Dunga por nada. Dunga falou "Por que o senhor está fazendo *isso*, padre D.?" quando o padre entrou no seu quarto com o aspersório, que por acaso era o nome daquela coisa parecida com a colher de tirar sorvete.

– Porque sua irmã pediu – respondeu o padre Dom enquanto jogava água benta sobre o banco de ginástica de Dunga, provavelmente a única vez em que aquela coisa chegou perto de ser limpa.

– Suze pediu para o senhor abençoar meu quarto? – pude ouvir a voz de Dunga do outro lado do corredor, enquanto ainda estava no meu quarto. Tenho certeza de que nenhum dos dois sabia que eu estava escutando.

– Ela pediu para eu benzer a casa. Suzannah ficou muito perturbada com o esqueleto no quintal dos fundos, como tenho certeza de que você sabe. Agradeceria tremendamente se você lhe tratasse com um pouquinho de gentileza nos próximos dias, Bradley.

Bradley! No meu quarto, comecei a rir. Bradley! Imagina só!

Não sei o que Dunga respondeu à sugestão, feita pelo padre Dom, de que fosse mais legal comigo, porque aproveitei a oportunidade para tomar banho e vestir uma roupa civilizada. Achei que 12 horas eram mais do que suficientes para ficar com agasalho de moletom. Mais do que isso, francamente, e você vai acabar chafurdando na própria tristeza. Jesse não iria querer que o sofrimento por causa dele afetasse meu agora famoso senso de moda.

Além disso, eu tinha um plano.

E foi assim que, de banho tomado, maquiada e vestida com o que eu considerava o auge do estilo mediadora-chique na forma de um vestidinho justo e sandálias, senti-me preparada para dominar não apenas os lacaios de Satã mas também os funcionários do *Pinha de Carmel*, diante de cuja redação o padre D. tinha prometido me deixar. Veja bem, eu ainda não havia deduzido um modo de trazer Jesse de volta: tinha deduzido um modo de vingar a morte de Clive Clemmings, para não mencionar a de seu avô.

Ah, sim. Ainda estava furiosa. Mas pelo bem.

– Está fora de questão, Suzannah – disse o padre Dominic. – Portanto, tire essa ideia da cabeça. Onde quer que se encontre agora, Jesse está num lugar melhor do que antes. Deixe-o descansar.

– Ótimo – falei. Paramos diante de um prédio baixo, sombreado por pinheiros. A sede do jornal local.

– Ótimo – respondeu o padre Dominic, estacionando o carro numa vaga. – Vou esperar você aqui. Acho que provavelmente seria melhor se eu não entrasse.

– Provavelmente. E não precisa esperar. Eu acho o caminho de casa.

Soltei o cinto de segurança.

– Suzannah.

Levantei os óculos escuros e o espiei.

– Sim?

– Vou esperar você aqui. Nós dois ainda temos muito trabalho a fazer.

Franzi o rosto.

– Temos?

141

– Maria e Diego – lembrou com gentileza o padre D. – Você está protegida dos dois em casa, mas eles ainda estão à solta e acho que ficarão tremendamente furiosos quando perceberem que você não está morta. – Eu tinha finalmente desmoronado e explicado a ele o que aconteceu com minha cabeça. – Precisamos fazer os preparativos para enfrentá-los.

– Ah. Isso.

Claro que eu tinha esquecido tudo a respeito. Não porque achasse que Maria e seu marido precisavam ser enfrentados, mas porque sabia que minha ideia de enfrentá-los e a ideia do padre D. não iriam exatamente combinar. Quero dizer, os padres não são exatamente fanáticos por espancar adversários até transformá-los em pasta. São mais do tipo que recorrem à argumentação gentil.

– Claro – falei. – É. Vamos fazer isso.

– E, claro... – O padre D. estava realmente estranho. Percebi o motivo quando as próximas palavras que saíram de sua boca foram: – Temos de decidir o que será feito com os restos de Jesse.

Os restos de Jesse. As palavras me acertaram como dois socos. Os restos de Jesse. Ah, meu Deus.

– Eu estava pensando – disse o padre Dominic, ainda escolhendo as palavras com cautela elaborada – em fazer um pedido formal ao legista para que os restos fossem transferidos à Igreja, para serem enterrados no cemitério da Missão. Você concorda que isso seria adequado?

Algo cresceu em minha garganta. Tentei engolir.

– Sim. – Mas a resposta saiu com um som esquisito. – Que tal uma lápide?

– Bem, isso pode ser difícil, já que duvido tremendamente de que o legista possa fazer uma identificação positiva.

Certo. Não existiam raios X dentários na época em que Jesse estava vivo.

– Talvez uma cruz simples... – disse o padre Dominic.

– Não. Uma lápide. Tenho 3 mil dólares. – E mais, se devolvesse todos aqueles sapatos Jimmy Choo. Ainda bem que tinha guardado as notas de compra. Quem precisava de um guarda-roupa de outono, afinal? – O senhor acha que basta?

– Ah. – O padre Dominic ficou sem jeito. – Suzannah, eu...

– Pode dizer. – De repente achei que não podia mais ficar ali sentada discutindo com ele. Abri a porta do carona. – É melhor eu ir. Vejo o senhor daqui a pouco.

E comecei a sair do carro.

Mas não fui suficientemente rápida. O padre D. chamou meu nome de novo.

– Escute, Suzannah. Não é que eu não queira que haja algo possível de ser feito para trazer Jesse de volta. Eu também gostaria que ele pudesse, como você disse, ter encontrado seu próprio modo de ir para onde deveria, depois da morte. Gostaria mesmo. Só não acho que ir aos extremos que você está sugerindo seja... bem, necessário. E certamente não acho que ele desejaria isso, que você arriscasse a vida por ele.

Pensei no assunto. Pensei mesmo. O padre D. estava absolutamente certo, claro. Jesse não iria querer que eu arriscasse a vida por ele, nunca. Em especial considerando o fato de que ele nem tem mais. Quero dizer, uma vida.

Mas vamos encarar os fatos: Jesse é de uma era ligeiramente diferente. Quando ele nasceu, as garotas passavam o tempo costurando. Não andavam por aí rotineiramente dando porrada como fazemos agora.

E mesmo que Jesse tenha me visto dando porrada um milhão de vezes, isso ainda o deixa nervoso, dá para ver totalmente. Quero dizer, ele até ficou surpreso quando ficou sabendo de Maria e sua faca. Acho que é meio compreensível. Imagine só, a pequena Srta. Saia Armada cortando gargantas?

Mesmo assim, até depois de um século e meio sabendo que ela é que havia ordenado sua morte, isso o deixava totalmente pirado. Quero dizer, esse negócio de machismo vai fundo. Não tem sido fácil curá-lo.

De qualquer modo, só estou dizendo que o padre D. estava certo: Jesse definitivamente não iria querer que eu arriscasse a vida por ele.

Mas nem sempre temos o que queremos, não é?

– Ótimo – falei de novo. Seria de se esperar que o padre D. notasse como eu tinha ficado conformada, de repente. Quero dizer, será que ele não percebeu que não era a única pessoa na cidade que poderia me ajudar? Eu tinha um novo ás na manga, e ele nem sabia.

– Volto num instante – falei com um sorriso, que se abria de um canto a outro da boca.

Então me virei e entrei no escritório do *Pinha de Carmel*, como se fosse colocar um anúncio pessoal ou algo do tipo.

O que eu estava fazendo, claro, era algo muitíssimo mais insidioso.

– Cee Cee Webb está aí? – perguntei ao garoto espinhento da recepção.

Ele ergueu os olhos, espantado. Não sei o que o pirou mais, meu vestido justo ou o fato de eu ter pedido para ver Cee Cee.

– Ali – disse ele, apontando. Sua voz estremeceu para todo canto.

– Obrigada.

E fui andando por um corredor comprido e bagunçado, passando por um monte de jornalistas diligentes que digitavam ansiosos suas matérias sobre a recente onda de roubo de sinos de vento nas varandas das pessoas, e o problema mais alarmante de estacionar diante do correio.

Cee Cee estava num cubículo nos fundos. Parecia ser o cubículo da máquina copiadora, porque era isso que ela estava fazendo: tirando cópias.

– Ah, meu Deus – disse ela quando me viu. – O que você está fazendo aqui?

Mas não falou isso de modo infeliz.

144

– Visitando os pobres – respondi, e me acomodei numa cadeira ao lado do aparelho de fax.

– Dá para ver. – Cee Cee estava levando muito a sério seu papel de repórter. O cabelo comprido, branco e liso, estava num coque no topo da cabeça, preso com um lápis número dois, e havia uma mancha de toner numa das bochechas rosadas. – Por que não está no hotel?

– Dia da saúde mental. Por causa do cadáver que acharam no nosso quintal dos fundos ontem.

Cee Cee largou uma resma de papéis.

– Ah, meu Deus! Eram *vocês*? Quero dizer, na seção policial mencionaram que os legistas foram às colinas, mas alguém disse que devia ser um cemitério indígena ou algo assim...

– Ah, não. A não ser que os índios por aqui usassem esporas.

– Esporas? – Cee Cee pegou um bloco de notas que estava sobre a copiadora, depois tirou o lápis do coque na cabeça, fazendo o cabelo comprido cair sobre os ombros. Como é albina, Cee Cee mantém quase toda a pele protegida do sol o tempo inteiro, mesmo quando está trabalhando num escritório. Hoje não era exceção. Apesar do calor lá fora, estava usando jeans e um suéter marrom com botões.

Por outro lado, o ar-condicionado dali precisava ficar no máximo. Era como uma geladeira.

– Desembuche – disse Cee Cee, empoleirada na beira da mesa que sustentava a máquina de fax.

Desembuchei. Contei tudo. Tudo, desde as cartas que Dunga havia encontrado até minha ida ao escritório de Clive, e até sua morte prematura na véspera. Mencionei o livro do avô de Clive, Jesse e o papel histórico significativo que minha casa havia representado no assassinato dele. Contei sobre Maria, Diego e seus filhos imprestáveis, o fato de que o retrato de Jesse tinha desaparecido da Sociedade Histórica e minhas suspeitas de que o esqueleto encontrado no quintal dos fundos pertencia a ele.

Quando terminei, Cee Cee ergueu o olhar do bloco e disse:

– Nossa, Simon. Isso poderia ser o filme da semana.

– No canal Vida – concordei.

Cee Cee apontou para mim com o lápis.

– Tiffany Amber Thiessen poderia fazer o papel de Maria.

– E aí. Você vai publicar?

– Claro! Puxa, tem tudo: romance, assassinato, intriga e interesse local. É uma pena que quase todo mundo envolvido esteja morto há cem anos ou mais. Mesmo assim posso conseguir com o legista a informação de que seu esqueleto era de alguém do sexo masculino com 20 e poucos anos... Alguma ideia de como eles fizeram isso? Quero dizer, como o mataram?

Pensei em Dunga e sua pá.

– Bem, se atiraram na cabeça dele, duvido de que o legista possa dizer, graças à técnica de escavação delicada de Brad.

Cee Cee me olhou.

– Quer meu suéter emprestado?

Surpresa, balancei a cabeça.

– Por quê?

– Você está tremendo.

Estava, mas não por causa do frio.

– Tudo bem. Olha, Cee Cee, é realmente importante que você consiga que publiquem essa matéria. E tem de fazer isso logo. Tipo amanhã.

– Ah, eu sei – disse ela, sem erguer a cabeça de novo do bloco. – E acho que vai ficar ótima ao lado do obituário do Dr. Clemmings, sabe? Já que era projeto em que ele estava trabalhando quando morreu. Esse tipo de coisa.

– Então, vai ser publicada amanhã? Você acha que será amanhã?

Cee Cee deu de ombros.

– Só vão querer publicar quando conseguirem o relatório do legista sobre o corpo. E isso pode levar semanas.

Semanas? Eu não tinha semanas. E, ainda que Cee Cee não soubesse, ela também não tinha semanas.

Agora eu estava tremendo incontrolavelmente. Porque havia percebido, claro, o que tinha acabado de fazer: posto Cee Cee no mesmo tipo de risco em que havia colocado Clive Clemmings. Clive estivera bem, até que Maria o escutou contando ao ditafone o que eu tinha dito sobre Jesse. Então, mais depressa do que você pode dizer *Assombração*, ele estava sofrendo de um ataque cardíaco induzido. Será que eu tinha acabado de condenar Cee Cee ao mesmo fim medonho? Ainda que eu duvidasse tremendamente de que Maria fosse invadir o escritório do *Pinha de Carmel* do modo como fizera com a Sociedade Histórica, havia uma chance de ela descobrir o que eu tinha feito.

A matéria precisava ser publicada imediatamente. Quanto mais cedo as pessoas soubessem da verdade sobre Maria e Felix Diego, melhores as chances de eles não me matarem – ou de matarem as pessoas de quem eu gostava.

– Tem de ser publicada amanhã – falei. – Por favor, Cee Cee. Você não pode ligar para o legista e conseguir alguma declaração extraoficial?

Então Cee Cee ergueu os olhos que estavam fixos no bloco. Ergueu os olhos e disse:

– Suze. Por que a pressa? Essas pessoas estão mortas, sei lá, há séculos. O que importa?

– Importa. – Meus dentes estavam começando a chacoalhar. – Realmente importa, certo, Cee Cee? Por favor, *por favor*, garanta que vai apressar. E prometa que não falará sobre isso. Quero dizer, sobre a matéria. Fora da redação. É realmente importante que você guarde segredo.

Cee Cee pôs a mão no meu ombro nu. Seus dedos estavam quentes e macios.

– Suze – disse ela me espiando com intensidade. – O que você fez com sua cabeça? De onde veio esse hematoma gigante embaixo da franja?

Empurrei meu cabelo, sem graça.

– Ah. Tropecei. Caí num buraco. O buraco onde acharam o corpo, não é engraçado?

Cee Cee não pareceu achar nem um pouco engraçado.

– Já pediu para um médico olhar isso? Porque está bem feio. Você pode ter tido uma concussão, ou algo assim.

– Estou bem – respondi me levantando. – Verdade. Não é nada. Olha, é melhor eu ir. Lembre-se do que eu disse, está bem? Sobre a matéria. É realmente importante não falar com ninguém. E conseguir que publiquem o mais cedo possível. Preciso que muita gente veja. *Muita* gente. Elas precisam ver a verdade. Você sabe. Sobre os Diego.

Cee Cee me encarou.

– Suze. Tem certeza de que você está bem? Quero dizer, desde quando você se importa com a oligarquia local?

Gaguejei enquanto recuava pelo cubículo.

– Bem, desde que conheci o Dr. Clemmings, acho. Quero dizer, é uma verdadeira tragédia as pessoas não darem importância à Sociedade Histórica da comunidade, quando você sabe que, realmente, sem ela, o tecido da...

– Você precisa ir para casa e tomar uma aspirina – interrompeu Cee Cee.

– Está certa – falei, pegando a bolsa que combinava com o vestido: cor-de-rosa com pequenas flores bordadas. Eu estava compensando exageradamente pelos dias que tivera de usar aquele short cáqui. – Já vou indo. Vejo você depois.

E saí antes que minha cabeça explodisse na frente de todo mundo.

Mas no caminho de volta ao carro do padre Dominic percebi que o motivo para eu estar tremendo no cubículo da copiadora não era o ar-condicionado no máximo, o fato de Jesse ter ido embora ou mesmo o fato de que dois fantasmas homicidas tentavam me matar.

Não. Estava tremendo pelo que sabia que ia fazer.

148

Quando cheguei ao carro, curvei-me e falei pela janela do carona:

– Ei.

O padre Dominic levou um susto e jogou alguma coisa pela janela do motorista.

Mas era tarde demais. Eu já tinha visto o que ele estivera fazendo. Além disso, podia sentir o cheiro.

– Ei – falei de novo. – Me dá um desses.

– Suzannah. – O padre Dominic estava sério. – Não seja ridícula. Fumar é um vício horrível. Acredite, você não quer se viciar. Como foram as coisas com a Srta. Webb?

– Ah. Bem.

Tenho certeza de que é pecado mentir para um padre, mesmo uma mentirinha que certamente não pode lhe fazer mal. Mas o que eu deveria fazer? Eu o conheço. E sei que ele vai ser completamente rígido em relação ao negócio do exorcismo.

Portanto, o que mais poderia fazer?

– Ela quer que eu fique aqui e ajude a escrever. Quero dizer, a matéria.

As sobrancelhas brancas do padre Dominic se encontraram sobre a armação prateada dos óculos.

– Suzannah. Nós temos muita coisa para fazer esta tarde...

– É. Eu sei. Mas isso é muito importante. Que tal encontrar o senhor no seu escritório, na Missão, às cinco?

O padre hesitou. Dava para ver que ele achava que eu ia aprontar alguma coisa. Não pergunte como. Quero dizer, sou bem capaz de fazer o tipo angelical, quando decido.

– Cinco horas – disse ele por fim. – E nem um minuto mais tarde, Suzannah, estou dizendo agora mesmo: eu telefono para os seus pais e conto tudo.

– Cinco horas. Prometo.

Acenei enquanto o padre Dom se afastava, e então, só para o caso de ele estar olhando pelo retrovisor, fingi que voltava ao prédio do jornal.

149

Mas em vez disso passei pelos fundos e fui para o Pebble Beach Hotel and Golf Resort.

Tinha negócios inacabados lá.

13

Ele não estava na piscina.

Não estava comendo hambúrguer no Pool House. Não estava nas quadras de tênis, no estábulo, nem na loja de lembranças.

Por fim, decidi verificar o quarto, se bem que não fazia nenhum sentido ele estar lá. Principalmente num dia glorioso como este.

Mas quando a porta da suíte se abriu quando bati, foi exatamente lá que o encontrei. Segundo Caitlin me informou tensa, estava tirando um cochilo.

– Tirando um cochilo? – Encarei-a. – Caitlin, ele tem 8 *anos*, e não 8 *meses*.

– Ele disse que estava cansado – respondeu Caitlin, ríspida. – E o que você está fazendo aqui, afinal? Achei que estava doente.

– Eu *estou* doente – falei, passando por ela e entrando na suíte.

Caitlin me olhou com desaprovação. Dava para ver que sentia ciúme do meu vestido justo e das delicadas sandálias cor-de-rosa, para não falar da bolsa. Quero dizer, comparada a ela, com sua camiseta polo e short cáqui, eu parecia Gwyneth Paltrow. Só que com cabelo melhor, claro.

– Você não está parecendo muito doente.

– Ah, é? – Levantei a franja para ela ver a testa.

Caitlin inspirou fundo e fez aquela cara tipo "ah, deve ter doído".

– Meu Deus. Como conseguiu isso?

Pensei em dizer que era algum tipo de acidente de trabalho, para poder arrancar uma grana dela, mas achei que não daria certo. Em vez disso, falei que tinha tropeçado.

– Então o que está fazendo aqui? Quero dizer, se não veio para trabalhar.

– Bem. Aí é que está. Sabe, eu me senti culpada de deixá-la com o Jack, por isso pedi a mamãe para me trazer aqui depois de me levar ao médico. Posso ficar com ele pelo resto do dia, se você quiser.

Caitlin ficou em dúvida.

– Não sei. Você não está de uniforme...

– Bom, eu não iria de uniforme ao consultório do *médico* – guinchei. Verdade, era incrível como aquelas mentiras elaboradas estavam se derramando da minha língua. Eu mesma mal podia acreditar, e era eu que inventava. – Puxa, qual é a sua? Mas olha, ele disse que eu estou bem, portanto, não há motivo para não substituir você. Só vamos ficar aqui na suíte, se você está tão nervosa com a hipótese de me verem sem uniforme. Sem problema.

Caitlin olhou de novo para a minha testa.

– Você não está dopada com analgésicos, está? Porque não quero você trabalhando de babá doidona.

Levantei os três primeiros dedos da mão direita, no símbolo internacional dos escoteiros.

– Pela minha honra. Não estou doidona.

Caitlin olhou para a porta fechada do quarto de Jack.

– Bem... – disse hesitando.

– Ah, qual é! – falei. – Eu estou precisando da grana. E você e Jake não têm um encontro esta noite?

O olhar dela veio tímido na minha direção.

– Bem – falou, ruborizando.

151

Sério. Ela *ruborizou*.

– É – disse Caitlin. – Temos sim.

Meu Deus. Tinha sido uma suposição.

– Não quer sair um pouquinho mais cedo para ficar, você sabe, mais chique para ele?

Ela deu um risinho. Caitlin realmente deu um risinho. Estou dizendo, meus meios-irmãos deveriam vir com etiquetas de alerta do governo: cuidado, perigoso quando misturado com estrogênio.

– Certo – disse ela e começou a ir para a porta. – Mas meu chefe me mata se vir você sem uniforme, portanto, tem de ficar no quarto. Promete?

Eu tinha feito e quebrado tantas promessas nas últimas 24 horas que não achei que mais uma fosse fazer mal.

– Claro, Caitlin.

E então a acompanhei até a porta.

Assim que ela saiu, larguei a bolsa e fui ao quarto de Jack. Não bati antes. Não há nada em um garoto de 8 anos que eu já não tenha visto. Além do mais, ainda estava meio pê da vida com o moleque.

Alguém podia ter dito a Jack para tirar um cochilo, mas certamente ele não estava fazendo isso. Quando entrei no quarto ele jogou embaixo dos cobertores a coisa com a qual estava brincando e levantou a cabeça do travesseiro, com o rosto todo franzido, como se estivesse sonolento.

Então viu que era eu, jogou as cobertas para longe e revelou não apenas que estava totalmente vestido mas que estivera brincando com seu GameBoy.

– Suze! – gritou ao me ver. – Você voltou!

– É. – Estava escuro no quarto. Fui até a porta de vidro e puxei as cortinas pesadas, para a luz entrar. – Voltei.

– Achei que você estava com raiva de mim – disse Jack, pulando empolgado na cama.

– Eu *estou* com raiva de você – falei, me virando para olhá-lo. Mas a visão daquele mar luminoso tinha ofuscado meus olhos, portanto, não podia enxergá-lo muito bem.

– O que foi? – Jack parou de pular. – Por que está com raiva de mim?

Olha, eu não ia pegar pesado com o garoto, certo? Só queria que todo mundo tivesse sido tão honesto assim comigo quando eu tinha a idade dele. É possível que eu não fosse tão rápida com os punhos se não tivesse essa raiva contida por terem me mentido tanto aos 8 anos. *Sim, Suze,* claro *que Papai Noel existe,* mas *não, fantasmas não existem.* E então o golpe final: *Não, essa injeção que eu vou lhe dar não vai doer nem um pouco.*

– Sabe aquele fantasma que você exorcizou? – falei, encarando-o com as mãos nos quadris. – Era meu amigo. Meu *melhor* amigo.

Eu não ia dizer namorado, nem nada, porque isso não era verdade. Mas a dor que eu estava sentindo devia ser clara em minha voz, porque o lábio inferior de Jack começou a se projetar um pouquinho.

– O que você quer dizer? O que você quer dizer com isso, ele era seu namorado? Não foi isso que aquela dona falou. A dona falou...

– Aquela dona é uma mentirosa. Aquela dona – falei indo rapidamente para a cama e levantando a franja do cabelo – fez *isso* comigo ontem à noite. Ou pelo menos o marido dela fez isso. O que *ela* fez foi tentar me esfaquear.

De pé na cama, Jack estava mais alto do que eu. Olhou para o hematoma na testa com uma espécie de horror.

– Ah, Suze – ofegou ele. – Ah, Suze.

– Você ferrou tudo – falei baixando a mão. – Não foi de propósito. Sei que Maria enganou você. Mas, mesmo assim, você ferrou, Jack.

Agora seu lábio inferior estava tremendo. Na verdade, todo o queixo. E os olhos tinham se enchido de lágrimas.

– Desculpe, Suze. – Sua voz tinha ficado uns três tons mais aguda do que o normal. – Suze, sinto muito!

Ele estava se esforçando um bocado para não chorar. Mas não tinha sucesso. Lágrimas escorriam dos olhos e rolavam pelas bochechas gorduchas... a única parte dele que era gorducha, a não ser, talvez, seu cabelo de Albert Einstein.

E, mesmo não querendo, me peguei abraçando-o e dandolhe tapinhas nas costas – enquanto ele soluçava no meu pescoço –, dizendo que tudo ia ficar bem.

Exatamente o que o padre Dominic tinha feito comigo, percebi com algo próximo do horror.

E, como ele, eu estava mentindo completamente. Porque *nada* ia ficar bem. Pelo menos não para mim. Nunca mais. A não ser que eu fizesse algo a respeito, e depressa.

– Olha – falei depois de alguns minutos deixando Jack uivar. – Para de chorar. Temos trabalho a fazer.

Jack levantou a cabeça do meu ombro – que, por sinal, ele havia molhado completamente com ranho, lágrimas e coisas, já que meu vestido era sem mangas.

– O que... o que você quer dizer? – Seus olhos estavam vermelhos e franzidos, de tanto chorar. Tive sorte porque ninguém entrou naquela hora. Definitivamente eu teria sido condenada por abuso contra criança ou algo assim.

– Vou tentar trazer Jesse de volta – expliquei, descendo Jack da cama. – E você vai me ajudar.

– Quem é Jesse?

Expliquei. Pelo menos tentei explicar. Disse que Jesse era o cara que ele tinha exorcizado, e que ele era meu amigo, e que exorcizar pessoas era errado, a não ser que elas tivessem feito algo muito, muito ruim, como tentar matá-lo, o que, explicou Jack, era o que Maria lhe contara que Jesse tinha tentado fazer comigo.

Então falei a Jack que os fantasmas são como as pessoas; alguns são legais, mas alguns são mentirosos. Garanti que, se tivesse conhecido Jesse, saberia no ato que ele não era assassino.

154

Maria de Silva, por outro lado...

– Mas ela pareceu tão legal – disse Jack. – Quero dizer, ela é tão bonita e tudo...

Homens. Estou falando sério. Mesmo aos 8 anos. É patético.

– Jack. Você já ouviu a expressão "Não julgue um livro pela capa"?

Jack franziu o nariz.

– Não gosto muito de ler.

– Bem. – Nós tínhamos ido para a sala de estar, e agora peguei a bolsa e abri. – Você vai ter de ler um pouco, se quisermos trazer Jesse de volta. Vou precisar que você leia isto.

E entreguei um cartão onde tinha escrito algumas palavras. Jack franziu os olhos.

– O que é isso? Não é inglês.

– Não. – E comecei a tirar outras coisas da bolsa. – É português.

– O que é isso?

– Uma língua que falam em Portugal. E também no Brasil e alguns outros países.

– Ah. – Jack apontou para um pequeno pote Tupperware que eu havia tirado da bolsa. – O que é *isso*?

– Sangue de galinha.

Jack fez uma careta.

– Eca!

– Olha. Se vamos fazer esse exorcismo, vamos fazer direito. E para fazer direito, você precisa de sangue de galinha.

– Eu não usei sangue de galinha quando Maria esteve aqui.

– É. Bem, Maria faz as coisas do jeito dela, eu faço do meu. Agora vamos ao banheiro fazer isso. Tenho de pintar coisas no chão com o sangue de galinha, e duvido tremendamente de que as arrumadeiras vão gostar se fizermos isso aqui no carpete.

Jack me acompanhou até o banheiro que interligava seu quarto ao do irmão. Na parte do meu cérebro que não estava concentrada no que estava fazendo, meio me perguntei onde Paul estaria. Era estranho ele não ter ligado depois de ter me deixado em casa e visto todos os carros de polícia diante dela. Quero dizer, é de pensar que ficaria curioso, pelo menos, com o que teria sido aquilo.

Mas não tive nenhuma notícia dele.

Não que me importasse. Havia coisas muito mais importantes com que me preocupar. Mas mesmo assim era meio estranho.

– Pronto – falei quando tinha arrumado tudo. Demorou uma hora, mas quando terminamos estávamos com um exemplo bem decente de como deve ser um exorcismo, pelo menos ao estilo macumba brasileira. – Pelo menos segundo um livro que li uma vez sobre o assunto.

Com o sangue de galinha, que comprei numa loja para *gourmets* no centro da cidade, tinha feito uns símbolos especiais no meio do piso do banheiro, e em volta espalhei velas (votivas, as únicas que consegui achar de última hora, entre a redação do *Pinha de Carmel* e o hotel; tinham perfume de canela, de modo que o banheiro cheirava a Natal... bem, a não ser pela fragrância não tão festiva do sangue de galinha).

Apesar do amadorismo com que tinha sido feito, era de fato um portal viável para a outra vida – ou pelo menos seria, assim que Jack fizesse sua parte com o cartão. Eu havia repassado a pronúncia de cada palavra, e ele parecia ter aprendido bem. A única coisa que não conseguia engolir era o fato de que a pessoa que estávamos exorcizando era... bem, eu.

– Mas você está *viva* – ficava dizendo. – Se eu exorcizar seu espírito, você não vai ficar morta?

Na verdade, esse era um pensamento que não havia realmente me ocorrido. O que aconteceria com meu corpo quando o espírito o abandonasse? Eu estaria morta?

Não, isso era impossível. Meu coração e os pulmões não parariam de funcionar só porque minha alma tinha saído. Provavelmente eu só ficaria ali deitada, como alguém em coma.

Mas isso não era muito reconfortante para Jack.

– E se você não voltar? – perguntou ele.

– Eu vou voltar. Já disse. O único motivo pelo qual eu *posso* voltar é que tenho um corpo vivo. Só quero dar uma olhada por lá e ver se Jesse está bem. Se estiver, ótimo. Se não... bem, vou tentar trazê-lo de volta.

– Mas você disse que o único motivo pelo qual pode voltar é porque tem um corpo vivo. Jesse não tem. Então como ele pode voltar?

Esta, claro, era uma boa pergunta. Provavelmente por isso me deixou mal-humorada.

– Olha – falei enfim. – Ninguém nunca tentou isso antes, pelo que eu saiba. Talvez não seja preciso ter um corpo ao qual voltar. Não sei, certo? Mas não posso deixar de tentar só porque não sei a resposta. Onde a gente estaria se Cristóvão Colombo não tivesse tentado? Hein?

Jack ficou pensativo.

– Morando na Espanha?

– Muito engraçado. – Foi nesse ponto que peguei a última coisa dentro da bolsa e amarrei uma das pontas na minha cintura. Amarrei a outra ao pulso de Jack.

– Para que a corda? – perguntou ele, olhando-a.

– Para eu achar o caminho de volta até você.

Jack ficou confuso.

– Mas se só o seu espírito vai, de que adianta amarrar uma corda no seu corpo? Você disse que o seu corpo não ia a lugar nenhum.

– Jack – falei com os dentes trincados. – Só me puxe de volta se eu não voltar em meia hora, certo? – Achei que meia hora era o máximo que a alma de alguém poderia ficar separada do corpo. Na TV eu sempre assistia a programas sobre crianças que caíam na água gelada, afogavam-se e ficavam tecnicamente mortas durante até quarenta minutos, e no entanto se recuperavam sem qualquer dano cerebral. Por isso achei que meia hora era o máximo que eu teria.

– Mas como...

– Ah, meu Deus – falei rispidamente. – Só faça, está certo?

Jack me olhou irritado. Ei, só porque nós dois somos mediadores não significa que tenhamos de nos dar bem o tempo todo.

– Certo. – Baixinho, ouvi-o murmurar: – Você não precisa ser tão má por causa disso.

Só que ele não disse "má". Verdade: é chocante ouvir as palavras que as crianças usam hoje em dia.

– Certo – falei. Em seguida entrei no centro do círculo de velas e fiquei no meio dos símbolos desenhados com sangue de galinha. – Lá vai.

Jack olhou para o cartão. Depois olhou de novo para mim.

– Você não deveria se deitar? Quero dizer, se vai ser como um coma, não quero que você caia e se machuque.

Estava certo. Eu não queria que meu cabelo pegasse fogo nem nada.

Por outro lado, não queria sangue de galinha no vestido. Quero dizer, ele era caro. Noventa e cinco dólares no Urban Outfitters.

Então pensei: "Suze, o que há de errado com você? É só um vestido. Você está fazendo isso pelo Jesse. Ele não vale mais de 95 dólares?"

Por isso comecei a me deitar.

Mas só tinha conseguido apoiar um dos joelhos no chão quando houve uma batida terrível na porta da suíte.

Admito. Entrei em pânico. Achei que era o corpo de bombeiros ou alguém respondendo a um alerta de fumaça dado por algum hóspede no banheiro adjacente ao de Jack.

– Depressa – sibilei. – Assopre todas as velas!

Enquanto Jack se apressava em obedecer, fui até a porta.

– Quem é? – falei em voz doce ao chegar.

– Suzannah – disse uma voz familiar demais. – Abra esta porta agora mesmo.

158

14

Se você me perguntar, acho que o padre D. exagerou na reação. Quero dizer, em primeiro lugar eu estava com a situação sob controle.

E em segundo, não era como se eu tivesse sacrificado animais ou sei lá o quê. Puxa, a galinha já estava morta.

De modo que todo o alarde e ficar xingando a gente foi realmente desnecessário.

Não que ele tivesse xingado Jack. Não, a maioria dos xingamentos foi contra mim. Parece que eu estar disposta a me destruir é uma coisa. Mas obrigar um menino a ajudar na minha destruição? Isso é simplesmente desprezível.

E quando observei que o garotinho é que havia criado a necessidade de eu me comportar de modo destrutivo? É, não foi um argumento muito bom.

Mas o que todo esse negócio fez foi ilustrar ao padre Dominic como eu estava falando sério com relação ao plano. Acho que ele finalmente percebeu que eu ia fazer o máximo para encontrar Jesse, com ou sem sua ajuda.

Por isso decidiu que, nas circunstâncias, era melhor ajudar, nem que fosse para melhorar minhas chances e não me machucar nem machucar outras pessoas.

– E de jeito nenhum será uma operação escusa – disse ele, parecendo todo incomodado com isso enquanto abria as portas da basílica. – Nada desse negócio de macumba brasileira. Vamos fazer um exorcismo cristão decente, ou não vamos fazer nada.

Verdade, se você pensar bem, provavelmente eu tenho as conversas mais bizarras do planeta. Sério. Quero dizer, *exorcismo cristão decente?*

Mas não só minhas conversas são bizarras. As circunstâncias em que converso também são bem estranhas. Por

159

exemplo, eu estava tendo essa conversa numa igreja escura e vazia. Escura porque passava da meia-noite, e vazia pelo mesmo motivo.

– E você terá a supervisão de um adulto – disse o padre Dominic enquanto me fazia entrar. – Simplesmente não posso imaginar como esperava que o menino realizar fazer um procedimento tão complicado...

Ele viera falando a tarde inteira nesse tom. Na verdade falou até que os pais de Jack – para não mencionar Paul – voltaram à suíte. O padre D., claro, não tinha conseguido me tirar imediatamente como queria, por causa do Jack. Em vez disso, Jack e eu fomos obrigados a limpar a sujeira que tínhamos feito – não é brincadeira limpar sangue de galinha entre os ladrilhos do banheiro usando esponja, vou lhe contar – e então tivemos de sentar e esperar o Dr. e a Dra. Slater voltarem da aula de tênis. Os pais de Jack ficaram meio surpresos ao encontrar nós três no sofá. Quero dizer, pense bem: uma babá, um garoto e um padre? Isso é que é se sentir doidona.

Mas o que eu podia fazer? O padre D. não sairia sem mim. Não confiava que eu não tentaria me exorcizar.

Por isso nós três ficamos ali sentados enquanto o padre D. fazia sermões sobre a bela arte da mediação. Falou por duas horas. Não estou brincando. *Duas horas.* Vou lhe contar, no fim, Jack provavelmente estava se arrependendo de ter me falado o negócio de "eu vejo gente morta". Provavelmente estava pensando tipo: "Ah, é, sabe a gente morta? Brincadeirinha, pessoal. Eu estava brincando..."

Mas não sei, porque talvez fosse bom o moleque ficar sabendo o que se deve e o que não se deve fazer. Deus sabia que eu não fora muito lúcida com minha Introdução à Mediação. Quero dizer, se eu tivesse sido um pouco mais clara nos detalhes, talvez toda essa coisa com Jesse não...

Mas tanto faz. A gente só consegue se censurar até certo ponto. Tinha toda a consciência de que a confusão era por minha culpa. Por isso estava tão decidida a consertar.

Ah. E a parte de eu estar apaixonada pelo cara? É, isso também tinha um pouquinho a ver.

De qualquer modo era isso que estávamos fazendo quando os pais de Jack entraram: ouvindo o padre D. arengar sobre responsabilidade e cortesia ao lidar com os defuntos.

O padre Dominic parou quando o Dr. e a Dra. Slater, seguidos por Paul, entraram na suíte. Eles, por sua vez, pararam de papear sobre os planos do jantar e ficaram ali parados, olhando.

Foi Paul quem se recuperou primeiro.

– Suze – disse ele, sorrindo. – Que surpresa! Achei que você não estava se sentindo bem.

– Melhorei – respondi, ficando de pé. – Dr. e Dra. Slater, este é... bem... o diretor da minha escola, o padre Dominic. Ele teve a gentileza de me dar uma carona para eu poder... é... visitar o Jack.

– Como vão? – O padre Dominic se levantou rapidamente. Como falei, o padre D. não é carente no departamento aparência. Tinha uma figura bem impressionante: alto e grisalho. Não parecia o tipo de sujeito que você acharia estranho encontrar em sua suíte de hotel com seu filho de 8 anos e a babá. O que quer dizer muita coisa, você sabe.

Quando o Dr. e a Dra. Slater ficaram sabendo que o padre D. era ligado à Missão Junípero Serra, ficaram todos amigáveis e começaram a dizer como tinham feito o circuito turístico e como foi impressionante. Acho que não queriam que ele pensasse que eram do tipo de gente que ia a uma cidade com uma significativa fatia da história norte-americana e passavam o tempo todo jogando golfe e tomando coquetéis.

Enquanto os pais e o padre D. confraternizavam, Paul chegou perto de mim e sussurrou:

– O que você vai fazer esta noite?

Pensei em dizer a verdade: "Ah, nada. Só exorcizar minha alma para poder percorrer o purgatório, procurando o fantasma do caubói morto que morava no meu quarto."

Mas isso, claro, poderia parecer petulante, ou como uma daquelas desculpas que as garotas inventam. Você sabe, tipo a velha dispensa do "vou lavar meu cabelo". Por isso apenas falei:

– Tenho um compromisso.

– Que pena. Esperava que a gente pudesse ir até Big Sur e olhar o pôr do sol, depois comer alguma coisa.

– Desculpe – falei sorrindo. – Parece ótimo, mas, como disse, tenho um compromisso.

A maioria dos caras teria parado por aí, mas Paul, por algum motivo, não parou. Até estendeu a mão e casualmente passou o braço pelos meus ombros... se é que se pode fazer isso casualmente. Mas, de algum modo, conseguiu. Talvez porque more em Seattle.

– Suze – disse ele, baixando tanto a voz que ninguém mais na sala podia ouvir, principalmente o irmãozinho, que claramente estava esticando o pescoço num esforço para escutar. – É sexta-feira. Nós vamos embora depois de amanhã. Talvez a gente nunca mais se veja. Anda. Dê uma chance, está bem?

Não tenho caras dando em cima de mim com tanta frequência, pelo menos não gatos como Paul. Quero dizer, a maioria dos caras que gostaram de mim desde que me mudei para a Califórnia... bem, tinham sérios problemas de relacionamento, como o fato de que acabaram cumprindo longas penas por assassinato.

De modo que isso era bem novo para mim. Apesar de contra a vontade, me impressionei.

Mesmo assim, não sou idiota. Ainda que eu não estivesse apaixonada por outro, Paul Slater era de outra cidade. É fácil para os caras que vão embora dali a dois dias dar em cima das garotas. Quero dizer, nem vem! Eles não precisam se comprometer.

– Nossa – respondi. – Isso é uma maravilha. Mas sabe de uma coisa? Eu tenho realmente outros planos. – Saí de baixo de seu braço e interrompi totalmente a detalhada descrição do

Dr. Slater sobre o golfe do dia. – Pode me dar uma carona para casa, padre D.?

O padre Dominic disse que podia, claro, e fomos embora. Notei Paul me olhando de cima a baixo enquanto nos despedíamos, mas achei que era porque estava com raiva por eu ter recusado o convite.

Não sabia que os motivos eram totalmente diferentes. Pelo menos na hora não sabia. Se bem que, claro, deveria saber. Deveria mesmo.

De qualquer modo, o padre D. fez sermão por todo o caminho até em casa. Estava muito furioso, mais do que jamais tinha estado comigo, e já fiz coisas que o deixaram bem pê da vida. Perguntei como ele deduziu que eu estava no hotel, e não no jornal ajudando Cee Cee a escrever a matéria, como tinha dito, e ele respondeu que não foi difícil: bastou lembrar que Cee Cee só tirava nota dez, e certamente não precisaria da *minha* ajuda para escrever nada, e deu a volta no carro. Quando descobriu que eu tinha saído havia dez minutos, tentou pensar onde iria em circunstâncias semelhantes, quando tinha a minha idade.

– O hotel era a opção óbvia – informou o padre Dominic enquanto parávamos diante de minha casa. Desta vez não havia ambulâncias, fiquei aliviada em notar. Só os pinheiros sombreados e o som baixo do rádio que Andy ouvia nos fundos, trabalhando no deque. Era uma tarde sonolenta de verão. Nem um pouco do tipo em que você pensaria ao ouvir a palavra *exorcismo*.

– Você não é exatamente imprevisível, Suzannah.

Posso ser previsível, mas isso aparentemente deu resultado, já que, logo antes de eu sair do carro, o padre D. falou:

– Vou voltar à meia-noite para levá-la à Missão.

Olhei-o, surpresa.

– À Missão?

– Se vamos fazer um exorcismo – disse tenso –, vamos fazer direito, numa casa do Senhor. Infelizmente o monsenhor, como você sabe, não gostaria de que uma propriedade da Igreja fosse usada desse modo. Portanto, mesmo não gostando de recorrer a um subterfúgio, vejo que você não será convencida a sair desse rumo, de modo que neste caso o subterfúgio será necessário. Quero garantir que não haverá chance de a irmã Ernestine ou mais alguém nos descobrir. Portanto, terá de ser à meia-noite.

E portanto era meia-noite.

Não consigo realmente dizer o que fiz no meio-tempo. Estava nervosa demais para fazer grande coisa. Jantamos comida para viagem. Não sei o que era. Mal provei. Éramos somente eu, mamãe e Andy, já que Soneca tinha um encontro com Caitlin e Dunga estava com sua última vagabunda.

A única coisa que sei com certeza é que Cee Cee ligou com a notícia de que a matéria sobre a conturbada família Silva/Diego seria publicada no jornal de domingo por causa das curiosidades e coisa e tal.

Segundo ela me informou, o legista tinha feito uma confirmação provisória do que eu havia contado: o esqueleto que acharam no quintal tinha entre 150 e 175 anos, e pertencia a alguém do sexo masculino, com idade entre 20 e 25 anos.

– O grupo racial é difícil de determinar – continuou Cee Cee – por causa do dano no crânio causado pela pá de Brad. Mas eles têm certeza da causa da morte.

Grudei o fone no ouvido, consciente de que mamãe e Andy, à mesa de jantar, poderiam ouvir cada palavra.

– É? – perguntei, tentando manter o tom tranquilo. Mas podia me sentir ficando com frio de novo, como acontecera naquela tarde, no cubículo da copiadora.

– Asfixia – disse Cee Cee. – Há um osso no pescoço, pelo qual dá para saber.

– Então ele foi...

– Estrangulado – confirmou Cee Cee, de modo casual. – Escute, o que você vai fazer esta noite? Quer vir aqui? Adam tem de fazer uma coisa para a família dele. A gente podia alugar um filme...

– Não. Não, não posso. Obrigada, Cee Cee. Muito obrigada.

Desliguei o telefone.

Estrangulado. Jesse tinha morrido estrangulado. Por Felix Diego. Curioso, mas de algum modo sempre imaginei que ele tinha levado um tiro. Mas estrangulado fazia mais sentido: as pessoas ouviriam o tiro e iriam investigar. Então não haveria dúvida quanto ao que havia acontecido com Hector de Silva.

Mas estrangulamento? Isso era bem silencioso. Felix poderia facilmente ter estrangulado Jesse enquanto ele dormia, depois levado o corpo para o quintal e enterrado, junto com seus pertences. Ninguém saberia...

Acho que devo ter ficado parada olhando o telefone durante um tempo, porque minha mãe falou:

– Suze? Você está bem, querida?

Dei um pulo.

– Estou, mãe. Claro. Estou ótima.

Mas não estava. E certamente não estou agora.

Só tinha ido umas duas vezes à Missão durante a noite, e o lugar ainda era tão assustador como antes... sombras compridas, recessos escuros, ruídos esquisitos enquanto nossos pés ecoavam pelo corredor entre os bancos. Havia uma estátua da Virgem Maria perto da porta, e Adam tinha me dito uma vez que, se você passasse por ela enquanto pensava alguma coisa impura, a estátua chorava sangue.

Bom, meus pensamentos enquanto entrava na basílica não eram exatamente impuros, mas ao passar pela Virgem Maria notei que ela parecia mais particularmente propensa a chorar sangue do que o normal. Ou talvez fosse apenas o escuro.

De qualquer modo, eu estava me sentindo esquisitíssima. Acima da cabeça abria-se a enorme cúpula que dava para ver

165

da janela do meu quarto, luzindo vermelha ao sol e azul ao luar, e diante de mim se erguia o nicho onde ficava o altar banhado de branco.

O padre Dom estivera ocupado, deu para ver quando entrei na igreja. Velas tinham sido postas num grande círculo diante da balaustrada do altar. Ainda murmurando baixinho sobre minha necessidade de supervisão adulta, o padre Dominic se inclinou e começou a acender os pavios.

– É aí que o senhor... quero dizer, nós, vamos fazer? – perguntei.

O padre Dominic se empertigou e examinou o trabalho.

– É. – Então, não entendendo minha expressão, acrescentou secamente: – Não se engane com a ausência de sangue de galinha, Suzannah. Garanto que a cerimônia católica de exorcismo é altamente eficaz.

– Não – falei rapidamente. – É só que...

Olhei para o chão no meio do círculo de velas. Parecia muito duro – muito mais do que o piso do banheiro no hotel. Lá era ladrilho. Aqui era mármore. Lembrando-me do que Jack tinha dito, falei:

– E se eu cair? Posso bater a cabeça de novo.

– Felizmente você estará deitada.

– Não posso ter um travesseiro ou algo assim? Quero dizer, puxa! Esse chão parece frio. – Olhei para a toalha do altar. – Que tal aquilo? Posso me deitar em cima?

O padre Dominic ficou bastante chocado para um cara que ia exorcizar uma garota que não estava possuída nem morta.

– Pelo amor de Deus, Suzannah. Seria sacrilégio.

Em vez disso, foi pegar alguns mantos do coro para mim. Fiz uma caminha no chão, entre as velas, e me deitei. Na verdade ficou bem confortável.

Uma pena meu coração estar batendo forte demais para eu ao menos conseguir cochilar.

– Certo, Suzannah – disse o padre D. Ele não se mostrava satisfeito comigo havia algum tempo. Mas estava cedendo ao inevitável.

Mesmo assim parecia achar necessário um último sermão.

– Estou disposto a ajudá-la com esse seu plano ridículo, mas só porque sei que, se não fizer isso, você tentará fazer sozinha ou, que Deus não permita, com a ajuda daquele menino. – O padre D. estava me olhando muito sério. – Mas nem por um minuto pense que aprovo.

Abri a boca para argumentar, mas ele ergueu uma das mãos.

– Não. Deixe-me terminar, por favor. O que Maria de Silva fez foi errado. Mas não consigo ver nada disso terminando bem. Segundo minha experiência, Suzannah, e espero que você concorde que minha experiência é significativamente maior que a sua, assim que os espíritos são exorcizados, permanecem exorcizados.

Abri a boca de novo, e de novo o padre D. me calou:

– O lugar aonde você vai – prosseguiu ele – será como uma área de espera para os espíritos que passaram do plano astral, mas ainda não chegaram ao destino definitivo. Se Jesse ainda estiver lá e você conseguir encontrá-lo (e você entende que eu considero essa uma hipótese muito improvável, porque não creio que vá conseguir), não fique surpresa se ele escolher continuar onde está.

– Padre D. – comecei, apoiando-me nos cotovelos, mas ele balançou a cabeça.

– Pode ser a única chance dele para ir em frente, Suzannah.

– Não. Não é verdade. Veja bem, há um motivo para ele ter ficado na minha casa durante tanto tempo. Ele só precisa descobrir qual é, e poderá ir em frente por conta própria e...

– Suzannah – interrompeu o padre Dominic. – Tenho certeza de que não é tão simples. .

– Ele tem o direito de decidir sozinho – insisti com os dentes trincados.

– Concordo. É isso que estou tentando dizer, Suzannah. Se você encontrá-lo, deve deixar que ele decida. E não deve... bem, não deve tentar usar qualquer tipo de... é...

Só pisquei para ele.

– Padre D. O que o senhor está falando?

– Bem, é só que... – O padre Dominic pareceu mais sem graça do que eu jamais tinha visto. Eu não fazia a mínima ideia do que havia de errado com o sujeito. – Vejo que você trocou de...

Olhei para mim mesma. Tinha trocado de roupa, substituí o vestido cor-de-rosa por um preto, com pequenos botões de rosa bordados. Combinei com uns sapatinhos Prada totalmente lindos. Tinha demorado um tempo enorme para escolher o conjunto. Quero dizer, o que a gente usa num exorcismo? Não precisava nem um pouco do padre D. detonando minha vestimenta.

– O que é? – perguntei na defensiva. – O que há de errado com ela? É fúnebre demais? É fúnebre demais, não é? Eu *sabia* que preto estava errado para a ocasião.

– Não há nada errado com ela – disse o padre Dominic. – É simplesmente que... Suzannah, você não deve tentar usar seus artifícios sexuais para influenciar a decisão de Jesse.

Meu queixo caiu. Certo. Agora eu estava furiosa.

– Padre Dominic! – sentei-me e gritei. Mas depois fiquei totalmente sem fala. Não podia pensar em nada para dizer além de: – Fala sério!

– Suzannah – insistiu o padre Dominic severamente. – Não finja que não sabe o que eu quis dizer. Sei que você gosta de Jesse. Só estou pedindo que não use seus – ele pigarreou – encantos femininos para manipular...

– Como se eu *pudesse* – resmunguei.

– Sim. – O tom do padre era firme. – Pode. Só estou pedindo que não faça isso. Pelo bem de vocês dois. *Não* faça.

– Ótimo. Não vou fazer. Não estava planejando isso.

– Fico feliz em ouvir. – O padre Dominic abriu um pequeno livro encadernado em couro e começou a folhear. – Comecemos, então?

– Acho que sim. – Ainda resmungando, deitei-me. Não podia acreditar que o padre D. tinha acabado de sugerir aquilo: que eu usaria meu *sex appeal* para atrair Jesse de volta. Ha! O padre D. estava deixando de ver duas coisas simples: uma que eu não sei se tenho *sex appeal*, e duas, que, se tenho, Jesse obviamente nunca notou.

Mesmo assim o padre Dominic tinha se sentido obrigado a dizer algo a respeito, o que deve significar que notou alguma coisa. Devia ser o vestido. Nada mau por 59,95 dólares.

Enquanto estava ali deitada, um riso lento se esgueirou por meu rosto. O padre D. tinha usado a palavra *sexual*. Para se referir a *mim*!

Excelente.

O padre D. começou a ler seu livrinho. Enquanto lia, balançava a bola de metal de onde saía fumaça. A fumaça era do incenso que queimava dentro da bola de metal. Vou lhe contar: aquilo fedia.

Não dava para entender o que o padre D. estava dizendo, já que era em latim. Mas parecia legal. Fiquei ali deitada, no meu pretinho básico, imaginando se deveria ter posto uma calça comprida. Quero dizer, quem sabe o que eu encontraria lá? E se tivesse de subir em alguma coisa? As pessoas veriam minha calcinha.

É de pensar que eu estaria tendo pensamentos mais profundos, mas lamento muito informar que a coisa mais profunda que pensei enquanto o padre Dominic exorcizava minha alma era que, quando tudo isso acabasse, com Jesse em casa e Maria e Diego trancados de volta na cripta que era o lugar deles, eu ia me encharcar durante um tempo enorme naquela minipiscina quente que Andy estava instalando, porque, vou lhe contar, eu estava *um caco*.

E então uma coisa começou a acontecer acima da minha cabeça. Uma parte da cúpula desapareceu e foi substituída por um monte de fumaça. Então percebi que era a fumaça do incenso que o padre D. estava balançando. Ela se enrolava como um tornado acima da minha cabeça.

Em seguida, no centro do tornado, vi o céu noturno. Como se a cúpula no topo da basílica não estivesse mais lá. Dava para ver estrelas piscando, frias. Não reconheci nenhuma constelação, apesar de Jesse ter tentado me ensinar, antes. Lá no Brooklyn não era possível ver as estrelas tão bem por causa das luzes da cidade. De modo que, além da Ursa Maior, que sempre dá para ver, não sei o nome de nenhuma constelação.

Não importava. O que eu estava vendo não era o céu. Pelo menos não o céu da Terra. Era outra coisa. Outro lugar.

– Suzannah – disse o padre Dominic gentilmente.

Levei um susto e olhei para ele. Percebi que tinha ficado meio adormecida, olhando aquele céu.

– O que é?

– Está na hora.

15

"O padre Dominic está esquisito", pensei. "Por que ele está tão esquisito?"

Percebi quando me sentei. Isso porque apenas parte de mim se sentou. O resto ficou onde estava, deitado nos mantos do coro, de olhos fechados.

Você sabe, em Sabrina, a feiticeira, quando ela se divide em duas pessoas, de modo que uma pode ir a uma festa com

170

Harvey e a outra pode ir à convenção das bruxas com na tia? Foi o que me aconteceu. Agora eu era duas pessoas.

Só que apenas uma delas estava consciente. A outra metade só ficou ali deitada, de olhos fechados. E sabe de uma coisa? Aquele hematoma na testa era realmente nojento. Não era de espantar que todo mundo que o visse recuasse horrorizado.

– Suzannah – disse o padre Dominic. – Você está bem?

Afastei o olhar de meu eu inconsciente.

– Ótima. – Olhei para o meu eu espiritual, que parecia exatamente idêntico à pessoa embaixo de mim, a não ser que luzia um pouco. Um excelente acessório de moda, por sinal, se você conseguir usar. Você sabe, aquele brilho espectral no corpo inteiro pode fazer coisas maravilhosas à pele de uma garota.

Além de outra coisa. Sabe o hematoma na testa? É, não doía mais.

– Você não tem muito tempo – disse o padre Dominic. – Só meia hora.

Pisquei para ele.

– Como é que eu vou saber que a meia hora acabou? Não tenho relógio. – Não uso relógio porque, de algum modo, eles sempre acabam sendo esmagados por algum espírito recalcitrante. Além disso, quem quer saber que horas são? A resposta é quase sempre frustrante.

– Use o meu – disse o padre Dom. Em seguida pegou seu enorme relógio de homem, com pulseira de aço, e me deu.

Era o primeiro objeto que eu pegava em meu novo estado fantasmagórico. Parecia absurdamente pesado. Mesmo assim consegui prender no pulso, onde ficou balançando frouxo, como um bracelete. Ou uma algema de prisão.

– Certo – falei, olhando para aquele buraco acima de mim. – Vamos lá.

Eu precisava subir, claro. Não me pergunte por que havia pensado nisso. Quero dizer, tinha de estender a mão e segurar as bordas daquele buraco no tempo e no espaço e me puxar para cima. E com um vestidinho justo, imagina só.

Tudo bem. Estava na metade do caminho quando escutei uma voz familiar guinchando meu nome.

O padre Dominic se virou. Inclinei-me do buraco – através do qual só podia enxergar névoa, uma névoa cinzenta que umedecia meu rosto – e vi Jack, imagina só, correndo pela igreja em nossa direção, o rosto branco de medo e com alguma coisa se arrastando atrás.

O padre Dominic estendeu a mão e o agarrou logo antes de ele se jogar sobre minha forma inconsciente. Obviamente não viu minhas pernas balançando do enorme rasgo no teto da igreja.

– O que você está fazendo aqui? – perguntou o padre Dominic, com o rosto quase tão branco quanto o do garoto. – Faz ideia de que horas são? Seus pais sabem que você está aqui? Eles devem estar morrendo de preocupação...

– Eles... eles estão dormindo – ofegou Jack. – Por favor, Suze esqueceu..., ela esqueceu a corda. – Jack estendeu o comprido objeto branco que se arrastava atrás dele enquanto corria entre os bancos. Era minha corda, da primeira tentativa de me exorcizar. – Como ela vai encontrar o caminho de volta sem a corda?

O padre Dominic pegou a corda com Jack, sem agradecer.

– Foi muito errado vir aqui, Jack – falou, em tom de desaprovação. – O que você pensou? Eu lhe disse que ia ser muito perigoso.

– Mas... – Jack continuou olhando para minha metade inconsciente. – A corda. Ela esqueceu a corda.

– Aqui – gritei do meu buraco celestial. – Joga aqui.

Jack me olhou, e a ansiedade abandonou seu rosto.

– Suze! – gritou deliciado. – Você é um fantasma!

– Shh! – O padre Dominic pareceu sentir dor. – Olhe, rapazinho, você deve falar baixo.

– Oi, Jack – respondi do meu buraco. – Obrigado por trazer a corda. Mas como chegou aqui?

– No ônibus do hotel – disse Jack com orgulho. – Me escondi dentro. Ele vinha pegar um bocado de gente bêbada. Quando parou perto da Missão, eu saí.

Eu não poderia ter sentido mais orgulho se ele dissesse que era meu filho.

– Bem pensado – falei.

– Esta é a última coisa de que precisamos agora – gemeu o padre Dominic. – Aqui, Suzannah, pegue a corda e, pelo amor de Deus, vá depressa.

Inclinei-me para baixo e peguei a ponta da corda, depois amarrei firme na cintura.

– Certo. Se eu não voltar em meia hora, comecem a puxar.

– Vinte e cinco minutos – corrigiu o padre Dominic. – Nós perdemos tempo, graças à interrupção deste jovem. Agora vá, Suzannah.

– Certo. Tudo bem. Já volto.

E então puxei as pernas para dentro do buraco. Quando olhei para baixo, pude ver o padre Dominic e Jack ali parados, me espiando. E também podia me ver, dormindo como Branca de Neve, num círculo de velas com as chamas bruxuleando. Mas duvido de que Branca de Neve usasse Prada.

Levantei-me e olhei ao redor. Nadinha.

Sério. Não havia nada ali. Só aquele céu preto, através do qual algumas estrelas queimavam frias. E a névoa. Densa, sempre em movimento, fria. "Eu deveria ter posto um suéter", pensei com um tremor. A névoa parecia tornar pesado o ar que eu sugava para os pulmões. E também parecia servir como abafador. Não dava para ouvir nenhum som, nem mesmo meus passos.

Ah, bem. Vinte e cinco minutos não era muito tempo. Enchi o peito com o ar úmido e gritei:

– Jesse!

Foi um gesto altamente eficaz. Não que Jesse tenha aparecido. Ah, não. Mas um cara mais velho.

Vestido de gladiador, nada mais nada menos.

Não estou brincando. Parecia o cara do cartão American Express da minha mãe (que frequentemente eu pego emprestado – com a permissão dela, claro). Você sabe, com o penacho se projetando do elmo, a minissaia de couro, a espada enorme. Não dava para ver os pés por causa da névoa, mas presumi que, se pudesse, ele estaria usando sandálias amarradas (que ficam péssimas em gente com joelhos gordos).

– Você não é daqui – disse ele em voz profunda e objetiva.

Veja bem. Eu sabia que o vestidinho preto era um erro. Mas quem iria imaginar que o purgatório tinha código de vestimenta?

– Sei disso – falei, dando meu melhor sorriso.

Talvez o padre D. estivesse certo. Talvez eu tenha mesmo uma tendência para usar minha sexualidade com o intuito de conseguir o que quero. Certamente eu estava dando uma de mulherzinha para o sujeito tipo Russell Crowe diante de mim.

– O negócio – falei segurando a corda – é que estou procurando um amigo. Talvez você o conheça. Jesse de Silva. Ele veio para cá ontem à noite, acho. Tem uns 20 anos, um 1,80 metro, cabelo preto, olhos escuros...

Músculos abdominais de matar?

Russell Crowe não devia estar escutando direito, porque só falou de novo:

– Você não é daqui.

Certo, o vestidinho preto tinha sido definitivamente um erro. Porque, como é que eu ia chutar esse cara fora do caminho sem rasgar a saia?

– Olha, moço – falei, indo até ele e tentando não notar que seus peitorais eram tão pronunciados a ponto de tornar seus peitos maiores do que os meus. Muito maiores. – Eu já disse, estou procurando alguém. Agora: ou você me diz se o viu ou sai da minha frente, certo? Eu sou mediadora, entendeu? Tenho tanto direito de estar aqui quanto você.

Claro que eu não sabia se isso era verdade, mas ora, tenho sido mediadora a vida inteira, e não ganhei xongas por isso. Para mim, alguém me devia, e muito.

O gladiador pareceu concordar. E falou num tom totalmente diferente:

– Mediadora? – E me olhou como se eu fosse um macaco que de repente tivesse começado a recitar o juramento à bandeira.

Mesmo assim devo ter feito alguma coisa certa, porque ele disse lentamente:

– Sei de quem você fala.

Então pareceu tomar uma decisão. Ficando de lado, disse em voz autoritária:

– Vá agora. Não abra nenhuma porta. Ele virá.

Encarei-o. Uau.

– Você está... está falando sério?

Pela primeira vez o sujeito demonstrou alguma personalidade.

– Pareço estar brincando?

– Ah... não.

– Porque eu sou o porteiro. Não brinco. Vá agora. – E apontou. – Você não tem muito tempo.

A distância, na direção em que ele estava apontando, vi alguma coisa. Não sei o que era, mas não era névoa. Senti vontade de abraçar meu amigo gladiador, mas me contive. Ele não parecia do tipo que aprova demonstrações de afeto.

– Obrigada. Muito obrigada.

– Depressa – respondeu o porteiro. – E lembre-se, independentemente de qualquer coisa, não vá para a luz.

Eu tinha dado uma puxada na corda, para o padre D. afrouxá-la. Agora simplesmente fiquei ali parada, segurando-a, olhando o gladiador.

– Não vá para a luz? – ecoei. – Você não está falando sério.

Juro que ele ficou indignado.

– Já lhe disse, eu não brinco. Por que acha que eu diria algo que não fosse a sério?

Queria dizer que o negócio de "não vá para a luz" estava meio batido. Quero dizer, *Poltergeist um*, *dois* e *três* tinham deixado essa fala bem explícita.

Mas quem sabia? Talvez o cara que escreveu aqueles filmes fosse mediador. Talvez ele e o porteiro fossem colegas, ou sei lá o quê.

– Certo – falei passando por ele. – Saquei. Não ir para a luz.

– Nem abra nenhuma porta – lembrou o porteiro.

– Nenhuma porta – respondi apontando para ele e piscando. – Falou e disse.

Então me virei e a névoa sumiu.

Bem, não sumiu totalmente. Quero dizer, ela ainda estava ali, envolvendo meus calcanhares. Mas a maior parte havia desaparecido, de modo que eu podia ver que estava num corredor repleto de portas. Não havia teto, só aquelas estrelas piscando frias e o céu totalmente preto. Mesmo assim, o longo corredor de portas fechadas parecia se estender para sempre, diante de mim.

E eu não deveria abrir nenhuma daquelas portas. Nem ir para a luz.

Bem, a segunda parte era fácil. Não vi nenhuma luz para onde ir. Mas por que eu não deveria abrir uma daquelas portas? Quero dizer, verdade. O que acontecia atrás delas? O que eu encontraria se abrisse uma, só uma fresta, e espiasse para dentro? Outro universo? O planeta Vulcano? Talvez um mundo onde Suze Simon era uma garota normal, e não uma mediadora? Talvez um mundo onde Suze Simon era rainha da festa de boas-vindas e a pessoa mais popular de toda a escola, e Jesse não era um fantasma e podia levá-la às festas, tinha seu próprio carro e não morava no quarto dela?

Então parei, imaginando o que haveria atrás de todas aquelas portas. Isso porque, vindo pelo corredor, na minha direção – como se tivesse acabado de se materializar ali, a partir do nada –, estava Jesse.

Pareceu bastante surpreso ao me ver. Não sei se era o fato de eu estar ali parada no que, imagino, era a sala de espera do céu, ou se era o belo pedaço de corda amarrado na minha cintura que, tenho de admitir, não combinava nada com o restante da roupa.

O que quer que fosse, ele ficou bem chocado.

– Ah – falei, levantando a mão para garantir que a franja cobrisse o hematoma feio. – Oi.

Jesse ficou imóvel me encarando. Era como se não pudesse acreditar no que via. Não estava diferente da última vez em que o vi. Quero dizer, na última vez em que vi seu fantasma. A última vez em que eu o vi, claro, foi um vislumbre de seu cadáver podre, e, claro, isso me fez pôr para fora o jantar.

Mas este Jesse era muito mais fácil de olhar.

Mesmo assim, se eu esperava algum tipo de encontro alegre – um abraço ou, que Deus não permita, um beijo –, ia me desapontar. Ele só ficou ali parado, me olhando como se houvesse brotado uma cabeça a mais no meu pescoço desde que nos vimos pela última vez.

– Suzannah – ofegou ele. – O que está fazendo aqui? Você está... você não está...

Captei o sentido imediatamente e falei com um riso nervoso:

– Morta? Eu? Não, não, não. Eu só, é... vim aqui porque queria... é... você sabe, ver se você estava bem...

Certo, será que dava para ser mais patética? Puxa, sério. Eu tinha visualizado esse momento mil vezes desde que havia decidido que ia procurá-lo, e em todas as minhas fantasias nenhuma explicação era necessária. Jesse simplesmente me abraçava e começava a me beijar. Na boca.

Mas isso... Isso era incômodo de montão. Gostaria de ter preparado um discurso.

– É... – falei. O que eu realmente queria era parar de dizer *é*. – Veja bem, o negócio é que eu precisava me certificar de que você estava aqui porque queria. Porque, se não quiser, bem, o padre Dom e eu achamos que talvez seria possível você voltar. Para... é... terminar o que, você sabe, estava segurando você lá embaixo. Quero dizer, no meu mundo. No nosso mundo – me corrigi depressa, lembrando-me do alerta do padre Dominic. – Quero dizer, no nosso mundo.

Jesse continuou só me encarando.

– Suzannah. – A voz dele estava estranha. Deduzi o motivo um segundo depois, quando ele perguntou: – Não foi você que me mandou para cá?

Encarei-o boquiaberta.

– O quê? O que você está falando?

Agora eu sabia o que havia de tão estranho em sua voz. Estava cheia de mágoa.

– Você não me exorcizou? – perguntou ele.

– Eu? – Minha voz disparou subindo umas dez oitavas. – *Eu?* Jesse, claro que não. Eu jamais faria isso. Quero dizer, você sabe que eu nunca faria algo assim. Aquele garoto, o Jack, é que fez. Sua namorada Maria mandou que ele fizesse. Ela estava tentando se livrar de você. Disse ao Jack que você estava me incomodando, e ele não sabia de nada, por isso exorcizou você, e então Felix Diego me jogou do telhado da varanda, e, Jesse, eles acharam o seu corpo, quero dizer, os seus ossos, e eu vi e vomitei na lateral da casa, e o Spike está sentindo muita falta sua e eu fiquei pensando, sabe, que se você quisesse voltar, poderia, porque é por isso que eu tenho esta corda, para a gente achar o caminho de volta.

Eu estava falando sem parar. Tenho tendência de fazer isso até mesmo quando não estou no purgatório. Mas não pude evitar. A coisa toda meio se derramava de mim. Bem, não toda.

178

Quero dizer, de jeito nenhum eu iria dizer *por que* queria que ele voltasse. Não ia falar a palavra que começa com "a", nem nada. E também não era por causa do aviso do padre D.

– Isto é – continuei –, se você quiser voltar. Dá para ver por que você gostaria de ficar aqui. Quero dizer, depois de 150 anos e coisa e tal, provavelmente é um alívio. Imagino que vão transportar você logo, e você terá uma vida nova, ou vai para o céu, ou sei lá o quê. Mas fiquei pensando, sabe, que não foi justo Maria ter feito o que fez com você. Duas vezes. E que se você quiser voltar e deduzir o que estava fazendo lá embaixo na Terra durante tanto tempo, bem, eu daria uma mão, se pudesse.

Olhei o relógio do padre D. Era mais fácil do que olhar o rosto de Jesse e ver que ele ainda tinha aquela expressão inescrutável, como se não pudesse acreditar no que via. E ouvia.

– A única coisa – falei – é que só posso ficar fora do corpo por meia hora antes de me separar definitivamente, e nós só temos 15 minutos. De modo que você precisa decidir depressa. O que vai ser?

"Será que isso foi suficientemente não feminino para o padre Dom?", pensei. Não estava nem um pouco forçando a barra. Ninguém poderia me acusar nem mesmo de *sorrir*. Eu era a própria imagem da mediadora profissional.

Só não sabia por quanto tempo conseguiria manter o tom profissional. Especialmente quando Jesse estendeu uma das mãos e a pousou no meu braço.

– Suzannah – disse ele, e sua voz não estava nem um pouco cheia de mágoa, mas sim de uma coisa que, se eu não me enganei, parecia muito com raiva. – Você está dizendo que *morreu* por mim?

– É... – falei, imaginando se contaria com o uso dos meus ardis femininos caso *ele* é que *me* tocasse. – Bem, não tecnicamente. Ainda. Mas se demorarmos aqui por muito mais tempo...

A mão no meu braço se apertou.

– Vamos – disse ele.

Não sei se Jesse realmente entendeu a situação.

– Jesse. Eu posso achar o caminho de volta, certo? Eu sou assim com o porteiro. – E levantei os dedos cruzados. – Se você quer ir comigo porque quer voltar, tudo bem, mas se só quer me levar de volta ao buraco, acredite: posso chegar lá sozinha.

Jesse apenas falou:

– Suzannah, cale a boca.

E então, ainda com uma das mãos no meu braço, segurou a corda e começou a segui-la de volta na direção de onde eu tinha vindo.

Ah, pensei enquanto ele me empurrava. "Certo. Fantástico. Agora está com raiva de mim. Eu arrisco a vida – porque, vamos encarar os fatos, era isso que estava fazendo – e ele fica *com raiva* de mim por causa disso." Eu deveria ter pensado. Quer dizer, arriscar a vida por um cara é praticamente como usar a palavra que começa com "a". Pior até. Como é que eu ia sair dessa?

– Jesse, não fique lisonjeado porque fiz isso por você. Quero dizer, ter você como colega de quarto tem sido um tremendo pé no saco. Acha que eu gosto de ter de chegar da escola ou do trabalho e ter de explicar coisas como a baía dos Porcos? Acredite, a vida com você não é um piquenique.

Ele não disse nada. Só continuou me puxando.

– Ou o negócio do Tad? – falei, puxando um assunto que eu sabia que era incômodo. – Quero dizer, você acha que eu gosto de arrastá-lo para os meus encontros? Ter você fora da minha vida vai tornar as coisas muito mais simples, portanto, não pense, você sabe, que fiz isso por você. Só fiz porque aquele seu gato estúpido anda chorando feito maluco. E também porque qualquer coisa que eu possa fazer para enlouquecer sua namorada idiota, vou fazer.

– *Nombre de Dios*, Suzannah – murmurou Jesse. – Maria não é minha namorada.

– Bem, certamente já foi. E que negócio é esse, afinal? Aquela garota é uma tremenda vagabunda, Jesse. Não acredito que você tenha concordado em se casar com ela. Quero dizer, o que você estava pensando? Não dava para ver como ela era por baixo de toda aquela renda?

– Na época as coisas eram diferentes, Suzannah – disse Jesse com os dentes trincados.

– Ah, é? Tão diferentes que você não podia dizer que a garota com quem ia se casar era uma grandecíssima...

– Eu mal a conhecia – respondeu Jesse fazendo-me parar e me encarando furioso. – Certo?

– Bela tentativa. Vocês eram primos. Outra coisa que, se você realmente quer saber, me deixa enojada...

– Sim, éramos primos – interrompeu Jesse, sacudindo meu braço. – Mas, como falei antes, na época as coisas eram diferentes, Suzannah. Se tivéssemos mais tempo eu lhe diria...

– Ah, não, nem vem com essa. Nós ainda temos... – olhei o relógio do padre D. – ...12 minutos. Diga agora.

– Suzannah...

– Fale *agora*, Jesse, ou juro que não vou me mexer.

Ele gemeu de frustração e disse o que eu acho que devia ser uma palavra muito feia, só que não tive certeza, porque foi em espanhol. Na escola não ensinam palavrões em espanhol.

– Ótimo – respondeu ele, largando meu braço. – Quer saber? Quer saber como era na época? Era diferente, certo? A Califórnia era diferente. Completamente diferente. Não havia essa mistura dos sexos. Garotos e garotas não brincavam juntos, não se sentavam lado a lado na sala de aula. Eu só ficava na mesma sala com Maria durante as refeições, ou algumas vezes em bailes. E ficávamos rodeados de pessoas. Duvido que eu tenha ouvido Maria falar mais do que algumas palavras...

– Bem, evidentemente eram palavras bem impressionantes, porque você concordou em se casar com ela.

Jesse passou a mão pelo cabelo e exclamou outra vez em espanhol.

– Claro que concordei em me casar com ela. Meu pai queria, o pai dela queria. Como eu poderia dizer não? Não queria dizer não. Não sabia o que ela era, pelo menos na época. Só mais tarde, quando recebi as cartas, percebi...

– Que ela não sabe escrever?

Ele me ignorou.

– ...que nós dois não tínhamos nada em comum, e jamais teríamos. Mas mesmo assim não teria desgraçado minha família rompendo o compromisso com ela. Não por isso.

– Mas quando ouviu dizer que ela não era pura como a neve? – Cruzei os braços diante do peito e encarei furiosa aquele produto machista do século XIX. – Foi então que você decidiu que ela não servia para ser esposa?

– Quando ouvi boatos sobre Maria e Felix Diego fiquei infeliz – disse ele, impaciente. – Eu conhecia Diego. Ele não era um bom homem. Era cruel e... Bem, sempre procurava meios de ganhar dinheiro. E Maria tinha muito dinheiro. Dá para adivinhar por que ele queria se casar com ela. Por isso, quando descobri, decidi que seria melhor terminar, sim...

– Mas Diego foi conhecer você primeiro – falei com a voz embargada.

– Suzannah. – Ele me encarou. – Eu tive um século e meio para me acostumar com a morte. Não me importa mais quem me matou, ou por quê. O importante agora é garantir que você não termine do mesmo modo. Agora vai se mexer ou terei de carregá-la?

– Certo – respondi, permitindo que ele me puxasse de novo. – Mas só quero deixar uma coisa clara. Eu não fiz tudo isso... você sabe, ser exorcizada, vir aqui e coisa e tal, porque estou apaixonada por você nem nada disso.

– Eu não iria me sentir lisonjeado como você diz – respondeu ele, sério.

– Isso mesmo. – Imaginei se ainda estava sendo suficientemente não feminina. Na verdade, estava começando a me achar um pouco não feminina *demais*. Até mesmo hostil. – Porque não estou. Vim pelo gato. O gato sente muita falta de você.

– Você não deveria ter vindo por nada – respondeu Jesse baixinho. Mesmo assim ouvi. Não era como se houvesse mais um monte de ruídos aqui em cima. Vi que tínhamos saído do corredor, que havia desaparecido no minuto em que demos as costas para ele, e estávamos de volta na névoa, seguindo a corda que, felizmente, Jack havia se lembrado de trazer. – Não acredito que o padre Dominic permitiu isso.

– Ei, deixe o padre D. fora disso. É tudo nossa culpa, você sabe. Nada disso teria acontecido se você simplesmente fosse honesto e aberto comigo desde o início, sobre como morreu. Então eu poderia pelo menos ter dito ao Andy para cavar em outro lugar. E estaria preparada para enfrentar Maria e seu marido imprestável. Não sei por que ficaram tão abalados com a ideia de as pessoas descobrirem que eles são dois assassinos, mas estão muito decididos a manter como um mistério o que aconteceu com voc...

– Isso é porque, para eles, não se passou tempo algum desde a morte. Eles estavam descansando até que se tornou evidente que meu corpo seria encontrado, o que inevitavelmente abriria especulações sobre a causa de meu desaparecimento. Eles não entendem que se passou mais de um século. Estão tentando preservar seu lugar na comunidade, como os cidadãos importantes que já foram.

– Nem diga! – falei, passando a mão no machucado. – Os dois acham que ainda é 1850 e têm medo de os vizinhos descobrirem que eles apagaram você. Bem, dentro de um ou dois dias a coisa vai estourar na cara deles. A verdade está sendo revelada, por cortesia do *Pinha de Carmel*...

Jesse se virou para me encarar. Estava mais furioso do que nunca.

– Suzannah. O que você está falando?

– Contei a história toda a Cee Cee – expliquei, incapaz de impedir que o tom de orgulho se esgueirasse na voz. – Ela está fazendo estágio no jornal. Disse que vão publicar a história, a história real do que aconteceu com você, no domingo.

Ao ver sua expressão ficando, no mínimo, mais sombria, acrescentei:

– Jesse, eu tinha de fazer isso. Maria matou o cara da Sociedade Histórica, de quem ela roubou sua pintura para fazer o exorcismo. Tenho certeza de que matou o avô dele também. Maria e o marido mataram todo mundo que já tentou contar a verdade sobre o que aconteceu com você naquela noite. Mas não vão poder mais fazer isso. A história vai chegar a 35 mil pessoas. Talvez mais, porque vão colocar no site do jornal. Maria não poderá matar todo mundo que ler.

Jesse balançou a cabeça.

– Não, Suzannah. Ela vai se contentar em matar você.

– Jesse, ela não pode me matar. Já tentou. Tenho uma novidade: eu sou realmente dura de matar.

– Talvez não.

Jesse estava segurando uma coisa, e eu olhei. Para minha surpresa, vi que era a corda que estivéramos seguindo.

Só que, em vez de ver a ponta desaparecendo no buraco por onde eu tinha subido, ela estava esgarçada na mão de Jesse. Como se tivesse sido cortada.

Com uma faca.

16

Olhei horrorizada para a ponta da corda.

Engraçado. Sabe qual foi a primeira coisa que me passou pela cabeça?

– Mas o padre Dom disse que Maria e Felix eram bons católicos – gritei. – Então o que estão fazendo lá embaixo naquela igreja?

Jesse teve um pouco mais de presença de espírito do que eu. Pegou meu pulso e o torceu para ver o mostrador do relógio do padre Dominic.

– Quanto tempo a mais você tem? – perguntou ele. – Quantos minutos?

Engoli em seco.

– Oito. Mas o motivo para o padre Dom ter abençoado minha casa foi para que eles não tentassem entrar, e então olha só o que eles fizeram. Entraram numa igreja...

Jesse olhou em volta.

– Vamos achar a saída – falou. – Não se preocupe, Suzannah. Tem de estar por aqui. Vamos achar.

Mas não íamos. Eu sabia. Não havia sentido sequer em olhar. Com a névoa cobrindo o chão tão densa, não havia chance de encontrarmos o buraco pelo qual eu tinha subido.

Não. Suzannah Simon, que fora tão dura de matar, de fato já estava morta.

Comecei a desamarrar a corda da cintura. Se ia encontrar meu criador, pelo menos queria estar com boa aparência.

– Deve estar por aqui – dizia Jesse enquanto balançava a mão na névoa, tentando afastá-la para ver por baixo. – Deve estar, Suzannah.

Pensei no padre Dominic. E em Jack. Pobre Jack. Se aquela corda tinha sido cortada, só podia ser porque alguma coisa catastrófica aconteceu lá embaixo naquela igreja. Maria de Silva, aquela católica praticante que o padre D. tivera tanta convicção de que jamais ousaria atacar um terreno consagrado, não se apavorava tanto com a possibilidade de ofender o Senhor quanto o padre Dominic havia presumido. Eu esperava que ele e Jack estivessem bem. O problema dela era comigo, e não com eles.

– Suzannah. – Jesse estava me espiando. – Suzannah, por que você não procura? Não pode desistir, Suzannah. Vamos encontrar. Sei que vamos encontrar.

185

Só olhei para ele. Nem o estava vendo, realmente. Estava pensando na minha mãe. Como é que o padre Dominic iria explicar? Quero dizer, se é que ele também já não estava morto. Mamãe iria suspeitar muito, muito mesmo, se meu corpo fosse encontrado na basílica. Quero dizer, eu nem frequentava a igreja aos domingos. Por que estaria lá numa noite de sexta-feira?

– Suzannah! – Jesse me segurou pelos dois ombros. Agora me deu uma sacudida com força suficiente para fazer meu cabelo voar. – Suzannah, está ouvindo? Só temos mais 5 minutos. Precisamos achar uma saída. Chame-o.

Pisquei para ele, afastando confusa o cabelo dos olhos. Isso pelo menos era uma coisa boa. Eu nunca teria de me preocupar em achar o tom perfeito para cobrir os grisalhos. Agora nunca ficaria grisalha.

– Chamar quem? – perguntei atordoada.

– O porteiro – respondeu Jesse com os dentes trincados. – Você disse que ele era seu amigo. Talvez nos mostre o caminho.

Olhei nos olhos de Jesse. Vi neles uma coisa que nunca havia notado. Percebi, num jorro, o que era essa coisa.

Medo. Jesse estava com medo.

E de repente fiquei com medo também. Antes estivera chocada. Agora estava apavorada. Porque, se Jesse estava com medo, bem, isso significava que uma coisa muito, muito ruim ia acontecer. Porque Jesse não se apavora com facilidade.

– Chame-o – insistiu ele.

Afastei meu olhar do dele e espiei ao redor. Em toda parte – toda parte para onde olhava – só via névoa, céu noturno e mais névoa. Nada do porteiro. Nenhum buraco para voltar à igreja da Missão Junípero Serra. Nenhum corredor cheio de portas. Nada.

E então, de repente, havia uma coisa. Uma figura vindo na nossa direção. Fiquei cheia de alívio. O porteiro, finalmente. Ele me ajudaria. Eu sabia que sim...

Só que, quando chegou mais perto, vi que não era o porteiro. O cara não tinha nada na cabeça além de cabelos. Cabelos castanhos encaracolados. Exatamente como...

– Paul? – falei incrédula.

Não podia acreditar. Era o Paul. Paul Slater. Paul Slater estava vindo para nós. Mas como...

– Suze – disse ele em tom casual enquanto se aproximava. Suas mãos estavam nos bolsos, com a camisa Brooks Brothers para fora da calça. Parecia que tinha acabado de chegar de um longo dia no campo de golfe.

Paul Slater. *Paul Slater*.

– O que você está fazendo aqui? – perguntei. – Você está... está morto?

– Eu ia lhe fazer a mesma pergunta. – Paul olhou para Jesse, que continuava segurando meus ombros. – Quem é o seu amigo? Presumo que seja amigo, não é?

– Eu... – Olhei de Jesse para Paul e de volta. – Vim aqui pegá-lo. Ele é meu amigo. Meu amigo Jesse. Jack o exorcizou por acidente e...

– Ah – disse Paul, balançando para trás e para a frente nos calcanhares. – É. Eu lhe disse que deveria ter deixado o Jack em paz. Ele nunca será um de nós, você sabe.

Só o encarei. Não podia deduzir o que estava acontecendo. Paul Slater, aqui? Não fazia nenhum sentido. A não ser que estivesse morto.

– Um de... de quê?

– Um de nós – repetiu Paul. – Eu lhe disse, Suze. Todo esse absurdo de fazer o bem, de ser mediador. Não acredito que você tenha caído nessa. – Ele balançou a cabeça, rindo um pouquinho. – Achei que era mais inteligente do que isso. Quero dizer, o velho, dá para entender. Ele é de um mundo totalmente diferente, de outra geração. E Jack, claro, é... bem, claramente inadequado para esse tipo de coisa. Mas você, Suze. Eu esperaria mais de você

Jesse soltou meus ombros, mas ficou com uma das mãos firme num dos meus pulsos... o pulso que estava com o relógio do padre Dominic.

– Imagino que este não seja o porteiro – disse ele.

– Não – falei. – Este é o irmão de Jack, Paul. Paul? – Olhei-o. – Como chegou aqui? Você está morto?

Paul revirou os olhos.

– Não. Por favor. E você não precisa passar por toda aquela baboseira para vir aqui, também. Como eu, você pode vir e ir embora quando quiser, Suze. Simplesmente passou tanto tempo "ajudando" – ele fez as aspas no ar com os dedos – almas perdidas como esta – e balançou a cabeça na direção de Jesse – que não teve chance de se concentrar em descobrir seu verdadeiro potencial.

Encarei-o.

– Você disse... você me disse que não acreditava em fantasmas.

Ele sorriu como uma criança com a mão presa no vidro de biscoitos.

– Deveria ter sido mais específico. Não acredito em deixá-los pegar no meu pé, como você claramente deixa. – Seu olhar foi até Jesse, cheio de desprezo.

Eu continuava com problemas para processar o que estava vendo... e ouvindo.

– Mas... mas não é isso que os mediadores devem fazer? – gaguejei. – Ajudar almas perdidas?

Paul conteve um tremor, como se a névoa girando ao nosso redor subitamente tivesse ficado mais fria.

– De jeito nenhum. Bem, talvez o velho. E o garoto. Mas eu, não. E você, certamente, não, Suzannah. E se tivesse se incomodado em me dar um tempo, em vez de ficar tão envolvida em resgatar esse aí – ele deu um riso de desprezo na direção de Jesse –, talvez eu pudesse lhe mostrar exatamente do que é capaz. Que é muito mais do que você pode começar a imaginar.

Um olhar para Jesse me mostrou que era melhor eu cortar essa conversinha se não quisesse mais derramamento de sangue. Pude ver um músculo, que nunca tinha notado antes, saltando no maxilar de Jesse.

– Paul – falei. – Quero que saiba que realmente significa muito para mim o fato de que você, aparentemente, tem todo o controle do mundo místico. Mas neste momento, se eu não voltar à Terra, morrerei. Para não mencionar que, se não estou enganada, seu irmãozinho pode estar passando o maior perrengue lá embaixo com um cara chamado Diego e uma garota de saia-balão.

Paul assentiu.

– É. Graças a você e sua recusa em reconhecer seu verdadeiro talento, a vida de Jack está em perigo, bem como a do padre, por sinal.

Jesse fez um movimento súbito na direção de Paul, que eu interrompi segurando sua mão.

– Então que tal nos ajudar um pouquinho, hein, Paul, já que sabe tanto? – perguntei. Não era brincadeira conter o Jesse. Ele parecia pronto para arrancar a cabeça do cara. – Como podemos sair daqui?

Paul deu de ombros.

– Ah, é só isso que você quer saber? É fácil. Basta ir para a luz.

– Ir para a... – parei, furiosa. – *Paul!*

Ele deu um risinho.

– Desculpe. Só quis saber se você tinha visto o filme.

Mas não estava rindo uma fração de segundo depois, quando Jesse de repente se lançou contra ele.

Sério. Foi que nem um documentário do mundo animal. Num instante Paul estava ali parado, dando um risinho, e no outro o punho de Jesse estava afundando em seu rosto bronzeado e bonito.

Bem, eu tentei impedi-lo. Afinal de contas, Paul provavelmente era minha única saída dali. Mas não posso dizer que realmente me importei ao ouvir o som de cartilagem nasal se rompendo.

Paul foi uma gracinha. Começou a xingar e dizer coisas como:

– Você quebrou meu nariz! Não acredito que você quebrou meu nariz!

– Vou quebrar mais do que o nariz – declarou Jesse, agarrando Paul pelo colarinho e balançando o punho sujo de sangue na frente dos olhos dele – se não disser como sair daqui *agora*.

Jamais descobri como Paul poderia ter respondido a essa interessante ameaça. Porque escutei uma voz docemente familiar chamando meu nome. Eu me virei, e ali, correndo para mim através da névoa, estava Jack.

Em volta de sua cintura havia uma corda.

– Suze – gritou ele. – Venha depressa! Aquela fantasma ruim, contra quem você me avisou, cortou sua corda. E agora ela e aquele outro estão batendo no padre Dominic! – Então ele parou de correr, viu Jesse ainda segurando Paul ensanguentado e disse, curioso: – Paul? O que *você* está fazendo aqui?

Um instante se passou. Na verdade foi o tempo de uma batida de coração, se eu tivesse coração, coisa que, claro, não tinha. Ninguém se mexeu. Ninguém respirou. Ninguém piscou.

Então Paul olhou para Jesse.

– Você vai se arrepender disso – falou. – Entende? Vou fazer você lamentar.

Jesse apenas riu, sem o mínimo traço de humor.

– Esteja à vontade para tentar.

Então empurrou Paul, como se ele fosse um lenço de papel usado, adiantou-se, segurou meu pulso e me arrastou até Jack.

– Então nos leve – disse ao menino.

E Jack, enfiando a mão na minha, fez isso sem olhar para o irmão. Nem mesmo uma vez.

O que me revelou praticamente tudo, percebi. Menos o que realmente queria saber.

Exatamente quem – ou, mais corretamente, *o quê* – era Paul Slater.

Mas não tive tempo para ficar e descobrir. O relógio do padre Dominic me dava um minuto para voltar ao corpo ou ser posta na difícil situação de não ter um corpo... o que tornaria um verdadeiro problema começar o último ano do segundo grau.

Felizmente o buraco não ficava longe de onde estávamos. Quando chegamos lá e olhei para baixo, não pude ver o padre Dominic em lugar nenhum. Mas podia ouvir os sons de uma luta – vidro se partindo, objetos pesados batendo no chão, madeira sendo lascada.

E pude ver meu corpo estendido abaixo, como se eu estivesse dormindo, e dormindo tão profundamente que não reagia ao som de toda aquela balbúrdia. Nem mesmo um tremor.

De algum modo a descida parecia muito mais longa do que tinha sido a subida.

Virei-me e olhei para Jack.

– Você deve ir primeiro. Vamos baixá-lo pela corda.

Mas ele e Jesse gritaram ao mesmo tempo:

– Não!

E a próxima coisa que eu soube era que estava caindo. Verdade. Despenquei e despenquei, e apesar de não poder ver grande coisa enquanto caía, pude ver onde iria bater. E, vou lhe contar, não estava achando legal esmagar meu próprio...

Mas não. Exatamente como nos sonhos de queda, abri os olhos no momento do impacto e me vi piscando para o rosto de Jesse e Jack, que me espiavam da borda do buraco que o padre Dom havia criado com seu cântico.

Estava dentro de mim mesma outra vez. E inteira. Dava para ver, quando estendi as mãos para verificar se as pernas continuavam no lugar. Continuavam. Tudo funcionava. Até o hematoma na testa doía de novo.

E quando, um segundo depois, uma estátua da Virgem Maria – a que, segundo Adam, chorava sangue – caiu sobre minha barriga, bem, isso também doeu de verdade.

– Aí está ela – gritou Maria de Silva. – Pegue-a!

Vou lhe contar, estou realmente ficando cansada de pessoas – principalmente pessoas mortas – tentando me matar. Paul está certo: eu *sou* boazinha. Não faço nada além de tentar ajudar as pessoas, e o que recebo em troca? Estátuas da Virgem Maria na barriga. Não é justo.

Para mostrar como achava tudo isso injusto, empurrei a estátua para o lado, fiquei de pé e agarrei Maria pela parte de trás da saia. Aparentemente, lembrando-se do último incidente comigo, ela decidiu fugir. Mas era tarde demais.

– Sabe, Maria – falei em tom ameno enquanto a puxava pelas fitas, como um pescador recolhendo uma truta realmente grande. – Garotas como você me irritam mesmo. Quero dizer, não só porque mandam os caras fazerem seu serviço sujo em vez de o fazerem sozinhas. É todo esse negócio de "sou muito melhor do que você porque sou uma De Silva" que me incomoda de verdade. Porque isso aqui são os Estados Unidos. – Estendi a mão e peguei um punhado de seus cabelos pretos brilhantes e encaracolados. – E nos Estados Unidos todos somos criados iguais, quer o sobrenome seja De Silva ou Simon.

– É? – gritou Maria, brandindo a faca. Aparentemente a havia conseguido de volta. – Bem, quer saber o que me irrita em você? Acha que só porque é uma mediadora é melhor do que eu?

Tenho de dizer que isso me deixou louca.

– Isso não é verdade – falei, inclinando-me enquanto ela girava a lâmina. – Não acho que sou melhor do que você porque sou mediadora, Maria. Acho que sou melhor do que você porque não ando por aí concordando em me casar com caras que não amo.

Num átimo prendi a mão dela às costas de novo. A faca tombou no chão com ruído.

– E mesmo que concordasse – continuei –, não mandaria assassiná-los para poder me casar com outro. Porque – segurando seu cabelo firme com a outra mão, guiei-a até a balaustrada do altar – acredito que a chave para um relacionamento bem-sucedido é a comunicação. Se você simplesmente tivesse se comunicado melhor com Jesse, nada disso estaria acontecendo agora. Quero dizer, este é o seu problema verdadeiro, Maria. A comunicação acontece nos dois sentidos. Alguém tem de falar. E alguém tem de ouvir.

Vendo o que eu ia fazer, Maria guinchou:

– Diego!

Mas era tarde demais. Eu já havia batido seu rosto, com força, contra o corrimão do altar.

– O negócio – expliquei enquanto afastava sua cabeça do corrimão para examinar a extensão dos danos – é que você não ouve, não é? Quero dizer, eu lhe disse para não mexer comigo. E – inclinei-me para a frente e sussurrei em seu ouvido – acho que eu especifiquei para você não mexer com meu namorado também. Mas você ouviu? Não... você... não... ouviu.

Acompanhei cada uma dessas quatro palavras com um golpe na cara de Maria. É cruel, sei, mas vamos encarar os fatos: ela merecia totalmente. A vaca tinha tentado me matar não uma vez, mas duas.

Não que eu esteja contando nem nada.

Esse é o negócio com as garotas que cresceram no século XIX: são furtivas. Isso eu admito. Têm muito bem resolvido todo o negócio de esfaquear pelas costas e atacar pessoas adormecidas.

Mas e quanto ao combate corpo a corpo? É, nisso não são muito boas. Quebrei seu pescoço facilmente, pisando em cima. Com sapatos Prada!

Uma pena que o pescoço não fosse permanecer quebrado por muito tempo.

Mas enquanto eu estava com ela muito bem dominada, olhei em volta para ver se Jack tinha descido em segurança.

E a coisa não era boa. Ah, Jack estava bem. Só que curvado sobre o padre Dominic, que não parecia nem um pouco bem. Estava caído embolado num dos lados do altar, com aparência péssima. Pulei por cima da balaustrada e fui até ele.

– Ah, Suze – gemeu Jack. – Não consigo acordar ele! Acho que...

Mas, enquanto ele falava, o padre Dom, com os óculos bifocais tortos no rosto, soltou um gemido.

– Padre D.? – Levantei sua cabeça e pousei-a gentilmente no colo. – Padre D., sou eu, Suze. Consegue me ouvir?

O padre D. só gemeu mais um pouco. Mas suas pálpebras tremularam, o que eu sabia que era bom sinal.

– Jack – falei. – Corra até aquela caixa dourada atrás do crucifixo, está vendo? E pegue a garrafa de vinho que está lá dentro.

Jack correu para fazer o que eu tinha pedido. Pus o rosto perto do ouvido do padre Dominic e sussurrei:

– O senhor vai ficar bem. Fique firme, padre D. Aguente as pontas.

Um estalo muito alto me distraiu. Olhei para o resto da igreja com um súbito sentimento de frustração. Diego. Ele estava em algum lugar por ali. Tinha me esquecido dele...

Mas Jesse, não.

Não sei por que, mas eu havia simplesmente presumido que Jesse teria ficado naquela arrepiante terra de sombras. Não. Tinha voltado para este mundo – o mundo real – aparentemente sem pensar muito nas coisas das quais poderia estar abrindo mão.

Por outro lado, aqui embaixo ele podia dar um tremendo cacete no cara que o havia matado, de modo que talvez não estivesse abrindo mão de grande coisa. De fato, ele parecia bem disposto a devolver o favor – você sabe, matando o sujeito que o havia assassinado –, só que, claro, não podia fazer isso, porque Diego já estava morto.

Mesmo assim eu nunca tinha visto ninguém partir para cima de alguém com um objetivo tão claro. Fiquei convencida de que Jesse não iria se satisfazer meramente quebrando o pescoço de Felix Diego. Não, acho que ele queria arrancar a coluna vertebral do sujeito.

E estava se saindo muito bem. Diego era maior do que Jesse, mas também era mais velho, e não tinha pés tão rápidos. Além disso acho que Jesse simplesmente queria mais. Quero dizer, ver seu oponente decapitado. Pelo menos se a energia com que ele estava brandindo um pedaço de banco de igreja contra a cabeça de Felix Diego servisse como alguma indicação.

– Aqui – disse Jack ofegante quando trouxe o vinho na garrafa de cristal.

– Bom – falei. Não era uísque (não é isso que a gente deveria dar às pessoas inconscientes, para acordá-las?), mas tinha álcool. – Padre D. – falei, erguendo sua cabeça e encostando a garrafa em seus lábios. – Beba um pouco disso.

Só que não deu certo. O vinho simplesmente escorreu pelo queixo e pingou no peito.

Enquanto isso Maria tinha começado a gemer. O pescoço quebrado já estava começando a se encaixar de volta. Esse é o problema dos fantasmas. Eles voltam. E rápido demais.

Jack a olhou arregalado enquanto ela tentava se levantar.

– Uma pena a gente não poder exorcizar *ela* – disse ele.

Encarei-o.

– Por que não?

Jack levantou as sobrancelhas.

– Não sei. Não temos mais sangue de galinha.

– Não precisamos de sangue de galinha. Temos isso. – Assenti para o círculo de velas. Milagrosamente, apesar de toda a luta, elas haviam permanecido de pé.

– Mas não temos um retrato dela. Não precisamos de um retrato dela?

– Não, porque não precisamos invocá-la – falei, colocando gentilmente a cabeça do padre D. de volta no chão. – Ela está aqui mesmo. Venha me ajudar a arrastá-la.

Jack pegou os pés. Eu segurei o tronco. Ela gemeu e lutou o tempo todo, mas quando a colocamos sobre os mantos do coro Maria deve ter sentido – como eu senti – que aquilo era extremante confortável, porque parou de lutar e só ficou ali deitada. O círculo aberto pelo padre Dom acima de sua cabeça continuava lá, com a fumaça – ou névoa, como eu agora sabia – descendo das bordas em redemoinhos turvos.

– Como vamos fazer o buraco sugá-la? – perguntou Jack.

– Não sei. – Olhei para Jesse e Diego. Ainda estavam envolvidos no que parecia um combate mortal. Se eu tivesse achado que Jesse não estava em vantagem, teria ido ajudar, mas aparentemente ele ia se dando bem.

Além disso, o cara o havia matado. Achei que era hora de cobrar a dívida, e para isso Jesse não precisava de minha ajuda.

– O livro! – falei me animando. – O padre Dom leu um livro. Olhe em volta. Está vendo?

Jack achou o pequeno volume encadernado em couro preto embaixo do primeiro banco. Mas quando folheou as páginas ficou arrasado.

– Suze – disse ele. – Isso nem é em inglês.

– Tudo bem – falei. Em seguida peguei o livro e abri na página marcada pelo padre Dominic. – Aqui está.

E comecei a ler.

Não vou fingir que sei latim. Não sei. Não tinha a menor ideia do que estava lendo.

Mas acho que a pronúncia não conta quando a gente está invocando as forças das trevas, já que, enquanto eu falava, aqueles redemoinhos nevoentos começaram a ficar cada vez mais compridos, até que finalmente se derramaram no chão e começaram a se enrolar em volta dos membros de Maria.

Ela nem pareceu se importar. Era como se estivesse gostando da sensação deles em volta dos pulsos e dos tornozelos.

Bem, a garota parecia meio chegada a um sadomasoquismo, se é que você me entende.

Nem lutou quando, enquanto eu continuava lendo, os redemoinhos se apertaram e começaram a erguê-la devagar.

– Ei – disse Jack em voz indignada. – Por que eles não fizeram isso com você? Por que você teve de subir até o buraco?

Mas fiquei com medo de responder. Quem sabia o que poderia acontecer se interrompesse a leitura?

Por isso continuei. E Maria foi subindo cada vez mais, até que...

Com um grito estrangulado, Diego se separou de Jesse e veio correndo para nós.

– Sua vaca! – gritou ele para mim, olhando horrorizado o corpo de sua mulher pendurado no ar, acima de nós. – Traga-a de volta!

Ofegando, com a camisa rasgada no meio e um pequeno fiapo de sangue escorrendo pelo lado do rosto, de um corte na testa, Jesse veio por trás de Diego e falou:

– Se quer tanto sua mulher, por que não vai até ela?

E empurrou Felix Diego para o centro do círculo de velas.

Um segundo depois, redemoinhos de fumaça começaram a se enrolar nele também.

Diego não recebeu o exorcismo com tanta facilidade quanto a mulher. Não parecia estar se divertindo nem um pouco. Chutava, gritava e disse um bocado de coisas em espanhol que eu não entendi, mas que sem dúvida Jesse entendeu.

Mesmo assim, a expressão de Jesse não mudou em nenhum momento. De vez em quando eu erguia o olhar do que estava lendo e verificava. Ele ficou observando os dois amantes – o que o havia matado e a que tinha ordenado sua morte – desaparecerem no mesmo buraco de onde havíamos descido.

Até que, finalmente, quando pronunciei o último "amém", eles desapareceram.

Quando o último eco dos gritos vingativos de Diego morreu, o silêncio preencheu a igreja. Era um silêncio tão penetrante que chegava a ser um pouco esmagador. Eu mesma estava relutante em rompê-lo. Mas achei que era preciso.

– Jesse – falei em voz baixa.

Mas não o suficiente. Meu sussurro, no silêncio da igreja depois de toda aquela violência, pareceu um grito.

Jesse afastou o olhar do buraco por onde Maria e Diego tinham desaparecido e me olhou de modo interrogativo.

Assenti para o buraco.

– Se quer voltar – falei, ainda que cada palavra, eu tinha certeza, tivesse um gosto parecido com aqueles besouros que Dunga acidentalmente havia derramado na boca –, a hora é agora, antes que ele se feche outra vez.

Jesse olhou para o buraco, depois para mim, em seguida de novo para o buraco.

E de novo para mim.

– Não, obrigado, *mi hermosa* – disse em tom casual. – Acho que quero ficar e ver como tudo isso termina.

17

O modo como tudo terminou naquele dia foi com Jack, Jesse e eu ajudando o padre Dominic, quando ele finalmente voltou a si, a ir até um telefone, ligar para a polícia e informar que havia encontrado dois ladrões saqueando a igreja.

Era mentira, sim. Mas de que outro modo iria explicar os danos que Maria e Diego tinham causado? Para não mencionar o galo no cocuruto?

Então, assim que tivemos certeza de que a polícia e uma ambulância estavam a caminho, Jesse e eu deixamos o padre Dominic e esperamos com Jack o táxi que havíamos chamado, cuidando para não falar na única coisa que tenho certeza de que todos estávamos pensando: Paul.

Não que eu não tentasse fazer Jack me contar o que havia com o irmão. Basicamente a conversa foi assim:

Eu: – E aí, Jack. Qual é a do seu irmão?

Jack: (com uma careta) – Não quero falar nisso.

Eu: – Dá para entender. Mas ele parece ser capaz de se mover livremente entre o reino dos vivos e o dos mortos, e acho isso alarmante. Acha possível que ele seja o filho de Satã?

Jesse: – Suzannah!

Eu: – Quero dizer, no melhor sentido possível.

Jack: – Não quero falar nisso.

Eu: – O que é perfeitamente compreensível. Mas você já sabia que Paul era mediador também? Ou ficou tão surpreso quanto nós? Porque não pareceu muito surpreso quando se encontrou com ele, você sabe, lá em cima.

Jack: – Realmente não quero falar disso agora.

Jesse: – Ele não quer falar disso, Suzannah. Deixe o garoto em paz.

O que era fácil para o Jesse. Ele não sabia o que eu sabia. Que Paul, Maria e Diego... estavam de conluio. Eu tinha demorado um tempo para perceber, mas agora que tinha percebido, era capaz de chutar a mim mesma por não ter notado antes: Paul me mantivera ocupada no Friday's enquanto Maria e Jack faziam o exorcismo de Jesse. A observação de Paul: "É mais fácil pegar moscas com mel do que com vinagre." Maria não tinha me dito exatamente a mesma coisa, apenas algumas horas antes?

Os três – Paul, Maria e Diego – haviam formado uma trindade profana, aparentemente ligados pelo ódio contra uma pessoa: Jesse.

Mas que motivo Paul, que só conheceu Jesse naquele momento no purgatório, teria para odiá-lo? Agora, claro, sua aversão era compreensível: Jesse havia lhe causado um tremendo ferimento, algo de que Paul jurou se vingar na próxima vez em que o visse. Tenho certeza de que Jesse não estava levando isso muito a sério, mas fiquei preocupada. Quero dizer, tinha passado por uma tremenda encrenca para tirar Jesse de uma situação difícil. Não me sentia muito entusiasmada para vê-lo mergulhar direto em outra.

Mas não adiantava. Jack não queria falar. O garoto estava traumatizado. Bem, mais ou menos. Na verdade parecia estar se divertindo um bocado. Só não queria falar sobre o irmão.

O que me incomodou. Porque tinha um monte de perguntas. Por exemplo, se Paul era mediador – e devia ser; de que outro modo poderia estar andando lá por cima? –, por que não tinha ajudado o irmão com o negócio de "eu vejo gente morta", por que não disse umas palavras de encorajamento e garantido que o pobre coitado não era maluco?

Mas se eu esperava conseguir alguma resposta de Jack, fiquei tremendamente desapontada.

Acho que, se tivesse um irmão como Paul, provavelmente também não iria querer falar sobre isso.

Assim que Jack foi deixado em segurança no hotel, Jesse e eu começamos a longa volta para casa (eu não tinha mais dinheiro para um táxi do hotel para casa).

Você pode se perguntar o que conversamos naquela caminhada de 5 quilômetros. Muita coisa, sem dúvida, poderia ter sido discutida.

No entanto, para dizer a verdade, não lembro. Não acho que tenhamos realmente falado de coisas importantes. O que havia para ser dito?

200

Entrei em casa com o mesmo sucesso com que havia saído. Ninguém acordou, a não ser o cachorro, e assim que viu que era eu, voltou a dormir. Ninguém tinha percebido minha ausência.

Ninguém nunca percebe.

Spike era o único, além de mim, que tinha notado o sumiço de Jesse, e sua alegria ao vê-lo foi uma desonra para todos os felinos. Dava para ouvir o gato idiota ronronando do outro lado do quarto...

Mas não ouvi por muito tempo. Porque o que aconteceu foi que entrei, puxei as cobertas, tirei os sapatos e subi na cama. Nem lavei a cara. Subi na cama, olhei uma última vez para Jesse, como se para garantir que ele realmente estava de volta, e dormi.

E fiquei dormindo até o domingo.

Mamãe se convenceu de que eu havia contraído mononucleose. Pelo menos até ver o hematoma na testa. Então decidiu que eu estava sofrendo de aneurisma. Por mais que tentasse convencê-la de que nada disso era verdade – que eu só estava muito, muito cansada –, ela não acreditou, e tenho certeza de que me arrastaria ao hospital na manhã de domingo para uma tomografia – é, eu tinha dormido por quase dois dias –, só que ela e Andy precisavam ir à colônia de férias pegar o Mestre.

O negócio é que acho que morrer – mesmo que por meia hora – pode ser muito exaustivo.

Acordei morrendo de fome. Depois de mamãe e Andy terem saído – após arrancar a promessa de que eu não sairia de casa o dia inteiro e esperaria humildemente por eles, para que pudessem reavaliar meu estado de saúde –, comi dois pãezinhos e uma tigela de cereal antes que Soneca e Dunga ao menos aparecessem à mesa, desgrenhados e amarfanhados. Eu já havia tomado banho e trocado de roupa, e estava pronta para enfrentar o dia... ou pelo menos o desemprego, já que não tinha certeza se o Pebble Beach Hotel and Golf Resort estenderia meu contrato por ter perdido dois dias de trabalho seguidos.

Mas Soneca me tranquilizou.

– Não, tudo bem – falou enquanto enfiava Cherrios na boca. – Falei com Caitlin. Contei que você estava passando, sabe, por uma coisa. Por causa do defunto no quintal. Ela disse que tudo bem.

– Verdade? – Eu não estava escutando Soneca. Em vez disso, olhava Dunga comer, sempre uma visão que provoca espanto. Desejei ter uma câmera para gravar o acontecimento para a posteridade. Ou pelo menos provar à próxima garota que declarasse que meu meio-irmão era um gato como ela estava errada. Fiquei olhando enquanto, sem erguer o olhar do jornal aberto à sua frente, Dunga enfiava a outra metade do pãozinho na boca e, de novo sem mastigar, o ingeria como as cobras devoram ratos.

Era a coisa mais nojenta que eu tinha visto na vida. Bem, fora os besouros na caixa de suco de laranja.

– Ah. – Soneca se inclinou para trás na cadeira e pegou uma coisa no balcão atrás dele. – Caitlin disse para dar isso a você. É dos Slater. Eles foram embora ontem.

Peguei o envelope que ele jogou. Era gordo. Havia algo duro dentro. Do lado de fora estava escrito SUZAN.

– Eles só iam embora hoje – falei rasgando o envelope.

– Bem. – Soneca deu de ombros. – Saíram mais cedo. Não sei por quê.

Li a primeira carta que estava no envelope. Era da Dra. Slater. Dizia:

Cara Suzan,

O que posso dizer? Você fez maravilhas pelo nosso Jack. Ele parece um menino diferente. As coisas sempre foram mais difíceis para o Jack do que para o Paul. Jack simplesmente não tem a inteligência do Paul, acho. De qualquer modo, lamentamos muito não podermos nos despedir, mas tivemos de partir antes da hora programada. Por favor, aceite este pequeno sinal de nosso agradecimento, e saiba que Rick e eu estaremos lhe devendo para sempre.

Nancy Slater

Dobrado neste bilhete havia um cheque de 200 dólares. Não estou brincando. E não era o pagamento da semana. Era a *gorjeta*.

Pus o cheque e a carta ao lado da tigela de cereal e peguei o próximo bilhete no envelope. Era do Jack.

Querida Suze,

Você salvou minha vida. Sei que não acredita, mas salvou. Se não tivesse feito o que fez, eu ainda estaria com medo. Acho que nunca mais vou ter medo. Obrigado, e espero que sua cabeça esteja melhor. Escreva se puder.

Com amor, Jack

P.S.: Por favor, não me pergunte mais sobre o Paul. Sinto muito o que ele fez. Tenho certeza de que não foi de propósito. Ele não é tão mau. J

"Ah, certo", pensei cinicamente. "Não é tão mau?" O cara era arrepiante! Podia andar livremente na terra dos mortos, no entanto, quando o irmão vivia morrendo de pavor porque podia ver gente morta, nem levantou um dedo para explicar. O cara era *muito* mau. Sinceramente esperava nunca mais vê-lo de novo

Havia um segundo pós-escrito no bilhete de Jack.

203

P.P.S.: Achei que talvez você quisesse ficar com isso. Não sei o que fazer com ele. J

Inclinei o envelope e, para minha grande surpresa, caiu a miniatura de Jesse que eu tinha visto na mesa de Clive Clemmings, na Sociedade Histórica. Olhei para ela, pasma.

Teria de devolver. Foi meu primeiro pensamento. Tinha de devolver. Quero dizer, não tinha? A gente não pode ficar com coisas assim. Seria como roubar.

Só que, de algum modo, não acho que Clive se importaria. Especialmente depois que Dunga levantou a cabeça sobre o jornal e disse:

– Ei, a gente saiu aqui.

Soneca ergueu os olhos da seção de automóveis onde, como sempre, estivera procurando um Camaro 67 preto com menos de 80 mil quilômetros.

– Corta essa – disse ele em voz entediada.

– Não, sério – insistiu Dunga. – Olha.

Ele virou o jornal, e ali estava uma foto da nossa casa. Ao lado havia uma foto de Clive Clemmings e uma reprodução do retrato de Maria.

Arranquei o jornal da mão de Dunga.

– Ei – gritou ele. – Eu estava lendo isso!

– Deixe alguém que consegue pronunciar todas as palavras grandes tentar – respondi.

E então li em voz alta os dois o artigo de Cee Cee.

Ela havia escrito, basicamente, a mesma história que eu tinha contado, começando com a descoberta do corpo de Jesse – só que o chamou de Hector, e não Jesse, de Silva – e chegando à teoria do avô de Clive sobre o assassinato. Bateu em todos os pontos certos, enfatizando a traição de Maria e a perversidade geral de Diego. E, sem dizer explicitamente, conseguiu indicar que ninguém da prole do casal tinha dado em grande coisa.

É isso aí, Cee Cee.

Ela deu o crédito de todas as informações ao falecido Dr. Clive Clemmings, Ph.D., que, segundo ela, estava decifrando o mistério quando morreu, há alguns dias. Tive a sensação de que Clive, onde quer que estivesse, ia ficar satisfeito. Não somente porque ficou parecendo um herói por ter resolvido um assassinato de 150 anos, mas porque eles conseguiram achar uma foto sua em que ainda tinha a maior parte dos cabelos.

– Ei – disse Dunga quando terminei a leitura. – Por que não falaram de mim? Fui eu que achei o esqueleto.

– Ah, é – respondeu Soneca, enojado. – Seu papel foi mesmo crucial. Afinal de contas, se não fosse você, o crânio do cara ainda podia estar intacto.

Dunga se lançou contra o irmão mais velho. Enquanto os dois rolavam pelo chão, fazendo uma baderna que o pai jamais teria admitido se estivesse em casa, pus o jornal de lado e voltei ao envelope dos Slater. Ainda havia um pedaço de papel dentro.

Suze, diziam as letras fortes e inclinadas. *Aparentemente não era para ser... por enquanto.*

Paul. Não dava para acreditar. O bilhete era do Paul.

Sei que você tem perguntas. Também sei que tem coragem. O que me pergunto é se tem a coragem para fazer a pergunta mais difícil para alguém da nossa... facção.

Enquanto isso, lembre-se: se você der um peixe a um . nomem, ele comerá por um dia. Mas se ensiná-lo a pescar ele comerá todo o peixe que você poderia ter apanhado para si mesma.

É só uma coisinha para ter em mente, Suze.

Paul

"Nossa!", pensei. Que encantador. Não é de espantar que nunca tenhamos combinado.

A pergunta mais difícil? O que era *isso*? E de que facção nós éramos, exatamente? O que esse cara sabia que eu não sabia? Aparentemente, muita coisa.

Mas uma coisa eu sabia. Independentemente do que Paul fosse – e não estava totalmente convencida de que ele fosse um mediador –, ele era um sacana. Quero dizer, Paul tinha deixado Jack na mão não apenas uma vez, mas duas, primeiro não se incomodando em dizer: "Ei, não se preocupe, garoto, para pessoas como você e eu é normal ver gente morta em tudo o que é canto", e na segunda vez deixando-o sozinho naquela igreja enquanto os dois psicopatas arrebentavam o lugar.

Para não mencionar o que, eu estava convencida, ele tinha feito ao Jesse, um cara que ele nem conhecia.

E por isso nunca iria perdoá-lo.

E certamente não iria confiar nele. Nem em suas opiniões sobre pesca.

Mas, por mais enojada que estivesse, não joguei o bilhete fora. Decidi que ele teria de ser mostrado ao padre Dom, que, segundo me garantiram por telefone, estava bem – só um pouco dolorido.

Enquanto Soneca e Dunga rolavam – Dunga gritando "Sai de cima de mim, sua bicha" –, peguei meus ganhos e voltei para cima. Ora, era meu dia de folga. Não iria passá-lo dentro de casa, apesar das ordens de mamãe. Decidi ligar para Cee Cee e ver o que ela estava a fim de fazer. Talvez a gente pudesse ir à praia. Eu merecia um pouquinho de descanso e gandaia.

Quando cheguei ao quarto, vi que Jesse já estava de pé. Em geral ele não faz visitas matinais. Por outro lado, normalmente eu não durmo durante 36 horas direto, por isso acho que nenhum de nós estava seguindo rigidamente a programação.

De qualquer modo, eu não esperava encontrá-lo ali, por isso pulei mais de meio metro e escondi às costas a mão que segurava sua miniatura.

Puxa, qual é! Não quero que ele ache que eu *gosto* dele nem nada.

– Você acordou – disse ele do banco da janela, onde estava sentado com Spike e um exemplar de *Steal This Book*, de Abbie Hoffman, que eu tinha roubado da estante de minha mãe lá embaixo.

– É... – falei, deslizando até a cama. Talvez, se fosse suficientemente rápida, poderia enfiar a pintura embaixo do travesseiro antes que ele notasse. – Acordei sim.

– Como está se sentindo?

– Eu? – perguntei como se houvesse mais alguém no quarto com quem ele pudesse estar falando.

Jesse pousou o livro e me olhou com outra daquelas expressões. Você sabe, do tipo que eu nunca consigo decifrar.

– Estou ótima.

– Bom. Precisamos conversar.

De repente não me sentia mais relaxada. De fato, saltei de pé. Não sei por que, mas meu coração começou a bater muito depressa.

Conversar. Sobre o que ele quer conversar? Minha mente ia a duzentos por hora. Acho que deveríamos conversar sobre o que tinha acontecido. Quero dizer, foi bem apavorante e coisa e tal, quase morri, e, como Paul disse, tenho um monte de perguntas.

Mas e se fosse sobre isso que Jesse queria falar? Quero dizer, sobre a parte em que quase morri?

Eu não queria falar disso. Porque o fato é que toda essa parte, a parte em que quase morri, bem, quase morri tentando salvá-lo. Sério. Esperava que ele não tivesse notado, mas pela sua cara dava para ver que tinha, totalmente. Quero dizer, notado.

E agora queria falar sobre isso. Mas como é que eu poderia falar sobre isso? Sem deixar escapar. Quero dizer, a palavra que começa com "a".

– Sabe de uma coisa? – falei bem depressa. – Não quero conversar. Tudo bem? Realmente, realmente não quero conversar. Estou cheia de conversas.

Jesse tirou Spike do colo e o pôs no chão. Depois se levantou. *O que ele estava fazendo? O que ele estava fazendo?*

Respirei fundo e continuei falando sobre não falar.

– Só estou... olha – falei enquanto ele dava um passo na minha direção. – Só vou ligar para Cee Cee e talvez a gente vá à praia ou algo assim. Porque realmente... preciso de uma folga.

Outro passo na minha direção. Agora ele estava bem na minha frente.

– Principalmente de conversas – falei de modo significativo, olhando para ele. É disso que eu preciso especialmente de uma folga. De *conversas.*

– Ótimo – respondeu Jesse. Em seguida estendeu as mãos e segurou meu rosto. – Não precisamos conversar

E foi então que ele me beijou.

Na boca.

fim